# 操控者

# Manipulators

天下无侯 著

花城出版社
中国·广州

图书在版编目（CIP）数据

操控者 / 天下无侯著. -- 广州：花城出版社，2023.1
ISBN 978-7-5360-9799-5

Ⅰ.①操… Ⅱ.①天… Ⅲ.①长篇小说－中国－当代 Ⅳ.①I247.5

中国版本图书馆CIP数据核字(2022)第198582号

出版人：张懿
责任编辑：王铮锴
技术编辑：凌春梅
封面设计：柳林设计

| 书　　名 | 操控者 CAOKONGZHE |
|---|---|
| 出版发行 | 花城出版社<br>（广州市环市东路水荫路11号） |
| 经　　销 | 全国新华书店 |
| 印　　刷 | 佛山市浩文彩色印刷有限公司<br>（广东省佛山市南海区狮山科技工业园A区） |
| 开　　本 | 880毫米×1230毫米 32开 |
| 印　　张 | 15.125　1插页 |
| 字　　数 | 392,000字 |
| 版　　次 | 2023年1月第1版　2023年1月第1次印刷 |
| 定　　价 | 59.80元 |

如发现印装质量问题，请直接与印刷厂联系调换。
购书热线：020-37604658　37602954
花城出版社网站：http://www.fcph.com.cn

# 目 录

第 一 章　我知道真相 \ 001

第 二 章　求解 \ 009

第 三 章　黄连 \ 024

第 四 章　疑点重重 \ 036

第 五 章　不会笑的人 \ 052

第 六 章　两颗钢珠 \ 069

第 七 章　不在场证明 \ 081

第 八 章　有故事的人（一）\ 091

第 九 章　有故事的人（二）\ 099

第 十 章　有故事的人（三）\ 111

第十一章　尸块 \ 129

第十二章　嫌疑人 \ 140

第十三章　追踪 \ 150

第十四章　热血 \ 159

第十五章　非正式审讯 \ 175

第十六章　姐妹花 \ 186

第十七章　推演 \ 207

第十八章　并案 \ 223

第十九章　审讯、仙人掌的刺 \ 242

第二十章　电刑 \ 261

第二十一章　破局 \ 272

第二十二章　卡车司机的陈年往事 \ 287

第二十三章　解密 \ 304

第二十四章　偷袭 \ 322

第二十五章　聊天记录 \ 339

第二十六章　最后一杀 \ 352

第二十七章　抓捕（一）\ 365

第二十八章　抓捕（二）\ 387

第二十九章　招供 \ 400

第 三 十 章　真相的三个版本 \ 424

第三十一章　逃 \ 445

第三十二章　再见 \ 456

尾声 \ 470

# 第一章　我知道真相

2018年8月27日，周一，阴。

如果唐林清能未卜先知，他一定以正确的方式，开启生命的最后一天。那样的话，这一天就不是最后一天了。

唐林清，林义化工集团办公室主任，虚岁37，为人精明。十几年来，他在公司几个重要转折阶段，起到了决定性作用，是唐林义最得力的助手。唐林义是集团老板，也是他堂哥，可唐林义在公司内从不称兄道弟。他深知公司要发展，就不能办成家族企业。

林义化工集团业务广泛，涉及轮胎、造纸、盐业、医用和农药的精细化工原材料生产、污水处理等，有两个厂区，坐落于滨海市老城区的五一路东西两侧，被当地人唤作东厂、西厂。两个厂区之间，由一条铁轨连通。铁轨一头在西厂，一头在东厂，横跨五一路的部分，悬空架在天桥上。

前儿年，几乎天天有小火车头拉着几节车厢在铁轨上来回跑，给厂区之间运原料，动静颇大。这几年，林义集团响应政府号召，搬迁了部分生产线，又加上小货车越来越多，除了生产高峰期，火车头就用得少了。

一句话，林义集团是市重点企业，更是个大型污染企业。

东厂南北约2000米，东西约1500米。集团办公主楼11层，立在东厂中央。

这天一早，唐林清提前来到公司。多年来，他习惯先打卡，再吃饭。

这位20多年烟龄的老烟民，叼着没点的烟走出电梯。

他先打开自己办公室房门，透透气。

点火抽完烟后，他又叼起一根，来到隔壁501——唐林义董事长的办公室。

唐总上班不定时，但今天肯定来。

唐总兴趣广泛，痴迷风水，最喜养鱼。他的办公室俩特点——一个是大，一个是鱼缸多。

滨海市南郊，有个村叫三眼村。前几年村里打井钻出一眼好泉，人们叫它三眼泉。泉水矿物质丰富，又清又甜，媒体争相报道。老板们看到商机，蜂拥而至。几轮竞价下来，唐林义高价拿下。

唐总承包了三眼泉，并不开发，引起当地村民不满。他斟酌后，找人在主泉眼附近，又打下几眼井，供村民低价批发井水，四处零售，这才平息民怨。至于那主泉眼的水，唐林义除了泡茶及招待客户，仅作养鱼之用。

上周四，唐林义在海南旅游，领小儿子逛海洋世界，看到一款大号海缸，甚是喜欢，当即就联系唐林清，叫他照原样买了一个。那海缸长4米，宽2米，高1.5米，唐林义想用来养鲨鱼。

上周五，卖海缸的刘老板命人把货送到，附带送了几条锦鲤。

当时唐林义仍在海南，海缸是唐林清接收的：用吊车吊上五楼办公室，把落地窗拆了，完事再把窗户装好，很费了一番工夫。唐林清以为这就完事了，谁知唐林义又说缸不空置，尤其海缸太大，空着像个大棺材，不像样。唐主任只好按唐总要求，运了泉水，注入缸内，又把那几条锦鲤扔进去,再拍照发给唐总。唐林义一眼就看出,那几条锦鲤不是好货色,毕竟是附赠的。

鱼缸的盖子设计为半开,既方便喂食,又防止鱼跳缸。唐林义叮嘱唐林清,要把盖子打开。那在风水上有讲究,鱼缸进了办公室,就半点不敢马虎。再具体些,开盖的海缸,应放置在房间凶位,才能产生风水效应。这些东西唐林清不懂,唐林义没法细说,只告诉他,周日晚上回滨海,周一到公司开个小会,就去了解黑鳍鲨的行情,争取尽快搞到两条上等货。到时候,缸内就得换海水了。

唐林清打开501办公室房门。天气阴沉,屋里很暗,光线被窗帘拦在外面。

唐林清拉开窗帘,同时用力嗅了嗅鼻子,就像一条在禁毒一线的警犬。接着,他撇了撇嘴角,似乎对那个无意识的动作很不满。空气里没任何异味,为什么要嗅鼻子呢?

不。他就是觉得不对劲,一进门就感觉到了。

没错,就是不对劲。屋里太闷热了,远超平时,更超过他自己的房间。

难道是周末这几天,没通风的缘故?

他摇摇头,摒弃掉念头,从茶几上找到遥控器,打开空气净化器。

机器有节奏的嗡嗡声令人心安。他丢掉遥控器,来到办公桌前,把散落的文件码齐,又找来抹布把桌椅擦净。

做完这点事,他头上冒出一层细汗。

他拿起空调遥控器,犹豫了一下,放下,又抓起原先那个遥控器,把空气净化器调到最大档位。

"这屋该弄点花草才对嘛!赏心悦目,还能净化空气,比养鱼强啊!"

他自言自语,轻叹。

他说得没错。厂区空气实在太差，工人上班必戴口罩。实际上不只厂区，就连附近几十个小区，甚至整个西城老城区的居民也颇为苦恼。长年累月污染之下，整个西城宛如雾都。每逢上级检查，或政府冬季发布污染警报，才能换来一段停工期。平时，附近小区的窗户里外两面总是脏兮兮的，怎么也擦不净。就连所有的机动车表面，也都覆盖着一层黄色的、油腻的膜状物。刚洗好的车，隔一晚就油腻如初。

现状如斯，却已比前几年有所改观。

前几年，政府下决心治理污染，搬迁了绝大多数企业。林义集团作为市重点企业，也动迁了好几条生产线。至于集团总部为何至今还留在老城，作为北方沿海化工重镇，滨海市政府实有不得已的苦衷。好在今年9月，如果新厂区建设顺利，林义化工厂将整体搬迁。

搬迁污染企业没错，可是西城的污染并未彻底解决。现如今，空出大片土地，却没换来相应的土地开发利用率。附近居民都清楚，那些地块都被污染了，连野草都懒得冒头。地污染了，地下水就污染了，如果政府不出大大的利好政策，哪个老板也不会做冤大头冒险开发西城。没有老板开发，何谈土地利用率？

这么个生活环境下，要说怨言，附近居民人人都有，可实际上，又都自愿忍受。原因无他，基本上每家每户都有人在林义集团上班。

具体到公司管理层，唐林义早就想挪窝办公了。可他是企业一把手，要是带头埋怨环境，动迁办公楼，那还怎么在政府领导面前，在西城人民面前做好表率？为此，他优化办公环境，给所有办公室配备了空气净化器，而他本人的出勤率则能少则少。

可是，他上周添了新鱼缸，他今天一定会来。

唐林清环顾房间。原来的鱼缸是"孙子"，新买的海缸是"爷爷"。

它独占一个墙面，又大又气派，厚实的透明玻璃，映衬着天蓝色的泉水。数条锦鲤吐着气泡,在水中翻腾——不对!什么翻腾?那分明是漂了鱼肚白!

唐林清愣了一会儿,快步来到海缸前。

这回他看清了。那几条鱼漂在海缸一角,齐齐望向他,眼中毫无生气。鱼全死了。

怎么就死了?鱼死了,气泡又是怎么回事?

唐林清注意到,海缸另一角正有气泡浮上水面,而且源源不断,咕咕作响。

怎么回事?

他眼神一亮,似乎发现了问题所在。

鱼缸旁边有个大插排,那也是买鱼缸时赠送的。插排上插着好几个插头,插头电线弯弯曲曲,顺到海缸正下方的设备层内。插排上的灯,正一闪一闪地跳动。

他明白了。海缸正下方的设备层,装有好几套装备。听送货师傅说,最大的那套设备,叫蛋白质分离器,其余还有过滤器、供氧设备,以及水循环设备。他听不懂,也不在意。他名字里带水,却无养鱼嗜好,只喜欢摆弄花草。

设备层是独立的,长度和宽度跟缸体的长宽一样,高15厘米,不锈钢材质,稳稳地墩在地板上,承载着沉重的缸体。现在,设备层处于工作状态。

难道是那些设备启动,把鱼弄死了?没道理嘛!

唐林清的注意力被死鱼吸引。他挠挠头,找来小网兜,踮起脚,想把鱼捞出。那几条鱼品质差,唐总不在乎,他更不在乎。

"哎呀!"

捞鱼时,不慎有水滴溅在手上,他手一抖,把网兜扔了。

"他娘的!水怎么这么烫!"他猝不及防,差点叫出声。

到底怎么回事?难道是那些设备一起开工,把鱼烫死了?莫非设备有什么门道，不能同时开？还是说，哪儿漏电了？他是个门外汉，困惑极了。

"真麻烦啊！"他抹掉额头的汗珠，一把扯下电源。在养鱼这事上，他体会不到任何乐趣。此刻，他素来的冷静、谨慎，只是变成一句口头禅：他娘的！

电源断掉，缸内的气泡慢慢安静下来。

从进门开始，直到做完这些，他嘴里那根烟一直没点，烟屁股早被口水湿透了。

他拍了拍缸体，长舒一口气，随后来到窗边打开空调。

现在是生产旺季。楼下空旷处，铁轨上的小火车鸣着汽笛，又开进来了。

他的视线掠过小火车，投向厂区之外，直到被一片灰色建筑挡住。

他丢掉嘴里那支烟，重新取出一支。

那片灰色建筑是烂尾楼，共八栋，每栋少说18层，立在五一路东侧，灰蒙蒙的，像一排残缺的巨人。据说，那是一位老板投资失败的结果。可是，老板为什么会在西城开发楼盘呢？岂非太傻？

"少说10年了吧！"望着那片烂尾楼，唐林清一边想，一边掏出打火机点烟。

"噌！"ZIPPO的打火轮发出短促、清脆之声。火苗蹿起，香烟点燃。

唐林清轻轻吸了一口。

瞬间，那支烟，竟一下子从头部燃到了尾部，就好比一个肺活量巨大的人，一口气将整支烟吸完。

唐林清大惊欲叫。可是，他连半点声音也发不出来。

时间仿佛就此停止。

就在那一吸之下，烟燃烧了，指头燃烧了，衣袖燃烧了……眼镜、眉毛，甚至空气，统统烧起来……

一切都在燃烧。

他整个人置身火海当中，眼前一片血红。

他来不及发出一丝声音，连拿烟的手都未及放下，四周空气骤然炸裂，一团团跳跃的火球聚拢而来，将他彻底淹没。

爆炸瞬间，他的瞳孔骤然收缩，死死盯着一个点——海缸旁边那个电源插排。

"操……谁把电源打开的……"

神经元快若闪电。生死之间，他终于想起来了。上周五收到海缸，装了水，放了鱼，他就锁门离开，根本没给设备层通电。

没错！设备层的插头，当时是散落的，压根儿没插到插排上。而插排的插头，同样没插入墙体插座。他确定，从上周五接收海缸，到今天一早，不可能有人到这间办公室来。因为只有他和唐总，有这里的钥匙。

可是刚才，设备层明明处于工作状态……

死亡瞬间，他突然生出来一连串疑问。

他解不开疑问，却瞬间想通另一件事。

他猛地张开嘴，想说出来——老褚！老褚的死不是意外，他是被人害死的，就跟眼前的状况一样！

他说的老褚，叫褚悦民，47岁，是他和唐林义的朋友。褚悦民本是西城区城建规划局副局长（现并入自然资源局），七年前被群众举报收受巨额贿赂，经公安机关查证后判刑入狱，蹲了七年，两个月前才放出来。没承想，出狱后不到半月，褚悦民就出意外，死了。

褚悦民出事后，警方介入调查。时至今日，警方有没有新结论，他不知道。他和褚悦民所有亲友一样，都对警方最初的结论没有疑问：意外。

当下，生死瞬间，唐林清却偏偏想到老褚的死，而且意识到，那根本不是意外。

褚悦民的事很简单：酒后请代驾，把车开到目的地，随后在车里休息，开了空调，睡着后憋死了。

"老褚被人算计了……他娘的，老子也被算计了……"

这是唐林清最后一片神经元传递的信息。

又一声爆炸响起，一切全完了。

# 第二章　求解

滨海市西城公安分局，门外。

伊辉叼着烟，没点燃。

刑警大队的车拉着警笛，从他身边闪过。刑警王可从车里跟他打了个招呼。

又出事了。伊辉一边想，一边狠狠地捶了一下右腿，转身走向局里的篮球场，来到单杠前，一口气做了50个引体向上。

他总是乐呵呵的，忧虑从不写在脸上。

他右腿有点毛病，走起路来，左脚拖右脚，好在幅度不大。

他想干刑警，从小就想。可他这个身体条件，当不成。

尽管如此，他还是通过公考来到西城分局干上了文职——分局宣传科干事。这是他能做到的，跟刑警之间最近的距离。有时刑警大队有抓捕任务，或逢重大案件收网，上级要求跟拍抓捕实景，给宣传纪录片收集素材，他才能近距离接近犯罪现场。

刑警队里，他最熟的是王可。王可女朋友叫马小影，跟他一个科室。王可经常出入宣传科，一来二去就和他熟了。

他的腿疾不是先天的，毛病在膝盖上。他说是小时候骑摩托摔的，有块骨头没长好，腿伸不直，走路使不上劲。好在他长年疯狂锻炼，每天固定300个引体向上，500个俯卧撑，身体非常棒。

除了腿疾，他右眼角与额头之间也有块疤，那让他的脸增添了些许与年纪不符的沧桑。在不影响警容警貌前提下，他总是尽量将发梢留长，遮住一点儿是一点儿。实际上，他后背也有疤，挺长的一道，从脊梁中间直至肋下。

小时候调皮捣蛋——洗澡时有人问起那些疤，他就笑嘻嘻地解释。

三年前公考面试时，受制于外形条件，他差点被刷下去，所幸运气不错，竞争者面试怯场。他分高，而文职警察没有硬性身体条件要求，他又动用了关系，才勉强通过。

有人说那是个混日子的差事，可他不嫌，人生就是这么奇怪，有时候混日子，是为实现理想，哪怕有些理想难以实现。

挨到中午下班，伊辉打了个电话。接电话的是他大学同学雷家明。

雷家明父亲叫雷霆，是西城公安分局分管刑侦的副局长。伊辉公考面试时，就是雷家明帮的忙。

雷家明不是警察，他实现了理想，在滨海日报社上班，是教育版块的副主编，同时也是社会新闻版块的外勤记者。

"明哥，凑个局吧，我请客。"

"忙着呢，辉哥。"

"忙啥？"

"少跟我套消息！"

"老子就在分局上班，用得着跟你套消息？"

"切！西关，林义化工，爆炸！"

"化工厂爆炸？"

"办公室炸了！"

"办公室？有伤亡吗？"

"死了一个。"

"什么原因？"

"不清楚！"

"不清楚？那你干狗屁记者？"

"消防一走，警察就围上了，不让靠近。不多说了，我去套消息！"

"晚上过来啊！我请客！"

挂了电话，他回到宿舍，坐在书桌前发呆。

他的书桌很整齐。书桌一侧挂着块写字板，另一侧立着三层书架。书架最上层一水的外国悬疑小说；中间一层五花八门，有刑侦学教科书、心理学入门、《命理探源》、日本漫画、星相学、科幻杂志、《柳叶刀》、法医学术期刊等；最下层放着一大摞读书笔记。

他随手翻开一本笔记，随即又丢到一旁。他有点不安，就好比一只被缚住手脚的猴子，听闻哪里有香蕉树，却无法近前。

他的读书笔记里，统计了诸多大案要案的侦破轨迹。统计结果表明，绝大多数刑事案件的因果关系，都异常简单。在起因和结果之间，充斥着残忍、悲哀、得失无常的世间百态，犯罪过程大多透明，甚少有包袱覆盖，侦破过程则有难有易。其中所谓的难，或许用烦琐表述更为合适。当然他很清楚，那些统计结果，实在太过片面。

他对刑事案件抱有天然的兴趣。他羡慕冲在一线的刑警，渴望像他们一样，在刑案面前绞尽脑汁，而不是抱着即成案例纸上谈兵，哪怕刑案背后，往往是生命的逝去。那无关道德，乃是兴趣使然。或者，在他内心深处，还藏有其他不为人知的理由。

晚上9点多，他丢掉手机爬上床，瞪着天花板长吁短叹。发了一堆消息没回音，他估计雷家明不来了。

这时有人敲门，他一跃而起。

门开了。雷家明走在前面,提着两个大纸袋。王可拿着保温杯随后进来。

"辉哥,这时候就别发微信了,没空回!"王可一边说,一边倒水。

伊辉搬来椅子,拖出饭桌,把雷家明提来的食物盛盘摆好。

"光提供餐盘?你他妈不是请客吗?"雷家明调侃伊辉。

"以为你们不来了……我叫外卖吧!"

雷家明阻止了他,自顾自吃起来,看来真饿了。

"我还是走吧!"王可吃上两口,含糊道,"省得一会儿你又东问西问的,逼我犯纪律。"

"懂你!"伊辉嘿嘿一笑,"我和家明扯淡,你吃你的。"

雷家明从床下找出啤酒,拿了一罐给王可。

王可拒绝。

"臭规矩真多!晚上加班吗?"雷家明收回啤酒,自己打开。

"才开完案情分析会,倒是不用熬夜,不过这两天有的忙!"王可塞了一口食物,闷声揶揄起雷家明来,"你小子别说我们!没领导审核同意,你们记者敢多写一个字?规矩多?呵呵!"

雷家明喝酒,懒得回嘴。

三人闷头吃了一阵,伊辉打开局面:"雷公子,化工厂什么情况啊?"

雷家明重重地放下啤酒罐:"唉,太惨了!三死,两伤!"

"三死两伤?"伊辉大惊。

"胡诌八扯!"王可翻着白眼,忍不住讥笑雷家明。

"悄没声吃你的,没人逼你犯纪律啊!"伊辉提醒王可,转脸又问雷家明:"起火原因呢?"

"线路老化。"

"线路老化?你个记者,胡扯上瘾啊?"王可又忍不住插话。

012

"没你事！"伊辉再次阻止王可，继而追问雷家明："损失大吗？"

"11层的办公楼，活生生烧塌了一半，你说大不大？"

"扯淡啊！太他妈扯淡了！"王可再也忍不住了，拿筷子点雷家明，"我说大记者，你一个教育版块主编，怎么关注起社会新闻来了？关注就关注吧，怎么还带头造谣？传出去，影响算你的？"

"教育版块怎么了？社会新闻我也有知情权、采访权！"雷家明反问，"说我造谣？那真相是什么？"

"真相？它有那么重要？总之我们会公布的！"

"真相不重要？"雷家明拍着桌子说，"一出事，你们就藏着掖着，还怪老百姓造谣？信息透明，自由传播，谁有闲心瞎猜？谣言咋来的？依我看，就你们间接炮制的！"

王可脸红了，指着雷家明鼻子叫起来："有没有法制观念？你爸可是雷局！"

"关他屁事？"

"不是看在你爸分上，我早捶你了！"

雷家明把脑袋凑上去："来！捶！"

王可挽起袖子："你以为我不敢……"

雷家明不依不饶："赶紧捶！不捶是孙子！"

"多大点事啊两位……要打出去打啊，别把我东西搞坏了……"伊辉做起和事佬。

"你跟我爸没分别！你们警察一个逼样，哥们儿我就是看不惯！自以为讲原则，动不动上纲上线！跟你扯个闲篇，硬给整成造谣！"雷家明狠狠瞪着王可。

"闭嘴！没完了是吧？"王可点上烟，把打火机重重丢落桌面，"明明炸死一个，你硬说三死两伤，还说楼炸塌了一半——你那叫扯闲篇？"

"嘁！说多了啊！注意纪律啊！"伊辉假惺惺提醒王可。

王可权当没听见，欠起屁股，拿烟指着雷家明："你小子乱说，我拦不住。提醒你，千万别乱写！"

"雷记者有数啊！"伊辉把王可按回座位，小声探问，"把人烧得不成样子？真是线路老化？"

"屁！是氢气！"

"氢气？氢气爆炸？办公室哪来的氢气？"伊辉念叨着，慢慢坐回去。

雷家明见王可上了套，赶紧掏出手机悄悄记录。

"讨论仅限你俩，一个字不许传出去！"王可摆明态度。

他恼火极了，要消灭这个房间里的谣言。既然开了头，他决定说下去。

伊辉和雷家明一齐点头，像两只正在啄食的鸡。后者从手机里找出一段文字，递给王可看。

那是明天《滨海日报》的部分内容：昨日晨7点25分，我市西城林义化工集团东厂区办公楼，某房间起火爆炸，一人死亡，无其他人员伤亡，事件起因不详。警方已介入调查，并呼吁广大群众，不信谣不传谣。对公然散布谣言者，公安机关将依法处理。本报将跟进事件进展。

雷家明的报道，符合那个规律，字越少，事越大，没有一处不实报道。不过，王可确信，雷家明所掌握的绝不止这点内容，只是限于工作纪律，不能多写。他回过味儿来，不禁有些惭愧，适才竟把雷局长的儿子，看成一个莽撞之徒，实在太过草率。

王可年轻气盛，后知后觉，此时终于反应过来，刚才雷家明和伊辉所言所为，根本就是双簧。一个夸大案情，故意胡扯；另一个做和事佬，多次提醒他注意纪律。那俩人不经商量，配合默契，为的无非是激怒他，让他透露调查结果。

王可知道自己上当了，但为时已晚。他已经把话放出去了，哪有收回的道理？何况对面"两只鸡"正眼巴巴紧盯着他。

他见书桌旁挂着块写字板，便走过去站定，手里转着写字笔，慢慢说起来。

"已经定了性，谋杀。线路老化头一个被排除，那无法引起爆炸。可是已经爆了，还能因为什么？办公室可不是厨房！我们江队当时就断定，问题出在空气里。"

"问题出在空气里？"雷家明默念。

"是的！查来查去，引爆原因，应该是氢气！"

"氢气？"雷家明越听越惊讶。

"氢气混进空气里，达成体积浓度4%~75.6%，遇明火就爆。我们在现场找到了石墨碎片。"

"石墨碎片？电极？"雷家明边听边记。

"对！不过不是电极棒，而是电极板，因为碎片是扁平块状。"王可一边说，一边在写字板上标记，"除了石墨碎片，还找到了电子管原件。"

"什么原件？"

"应该是二极管，这是分析会上的结论，当时出警的兄弟都不认得。"

"收获不小啊！"雷家明得到了一手资料，下意识地摘掉眼镜，满脸兴奋。

"嗯。我们判断，有人做了个简单实用的电解水装置。直接利用办公室的电源，用二极管制作整流器，做一个交直流转换后，连接上电极板，对水进行了长时间电解。氢气就是这么来的。"

"很专业！"伊辉冲王可竖起大拇指。

"我不懂。不过队里不止大老粗，也有文化人。"王可实话实说。

"你描述的装置,应该是自制电解槽。"

"是的!队里也是这个说法。"

"个人电解水的话,实际上用电瓶更方便。"

"我们没找到电瓶碎片。"

"那玩意儿功率低,常用的12V200AH电瓶,理想输出功率也才2400W,难以电解出大量氢气。高功率特殊大电瓶可以,但是体积太大,价格又高,很难搞到手。再一个,用电瓶就少不了充电器。总之对凶手来说,携带极为不便。"

"功率不重要吧?会上说,电解效率取决于电流。"

"是的,但不是说功率不重要。总之,长时间电解,用家用电交直流转换,比电瓶靠谱。尽管不晓得凶手设计的电极板是单极性还是双极性,但是,电极板面积大,两块电极板垂直设置,互相平行,极板间距也可调至最小,从而进一步增大电流,这才是最重要的。如果再往水里加一点儿氢氧化钾之类的电解质,那么电解效率远非电瓶和棒状电极可比。只不过电解时间长了,电压会降,同时水温升高,也会降低电解效率。对一般人来说,在家里弄那玩意儿有危险性。"

王可听完,眉毛跳动了几下。他惊讶于伊辉的专业分析,但他认为,那无助于抓人破案。

"你们还原了这么个装置,问题是它放在哪儿?怎么电解氢气?"伊辉很是不解。

"海缸。上周五,林义化工老板唐林义,刚买进一个海缸。长4米,宽2米,高1.5米,外带独立设备层基座,不锈钢材质,高15厘米。装置一定在海缸里。"

"个头不小啊!刚买来就灌了水?"

"是的!还放养了数条锦鲤,赠送的。唐林义的说法是,不灌水的海缸像棺材。他痴迷风水,办公室里大小鱼缸七八个。为了养鱼,他还承包了一处泉眼,叫三眼泉。这样的人,鱼缸怎么会空置?"

"这么说,唐林义死了?"

"不。死的是他堂弟,办公室主任唐林清,早年曾是其贴身秘书。"

这时,雷家明取出一份资料,冲伊辉晃了一下,那是唐林清的资料。

伊辉还是疑惑:"就算海缸个头大,外带独立设备层,可是凶手把海缸设计成电解槽,唐林清也该有所察觉才对,怎么能被轻易炸死呢?"

"海缸的采买和接收,都是他经手的,例行公事。我们询问过其家属,他喜欢摆弄花草,偏偏对养鱼没兴趣。"

"不!你对电解槽结构不了解。就算唐林清对海缸不上心,也该有所察觉。"伊辉来到写字板前,"我想,应该是注意力的问题。唐林清当时,一定被其他东西吸引了。比如死鱼。"

王可再笨也明白了。电解水释放能量,使水温升高,高到一定程度,鱼就死了。

伊辉又说:"除了死鱼,房间温度也很高。"

王可点上烟:"你想说,唐林清死得很冤?其实不然,他和唐林义,都是二十几年的老烟枪,上厕所,也烟不离手。就算他意识到房间不对劲,只要点烟,照样完蛋。也就是说,凶手对他们很了解。"

伊辉望着王可手中的烟:"没错!问题的关键,不是唐林清能否察觉海缸被做了手脚,而是明火。不管他有否注意到异常,只要点烟,凶手就得逞了。大概率上,唐林清应该进了办公室,甚至注意到了死鱼。最极端的情况是,唐林清抽着烟开门,那样一来……"

王可持烟的手,不自觉地抖。

"问题是……"伊辉从王可手里拿过写字笔,"自制电解槽装置,用氢气杀人,其可行性,也就是成功概率,你们有考虑吗?"

"那是凶手考虑的问题,现在是既成事实了!"

"考虑凶手考虑的问题,才会接近他!"

王可说:"从可行性上说,唐林清是老烟枪,显然是计划成功最关键的一点。"

"不止!"伊辉抱臂在胸,问王可,"海缸也不可或缺。那间办公室里鱼缸不少,凶手为何不提前动手?那些鱼缸太小,水量不够,制作电解装置必需的条件不具备。换句话说,唐林义买海缸,给凶手提供了行凶契机。凶手牢牢把握了机会。另外,水越纯,电阻越大,可是海缸里灌的,恰恰是泉水,富含矿物质,电阻反而小,电解效率便进一步提高。这就有个问题,海缸里最初灌了多少水?"

"这个我们本没在意,只是没想到,唐林义居然有照片。唐林清上周五忙完后,拍照传给了他!"王可用手比画,"大概一半吧,也就是6立方米。"

"6立方米,6吨!到爆炸前为止,还剩多少水?用了多少电?"

王可翻起白眼:"天知道!"

"要实现爆炸杀人,凶手必须根据其电解时间,估算氢气总量,甚至要考虑消耗。办公室是密闭环境,但门窗总会漏气,水里也会溶解一部分。另外,长时间电解后,水温升高,降低效率,该怎么给水降温?还有,那个电解槽到底什么样子?要说把整个海缸设置成电解槽,那根本不可能!它太大了!整个计划,凶手要考虑的细节实在太多了!"

王可没想到,或者说压根儿没想过,一个既成的犯罪事实,有这么多前提条件。他拿出手机边记录,边说:"这倒是个很具体的描述,对我们给凶手画像有帮助。还有吗?"

伊辉问:"就拿电解槽来说,换成你,会怎么设置?"

"老子一窍不通。"王可回避得很干脆。

伊辉想了很久,才说:"换作我,只能这么做——海缸高1米半,外带独立设备层,高15厘米。总共1.65米的高度,我会踩在椅子上，方便操作。它摆在那里，我要想办法，从内部隔离出一块合适的空间，来充当电解槽，这是必需的工艺要求。这个空间里的水，不能太少，否则产生的氢气不够；可是也不能太多，否则降低效率，浪费电能。怎么隔离出空间？在海缸中插入一块隔板，将海缸隔离成左右两部分，而且要完全隔离，做到密封。比如左边，我用来制作电解槽，右边是鱼的地盘。可是，海缸宽2米，这个2米，包括了海缸的玻璃厚度，其内部实际宽度则小于2米。那么，我该怎样把一块符合要求的、接近2米宽的隔板，大摇大摆带进办公室，去制作杀人装置？而且这块隔板一定要很特殊。怎么特殊？不管它是一块电镀板，或者金属板，还是什么材质，你把它隔在海缸里，都一定会第一时间引起唐林清的警觉，以及怀疑。它立在缸里，太突兀了！是不是？它对人的视觉冲击，远远大于那几条死鱼！唐林清不是傻子！"

"工艺要求？必须这么做？"得到肯定回答后，王可把双手插进头发，使劲犁头皮，"条件那么多，不可能做到啊！单是你说的隔板，那么大块，凶手怎么带进去？"

伊辉的叙述很通俗，王可怎么想也给不出答案。进而，他甚至有点怀疑"氢爆炸"这个最初的结论了。

"我也想不出。"雷家明安静地记录很久了，听了伊辉的叙述，他也觉得不可能。

"其实有个办法。"伊辉在手机上查了一会儿，说，"用玻璃。"

"玻璃？"王可很诧异，"那么大块玻璃，怎么带进去？"

"不用带，有现成的。海缸的盖子，多半设计为半开。也就是说，它的玻璃盖能折叠。"

"你是说，凶手把玻璃盖从折叠处拆下来？"

"我是说我能想到的法子。"伊辉解释，"拆盖子不难。缸体宽2米，那么盖子的宽度就刚好2米。要把它做成隔板，插进海缸，就得自带工具，精确测量，切割。切掉的厚度，基本等于缸体前后两面玻璃的厚度之和，所以，就得带一把玻璃刀。一切准备就绪，我会用AB胶，涂抹玻璃板侧面和底面，再用打火机烘烤，加快凝固速度，随后计算好插入位置，也就是计算好所需电解槽的空间大小，将其插入海缸。最后，再将可能存在的缝隙，进行二次抹胶。这样，一个简单的电解槽结构就有了，槽内的储水量要符合我的要求。剩下的，是装入电极板，连接线路。而真正的水溶液电解槽，通常要在槽内放置隔膜，将其分割成两个电解室，再将两块电极板垂直装入。因为两块电极板产生的气体不同，用隔膜隔开，能避免气体混合。但是我不需要隔膜……"

王可挠头："您慢点说……我糊涂！"

伊辉放慢语速："我的目的是制造氢气，它跟阳极板的氧气混不混合，无所谓。用玻璃做隔板还有个好处，它透明，立在水里不那么突兀。如果唐林清不是抽着烟进入房间，那么他一定会发现死鱼，但是，他真就不一定能注意到玻璃隔板——这是注意力被吸引的问题，跟性格无关，尽管他秘书出身，性格沉稳认真。"

"幸好你不是凶手！"王可沉默半天，憋出一句评语。

"那么，导气装置呢？它也是个很突兀的玩意儿，你怎么做？"雷家明突然提了个难题。

"导气装置？"伊辉用力一拍脑门，没考虑太久，边画边说，"其实不需要导气装置。电解的氢气和氧气，在水里达到饱和后，都会自动溢出。当然，这里有个前提——卸掉半开的盖子后，海缸上面另一半玻璃盖子，它是固定封闭的。电解槽的位置，必须位于其封闭部分。那么电解槽的玻璃隔板，其高度也有要求，只需稍稍高出水面即可，总之绝不能顶到盖子，否则封死了电解槽，气体就无法溢出了。"

"有道理！"雷家明接受这个解释，"而且玻璃隔板稍稍高出水面,不易被发现。"

"还有!"伊辉补充道,"海缸下方的独立设备层,有水循环设备,它一定在工作状态。自动水循环启动后,有散热作用,哪怕循环水流跟电解槽中的水有玻璃板阻挡。"

"完美!杀人装置完工了!"雷家明拍手叫好。

伊辉拿出手机演算片刻,写下几个数字。

4%~75.6%,这是氢气在空气中爆炸时的体积占比范围。考虑到电解时大量氧气也溢出到空气中,那么氢气爆炸的实际体积占比,也会相应扩大。

按王可所述,唐林义办公室长6米,宽5米,高3米。

标准大气压,标准空气密度,办公室内空气质量大概是116千克。

把氢气爆炸范围的体积占比换算成质量占比:4.64千克~87千克。

该质量占比对应的水消耗范围:41.76千克~783千克。

王可端详着写字板,说:"恕我直言,这些数字没有实际意义。"

"是的!"伊辉轻叹一声,却不气馁,"这些数字都是理想状态值,实际情况太过复杂。我只是尝试重复凶手的思考过程。"

"凶手很不简单啊!"雷家明说,"数字范围太大了!用了多少水?常理讲,下限附近比较实际。50多千克?也许再多点……我知道,你想推算电解持续的大概时长,从而判断凶手的潜入时间点。可是到底消耗了多少?天知道。"

伊辉问王可:"查过用电量吗?哪怕四五十千克的水,耗电也很大!"

"查过!"

王可说办公楼用电度数飙升,可是,企业电费是合着交的,也就是所有车间用电跟办公楼用电,一起交。如此一来,就无从获知上个月办公楼的用电量,也就没法推算往常办公楼平均一天的用电量。没有这个平均用电量,自然没法推算电解氢气的用电量。

雷家明叹道:"有意思啊!凶手一定不是文科生!"

伊辉表情很平静。他突然转了话题,问王可:"现场损失到底怎样?"

"501室为原点,上中下三层,多间办公室被炸通了……"

"没伤到其他人吗?"

"其他房间没人。唐林清去得早,他习惯先打卡后吃饭。"

"这就对了!"伊辉转着笔,忽然问王可,"最重要的一件事,凶手的目标是谁?"

"那还用问?唐林清有老板办公室钥匙,他是替死鬼!显而易见嘛!"

"唐林义周一一定去公司?"

"不一定!可他上周新买了海缸,所以今天一定去,这点已经求证了。也就是说,凶手很清楚这一点。这也是后续侦查的一个方向。"

"不!"伊辉果断道,"凶手的目标不是唐林义。"

王可跳起来:"怎么可能?"

"准确地说,凶手目标不仅是唐林义,唐林清本就在其计划之内。或者说,单独炸死唐林义也好,单独炸死唐林清也罢,如果把他们两人都炸死,那就最好!"

"为什么?"

"你说了,唐林清习惯早去,先打卡后吃饭。凶手既然了解唐林义养鱼的癖好,还知道他上周五新买了海缸,那么,凶手怎会不了解唐林清早起的习惯?如果凶手要杀唐林义,却因为不了解唐林清,只杀了个替死鬼,岂非太失败?"

王可皱眉:"这样一来,凶手的目标是唐林清才对。"

"哦？如果唐林清到公司后，不去唐林义办公室呢？如果他打完卡，直接去吃饭呢？如果他上楼时遇到什么人，转而去了别人办公室呢？可能性多的是！你能预料他的行动轨迹？凶手同样不能。"

王可语塞。

"重点不在这里！"伊辉说，"重点是，作为唐林义的心腹，唐林清有唐林义的办公室钥匙，他随时可以进去。而且，那里新添了海缸，他既然习惯早去，就有必要过去看一下。"

他描述了所有可能的场景：一、唐林义到公司，单独进办公室。二、唐林义到公司后，唐林清同他一起进入办公室。三、也就是案发时的情况，唐林清一早单独进了唐总办公室。

这三个场景客观、合理，凶手必然能提前想到。不管哪种情况，一点儿火星就能点燃氢气。也就是说，如果凶手目标是唐林清，那么计划成功，不杀错人的概率，为三分之二。同样，如果凶手目标是唐林义，那么计划成功概率，也是三分之二。这足以说明，凶手目标不单是唐林清，也不单是唐林义。换句话说，凶手冒险潜入办公室布置电解设备，处心积虑杀人，怎么能容忍自己的计划只有三分之二的成功率？

王可很震惊。在案情分析会上，他没有听到这种分析。现在看来，案情的复杂性，严重出乎意料。

伊辉谦虚地总结："只是推测，仅供参考。我只能肯定，那个唐林清，绝不是替死鬼！"

"我去跟江队汇报！"王可连个"谢谢"都没说，急忙往外跑，差点把小饭桌撞翻。

伊辉叫住他："杀人动机是什么？凶手又是什么时间、以什么方式潜入唐林义办公室的？查到什么，记得通个气啊，兄弟！"

"哦了！有监控的！工厂大门，办公楼门口都有！"王可信心满满，"等抓到人，我请客！"说完，他匆匆下楼。

# 第三章　黄连

唐林清死得太惨，浑身烧焦，面目全非，不成人形。

尽管死因明确，没有尸检必要，警方还是把尸体拉走了。唐林清家人哭得死去活来，可是什么也不能改变。

爆炸发生后，厂里议论纷纷，说啥的都有，生产秩序一团糟。

唐林义处理完公事，马上召集人开了个会。

唐林义有魄力。风风雨雨这些年，他什么没见过？会上，他直接言明了爆炸事件的性质——谋杀。

说什么线路老化？这个谎他唐林义没法圆，事实根本瞒不住。

他的会议精神很明确：唐林清死了，凶手非偿命不可，天公地道。警方已经立案侦查，早晚有个交代，就是这么个事情。谁要是再胡说八道，直接滚蛋！

稳定了军心，他先给没地方办公的人员安排了房间，再把自己的办公室搬到顶楼11层，然后找来施工队，修理被毁坏的房间。

这种杂事以前都是唐林清处理，他从未操心过。可是现在……

唐林义比唐林清大10岁，四方脸，小眼，下颌刚硬，梳着背头，前额头发稀疏，但是一点儿也不影响那股子外露的精气神。他身材中等，平时锻炼，保养得还行。他的新办公室没有鱼缸，相比被炸毁的501，显得空空荡荡。

他靠在老板椅上，闭着眼，脑海里浮现出一组组惨烈的爆炸画面。画面中，唐林清像一片枯叶，瞬间灰飞烟灭。这画面是他想象的，他只见过爆炸后的现场。

要是我一早就到了办公室……要是堂弟直接去吃早饭，没进我房间……他掐断思维，不敢再想下去。就只一会儿工夫，他已汗流浃背。

唐林清没了，相当于他一只手没了。他不得不面对这个现实。

他和唐林清的感情，比亲兄弟还好。

30多年前，他扛着竹竿粘知了猴的时候，还穿开裆裤的唐林清就跟着他了，从此寸步不离。年轻时，他从油田偷过油，贩过黄色影碟，倒腾过假古董，干过地下小赌档……这些业务丰富多彩，学生时代的唐林清积极参与其中，热情极高，相比之下，学习则成为其唯一副业。

18年前，西城区一个市属集体纸厂濒临倒闭，被迫改制转让。可是厂子老旧，又有一屁股债，半年过去，就是没人接手。当时的唐林义正给人开大车跑长途，也不知他哪来的魄力，竟四处筹钱，盘下了纸厂的破厂房、旧设备，摇身一变，当上了破产厂的厂长。相应地，唐林清的角色也变了。他从望风的，卖碟的，到拖儿，到打手，到跟车的，变成了厂长秘书。唐林义此举，当年在村里是年度笑话，没一个人看好他，处了多年的对象也弃他而去。然而，一切超出人们的预料……

想起往事，他喟然长叹。这些年过去，他已记不清唐林清给他处理过多少事。

唐林清的死，对他而言是断臂之痛。然而比这更可怕的，是隐在暗处，随时会来的杀机。他比任何人都清楚，唐林清的死意味着什么。

他确信,唐林清临死前,一定跟他一样,什么都明白。

几乎在收到爆炸消息的瞬间,他就立即想通了一件事,老褚的死,绝非意外!

老褚叫褚悦民,跟他同岁,是他的发小。

褚悦民本是西城区城建规划局副局长,因受贿坐了七年牢,两个月前才放出来。出来后不到半个月,在7月11日那天,因意外死亡。

从前,他和所有人一样,都接受"意外"的结论。现在他明白了,那绝不是意外。他深信,唐林清死前的想法跟他一样:有人找上门了!但是这其中的隐情,他却决不能向外人透露,尤其是警察。

案发后,刑警在他办公室滞留了一个多小时。一个叫王可的刑警,使劲盘问他的人际关系,问他得罪了什么人,还说会给他提供保护。那意思很明显,把唐林清当成他的替死鬼了!

警察走的时候,他重重地"哼"了一声,心里冲着王可说:"小子,你还嫩!"

王可走后,他很快想到,警方可不笨,只是一时没反应过来。他相信用不了多久,警方就会意识到凶手要杀的人,很可能包括唐林清。到那时,他又该怎么办呢?

他面上平静沉稳,心里却很苦,苦极了。哑巴吃黄连——有苦说不出。

这时有人敲门。他说了声"进",一个男人应声而入。

来人叫李默琛,是集团的财务总监。这人体形匀称,模样俊朗,皮肤很白,30多岁的人,看起来像20出头。

李默琛进公司八年多。说起来,这人颇不简单。

十几年前,他还是西城初级中学的数学老师。那时他才从师专毕业,对人生和教育事业充满热情。然而仅干了三四年,他就改变了人生态度,不再满足于那点固定工资,果断辞职。当老师期间,他便自学本科文凭，拿到了会计学位。其后，他进了林义化工，从出纳干起，一年干上会计。后来又接连考取中、高级会计师资格证，两年前达到职业巅峰，晋升为集团公司的财务总监。

李默琛从不掩饰对金钱的渴望。当年做教师时，他母亲重病去世，耗光钱财，使他狼狈不堪，连对象也不敢谈。他哥则因拿不出彩礼订不成婚，签了份劳务输出合同，远走菲律宾，此后竟不知所踪。种种现实因素合起来，改变了他的人生道路。

那些经历，都曾记录在他的求职简历中。甚至进公司面试时，面试官问他职业规划，他竟答非所问，以直白的"赚大钱"仨字回应。当时，唐林义恰巧经过人事部，无意中听到他的话，欣赏其真实，才留下了他。若非如此，他早被面试官刷下去了。为此，他还被人笑话过一段时间。现在，再也没人嘲笑他了。

这两年他是公司最风光的人。

两年前，唐林义突然提出要在香港设一家外贸公司，算是公司今后多元化发展的第一步棋。林义外贸公司主营化妆品，从海外寻找品牌，询价、订货，铺到大陆销售。

李默琛第一时间揣摩透了唐总心思，主动请缨。两人深谈后，李默琛走马上任，前往香港开辟新业务。走出唐林义办公室时，李默琛知道他已经渐渐得到了唐总信任，快成为唐总所说的"自己人"了。对下属来说，不管是公司老板还是官场领导，能成为他们口中的"自己人"，这比什么都重要。

接下来，他的做法完全符合唐林义的期许。

他的操作说白了并不复杂，还是虚开发票的套路。找到合适品牌后，他给国外供货商许以利益，双方签订阴阳合同，一份合同实价，一份是高开的虚价。他按虚价将钱合法转移到境外，打入供货商账户，对方再将虚实之间的差价退还，打入唐林义的海外账户。也就是说，贸易公司是唐林义往海外转移财产的工具。

对唐林义来说，转移财产还有别的法子，比如直接在国外买房。他小儿子在国内上小学，大女儿在美国念书，已经拿到绿卡，也有两套房子，但他不想在房产投资上多费心思。卖出去之前得交房产税，卖完后还得交税，特别麻烦。他的身份在国内，事业更在国内，他没有大规模转移财产的打算，更没那个必要。搞贸易公司玩玩套路，完全是其商人秉性使然。

揣摩透了老板意思就执行，不多问，这是李默琛的优点。懂套路的很多，干起实事来却是另一回事。李默琛干得很好。两年来，他悄无声息地往唐林义海外账户上转移了2000多万。不仅如此，贸易公司的实质业务，也开展得有声有色，早就实现了盈利。

现在，李默琛就站在唐林义面前。他有资本炫耀，可是未表现出一丝一毫。

唐林义挥手叫他坐下。

"唐总，你得挺住。"李默琛知道老板的心情。

唐林义不动声色地说："警察会处理，咱们该干吗干吗。"

李默琛沉默片刻，探问："事情恐怕没那么简单，那里可是您的办公室。"

唐林义哼了一声，却没追问对方的真实想法。或许，李默琛也认为唐林清是个替死鬼。

默默地抽完烟，李默琛起身说："唐主任走了……今后有什么事，您尽管吩咐。"

唐林义点点头，突然叫住即将出门的李默琛："你和我小妹的事，怎么样了？"

李默琛一愣，转身笑道："唐总，说实话，我俩好像不合适。"

他搓着双手，一句话挑明态度，表情却很坦然。

唐林义排行老三，前边一个哥，一个姐，后边还有个小妹，叫唐琪。唐琪今年34。对唐家来说，她的基因有点背叛，不但长得人高马大，还胖，少说180斤，至今未婚。唐琪这条件，嫁人确实有难度，可她是唐林义小妹，局面就又不同了。问题是面对众多追求者，唐琪谁也不鸟，反倒是看上了公司的财务总监。此事公司里人尽皆知，很多人羡慕李默琛，言语间，将他以唐总妹夫相待，那令他大为头痛。

对此，唐林义一直不管不问。今天，他头一次当面提出这个问题，令李默琛大感意外。

"哦？不合适？"唐林义站起来，饶有兴趣地问，"哪里不合适？"

"唐琪很好，开朗活泼，聪明能干……可我喜欢小巧的类型。"李默琛的话留有分寸，却又不失直接。

"你不想成为唐家人？"

"想！只是——"李默琛摊摊手，面露无奈。

"好！很好！"

"哎，我……唐总，你——"

"算了！"唐林义摆摆手，"别难为了！当年我为什么留下你？欣赏你那份坦率。你要是违了本心，我反倒小瞧你！"

"没有唐总，我哪有今天？"李默琛胸脯一挺，"还是那句话，有事尽管吩咐，我一定尽心尽力！"

唐林义满意地挥挥手，李默琛这才离开。

望着李默琛的背影，唐林义心里斟酌起来。单就业务范围来说，李默琛无疑是他最信任的人之一。可是，业务之外呢？如果李默琛和他成了一家人，他或许才能真正地敞开心扉。否则，谈何容易……毕竟有些事，知道的人越少越好。船上的人就那么几个，何况现在已经死了两个。信任？太贵了！

这时，李默琛再次推门进来。

"还有事？"唐林义站起来。

李默琛用力搓了搓手："我知道，现在不是讨论业务的时候。

可是——"

"可是什么？有话就说！"

李默琛斟酌一番，才说："是关于香港贸易公司的事——今年行情非常好，可是捣腾那点业务，我实在有点——"

"干够了？想回来？"

李默琛直言不讳："如果还是从前的干法，最好找个人替我，我确实想回来！除非——"

"除非什么？"

"今年行情好，我建议对贸易公司增资！"

"增资？为什么？"

香港那个贸易公司，只是唐林义转移资产的工具，他从来没想过要对它增资。

"公司已经盈利，可惜还是小打小闹，这么玩下去，我觉得意义不大。"李默琛提醒唐林义，"唐总，集团公司账上，你四年来的个人分红，总共1.5亿，还躺在上面。与其放着不动，不如拿出一部分，投到贸易公司去，我保证——"

"不行！"唐林义果断拒绝，"我的分红，随时转股份，优先保证集团公司流水！贸易公司，你再帮我顶一段时间吧！"

他走到窗前，用屁股对着李默琛。那意思，事情没得商量。

李默琛建议被阻，鼓着腮帮子，默默退出房间。

稍后，唐林义匆匆下楼，独自驾车离开。

他先去唐林清家，交给唐妻一张银行卡，又劝慰了一番，随后回到车上，给他大哥打电话。

他大哥叫唐林海，是本市一家民营医院的执行院长，也是林义化工的股东。当年唐林义要承包厂子时，唐林海还在一个社区诊所当助手。他也曾全力反对唐林义，但最后还是拿了一笔钱出来。

"林清的事，我知道了，开完会就过去！"唐林海的声音透着焦躁。

"我才从他家出来，你别来了，直接去静山别墅吧。"唐林义挂断电话，驱车往城外开去。

静山在滨海市西北郊，海拔不高，但景色秀丽，传说吕洞宾曾在此修仙，是本市的景区之一。静山距市中心约一个半小时车程，附近有几个村落，那里的土鸡和水果，名声在外。早在10年前，精明的唐林义就在静山脚下买了块地，建了十几栋别墅，那算是他对房地产行业唯一的投资。

那些房子随坡就势，临山而建，彼此间距很大，空地处种满了果树和绿色植被，私密性极好。唯一的不足是地形限制，别墅群没法设围墙。它南边有一条大道，是进山门买票的必经路径，每逢假期游人来往，难免破坏别墅区的宁静。房子建好后，唐林义卖价极高。有人看出来了，说他本就不打算卖。可是没过多久，房子还是全部售出，除了两栋被唐林义留下私用。

静山别墅一号，在别墅群西北角，与二号别墅间隔40多米，在该区私密性最好。实际上，二号也是唐林义所有，但他家人并未在此居住。

别墅群的房子造型各异，大小不同。一号别墅高四层，内设电梯，外墙为青灰色，前面带院子，前后门及东西两侧，装了四个摄像头。

唐林义来到一号别墅，把车停好，站在院内沉思。没过多久，唐林海到了。

二楼客厅。

唐林海抱着胳膊，身体前倾，嘴角紧紧抿起，眉毛拧成八字形。对那张胖胖的圆脸来说，这个表情并不多见。

唐林义倒背着手站在窗前。

"太突然了！"唐林海换了个坐姿。

"那老褚呢？算上老褚的死，你还觉得突然？"

"你是说，老褚的死不是意外？"

"糊涂！"唐林义瞪了他哥一眼。

"来的路上，我也想过！"唐林海取出一支烟，在桌面上敲了敲，说，"只是……我不敢相信！"

唐林义也点上烟，闷头抽起来。

片刻后，唐林海把烟掐灭，走到唐林义跟前说："不能坐以待毙啊！"

"问题是谁干的？我想不出！"

唐林海也想不出，不安地走来走去，像一只烦躁的鸭子。

"生意上的事？最不可能。我们得罪过人，但没一件事能到玩命的地步！"他突然驻足，小声说，"难道是小女孩的事？"

唐林义沉默了半天，才说："我不确定。当年一直是林清操作，我压根儿不摸底……不过那都多少回了？从没出过岔子啊！再说，老褚进去这些年，林清就没玩过。"

"可是老褚一出来，林清就给他安排上了。"唐林海提醒道。

"难道，问题出在那个小女孩身上？"

"不是没那个可能！"

"唉！"唐林义使劲搓了搓下颌，"麻烦！事是林清操办的，那个小女孩的底子，我不知道！"

唐林海说："一个学生妹而已，不是录了她视频吗？截下头像，从中学里查查看。"

唐林义点头同意，脸上仍是忧心忡忡。

唐林海明白对方担心什么，他们的圈子不小，但真正值得信任的人却不多。尤其是即将查证的事，不是自己人去办，不放心。

"我一直很看好李默琛！"唐林义叹息，"可惜他对唐琪没意思！"

"哟！他倒有骨气！那就别让他掺进来！"

唐林海默默地抽了根烟，忽然想起个合适的人。

他掏出手机，找出一张身份证照片递给唐林义。

照片上的人叫郭万全，外号老三，二十来岁，长脸、细眼、短发，面目间很是不善。

唐林海告诉唐林义，郭万全是西郊扒活的，专撬电车电瓶，还吸毒，有次酒后越了界，跑到别的区作业，被同行用自制猎枪打伤了腿，不敢去医院。巧的是，郭万全有个姐姐叫郭彩玲，就在唐林海所在医院干护士，长得不错，被唐林海潜规则过。郭彩玲情急之下，就找了唐林海。唐林海也算仗义，帮郭万全找了个黑诊所治伤，并且亲自动手术，给那小子保住了一条腿。

唐林义听完这个情况，拉着脸说："吸毒的不靠谱！"

"如果我能搞到毒品呢？"

唐林义思忖片刻，勉强同意。用毒品控制人，算不上好法子，可总比没有强。

唐林海揉着太阳穴，苦笑："有没有想过，如果问题不在那个小女孩身上……"

"那就只能是10年前那件事的后遗症！"唐林义紧咬着后槽牙说。

"10年前那件事？"唐林海凝神道，"那件事处理得很干净，不留半点荤腥！再说，杜忠奎也顶了包，认了罪，刑也服完了，还拿走一大笔封口费，不可能出卖我们！"

"我也觉得不可能！可是——"

"杜忠奎人呢？"

"消失了！"

"消失？"唐林海一脸问号。

"前一阵，唐林清联系过杜忠奎，想再敲打敲打他，上上'保险'，可是没找到人，手机也关了。"

唐林义从包里拿出个小盒子，从里面取出一张黑卡装进手机，拨打了一个号码。

手机提醒，他打的号码已停机。

"听到了吧？停机了！"

唐林义将黑卡取出，扔进马桶。那些卡，都是唐林清从网上淘来的，借由别人身份证所开的实名黑卡。

"从关机到停机，起码三个月。依我看这是好事。他杜忠奎拿到了钱，当然是走得越远越好。他留在滨海，我们不放心他。他呢，也不放心我们！"

"那是最理想的情况！"

唐林义站在窗前向外看去，目光停在院外一棵高大的雪松上。

唐林海也跟着看向那里。

大概一个半月前，7月11日午后，刚出狱半个月的前西城区城建规划局副局长褚悦民，就将车停在那棵树下的阴影里。而褚悦民本人，则死在车里。

那个停车位置有点寸，别墅摄像头的视线，刚好被高大的树冠挡住，只能拍到车头的一角。或者反过来说，雪松长得太高大，挡住了摄像头所能拍摄到的范围。当时褚悦民喝了酒，叫了代驾。来到别墅，进不去院子，天又太热，他就叫代驾把车停到了雪松阴影下。

"这里也不安全！"唐林海道破唐林义的隐忧，"我们该考虑退路了！"

"我在香港搞那个贸易公司，就有这一层意思！"

"还不够，资金转移太慢。"

"这么大的盘子都在滨海……我能料到今天出事？"唐林义握起拳头，"我已经在考虑下一步计划了！"

"要快！"唐林海说，"实在不行，先出去躲一阵子！"

"躲得了初一，躲不过十五！"唐林义哼道，"再说，台风快来了！这一阵，咱俩谁都走不了！"

唐林义所说的台风，音译"百德堡"，媒体叫它"坏男孩"，是今年的超强台风，预计一周内过境滨海。政府已经下发了通知，要求各单位负责人积极贯彻上级精神，务必严守岗位，靠前指挥，切实做好防风防暴雨各项工作，全力确保人、财、物安全。

唐林义这一说，唐林海才想起这个事来，顿时眉头紧锁。

"这阵子你我都得小心！"唐林义的嘴角抽了一下，压下声音说，"如果我们的担心是对的，那么凶手下一个目标，不是你，就是我！"

## 第四章　疑点重重

今天天刚亮，西城公安分局就闯进一大帮人，人群里有老有少，有男有女。最显眼的，是走在队伍前面的一个中年妇女。她穿着孝衣，双手捧着大相框，相框里镶着个男人的大头照。那群人连哭带闹，一窝蜂闯进办公楼。

伊辉在篮球场锻炼，刚好目睹了一切，心中颇为纳闷儿。

上午9点，那群人终于从办公楼出来了。伊辉听到动静，忍不住下楼看热闹。

捧相框的女人还是走在最前边。她眼圈通红，肯定大闹了一场。女人身边站着个魁梧的男人。男人脸色微红，一边打手势，一边跟女人解释着什么。

伊辉认出来，那男人是刑警大队的队长——江志鹏。

江志鹏白话半天，女人终于领着队伍离开。

"真他娘窝囊！"江队长板起脸，拿出烟点火，谁知怎么点也点不着。他一抬手，狠狠地把打火机丢出老远。

伊辉走过去，帮江队长点上烟。

"你是？"江志鹏愣了一下。

"伊辉,宣传科的。"

"哦!你就是王可说的那小子?"

江志鹏说完,眼角余光瞧见楼上一人正冲他招手,赶紧丢落香烟,跑步上楼,没再看伊辉一眼。

伊辉往楼上看去,认出来刚才招手的人,正是雷家明父亲,分管刑侦的副局长雷霆。

看来江大队挨训去了!伊辉闷头往回走,正好碰见王可,两人差点撞个满怀。

伊辉一乐,拦住王可,问:"那群人怎么回事?"

"别提了!"王可把双手插进短发里,前后犁了好几圈,样子很是烦躁。

伊辉递上烟,拉着王可来到一辆警车旁边。

王可简述事情经过。大概一个半月前,一个叫褚悦民的,在车里开着空调午休,闷死了。褚悦民是刑满释放人员,坐牢前,是西城区城建规划局副局长。那群人是死者家属,来闹事。领头的是褚悦民老婆。

"闷死?怎么定的性?"

"问题就在这里!"

王可告诉伊辉,最初的定性是交警给的,个人操作不当,空调开了内循环,导致褚悦民缺氧,意外死亡。分局不放心,做了尸检,发现死者体内有大量一氧化碳和二氧化碳,酒精含量也偏高,体表和体内再无其他异常,能肯定褚悦民是被闷死的。但是,并不能就此排除其他可能,更不能草率认定操作不当就是死者本人行为。

"严谨是对的,可也不能一直拖着吧?"

"没拖,只是暂时不能定性,尸体也就没法还给家属,再说还给解剖了……他家人不闹才怪!"

"你们查到什么?"

王可略一犹豫，随即想到伊辉在爆炸案上给他的帮助，便道："两个重点：一个是代驾，一个是行车记录仪。7月11日出事那天，是褚悦民生日。那天中午他喝过酒，这点毫无疑问。饭后他从家中离开，叫代驾送他去静山见一位朋友。途中，褚悦民跟他朋友联系，他朋友不在静山别墅。褚悦民赶到后，就在车里等。当时天太热，褚悦民叫代驾把车停在一棵高大的雪松底下，雪松挡住了附近别墅的摄像头。车内一直开着空调，没熄火。这些情况，代驾都已证实。另外，褚悦民车内有行车记录仪，车未熄火，记录仪一直运行……"

"拍到了异常情况？"

"什么也没拍到。"

"什么也没拍到？"

"别墅自然分布在静山脚下，间隔很大，且周围种满绿植……记录仪没拍到什么，但是录到了奇怪的声音。"

"奇怪的声音？"

"开关车门的声音，一共四次，声音都不大。就是说，车门有过两次开合。"

"只有开关车门的声音，没有对话？"

"是的！"王可说，"空调噪音比较大，只能听到开关车门的声音。从时间上看，第一次是代驾离开两分钟后，第二次是一小时之后。第一次车门开关过程短暂，约为10秒。第二次车门开关过程更长，约为4分30秒。"

"10秒？4分30秒？"伊辉轻轻重复。

"就第一次开关车门来说，起初我们以为，是代驾有什么东西忘在车内，返回去拿，但是代驾否认了！所以只剩两个可能，要么，是褚悦民下过车，并且下去过两次，要么，是其他人所为。"

"如果是第一种可能，褚悦民下车两次，会做什么？小便？"

"4分30秒够他小便，10秒能做什么？"

"那么代驾离开时，褚悦民什么状态？"

"半睡半醒。代驾跟他打了招呼，还提醒他记得支付费用。褚悦民回答了。"

"代驾的笔录可靠吗？"

"那小子三十来岁，上有老下有小，每天起早贪黑……怎么？你怀疑我们的基本业务能力？"王可回过味来。

伊辉道歉，紧接着说："两次开关车门的声音……如果只考虑可能性，那还可能是这样——第一次，是代驾和褚悦民之外的第三人所为，第二次是褚悦民所为，或者相反。或者，两次都是第三人所为。"

"穷尽演绎，然而有什么用呢？"王可愁容满面。

"你什么想法？你们怀疑谋杀？"

"有个明确的疑点！"王可找到自己的车，两人上去。

王可小声说："从记录仪看，褚悦民到静山别墅时，是下午2点30。第二次关闭车门的时间，是下午3点30。褚悦民那位朋友赶回别墅，发现死者的时间，是下午4点40。假定第二次开关车门是褚悦民所为，那么，理论上来说，从下午3点30到4点40，这个时间长度，在空调车内并不足以闷死人。"

"仅仅是理论上？"伊辉反问。

"哥！别犯轴！那是法医给出的结论，有足够的科学依据！"王可无奈道，"当然，作为刑警，应该事无巨细，考虑死者的身体条件，甚至当时的空调档位，甚至那辆车的性能……这么说吧，褚悦民身体状况非常好，坐了牢，减了肥，本应受益终身……"

"还有吗？"

"还有。褚悦民那位朋友赶到时，那辆车的门窗都是锁死的，他找人帮忙打破了车窗，但为时已晚。问题是，代驾记得很清楚，他临走时驾驶位车窗并没关严，起码留有五分之一的空隙。"

"也就是说,第二次开关车门的,大概率不是褚悦民!他在车内乘凉休息不假,可是没理由锁死门窗,把自己封在里面。"

"所以才叫疑点!"王可再次用双手犁着头皮,懊恼道,"从明天起,那个案子就归我了……可我对'827'爆炸案更有兴趣!你说——"

此时王可电话响了,话题被迫中断。

接完电话,王可叫伊辉下车。他要赶去林义化工与同事会合,调查爆炸案残留现场。

伊辉沉浸在那几个疑点当中,可是讨论显然无法继续。

他磨蹭了一会儿,厚着脸皮说:"搭个车吧!雷家明在林义化工采访,微信叫我过去帮个小忙。"

"雷家明找你帮忙?"

王可将信将疑,但还是发动了车子。赶到目的地后,他瞧见雷家明的车果然停在门口,旁边还有其他媒体的采访车。

"没骗你吧!"伊辉笑着下车,两人在门口分开。

这片区域伊辉第一次来。他站到路边观察,并未急着联系雷家明。

工厂应该是加派了保安,共有四个人在传达室值班。厂子的大门是伸缩式,不时有货车进出。工厂四周是砖砌围墙,足有2米多高。墙体表面没刷水泥,墙头上嵌着碎玻璃。碎玻璃密密麻麻,排列整齐,顺着墙头延伸向远处,在某个角度下,反射着刺眼的阳光。墙体外侧是绿化带,绿化带跟墙体之间,有一条小路。

伊辉拖着右腿跨过绿化带,走上小路。

那条路坑坑洼洼,到处是垃圾。墙根处、枯叶下,间或埋伏着粪便,干燥的、新鲜的都有。伊辉慢慢地走,把注意力放在墙面和墙头。他没想到东厂如此之大,大约一个小时后,他才绕行完一圈,终于回到南门。

这一圈下来，他有两个发现。

墙头的碎玻璃防线并不完整。整个工厂围墙，碎玻璃脱落的地方至少11处。他想，"827"爆炸案的凶手，要么就在企业内部，要么是外人。如果是外人作案，那要避开南北两个大门的监控，无非就是翻墙头。理论上说，那11个碎玻璃脱落的地方，都是可行入口。

他观察了所有的墙面，尤其是11处缺口对应的墙面，希望发现异样痕迹。2米多高的墙头，谁也不可能直接跳上去。如果墙面被蹬踏，红砖上就一定留下痕迹，除非潜入者借助梯子之类的工具，可是那样风险太大，哪怕是晚上。然而，那11块重点墙面上，他没发现任何异样。当然也不是全无发现，在某些墙面上，他找到多处痕迹，有的砖面上有字，有的黏附着干硬的泥脚印。

他盯着墙头良久。

凶手会不会偏偏选择带玻璃的墙头翻越？那样势必要单手攀住墙头，用另一只手摘除玻璃片，然后不借助脚力蹬踏，单凭双手拉上墙头，或者蹬踏过墙体，又把留下的脚印痕迹擦掉了。而且凶手返回时，还要把碎玻璃还原……

他很快否定了那个想法——"827"案的凶手，是个用氢气杀人的聪明人。聪明人，不会选择既笨又冒险的法子。

他来到大门口，进入保安室，笑嘻嘻地给每个人发烟，然后一边打手势，一边白话，很快就跟人攀谈上了。

他想了解厂区晚上的安保情况。

一个东北小伙告诉他，就算厂子不出事，晚上也有人按点巡逻，安保程度不亚于社区。

门前公路两侧，停满了车。

小伙说，那些车都是职工的。现在是旺季，每天三班倒，晚上12点有一拨人下班，有一拨人上班。上班的，下班的，都要吃饭，而马路对面，到处是饭馆和夜摊。某种程度上说，这条路才是西城最热闹

041

的地方。

伊辉一边听，一边用力点头。

"不管瘪犊子玩意儿咋进去的，反正不可能爬墙头！"

小伙把胸脯拍得啪啪响。

伊辉又问监控情况。

小伙说监控被警察拿走了，连带办公楼门口的，也被拿走了。

小伙健谈，伊辉再次递上烟去。

这时，他突然听到厂区里传出一阵悠长的汽笛声。

他觉得怪，循声望去，什么也没看到。

小伙说，那是运原料的小火车发出的声音。火车头挂两三节车厢，一到生产旺季就忙个不停。只是不知道谁开那玩意儿，白天蛋疼，经常按汽笛，制造噪声，晚上还算安静。

"小火车从哪儿进来？"

"东西两厂来回跑呗！"小伙指着西边，"横跨五一路专用天桥，省得阻碍交通。"

"横跨天桥？每晚都跑？"

伊辉凝神看向远处。刚才绕厂一圈，他是经过了天桥边缘的，只是没留意它。

小伙说："现在高峰期，每晚起码两三趟。"

这时，雷家明从办公楼出来，远远地跟伊辉打招呼。

伊辉留给小伙半盒烟，进入厂区。

雷家明心情不好，昨晚他又和父亲吵架了。

他们爷俩平时交流很少。在他眼里，雷霆身上"人味"不足，机器的属性更多。他对父亲的概括，是"执行者"，一年到头就知道执行领导命令，从不曾有任何异议。

雷家明把"异议"，理解成"自己的想法"。

曾经，他也想象回到家能和父亲一起喝茶聊天，就工作和生活扯扯闲篇，甚至骂骂娘，说一点儿心里话。然而多年下来，那样的情景从未出现过。现在，他几乎放弃了那个幻想。

昨天晚饭后，他像往常一样躺在沙发上刷手机，父亲坐在一旁看新闻联播，彼此就像两个世界的人。

新闻还没放完，进来个工作电话，雷霆到阳台上接。

雷家明习以为常，但还是调小了电视音量。

"对！警情简报照发，越短越好！案情对外严格保密，以免引起恐慌！"雷霆在电话里强调。

雷家明听到了这句话。事实上，类似的话，他已经听过无数遍。

他想，父亲所说的案情，一定是"827"爆炸案。

他不屑地哼了一声，把头埋进靠枕。

"你哼哼什么！"雷霆回到客厅。儿子那点小动静，没逃过他的耳朵。

"没什么！"雷家明头也不抬，专心刷手机。

"好好工作，遵守章程，不要一天到晚胡思乱想！"雷霆的话硬邦邦。

"胡思乱想？"雷家明忍不住了，丢掉手机坐起来，"老子就是听不惯你那套说辞！怎么了！"

"再说一遍！谁是老子？"雷霆的呼吸声很沉重。

"少扯没用的！"雷家明冷笑，"您刚说什么呢？'案情对外严格保密，以免引起恐慌'，对吧？您做得实在太好了！作为儿子，记者，不管什么案子，连我都不能从您这儿得到一点儿消息呢！"

"你小子讽刺我？"

"哪敢！"

"想跟我套消息？"

"懒得！"雷家明点了根烟，随后把烟盒扔给雷霆，"今天我就想探讨一下，您那话到底什么意思？"

"什么话?"

"'案情对外严格保密,以免引起恐慌'——请问雷局,案情对谁保密?以免引起谁恐慌?"

"混账!"雷霆想不到,儿子只是在纠缠一句话。

"是群众吗?对群众保密?以免引起群众恐慌?"雷家明对"混账"早就免疫了,他迎着雷霆的眼神,狠狠怼回去,"我好奇很久了!在您雷局眼里,群众到底是他妈什么玩意儿?为什么动不动就恐慌?"

"闭嘴!"雷霆大声斥责,带动嘴角的烟瑟瑟发抖。

"还差两句呢!"雷家明甩掉烟头,"告诉您,遇事别总藏着掖着!老百姓啊,没你以为的那么脆弱。除了作恶者,没人会恐慌!"

"还差一句!"雷霆的咬合肌高高鼓起。

"让人说话,天塌不下来!不让别人说话,自己随意表达——就是对谎言的变相垄断!"

雷霆默默地站在那儿,少见的没发飙,这出乎雷家明意料。

过了一会儿,雷霆嘿嘿一笑:"还是愤青那一套!老子也懒得跟你谈!"

"切!"雷家明穿上鞋子,准备离开。

"你还是个记者,对吗?"雷霆突然反问。

"记者怎么了?"

雷家明站起来。他知道父亲话里的意思,无非是职业规则那一套。

他咽下口水,同时把一些话也咽了下去。他联合伊辉套话时,跟王可简单讨论过规则问题。他比谁都清楚报道该怎么写,那是另一回事。

他讽刺过王可,现在又来针对父亲。他就是要这么做,就是要把"异议"放到他们父子之间,心里才会舒坦一些。此番争执,他为的不是表达"异议",而是表达本身。他觉得,他和父亲之间的冰层太厚了,哪怕用吵架的方式去加热,融化一点点也好。如果父亲能静下心来,就他的"异议"好好讨论一番,那他们父子之间,一定会是另一种局面。可惜没有。

"好好做你的教育版块吧!社会新闻采编,不适合你!记者,就该做记者的事,向社会传递正能量!"雷霆的话,没有走向雷家明期待的方向。

雷家明用力叹了口气,又脱下鞋子,蹲在沙发上:"那就以记者的身份,跟您讨论一下。请问'827'爆炸案——"

"不谈案情!"雷霆拒绝得非常干脆。

"我说的不是案子!"父亲的反应令雷家明激动起来,"林义化工是典型污染企业,规模很不小,对吧?绝大多数企业都搬了,对吧?请问,它为什么还不搬?您知道它对西城区环境影响多大吗?您知道西城群众的普遍想法吗?"

"据我所知,它已经搬了几条生产线,而且新厂区正在建设,近期完工。"

"正面回答问题!"雷家明不依不饶,很享受争执的过程。

"那是城建规划、环保、劳动局等相关部门的问题,老子是干刑侦的!"

"这不是问责,是讨论,在我还没写稿子之前!"雷家明咄咄逼人。

"哟?想写稿子?动动这里!"雷霆指了指自己的太阳穴,"知道林义化工养了多少人吗?知道厂子带动了多少第三产业吗?厂子周围,五一路周边,相关的超市、物流、餐饮、住宿、维修、理发、洗浴,等等,要是条件不成熟,几年前就全部搬迁,多少人失业?多少店关门?社会流动增加多少风险?你小子去养活他们?"

"我……"雷家明突然卡了壳。

"这叫大局!"

雷霆好像觉得自己说太多了。

实际上跟往常比,他的确说得够多。多年的习惯打破,令他很不习惯。

他一口气喝光杯子里的水,走进书房,咣当一声门响之后,把父子二人的世界又隔开了。

父亲最后那段话,雷家明的确没考虑过。他有些懊恼,承认自己没看清问题背后的问题,承认父亲的话有道理。可是,他费尽心思发动战争,刚刚展开的话题,就这么突然中止,又令他非常气馁……

他感觉被人狠狠打了一拳,刚要还手,人就跑了。

他想和父亲"对打",然而对方根本没给他机会。

雷家明气滞。

他母亲是个外交官,长年不在家,然而他对母亲的关注,却多过父亲。最起码,他和母亲在网上的交流是顺畅的,而且还算温暖。可是家里就不同了。父亲是典型的好干部,但算不上好父亲,很难跟儿子心平气和地交流。

就是有病!退下来下下棋、遛遛鸟,也许能治好!这是他对父亲的总结。

他无奈极了。

在化工厂见到伊辉,他长长地叹了一口气。

"什么指示?"伊辉一脸坏笑。

"喝点呗!"雷家明没提吵架的茬。

"又呛雷局了?被人反击,有力没打出去?"雷家明那点事,伊辉一眼就看透了。

"也不全是!"雷家明用力伸了个懒腰,"今天碰到个老同学,近10年没联系了,中午想聚聚,约你凑个数。"

"女的?"

"初中同桌,男的。"

"你们感情挺深?"

雷家明没点头,也没摇头。

他想了一会儿,才找到准确的措辞:"这么说吧,他是个很干净的人。"

"干净?"伊辉忍不住,笑得弯下腰去,"是你的初中印象吧?那会儿谁不干净啊?就算脏,又能脏到哪儿去?"

"见了你就知道了!"雷家明认真地说,"重点不在这儿。重点是他被毁了,而我亲眼见证了一切,却说不清到底是谁毁了他——"

"什么意思?"伊辉抱起双臂,表情也认真起来。

"算了,说来话长!总之你知道的,我向来对很多事情看不惯,初中时就那样了。我是他同桌,帮过他很多次,只是并没有改变什么⋯⋯"

厂区不是说话的地方,雷家明没有细聊的意思,伊辉也没再问。

这时,王可从办公楼出来。他身后跟着三名警察,都带着装备,看样应该是痕检人员。这伙人略显疲惫,神情有些沮丧。

"估计他们没找到重要的东西!"雷家明说。

"找什么?"

"可疑脚印、DNA残留、烟头⋯⋯你忘了?他们手里有监控的!"

"那些玩意儿一找一大堆,比对、排除才是关键。"

雷家明点点头,迎上王可,打趣道:"有什么重大发现?王大队长?"

"胡诌八扯!有种叫老子干局!"王可撇了撇嘴角,看向伊辉,"我们先撤了!你们——"

"我们中午有点事。"

"那我晚上找你!"王可说完,招呼同事离开。

"咱也撤吧？"雷家明拿出车钥匙。

伊辉摇头。来都来了，他想进去转转。

"我知道你心思！"雷家明拍着伊辉肩膀说，"人家痕检犁过的地，还能给你留朵花？"

"老子又不是蜜蜂，就是随便看看。"伊辉朝办公楼走去。

雷家明实在不想去，于是等在外面。

办公楼高11层，入口大门是声控的，晚上不上锁。大门上方装着一个高清红外探头，探头上有红光，正处于工作状态。它对应的硬盘早被刑警拿走了，看来厂方又加装了新硬盘。

办公楼前立着脚手架，有工人在上面工作，整修炸毁的房间。

伊辉抬头看了一会儿，然后进入大厅。

大厅很敞亮，中间有两部电梯，安全步梯设在走廊两头。

伊辉看了看一楼的门牌号，选择了左侧电梯。

他知道，电梯按钮上，以及四周钢板上所有的指纹，早被痕检取走了。

很快，五楼到了。走出电梯右拐，第一间就是501。

501门前放着很多装修材料，里面有工人在整修地面，新买的房门立在一侧。

伊辉摇摇头。他知道，这个遗留现场毫无价值。

走廊很宽敞，南北两侧都有办公室。伊辉站在501门口朝里观望，脑子里即时展开想象。

他看到那天早上，唐林清叼着烟走出电梯，先打开自己的房间，然后来到他站的地方，掏出钥匙开门，接着转动门把手……

"哐当！"干活的工人碰倒了靠墙的杂物。

他听到动静，回过神来，原地转了一圈，随手打开了501对面的房门。

"找谁？"房里的办公人员问伊辉。

"警察！随便看看！"

他迅速亮了亮证件。他的证件是宣传科的，压根儿没有调查权。

他很自然地收起证件，然后把注意力集中到门锁上。

门锁是单锁头的插芯锁，外侧带把手，里面带开锁旋钮。这个锁操作方便，外面锁上，里面用旋钮就能开门，不用钥匙。有的锁安全系数很高，但是遇到起火等紧急状态时，容易把自己封死在房内。这个锁没有那种风险，价格也相对便宜，在该厂广泛使用。

"你们的门锁都一样吗？"伊辉把锁开关了几次，然后问办公人员。

"有什么问题吗？"一个人走进办公室，在伊辉身边站住。

"我是西城公安分局的……过来了解情况。"伊辉含糊其词。

"我叫李默琛。你想了解什么，可以问我。"李总监本想看伊辉的证件，转而想起公安痕检人员刚刚离开，便作罢了。

"你们的门锁都一个款式？"伊辉赶紧抛出问题，他不想节外生枝。

"对！"

"501呢？也一样？"

"房子毁了，新买的门锁，型号我不了解。"

"我是说爆炸之前。"

"都一样。"

伊辉点点头，决定下楼。但他这次没坐电梯，而是走到走廊尽头，从步梯离开。

李默琛看着伊辉的步子，心里有点奇怪：这人腿脚不利索，还能当警察？

"死瘸子！干什么呢？快点！"雷家明打来电话。他一般不这么称呼伊辉，但也不忌讳。他知道伊辉根本不在乎。

"就看了看门锁，这就下去。"

"锁有问题？"

"他们的锁很普通……除了钥匙，有很多法子可以打开。"

"501的门锁，早被王可他们带走了，他们会鉴定开锁方式的！"雷家明说完挂了。

伊辉张了张嘴，把话又咽了回去。

他感觉，重点也许不是开锁方式，而是锁本身……

伊辉很快走出办公楼，但还是没有离开的意思。他站在楼前，抬头呆呆地向上凝视。

"窗户有什么好看？"

雷家明有点不耐烦了，顺着伊辉的目光，也向上看去。

从外面看，办公楼的窗户大致相同，区别在于大小和样式。拿501来说，它以前是老总办公室，窗户最大，而且是落地窗，悬挂布艺窗帘。比501的窗户再小一些的，可能是副总办公室。普通员工的办公室窗户都一样大，样式也一样，均为推拉式滑动窗，里面挂着百叶窗帘。

伊辉看了一会儿，扭了扭脖子，转身朝楼门西侧走去。

办公楼前5米开外，有一条东西走向绿化带，里面种着冬青和银杏树。伊辉点了根烟，在绿化带与办公楼中间的空地上来回溜达。

他想，既然有监控，就一定能拍到凶手进入办公楼的影像。最坏的效果，无非是凶手做了伪装，不让监控拍到面貌。就算如此，警方也能掌控凶手的其他体貌特征，比如高矮胖瘦，走路姿势等，从而极大缩小排查范围。如果对视频进一步高清处理，或许还能发现更多细节，比如凶手携带的工具包样式、LOGO、衣服、鞋子款式，甚至皮肤裸露处可能存在的特征。

可是，如果不是这样呢？

他很头痛。包括监控在内的更多细节，王可尚未向他透露。信息严重不对等。

他一边走,一边重复一个问题:这里就是案发现场,如果我是凶手,我会怎么做?

他不知道凶手的行动轨迹。但能断定,自己刚才走过的路线,肯定有一部分跟凶手重合。比如步行楼梯,比如眼前的这条路。想到这儿,他不禁低头看向自己的脚印。

这时,小火车的汽笛声再次响起。

他眼睛一亮,小跑起来,想去看看那辆小火车。

雷家明久等不及,径直把车开过来,挡住他的去路。

"走了!带你认识我过去的兄弟!"雷家明一边说,一边按响喇叭。

# 第五章　不会笑的人

从东厂南门出去,朝西走到头,拐上五一路,往南走几百米左拐,进入一条巷子后,雷家明停了车。

巷口有一家店,没有招牌,墙体上用朱漆喷了两个大字——维修。

这家汽修店的小老板,就是雷家明的同学。

五一路南北通途,被林义化工东西两厂夹在中间,附近到处是汽修店、物流点、发廊、饭馆。相比之下,这家店实在太不起眼。

店铺占据临街三间平房,门口朝北开。平房背后有一处大院,占地约3亩。院门口紧挨平房一侧,挂着块牌子,上面写着"停车"二字。院内整齐排列着七八辆过路的大车。

此刻临近中午。店前停着一辆大车,两辆小车,墙角扔着数辆报废车,空地上四散着喷枪、改锥、扳手等工具,店门关着,但没上锁。

"你同学好像不在。"

"早上在附近吃早饭碰到他,明明约好了……"雷家明下车朝店门走去。

"修车?"这时从大院内走出个中年男人,大声问雷家明。

"找人，找白玉城。"

"他不在。"

"去哪儿了？"

中年人没吭声，转身返回院内。

"我在你店里，人呢？"雷家明拨通电话。

"我有事，改天吧！"对方回答简短。

"别啊，相请不如偶遇！赶紧回来，我就在这儿等，没外人！"雷家明挂断电话。

5公里外，城郊孙家庄，孙婆婆家。

白玉城坐着小方凳，端着一碗糯米粥，一口一口喂给孙婆婆吃。

孙婆婆今年80，牙早掉光了。尽管这种喂食一周一次，已经持续了大半年，可她还是很不适应。她干瘪的眼窝里噙着泪，干枯萎缩的手举在半空，喝一口就朝前推一下，想阻止这个热心的年轻人。

"别喂了！俺心里不得劲啊！"老人身子矮小，声音却还清楚。

白玉城专注自己的动作，不言不语。

这个家在村子最东边，远离其他人家，只有一间低矮的土屋。屋子外面用树枝搭了个棚子，算是厨房。从前，厨房里仅有一个又黑又破的水壶，外加一个土灶，一口锅，那是老人所有的厨具；现在，白玉城给老人添置了很多东西。

老人身边放着好几个纸箱，里面有油、奶、大米、鸡蛋、蜂蜜等，那是白玉城这次带来的。那些东西仿佛带着生命，令这个闷热、狭窄的空间热闹起来。

老人是五保户，也是村里的扶贫对象。她儿子死于越战，老伴前些年没了，一个月从村里领200块钱。有人曾经和她说，五保户不止这点钱，肯定被上面扣了，叫她去村里闹。她不。她说谁也不容易，她有口吃的就能活。

她的厨房外面，有两棵香椿树，那是她唯一的经济来源。每年春天,她都会提着篮子,去附近镇上卖香椿。春天过去,菜卖不完,她就腌成咸菜留着自己吃,用钱的时候也会拿去卖。

白玉城跟孙婆婆相识于去年冬天。

那天傍晚下着雪,他从城外回来,路过镇上,皮卡车打滑,冲到路边,朝一位阿婆撞去。

那位阿婆在卖菜。她戴着灰色线帽,穿着黑棉袄,瑟缩着身子蹲在路牙子上,眼前铺着一条鱼鳞袋子,袋子上摆着香椿芽咸菜。

白玉城刹车、打方向,反应及时,车子压过香椿芽,在老人身前几厘米处停住。

意外来得突然,老人坐在原地,根本来不及挪窝。

白玉城赶紧下车。

"没撞着俺,没事。走吧小伙子。"

老人一开口,就把白玉城定在原地。

"真没撞着?"

白玉城很惊讶。就算没撞着,他也做好了掏钱的准备。

"不是你的事。雪打滑,小伙子你慢点儿开。"

"下雪了婆婆,你怎么不回家?"

白玉城把车从菜上挪开,然后蹲在老人面前。

"啊?回家啊!我卖菜,卖一点儿就回。"

婆婆有点耳背,面容清瘦,肌肉都塌了,嘴巴深深地瘪着,样子十分慈祥,一说话,眼窝里就散出笑来。

"你冷不冷啊?"

"啊?有点冷,哪能不冷,手都冻凉了。"婆婆每个字都是实话。

"这菜多少钱一斤?"

"这香椿芽咸菜啊,人家卖20,我卖15。我自己腌的,吃不了。"

"这么冷还出来，你自己生活吗？"

"是啊，我自己。"

"你称称，我都要了。"

"你都要了啊？小伙子你能吃上？"

婆婆称重，5斤多点。她努力算了算，收70块钱。

白玉城递上100，说不用找了。

"那不行啊！"

婆婆没零钱，就迈着碎步，去旁边商店找零。

白玉城嘴角紧紧抿起，望着老人的背影，眼角突然有点热。站了一会儿，他跑去另一家商店，给老人买了件新棉袄回来。

看到小伙子回来，老人笑了，把零钱塞给他。

白玉城不多话，拿出棉袄给老人披上。

"这是做啥？"

老人很惊讶，怔怔地盯着年轻人，浑浊的眼神看似有些恍惚，但那专注的表情，却颇像个婴儿。

"穿上，回家！"

"你给俺买的棉袄啊？"老人非要问明白一二三。

白玉城点头。

"你别这样啊，小伙子。俺心里不得劲！"

老人的手无处安放，抬起来又放下去，生怕弄脏新衣服。

"你家在哪儿？"

"我家啊？"

老人认真地指着，比画着，慢慢说完一个地址。

"我还有事，不送你了，一周后我去看你！"

说完白玉城上车走人。

"你还来看我啊？"

老人站在雪里，目送皮卡走远。

七天后，中午。

白玉城出现在婆婆面前。

"是你啊！你……你还真来看我啊？真来了啊？"

婆婆仍穿着那件黑棉袄。她努力抬头望着白玉城，满眼都是惊喜。

"我说过七天后来看你。"

孙婆婆拉着白玉城，给他暖手，岂不知她的手，比年轻人的冰冷多了。

"看望"这个词，对暮年的她过于奢侈，奢侈到人真来了，她也不敢相信。

她拉着白玉城进屋，留他吃饭。

白玉城推托。

"你是嫌家里脏啊，你是嫌弃俺啊？"

"不嫌弃，我吃过了。"

"真吃过了？"

白玉城用力点头，说："下次来吃饭。"

这一次，他知道了婆婆姓孙，80了，很少吃菜，家里没油，一天只喝一碗稀饭，一阴天就浑身疼……

白玉城给老人打扫了卫生，尽管那间房子，实在不值得打扫。

他干活，老人就跟在一旁，嘴里一个劲念叨——别干了孩子！俺心里不得劲啊——那是她表达歉意的唯一方式。

临走，白玉城硬叫老人穿上新棉袄。

老人站在街头，看着年轻人上车，好像瞬间老去10岁。只不过对她来说，再老10岁，跟现在也没什么分别。

"七天后，再来！"白玉城探身到窗外，冲老人摆手。

老人终于笑了，眼窝里放出光来。

老人一笑，白玉城也跟着笑了。

老人已经发现了，这个年轻人不会笑。哦，是从来不会主动地笑。那张冰冷的脸，需要别人去点燃。可是他一笑起来，简直灿烂极了。

白玉城回到维修店，发现雷家明还在。

近10年不见，相比雷家明的热情，他显得有些冷漠。

"这是白玉城，这是伊辉。"雷家明介绍他们认识。

伊辉爽快地伸出手去，白玉城却"浑然不觉"，一动不动。

伊辉不以为怪，只是略显错愕：白玉城留着不合时宜的长发，头戴一顶褪色的白色棒球帽，眼神明亮，身板硬挺而单薄。最引人注意的是肤色。他实在太黑了，或许用古铜色形容更为准确，那跟他的名字，形成微妙的反差。

"你小子！变结实了！"

雷家明捅了白玉城一拳，叫他上车。

"在这儿吃吧！"

白玉城转身进入店内，并不招呼客人。

雷家明和伊辉尾随进屋。

屋子一共三间，其中两间打通了修车，一间自用。修车房很宽敞，中间立着升降机，升降机背后角落里，有几件健身器材。升降机旁边靠墙摆放着茶几、桌椅，用来给修车的客人消磨时间。

白玉城指了指茶几，示意雷家明随便坐，自己进了里屋。片刻后，里面传出来炒菜的声音。

"哟，亲自动手啊！"雷家明推开里屋的门，想去帮忙。

里屋更宽敞，一间顶外面两间，装修简单，家居用品齐全，一张大床靠东墙，看上去很舒服。床尾立着个书架，里面塞得满满当当，人在床上一伸手，就能够到书架。屋子南边，有一扇小门连接外面的大院。门内隔了个小单间出来，那里就是厨房。

"和伊辉一样，都是读书人嘛！"

雷家明不拿自己当外人，走到书架前寻摸。书架最下层，紧靠床头的位置，平躺着一个白色封皮的笔记本。本子既厚又旧，纸页泛黄，封皮上用铅笔画着樱木花道，很显眼。

雷家明的童年记忆，似乎被唤醒。他盯着笔记本愣了片刻，才把目光投到书架上方。书架顶上有个大纸盒，没有盖子，里面放着一架大疆牌小型无人机。

雷家明顿时来了兴趣，踮起脚把盒子抱下来。在那个过程中，他的脚踢到了床下另一个纸盒，那里似乎还有一架同样的无人机，只是他没注意到。

"你还玩这玩意儿？我们报社也有，是航拍用的。"

雷家明拍了拍盒子上的土。

"你别进来！"白玉城端着热气腾腾的炒瓢探出头来，声音有些冰冷，"这儿我自己来，你出去！"

雷家明讨了个无趣，放回纸盒，回到屋外。

没用多大工夫，菜齐了。这时房门推开，进来一个中年人。

伊辉立马反应过来：他们刚到维修店时，这人跟他们打过招呼，问他们找谁。

不用白玉城介绍，来人爽朗地说："我是这院儿里的。两位可是稀客，千万别客气！"

"这是冯老板！"白玉城补充。

"我叫冯仁兴，叫老冯就行。"

"这么说，你是小白的房东。"雷家明快人快语。

"谈不上！"冯仁兴举起酒杯笑道，"小白给我打电话了。你们老同学见面，我腆着老脸，来凑个热闹。"

"你们喝！"白玉城把杯子反扣了。

雷家明一看不乐意了，伸手去抢酒杯。

"他确实不喝酒！"冯仁兴替白玉城打圆场，"一把年纪了，我

058

还能胡说？"

伊辉回去还要开车，不能喝酒，便往杯子里倒了白开水。他知道冯仁兴就是来陪酒的，看来白玉城想事倒也周全。

四人一桌，两人喝酒，场面难免冷清。好在老冯见多识广，东拉西扯，硬是把气氛抬了起来。

这期间，冯仁兴还简单介绍了自己的情况。

他离婚单过，有个儿子叫冯云龙，在美国上学，年纪跟白玉城相仿。

雷家明没想到是这么个局面。他本想和老同学叙叙旧，现在却多了个外人。至于白玉城的性格，他倒早习惯了。当年白玉城的话就不多，现在多年过去，他能理解对方新添的冷漠。看着对方黝黑的脸，他很想问问，这些年，你倒是经历了什么？

没过多久，白玉城吃完了。

他放下筷子，站起来："我有点累，想睡会儿，你们慢慢吃。"

"你小子……"

主人离席，剩下客人，雷家明不适应。

"兄弟，谢谢你来看我，谢谢！"

白玉城用力拍了拍雷家明肩头。此刻，他体会到了孙婆婆的心情。对每个被世界遗忘的人来说，"看望"，总是弥足珍贵的。

雷家明笑了。白玉城那短短的一句话，足以证明他们的友情仍在。

他长舒一口气，饭局间所有不适，烟消云散。

迎着雷家明的笑容，白玉城也笑了。

白玉城走后，冯仁兴说："别看小白一天到晚，冰言寡语，实际上，他心里热乎着呢！"

雷家明点头，以示了解。

"知道你们来之前，小白干什么去了吗？"冯仁兴不卖关子，

"他去看望一个老人,每周去一次,持续大半年了,雷打不动。"

"去养老院?"雷家明探问。

冯仁兴摇摇头:"本来素不相识,他的车差点撞到人家,那是去年冬天的事儿。他本以为对方会讹钱,他也做好了掏钱的准备。可是,那位孙婆婆不但不要钱,还说雪天路滑,嘱咐他慢点开……那个老人很可怜,可是很要强,80了,还上街卖咸菜,她不需要别人可怜。小白用自己的方式,融入了老人的生活。他说,孙婆婆的心很干净……"

伊辉安静地听完,琢磨了一会儿,慢慢说道:"老人给了他安全感。"

"老人还能给他安全感?"雷家明若有所思。

冯仁兴问雷家明:"你应该了解他的身世吧?"

雷家明看了看白玉城的房门,小声说:"他父亲自杀,母亲病逝。父亲临死前,还背着强奸和金融诈骗的罪名。当年在学校,这些都是公开的。"

"根本不是那么回事!"冯仁兴重重放下杯子,说,"他父亲当年在西城区,也算了不起的人物。你知道吧?"

"是鼎鑫化工的老板!我当记者后,收集过一些资料。"

"鼎鑫化工,白涛!那可是头一号仗义人物!"冯仁兴竖起大拇指。

"你认识他父亲?"

"何止认识!"冯仁兴长叹一口气,"你们也看到了,里面这个停车场,这个大院子,它是白涛当年送给我的!"

"送人这么大礼?"雷家明头一次听说。

"算了!"冯仁兴独饮一杯,摆摆手,不想再提往事。

然而雷家明来了兴致,连喝三杯,极力怂恿冯仁兴说下去。

冯仁兴见雷家明爽快,便也连饮几杯,简单述说了一段往事。

他和白涛既是同乡，又是战友，只是在当兵前彼此互不相识。当年他们一个连队上下铺，很聊得来。新兵连之后，他们又分到了同一个武警支队，那更加深了两人的情谊。

冯仁兴比白涛大一岁，便以大哥自居。他对白涛最大的帮助，是替对方执行死刑枪决任务。当时白涛军事技能更优，有一次枪决任务，被选定为执行队员之一。白涛顺利完成了任务，可令人没想到的是，他居然晕血，回去就天天做噩梦，整日萎靡不振，还在日常训练中差点搞出事故。

晕血这事，白涛自己也不信。他入伍前杀过鸡，没有不良反应。后来冯仁兴偷偷帮他查资料，才知道，那其实不是晕血，而是创伤后应激障碍（PTSD）。

实际上枪决任务后，支队上曾安排人，对执行队员做过心理评估，可是白涛当时隐瞒了自己真实的心理状态。原因很简单，彼时的白涛有个提干机会。一来，他仅仅把自己的一系列问题，当成晕血后遗症，不知道有个正经名目叫PTSD；二来，执行任务的其他队员都很正常。他担心领导把他当成尿包，枪决个把人犯，就整出来心理疾病，从而影响提干。

当时白涛咬牙坚持，很久后才慢慢调整过来。然而意外来得太快，他刚调整好，第二个枪决任务又来了。

那次白涛真慌了。他只有两个选择，要么硬着头皮上，要么向领导坦白。两个选项都很差。接受任务，意味着再次面对PTSD的残酷折磨；坦白，意味着自己此前撒了谎，在品行方面让领导画叉号。

这时候，最好的朋友给了他第三个选择：冯仁兴主动申请，替他执行任务。为此，冯仁兴找来泻药，说服白涛喝下去，给他弄了个"急性肠胃炎"出来。白涛身体状况不佳，冯仁兴找到领导，顺利达成任务替换。

然而，意外再次不期而至。

执行枪决前一晚，冯仁兴的三姨夫到支队找他。他姨夫是接到法院通知，从老家赶去领儿子尸体的，具体领取时间、地点，等待进一步通知。姨夫难受，想起冯仁兴在那儿当武警，便找到外甥喝酒诉苦。

难道明天枪决的犯人，是姨夫的孩子？冯仁兴一听慌了神。但当时的他，还是带着侥幸心理，认为要处决的犯人，不一定只有一个。哪怕有两个犯人呢，那么他要处决的，就有一半概率不是自己的亲戚。

因为第二天有任务，他没喝酒，更没向姨夫透露信息。

天亮后，冯仁兴忐忑不安赶到处决现场，见到犯人后，心瞬间冰封——目标只有一个，而且偏偏就是他表哥。

冯仁兴咬牙，低头。他不想被表哥认出来。

然而……

这里有个细节不能忽略。待执行任务的武警，无法获知被执行者的身份。但是行刑前，有关部门会对执行武警，做一定程度的人事审查，以避免执行者跟罪犯之间可能存在关系。然而，冯仁兴的三姨夫多年前就离婚了，儿子跟了他，女儿跟着冯仁兴的姨妈。这些情况，在冯仁兴的人事档案里根本没有体现。另一方面，本来定的人选是白涛，相关的审核早就完成，他临时接替顶上，导致对他的人际关系梳理有所疏漏。这些都是几十年前的旧事，如果放到现在，如此疏漏一定不会出现。

那次任务后，冯仁兴也接受了心理干预。从结果看，其心理上并未出现明显创伤。这儿有个前提，他也隐瞒了细节，没告诉医生自己跟犯人的亲属关系。

事后很久，他才对白涛说起实情，而彼时的白涛已经提了干。

得知真相，白涛不敢相信。在他看来，枪决犯人之后的冯仁兴没有异常。

可是……

那本是一次出于善意的替换行刑,最终却变成枪决自己的表哥!兄弟啊,你究竟经历了什么样的心路历程?白涛难以想象。

还是说,冯仁兴的神经真就是钢打铁铸?

不是的!白涛很清楚那到底是什么滋味。

再后来,冯仁兴退伍。

白涛又干了几年才转业,用转业费和借来的钱,一步一步创立了鼎鑫化工。

白涛没忘冯仁兴。可是冯仁兴文化低,还缺一技之长,又是个死要面子的人,不管白涛怎么"安排"他,他都拒绝。直到后来,白涛实在没法子,就以冯仁兴的名义,买了一块地皮。起初,冯仁兴坚决不要。白涛婉言相劝,说只是让他暂时看着那块地,企业需要时再拿回去。冯仁兴勉为其难接受,把那块地弄成停车场,专供来往大车临时停靠之用,这才有了个安身立命的营生。

冯仁兴沉浸在回忆里,等到讲完那段往事,已离醉酒不远了。

他很激动,挥舞着双手大发感慨,说他儿子冯云龙的留学费用,全指靠这个停车场。要不是白涛当年给他这块地,别说儿子出国念书,他自己吃喝也成问题。他说白玉城比他儿子小几岁,当年彼此不熟。以后等冯云龙留学回来,他就叫两个年轻人拜把兄弟,就像当年他和白涛一样。

雷家明唏嘘感叹良久,问:"据我所知,白涛的确是自杀而死。自杀的原因,应该是投资失败吧?"

"算是吧!"冯仁兴摇摇晃晃走到窗前,指着不远处一片高大建筑,"看到了吗?那片烂尾楼,就是白涛留下的……唉!"

那片烂尾楼一共八栋,每栋18层,只有第一栋封了顶。从外表看,那些建筑是商住两用,一到九层按酒店规格设计,再往上是商品房。

雷家明感慨万千。那些建筑他早就见过。他跟每日里来往的行人一样，对其熟视无睹，谁也不知道它们背后的故事。

"但是你给我记住，小伙子！"冯仁兴瞪着眼大吼起来，"白涛，我兄弟白涛，绝对不是你所说的金融诈骗犯，更不是什么强奸犯！"

"我只是从旧报纸上看来的，网上好像也有那个说法——"雷家明连忙解释。

"都他妈放屁！"冯仁兴一边说，一边用力捶墙。

"那是怎么回事？"伊辉默默旁听半天，忍不住发问。

冯仁兴哼了一声，说："我说过了，投资失败！"

"你指那片烂尾楼？"

"还能是什么？"

"全赔了？"

"你说呢？"冯仁兴长叹，"当年除了必要的流动资金，他全投上了。工程量越来越大，钱不够，他先是发动工人集资，而后又拿企业抵押，从西城城市银行贷款……后来他自杀，企业归银行，然后被拍卖……但是不管怎么说，他欠工人的集资款，不是金融诈骗！那是两码事！"

"我想起来了！"雷家明一拍脑门，"现在林义化工的西厂，就是当年的鼎鑫化工吧？"

冯仁兴点头。

"原来如此！"伊辉挠了挠头，"从现在的结果看，那的确是一次失败的投资！可是，白涛当年，为什么偏要在西城盖楼呢？"

"那是城市规划问题。向东还是向西？当时咱们滨海进一步的开发方向，还不明确。"冯仁兴说。

"投资总是跟风险挂钩的！"雷家明补充。

"可是一般来说，城市都是东扩的，而且当年，政府早就搬到东边去了。"伊辉还是不解。

"白涛比你更清楚这一点!"冯仁兴认真看了看伊辉,说,"但是有一点你不知道。从前,本市的污染企业大都集中在西城。大概十几年前起,污染企业开始大规模搬迁,那给了白涛错误的判断。他考虑的,是政府进一步的开发方向。有了地,政府能让它空着?实际上不只是他,当时有很多开发商,都在打西城的主意,毕竟这里地价便宜……唉!坏就坏在他做事果断,下手太快,反而毁了一切。这片大院,对当时的白涛来说可有可无,现如今,却成了他白家的全部家当……"

"你打算把院子还给白玉城?"

雷家明耿直,但还是没把话说全。本来他还想说,现在西城的地块,也不值钱。

"老子就是个看门的,一直都是!"

"那强奸罪名呢?"

"屁!纯属捏造。为什么?还不是有人见他完蛋了,落井下石?"

"谁?"

"两个婊子!"冯仁兴把指关节按得咯咯响,"一个是白涛当年的秘书,一个是公司的销售科长。当年,她们跟白涛的确有不正当关系,那些我都知道,他老婆很可能也知道。白涛风光时,她们心甘情愿,白涛落难了,她们就跳出来指控!为啥?还不就为几个臭钱?她们以为白涛家底厚,就算企业完了,也得保全名声,给她们钱封口,可到最后,她们连一分钱也没得到……白涛自杀,一了百了,还落下一个强奸的罪名。唉!我的兄弟啊!好钢易断!他最后是彻底绝望了,什么也不在乎了……"

白涛的事,当年可谓家喻户晓。雷家明那时还小,即便后来工作原因,对其有所关注,但还是跟大多数人一样,只知道一些表面情况。如今听冯仁兴讲述这许多内情,心中很是唏嘘,不由得感叹命运无常。如此一来,对白玉城今天所表现的冷漠,便更为理解了。

他问冯仁兴:"那白玉城呢?他高一辍学后,干吗去了?"

"不清楚。他是一年前回来的,找到我,说要租房子搞车辆维修……唉!他命苦啊!"

说着,冯仁兴一屁股跌进椅子里。片刻后雷家明再要找他问话时,他竟已打起呼噜。

该走了。雷家明推开里屋房门,去跟主人打招呼。

白玉城压根儿没睡,正倚在床头聊微信。他起身默默地把客人送上车,再没说什么。

上车前,雷家明欲言又止。他本想告诉白玉城,林义化工管理层死了人。

林义化工的西厂,就是当年的鼎鑫化工,某种意义上,可说是"鸠占鹊巢"。现在林义化工出了事,对"鹊"来说算不上好事,但心理上也许会平衡一点儿。可是,他终究没说出来。他觉得自己的想法不地道,没意义。

雷家明刚要走,白玉城突然掏出个红包扔到车上。

雷家明问怎么回事。

白玉城说:"初三时,你借给我1000块钱。红包里有2000,多出的是利息。"

陈年旧事,雷家明早忘了,拿起红包,想还回去。

"欠条要是还在的话,你撕了吧!"说完白玉城转身进屋,没给雷家明机会。

"近10年的旧账,还记得还,倒是个讲原则的家伙!"

伊辉说完,把车开回西城分局,叫雷家明去他宿舍休息。

整个下午,伊辉脑子里全是白玉城的影子,还有冯仁兴所说的那些往事。他对白玉城没有坏印象,但不知道为什么,他总觉得那个年轻人心里，藏着很多秘密。后来他又想，冷漠寡言的人，难免给人那样的印象，这有什么奇怪？每个人都有隐私。对别人太好奇，可不是个好习惯。

下午下班后，伊辉刚回到宿舍，王可就来了。

雷家明刚睡醒，埋怨王可动静太大。

王可不理会雷家明，他习惯性地用双手犁着发青的头皮："辉哥，我们卡住了！监控，他娘的什么也没拍到！"

"林义化工的监控？你不是马上要负责褚悦民的案子吗？"

"废话！可我是刑警！你不想听？那我撤了啊！"

"先说厂门口的监控。"

"厂子南北两个大门，监控都没异常。从上周五送海缸的车进门开始，到这周一早晨，唐林清进门截止，监控拍到的所有人、车，我们全捋了一遍，包括送海缸的装卸工！"

"结果呢？"

"这段时间内，每个人的行为轨迹都有迹可循，没有任何疑点！也就是说，凶手没走大门……"

"你们什么看法？"

"这几天，我们天天在厂里转悠。我们怀疑，凶手是借助运货小火车潜入东厂的！"

"哟？你们这么想？"

"你以为我们吃干饭的？"王可抖着腿说，"我们没证据，但是借助小火车进去，完全可行。那玩意儿，车头拖两节敞开式车厢，整车就一个司机，装卸全靠叉车，中途抽冷子上去个人，神不知，鬼不觉。登上小火车有两个途径，一个是从西厂，一个是从过街天桥。现在，我们已经把调查范围扩大到西厂了！"

"过街天桥呢？"

"那里没监控，但不排除有目击者看到过异常，正在大面积排查。"

"办公楼监控呢?"

"那个很麻烦!"王可的腿停止了抖动,"摄像头没鸟用,它上面粘着一块面筋!"

"面筋?"

"是的!起初我们以为是口香糖……"

"口香糖里有口水,有DNA的,大哥!"雷家明忍不住插言。

王可没还嘴,只是冲雷家明翻了个白眼:"我们找到一个影像——8月25日,即上周六,晚8:45,从办公楼大门西侧墙角处,伸出一把弹弓,射了三次,把面筋团射到了摄像头上!"

## 第六章　两颗钢珠

王可很清晰地描述了影像内容。

上周六晚8:45,有人躲在办公楼西侧外墙角,用弹弓射了三团面筋。前两团掉在地上,第三次中标,面筋团射到摄像头上,从而挡住了监控视线。

在弹弓射击过程中,影像中能看到有纸片一样的东西飘落。警方判断,飘落的纸片,应该是锡箔纸片。凶手用它裹住面筋团,避免弹弓皮兜跟面筋粘连到一块。第三发面筋弹射中目标后,凶手一定把掉落的锡箔纸,以及射失的面筋团都捡走了。由此,警方确定了凶手潜入办公楼的作案时间,但是相关调查并不顺利。

首先是门锁。经专业检验,501办公室门锁锁芯无任何破坏,锁舌上也没有任何外力划痕。王可认为凶手有钥匙。但是,办公室钥匙只有唐林义和唐林清有,而且从不离身,凶手是怎么得到钥匙的?警方从所有近距离接触过他们的人入手,一一排查。但那并非唯一可能,凶手完全可以不接触钥匙,而是提前将某种物质灌入锁孔,自己配钥匙。就这个可能性而言,案发前一段时间内,所有进出过办公楼的人都有嫌疑,这怎么排查?

其次是动机。找到动机,能大大缩小排查范围,甚至直接锁定凶手。警方早就认定,除了唐林清,唐林义也是凶手的目标。可是对唐林义屡次问询,多方调查,也找不到那么一个人,非要除之而后快。用唐林义的话说,他是合法商人。有看他不顺眼的人吗?肯定有,但都是鸡毛蒜皮的过节。那为什么有人精心布局对付他?他一问三不知,把难题抛给警方。

监控只给了警方一条线索:凶手善使弹弓。

听完王可的叙述,伊辉苦思一番,拿上外套准备出门。

"去哪儿?你倒是先帮我参谋一下!"王可急了。

"走吧,王队,一块儿去林义化工!我可没有调查权!"

"干脆叫王局吧!你小子也调侃我……去那儿干吗?"

"我想到了一个细节,到那儿你就知道了。"

雷家明一听,赶紧穿上外套,相跟着下楼。

天色已黑。

三人很快赶到化工厂。

伊辉叫王可出面,很快找到了他想找的人:小火车司机。

小火车司机一共两位,一个姓袁,一个姓马,一个40出头,一个30出头,都是老职工。今晚值班的是老袁。

伊辉问老袁,上周六晚上谁值班。

"小马。有什么事,你们去他家问。"

"不用那么麻烦!"伊辉稍一琢磨,问,"你们每次运货,有什么相关记录吗?"

老袁说:"我们光管拉货。有个记录表,东西两厂仓库各一份,月底核对是他们的事。"

伊辉等人赶往东厂仓库,找到了值班管理员。

东厂仓库很大,但两厂之间转运的原料或成品,却不是全都非入库不可,有很大一部分,直接堆放在仓库外的空地上,方便装卸。

王可一问放心了,还真有出入库详单。

从出入库记录上看,上周六夜间,小火车一共进出两次,第一次是从西厂往东厂送原料,而后满载返回,第二次返回时空载。

此外,记录上还注明了接收时间,也就是卸货时间。

第一次,8月25日20:40。

第二次,8月25日21:35。

这正是伊辉想要的信息,给他省去了找马姓司机问询的麻烦。

看到这份记录,王可隐约明白了伊辉的意思。他拍了拍脑壳,心中懊恼。他们刑警队的人,猜想凶手很可能借助小火车潜行作案,可是偏偏没人来查看这份记录。

伊辉给记录拍了照,三人乘车离开。

那份记录很重要,它能印证既有的判断,同时还提出了新问题。

回到宿舍,伊辉立即展开分析。

"时间点刚好对上——周六20:40,小火车到达东厂仓库卸货。五分钟后,20:45,凶手用弹弓和面筋,封印了办公楼摄像头,而后潜入501,组装电解设备。组装过程中,他可能使用了手机,也可能用手电筒照明,但501密闭性不错,总之没人注意到楼上的光源。待电解设备完成后,他再乘小火车离开。这的确是最理想、最安全的来去方式。从概率上说,凶手应该是从五一路的天桥台阶上翻进车厢的,离开时同样走天桥,那比从西厂上下车要安全得多,也能省去进出西厂时监控带来的麻烦。"

这个分析过程,王可和雷家明都赞同。

伊辉接着说:"但是问题来了。小火车第二次到站卸货时间,是21:35,而后空载离开。那个卸车过程是多久,没有记录。但是卸货用叉车,总不会耗时太久吧,我们假设此过程为15分钟。假设小火车21:50离开,那么,凶手一定要在21:50之前,就隐蔽地潜入车厢。可是,从20:45—21:50,这一小时多一点儿的时间,凶手不可能搞出那

071

一套电解设备！"

"我去！你确定？"

王可用力犁着发青的头皮。他不懂电解设备制作原理，想不到时间上，还能分析出这么多道道。

伊辉没急着表态。

他认真地想了想，才慢慢点头："时间太短，反正我办不到！凶手作业环境很差，只能使用有限的照明设备，那不是在自家客厅！你们应该记得对电解槽的分析。不说线路连接，光说电解槽跟海缸其他部分的隔离端，也就是那块玻璃隔断，得先卸下海缸的半个折叠盖，再精确测量，小心切割，最后插入海缸，再用胶密封。那可是个细活，容不得半点马虎……而且海缸高1.5米，加上独立设备层的15厘米高度，总高度1.65米，他得踩着椅子，探身进缸体，小心操作……凶手仅有那一次机会，一旦出错，设备设置失败，就前功尽弃……一小时多一点儿？我认为根本不可能！"

"有可能！"王可急道，"已经是既成事实了，不要太主观。请问，如果凶手生活里，就特别熟悉玻璃切割呢？如果那个装置的连接，凶手早就演练多遍呢？"

"这……"伊辉语塞。

王可说："接下来调查重点，就是寻找8月25日晚的天桥目击者。你看——"

伊辉打断他："凶手一定提前获知唐林义新买了大海缸，也可能熟悉玻璃切割操作，还可能针对电解线路连接，早就演练多遍，但是，潜入501后，可能会出现的种种意外，他无法预料。任何一个意外，都会延迟其作业时间。总之，如果是我，会让自己的时间尽量富裕。再说，凶手当时在501，是如何得知小火车第二次进东厂的？厂里生产噪声很大，可是小火车晚上并不鸣笛，这点我已经了解过了……"

"哎呀！如何得知小火车第二次进东厂？"这次轮到王可语塞了，他埋头琢磨一番，突然挺起胸膛，论据再次充分起来，"我承认这几个疑点，但终归只是主观分析，算不上证据。依你所言，如果那段时间不够用，凶手摸进东厂干什么？饭后遛弯？为什么要把摄像头封死？显摆弹弓玩得帅？"

王可的话自有逻辑，伊辉没法反驳。

"我相信周六晚，天桥附近一定有目击者。那小子跑不了！"

说完，王可把伊辉拍的装卸车信息传到自己手机上，满意地离开。

雷家明对案子极有兴趣，他现在有点乱。他相信警方的判断，凶手就是通过小火车潜入厂区作案的，那是警方对出入厂区所有人员排查后，迫不得已做出的判断。而且，伊辉也支持这个判断。可是现在，王可和伊辉出现了严重分歧。一个根据摄像头，说凶手作案时间是8月25日（上周六）晚，一个说那个时间段（20:45—21:50），根本无法完成电解槽设置。

到底怎么回事呢？雷家明没跟伊辉继续讨论。他中午喝了不少，头到现在还痛，干脆回家休息。

雷家明走后，伊辉彻夜难眠。他觉得自己的判断立得住，可又无法驳倒王可最后的质疑：如果那段时间不够用，凶手摸进东厂干什么？饭后遛弯？为什么要把摄像头封死？显摆弹弓玩得帅？

第二天他起了个大早，拿上自己的五菱宏光钥匙，直奔停车场。

来到车前，他未急着上去。

他点上烟，盯着车门看了一会儿，然后将车门开合了两次。

第一次打开，10秒后关门。

第二次打开，4分30秒后关门。

他判断，褚悦民是死于谋杀，可是那两次车门的开合，又是什么意思呢？

其实,他早就想到了一种可能。他相信,刑警大队江志鹏队长那边,甚至包括王可那个二愣子,也一定早有相应的判断。只是警方惯以证据说话,所以在此前有限的交流中,王可并未言明……

烟头燃尽。他中断思绪,上车直奔林义化工。

化工厂门口,昨天值班的那个东北小伙,正蹲在门外抽烟。

伊辉走上前去。

"哥们儿你又来了!"

小伙抽着伊辉昨天扔下的烟,热情满满。

"进去转转。"

伊辉又丢给小伙一包烟。

"还是为案子?"

伊辉连忙摆手:"我就是个文职,破哪门子案!"

"进吧,进吧!没毛病!厂子也没规定文职警察不让进!"

伊辉进入厂区。他本想亲眼瞧瞧那辆小火车,可是火车还没来。他犹豫了片刻,再次来到办公楼前。

办公楼前还立着脚手架。建筑工出工早,正坐在台阶上吃早饭。

伊辉拖着右腿,走上绿化带和办公楼中间的小路。

路面上铺着方块格子,时常有人打扫,看上去很干净。

他走得很慢。每经过一扇窗,都会停下来看一看。他似乎对窗户很感兴趣。

"喂!干什么的?"有个建筑工见他鬼鬼祟祟,吼了一嗓子。

"没事!我是警察!"伊辉亮出证件,再未多言。

上次来他就观察过,普通员工的窗户,均为推拉式滑动窗,把里面的把手打开后,可以或左或右,随便拉动。

每经过一扇窗,他都试着拉一下。

每扇窗都从里面锁着,拉不动。

他继续走,继续推,脸上没什么表情。他或许有什么期待,或许什么都没想。

办公楼大门在建筑最中间,东西两侧对称。他很快把东边检查完,又转而检查西边。

不大一会工夫,他来到西侧第十七扇窗前(每间办公室两个窗户)。

这是西侧倒数第二间办公室。

他照例拉了一下窗,刚想朝前走,突然站住了。

他眼前亮了一下,视线随之聚焦。

这扇窗不同于其他,它没关严实。它的边沿跟窗框之间,留有一条小小的缝隙。顺着缝隙看下去,在窗户的滑槽尽头,卡着一颗不起眼的钢珠。

那颗钢珠很小,目测直径约2~3毫米。由于它的存在,窗户便无法滑到尽头。可是它体积很小,只是将窗户卡出一条缝,一般人还真不注意。

"有趣!"

检查窗户时,他什么也没想。但当发现钢珠时,他的思路瞬间打开了——钢珠很常见,可它却出现在不该出现的地方,这本身就有点怪。

它为什么出现在那个位置?

是被人无心丢在那儿,还是有人故意为之?

不管哪种情况,结果只有一个——窗户无法关严,被钢珠卡出来一条缝。

这条缝又能带来什么?

对普通人来说,它没有任何意义。

但是对特定的人来说,就不一样了。

他盯着那条缝,脑海中浮现出一个操作:找一条细铁丝,把它的一头弯出一个小圈,再把带圈的一头,从缝隙中斜着伸进去,同时从恰当位置把铁丝折弯,以保证伸进缝隙的铁丝,贴近窗户内侧,再调整角度,直到把铁圈挂到窗内的塑料把手上。由于窗户锁上时,把手是竖直方向的,所以这时候,从外面斜向上拉动铁丝,就能拉动把手,从而在不搞破坏的情况下,从外面把窗户打开。

他很想亲自试一下,可是时间还早,办公室的人都没来……他等了一会儿就等不及了,转身四处搜寻,想找根细铁丝。

路面很干净,什么也没有,他只好到绿化带里寻摸。

片刻后,他用力拍了一下大腿,暗骂自己太蠢:脚手架那儿不就有铁丝吗?

他转身刚要走,视线突然被什么东西晃了一下。

"咦?"他低头一看,脸色骤然变了——就在他脚下不远处,绿化带前的泥土里,也躺着一颗钢珠。

"怎么还有一颗?"

他垫着卫生纸捡起钢珠,到窗前跟另一颗比对。

两颗钢珠大小相同,表面锃亮,均无锈迹。

他把钢珠包好装起来,然后尝试取出另一颗。可是窗户关得很紧,那玩意儿卡在滑槽里,根本取不出。

他无奈地靠墙坐下,把找铁丝的事给忘了。

第二颗钢珠的意外出现,完全打乱了他的设想。

他之所以对窗户感兴趣,还是源自昨晚的悖论。

警方把所有监控捋了一遍。摄像头不会撒谎,凶手的确是8月25(上周六)20:45,潜入东厂,躲在办公楼西侧外墙角,用弹弓把摄像头"封印"了。

但是,他断定凶手当时一定没进办公楼,更没去501办公室。

他坚信自己的判断,从20:45,到小火车第二趟离开,那一个小时多点的时间,根本不够用,不可能完成电解设备组装。可是,凶手为何要那么做?他暂时无法回答。

不管怎样，既然能确定上周六（8月25日）晚凶手没进办公楼，那么凶手进501作业，就一定是其他时间。

这样推算起来，凶手作案的时间，只能是上周五晚，也就是唐林清安置好海缸的当天晚上。因为周日晚上，显然最不可能，它离8月27日案发，不足12小时，电解时间太短，产生的氢气恐怕难以满足爆炸临界点。

推断出凶手作案时间还远远不够。他一夜辗转，就是考虑凶手如何进501的。

案发前几天进出办公楼的所有人员警方统统调查过了，没有可疑人员。

上周六晚，摄像头被面筋糊住，但凶手也没进办公楼。换句话说，上周五晚，摄像头是正常工作的，但是没拍到可疑人员。

那么，凶手就只能走窗户。

这样一来，思路就通了：上周五晚，凶手用某种方式，从一楼窗户进入某间办公室，然后从里面打开房门进入走廊，再上501。毕竟，办公室的锁都一样，都是单锁头插芯锁，外侧带把手，里面带开锁旋钮，外面锁上，里面用旋钮就能开门，无须破坏门锁，上次来厂区，他已经测试过了。

天一亮伊辉跑到化工厂，就是验证自己的思路。他本以为查找一番，也许什么都找不到，也许会发现某扇窗有被破坏的痕迹，结果却发现了钢珠。

如果钢珠真是凶手放进窗户滑槽的，那么这个法子实在太巧妙了。

钢珠体积太小，关窗的办公室人员很难发现。它的存在，给凶手预留了足够的缝隙。

可是，正当他欣喜之时，却发现了第二颗钢珠……

如此一来，他的思路又乱了。

起初，他能肯定一点：凶手需要溜进厂区两次，而且第一次要在白天，也就是办公室员工下班之前，找准机会，往某扇窗的滑槽内放一颗钢珠。那样一来，下班后窗子闭合时，才能卡出需要的缝隙，方便第二次进厂作案。

可是一颗就搞定的事，为什么会有两颗呢？

他陷入沉思。

难道凶手最初放入滑槽的，是两颗钢珠，随后觉得多余，又取出来一颗？如果是这样，凶手为何不把它装起来，而是扔在地上？也许是不小心丢落的？

难道凶手周五某个时间潜入东厂，挑了一扇窗，放好钢珠，过后不放心，又进来确认，发现钢珠被办公室的人丢掉了？于是又随机挑选了这扇窗，重新放置第二颗？

还是说，事情没那么复杂，地上的钢珠，只是凶手不慎掉落而已，然后他把另一颗放入滑槽？

很多时候，真相都非常简单，只是人们把它想复杂了。

念及此，他中断思绪，起身去脚手架附近，找来一根铁丝。

接下来的情况完全符合他的设想，用那根铁丝的确能拉动扳手，推开窗户。

远处，几名建筑工坐在台阶上，把他的举动看在眼里。他们觉得那个瘸子太怪了……

做完了该做的，他回车里等。不久后，办公室的人来了。

伊辉下车上楼，推开109的房门。

房内，有个女人站在窗前。窗子已被打开，钢珠仍留在滑槽内。

女人握着笤帚，纳闷儿极了：刚才开窗时，她发现窗把手处于开启状态。可她分明记得，昨天下班后，是关紧了把手才离开的。

伊辉上前解释，同时亮出证件。

女人听完很惊讶："你能从外面开窗？"

她露出不信的表情，一边说一边检查，生怕窗户被眼前这人给破坏了。

"窗子完好！"

伊辉没过多解释，叫女人让开，然后背对女人，悄悄把滑槽内的钢珠取出，同样用卫生纸包好，放进烟盒。

女人上周五是否看到过可疑的人，这个问题很蠢，他没问。他断定女人什么也不知道。

收起钢珠，他问："办公室每天都打扫吗？"

女人点头，不明白对方用意。

伊辉有点失望。

办公室天天打扫，那表示凶手可能遗留的痕迹，早被破坏殆尽。

伊辉轻叹一口气，拿出手机，说："我能拍张照吗？"

"拍我？"女人大惑。

伊辉笑着摇头，指了指窗台。

窗台很宽大，上面摆着好几个花盆。花盆大小不一，种着兰花、绿萝、仙人掌等寻常花草。

"拍窗台？这些花盆要搬走吗？"

伊辉说不用。

女人挠挠头，赶紧让出位置。窗台有什么好拍？她简直困惑极了。

伊辉先拍了一张窗台全景，包括那些大大小小的花盆，又走到窗前，分别拍了滑槽、窗把手等几处细节，完事道谢离开，留给女人一堆问号，够琢磨一辈子的。

他很快回到分局。一路上他想好了，要把今天的发现，以及自己的想法，写一份文档出来，连同照片一块儿交给王可。至于能帮对方多大忙，那很难说。也许，江大队长对一个文职警察的发现，不屑一顾呢。

下车时，他从座位旁的缝隙里看到一本书。那书叫《不在场证明》，是他以前不小心掉到那儿的。

　　他把书抠出来，拍掉上面的土，直到视线落在封面上，他突然叹了一口气：唉！明白了！凶手为什么在周六晚去封印摄像头？这么简单的原因，怎么才想到……

## 第七章　不在场证明

伊辉打了卡，冲进办公室打开电脑，开始写案情分析。

他从小火车写起，围绕上周六20:45，凶手封印摄像头这一细节，重点分析，将自制电解槽的步骤逐一拆分，从而得出两个有力结论。

结论一：20:45—21:50，时间太短，凶手不足以完成电解设备。

结论二：上周六晚，凶手用面筋封印摄像头后，根本没进办公楼。

通过结论二，他又分析出两点。

一、凶手潜入501作案的时间，为上周五晚。

二、上周五晚摄像头正常工作，未拍到任何异常，所以，凶手一定是通过一楼窗户进入办公楼的。

有这两点，就把发现钢珠的过程引出来了。

他把窗户滑槽里的钢珠，记成一号，地上找到的钢珠，记成二号。

接下来叙述如下：上周五，东厂下班前某时间，凶手溜进厂区，把一号钢珠，放进一楼109办公室的窗户滑槽。下班后办公人员关窗，但没发现那颗不起眼的钢珠，于是窗户被卡出来一条缝。晚上凶手再溜进工厂，用细铁丝穿过细缝，打开109室的窗户。这是不考虑二号钢珠的情况下，能够确定的一个场景。

二号钢珠的存在，对该场景的某些细节有影响。

就像此前他设想的那样：

难道凶手最初放入滑槽的，是两颗钢珠，随后觉得多余，又取出来一颗？如果是这样，凶手为何不把它装起来，而是扔在地上？也许是不小心丢落的？

难道凶手周五某个时间潜入东厂，挑了一扇窗，放好钢珠，过后不放心，又进来确认，发现钢珠被办公室的人丢掉了？于是又随机挑选了这扇窗，重新放置第二颗？

还是说，事情没那么复杂，地上的钢珠，只是凶手不慎掉落而已，然后他把另一颗放入滑槽？

二号钢珠，是整个分析文档中最大的模糊点。

或许它无关紧要，但伊辉还是标记了好几个问号。

有了以上结论，那么凶手周六晚去封印摄像头，到底是为了什么？

他给出了明确结论：凶手那么做，是给自己制造不在场证明。

凶手利用了人们的思维盲点。

就像王可认为的那样，对案发后调阅摄像头的人来说，凶手封住摄像头后，接下来自然是进楼作案，这是个顺理成章的过程，更是思维惯性。

好在伊辉查找周六晚仓库收发货记录，发现了破绽。

高峰期，小火车每晚运送两三次。这个信息，通过门卫或观察，很容易获知。

凶手很聪明。

可是再聪明的人，也无法预料周六晚上，第二趟小火车什么时间发货。而正是由于20:45—21:50这个时间段的存在，才让伊辉坚信，那不足以完成电解设备的组装工作，从而识破了凶手设下的局。

总而言之，凶手的手法很高超。其真正作案时间，是上周五（8月24日）晚，却又故意在上周六晚，通过摄像头暴露自己，那么，其目的就不言而喻了。

这个手法，严重误导了警方的调查方向。警方势必以上周六为时间坐标，猛查过街天桥附近可能存在的目击者。凶手周五溜进工厂至少两次，而周六只有一次，从概率上算，凶手周六被路人注意的概率，至少比周五降低一半。

其实寻找目击者，只是辅助侦破手段，无关概率。可是警方掌握的线索微乎其微，自然会在这方面倾注很大精力，那也许正中凶手下怀。

而且在凶手的计划中，就算其被警方查证问询，也早就准备好了相应的不在场证明——上周六晚，第二趟小火车进东厂的时间，是21:35，留出15分钟卸货时间，估测它驶离东厂的时间，大致为21:50，这合情合理。那么，根据摄像头被"封印"的画面，警方势必认为作案时间段为上周六20:45—21:50。可是，凶手在20:45分封完摄像头后，立即乘坐第一趟小火车离开现场（注：第一趟小火车20:40到达东厂卸货区），那么，在接下去的时间段内，自然就没有不在场证明了。

然而，天意如刀，人算不如天算……

伊辉识破凶手的手法，不可谓没有运气成分。如果上周六晚，第二辆小火车的运货时间再迟一些，恐怕凶手的计划真就天衣无缝了。

写完这些，他又琢磨半天，然后在文档后面，添加对褚悦民一案的猜想。

褚悦民一案，最关键之处，也是最令人费解之处，就是车门的两次开合时间。

第一次打开，10秒后关门。

第二次打开，4分30秒后关门。

王可说了，车门第二次关闭的时间，是下午3点30。褚悦民那位朋友赶回别墅，发现死者的时间，是下午4点40。假定第二次开关车门，是褚悦民本人所为，那么，理论上来说，从下午3点30到4点40，这个时间长度，在空调车内并不足以闷死人。

王可的说法，就是警方的结论。这个结论，一定有充分的科学依据。

伊辉曾质疑王可的说法，还被王可斥责太轴，但那只是穷尽一切可能之后的考虑。理智上，他只能同意警方的结论。

警方的结论其实很有意思，只肯定那个时段内，在空调车内不足以闷死人，却无法就此将案子定性成谋杀。原因无他，缺乏证据。

警方的一切结论都基于证据。可是伊辉不同，没证据也能尽情发散思维。说白了就是：我所说的一切，仅供参考，如有问题，概不负责。

那么，车门的两次开合，究竟意味着什么呢？

他只想到了一种可能。

第一次打开车门，是有人往车内放东西。

车门第一次开合只有10秒，它能用来干什么？要么有人从车内取东西，要么有人往车内放东西。他只能想到这两点。

在王可的叙述中，警方曾经以为，代驾有东西遗落在车内，返回去拿，可是代驾否认了。那么在伊辉的逻辑中，剩下的，只能是有人往车内放东西。

放了什么？

干冰。他只能想到干冰。

也许刑警队那边，同样早就想到了干冰。

干冰融化产生大量二氧化碳，在车内密闭空间，很容易把人闷死。如果硬要追查痕迹，那么唯一的点，是其融化时，降低周围空气温度，使气体凝结，从而产生白烟，那么在置放干冰某处，很可能会留下明显的湿痕。可是警方曾对褚悦民的车做过细致检查，找不到可疑痕迹。这一点很好解释。也许那块干冰是盛放在泡沫盒里，或者用什么东西包裹，事后将东西取走就是，自然不会在车内留下痕迹。

那么，车门的第二次开合呢？

自然是有人确认褚悦民是否死亡，同时取走盛放干冰的东西。那个过程持续了4分30秒，为什么？

最大的可能，是凶手在释放车内大量的二氧化碳，但是当时车外炎热，车内很冷（有空调的原因，也有干冰融化的原因），所以在二氧化碳涌向车外的同时，车外的热空气也会涌入凉爽的车内，从而将一部分残余二氧化碳封在里面。

这就达成了一个理想的效果：事发后，即使警方对车内气体进行检测，也只会发现车内二氧化碳和一氧化碳含量较高，符合闷死的情况，却不能认定那个空间二氧化碳密度极高，从而无法第一时间想到干冰。

而事实上，根本没有该项检测。因为褚悦民的朋友4点40赶回别墅，发现异常后，找人帮忙打破了车窗，早就破坏了"犯罪现场"。那之后交警抵达，最后才是刑警。那个时候，车内和车外的气体早就平衡无异了。所以，对警方来说，该事件疑点明显，却没有谋杀证据，故而难以立案。

文档最后，伊辉大胆想象：车门第一次开合时，凶手很可能不只放入了干冰，还可能从车内取走了某样东西，比如窃听器。

逻辑上很好解释：7月11日是褚悦民生日。他酒后去静山别墅访友，是临时起意，没人能提前料到。可是却有人先他一步赶到别墅，并且抓住机会实施犯罪。要做到这一点，最大可能就是窃听。当时，褚悦民不但要跟代驾说明目的地，还曾在车内跟别墅的朋友打过电话。所以，如果有窃听器，那它不是在褚悦民身上，就是在车上。

一切整理完毕，刚好下班。伊辉把文档传给王可，然后跑去刑警队,把两颗钢珠一并上交。

王可盯着钢珠,一脸困惑……

面对诸多谜题,伊辉给出了自己的答案,但更大的谜题仍在。可是,那已经不关他的事了,这难免让人遗憾。然而,谁的人生没有遗憾?

伊辉回到宿舍,看起来轻松极了。

接下来的半天很平静,没人找他。

一切都很平静,只是远方已卷起黑云,小雨也淅淅沥沥下起来。

看来,台风快到了。

第二天天刚亮,伊辉接到王可电话。

"待会儿来刑警队,直接去雷局办公室!"王可说完就挂,风格变化明显。

伊辉纳闷儿:雷霆找我干吗?难道文档到了他那里?这是要处罚王可违反纪律,随意透露案情,连我也捎带上?

雷局长他很了解,那是个极讲原则之人。他猜,王可很可能摊上事了,怪不得在电话里,语气那么生硬。

看来要去解释一番,他做好了心理准备。

两小时后,西城公安分局,雷局长办公室。

伊辉推门进去,看见除了雷霆,刑警大队长江志鹏也在。

江志鹏手捧几页文件,正看得入神。他身材高大,躬身坐在那里,似乎很不舒服。

雷霆方脸肃穆,倒背着手站在窗前。

"雷局长,您找我?"伊辉把抄在裤袋里的手拿出来,尽量让自己端正些。

"坐!"雷霆指着办公桌上的文件,"那份东西,你写的?"

"您是指案情分析?"

雷霆点头。

"瞎写的。"伊辉赶紧解释,"都怪我。我把王可灌醉了,要不然他什么都不肯透露!他其实很有原则……"

江志鹏放下文件,打断他:"钢珠我们检测过了,没指纹!"

话题转变太快,伊辉一愣神。

"你明白那意味着什么!"江志鹏噌地站起来,"如果有指纹,那它们大概率是不相干的人丢那儿的,也就说明你的分析不靠谱;但是,两颗钢珠,偏偏都没有指纹……你明白我意思吧?"

江志鹏是对的。一个不相干的人,怎么会无缘无故把钢珠擦净,一颗丢进窗户滑槽内,一颗丢进绿化带前的泥地里?那只能是有人刻意为之。

也就是说,钢珠上没有指纹,恰恰是最有力的反证。

证明伊辉的分析相当靠谱。

两颗钢珠的突然出现,改变了"827"爆炸案的侦破节奏,使警方向真相狠狠逼近一大步。它们是迄今为止,"827"爆炸案的第一项实打实的、突破性物证。

"你的判断正确!"江志鹏说,"8月25晚,凶手对摄像头的封印,是虚晃一枪,意在制造不在场证明!真正的作案时间,是8月24日,即上周五。作案路线也判断正确,钢珠是最好的证据。现在,我们正在五一路上,积极寻找目击者。范围上,从上周六,扩大到了上周五!"

敢情来此是为讨论案情,伊辉放下心来。

他坦然说道:"钢珠上没指纹,的确能反向说明问题。可是那玩意儿为什么有两颗呢?我猜不透。但愿它们背后,没有别的玄机。"

江志鹏很谨慎地点了点头,没发表看法。

伊辉继续说:"再就是'711'案,我对它了解有限,有关干冰的设想,很不成熟……"

"案情方面,王可没跟你说清楚?"

"那天他带人去化工厂做痕检之前，简单聊过一次。"

"这个王可，该说的不说！"江志鹏道，"干冰的问题上，我们想到一块儿了！只是……"

伊辉知道江志鹏想说什么。褚悦民那辆车，就是个被破坏的"案发现场"，交警和褚悦民那位朋友，都是无心的破坏者。

"褚悦民那天去见谁，估计你想不到。他那天约的人，是唐林清！"

"是他？"伊辉惊讶极了。

"是不是有点意思？"

江志鹏掏出烟点上。他知道眼前这个小伙不简单，有些话不必说透，一点即可。

"静山那间别墅，是唐林清的？"

此刻，伊辉心里一堆问号，他随便抓取了一个。

"别墅登记在唐林义名下，实际使用人是唐林清。回头我把'711'案书面资料给你。"江志鹏把烟盒丢给伊辉，又问，"你会不会觉得，褚悦民案跟唐林清被杀案，有什么关联？"

"这个……"伊辉挪了一下右腿，他站那儿有点累。

雷霆指着沙发："坐下讲！不要有顾虑！"

"有关联的可能性！"伊辉直言不讳，"遇到问题，穷尽所有可能，只是个思维方式而已，我习惯了。现在讨论这个，其实没意义！"

江志鹏点点头，顺手把刚才看的文件放到桌上，那正是伊辉写的那点东西。

雷霆用指节敲着桌面，赞许道："小伙子，你的分析非常好！给局里的刑侦工作带来了实质性帮助！我看这么安排吧。从明天开始，你先借调到刑警队帮忙！"

"我来刑警队？"

"有顾问聘书的！"江志鹏微微一笑，"下午安排人给你送去。你们宣传科领导那边，雷局会打招呼的！"

"有别的想法？"雷霆早知道伊辉右腿有点毛病，见他沉默，以为他不想干。

"行！"伊辉答应。

"这就对嘛！文职，刑警顾问，都是为人民服务嘛！"雷霆打着官腔，"希望你和江队好好配合，把褚悦民案、唐林清案，这两个铁疙瘩搞定！"

局长后面的话，伊辉一个字也没听进去。

走出办公室，他的脚步异常轻快。

老子成刑警顾问了！这便是他此刻的心情。

下午，他把消息告诉了雷家明和王可，三人约定下班后碰头。

傍晚，雨还在下。

雷家明来到西城分局，见了伊辉便道喜："恭喜辉哥达成心愿！不过提醒你，作为无产阶级专政机器的螺丝钉，你这份差事，可不好干啊！"

伊辉撇了撇嘴，没言语。

"那份分析报告，可是我交给上面的，这客你得请！"王可怂恿大家去吃饭。

三人上车，奔闹市而去。

车子很快来到市中心。

伊辉一边开车，一边寻摸饭店。这时，坐在副驾的雷家明突然喊："停车。"

"看那边。"他指着右前方。

伊辉看过去，见雷家明所指的方向，正是本市有名的翡翠宫大酒店。

伊辉说："换个地方吧！那儿我可消费不起！"

"不是！"雷家明说，"看酒店门口，停车场，那不是白玉城吗？"

伊辉停车，透过雨雾望过去。

果然，白玉城就站在那儿，手里捧着一束鲜红的玫瑰花。他穿着薄外套，头戴那顶标志性的棒球帽，但没打伞。

白玉城对面站着个女人。两人正说着什么。

过了一会儿，女人接过玫瑰花，然后把伞递给白玉城。

失去伞的遮挡，车里的人都看清了女人的样貌。

那女人穿着淡黄色套装，身材修长但不骨感，皮肤尤其白，留着中长发，微烫，耳朵上戴着个葫芦形状的吊坠。随着她身形的晃动，吊坠在雨丝中摇来摇去，一闪一闪的，像两个跳跃的小精灵。

"真好看！"王可情不自禁感叹。

伊辉默默地看着，没吭声。

雷家明一拍大腿："那女人我认得！"

"采访对象？"王可问。

"不是！她叫蓝媚，和白玉城一样，都是我初中同班同学。"

"哦？"伊辉回过神来，他觉得话题变得有趣了。

"知道翡翠宫的来历吗？"雷家明小声说，"10年前，这儿是林义化工的招待所，后来改成了翡翠宫，对外经营。想不到吧？"

"这么说，它是唐林义的产业？"伊辉问。

"应该是。"雷家明说，"不过不一定挂在他名下，唐林清也有可能。"

听到唐林清的名字，王可立刻安静了。

"这个蓝媚，她可是个有故事的人……"

雷家明把话题扯到了女人身上。

# 第八章　有故事的人（一）

伊辉等人找了个饭馆，边吃边聊。

话题围绕白玉城和蓝媚，雷家明的记忆，回到了10年前的中学时代。

2008年开春，雷家明在西城初级中学上初二。那个学校很普通，以他家的条件，完全能上更好的学校。那些年，他父亲雷霆，在西城公安分局干刑警队长，忙得要命。他母亲也是干公差的人，同样顾不上孩子，雷霆就把他安排到了那所学校。那样一来，他每天能去分局食堂蹭饭，倒是省了雷霆不少事。

那年春节后一开学，雷家明所在的初二一班，先后转来两个学生。

男的叫白玉城，女的叫蓝媚。

白玉城个头中等，老师叫他坐中间，跟一个女生同桌。

蓝媚跟一个叫沈沛溪的女孩同桌。

白玉城那时一点儿也不黑。

转校前，他读的是本市有名的私立学校，他为人热情，积极自信，脸上时常带着微笑；转校后，一切都变了。他不再爱笑，开始压抑自己，整个人变得沉默寡言。

开学没多久，班里传开了闲言碎语，说白玉城父亲以前是大老板，前不久跳楼自杀了，死前背着非法集资的罪名，欠下一屁股债，还被揭发出来，曾经强奸过好几个女人。

那些话传开没几天，白玉城得了个外号——小强奸犯。

那些闲话有鼻子有眼，孩子们可编不出来。他们的消息，来自家长。

那个学校就读的学生，基本是西城的。他们的家长，多数在西城的化工厂上班，其中还真就有不少人，认识白玉城父亲白涛。那不奇怪，白涛死前是鼎鑫化工的老板。他的死，当时在西城区闹得沸沸扬扬。

白玉城上下学总是独来独往，对那些闲话从不反驳，他只在意那个充满恶意的外号。

很快，跟他同桌的女孩找到班主任，说不想跟"小强奸犯"坐一起。

班主任这才知道发生了什么。

他开班会，告诉学生们要团结友爱、不乱起外号之类。

然而，班会没用。第二天，那个女孩的家长就找到班主任，强烈要求给孩子调座。

班主任明白，一定是学生回家打小报告了，就尝试做家长工作，结果根本说不通。

班主任很无奈，座位却非调不可，他给白玉城换了个男同桌。

那事过去没两天，男孩的家长，竟然也找到学校去了。

男孩家长的意见，跟先前那位一样，不愿意自己的小孩跟罪犯的孩子同桌。

班主任讲起道理："白玉城的父亲确实跳了楼，可是强奸犯的说法，毕竟是传言。检察院有没有指控白涛？咱小老百姓都不知道。"

"怎么没有？都上报纸了，还有当事人的采访，那可是好几个女的！"

"就算有，那也是孩子父亲的问题。现在大人死了，咱总不能歧视人家孩子吧？"

家长生气了："少整没用的！谁家小孩愿意，你就安排谁。反正我家孩子，不可能跟姓白的坐一起！"

回忆到这里，雷家明停下来强调，他所说的细节，都是自己想象的。他当时就是个旁观者，打听不到老师家长的对话。

伊辉说："你们班主任还算称职。"

"你那是初步印象！"雷家明摇着头说，"我们班主任叫李默琛，长得挺帅，我上初一时，他才当老师。后来发生的事，你就想象不到了……"

"李默琛？"伊辉默念几遍。

他觉得这个名字，好像在哪儿听过。接着，他狠狠一拍桌子，想起来了。

雷家明被他吓了一大跳。

伊辉说："我见过一个叫李默琛的，不知道是不是你说的那位。"

"哦？什么时候？"

"就上次，你去化工厂采访，我上楼去看门锁遇到的。"

伊辉描述李默琛的样子，结果对上了。他遇到的李默琛，就是雷家明先前的班主任。

"他去了林义化工？我还真不知道。高一后的暑假，听说他突然辞职了……"

雷家明继续讲起往事。

初二（1）班的"换座风波"持续了一个多月。

那段时间，白玉城一共换了九次座。最后，班主任李默琛实在没法子，就把他安排到最后排，单人单桌，跟雷家明前后位。

当时的雷家明，是班里少有的"开明派"，对白玉城不但没有坏印象，甚至还有点同情。那不是说雷家明家教好，也不是家长不找事，而是他从来不跟父母提学校的事。

从小到大，雷家明就跟一般的小孩不太一样。怎么不一样呢？往好听了说，叫有主见；往俗了说，叫叛逆。很多孩子都有不同程度的叛逆，可是他的叛逆值极大，在成长过程中非但没有改变，还一直延续到当下跟父亲的日常交锋当中，且屡败屡战，永不消停……

故此，当白玉城被绝大多数同学孤立的时候，雷家明站了出来。

他尝试着跟后桌的白玉城说话。

起初，白玉城对来自前桌的无故搭讪抱有防备心理。观察几天后，那个小小年纪就饱尝人间冷暖的孩子，渐渐地撤掉防线。

很快，雷家明就得到了回报：白玉城给他漫画书看。

雷家明家里也有漫画书，可是白玉城的藏品实在太多，多到大部分他从未看过。

渐渐地，他们两人的友谊开始建立，白玉城也从中感受到了久违的温暖。可是不久后发生的一件事，让他们的友谊发生了裂痕。

有一天，班里一个留级生，大号叫崔明虎，外号叫"虎子"的，不知从哪儿搞来一本黄色漫画，在男同学之前传阅，被女生打了小报告。

李默琛没收了漫画，把虎子和涉事男生好一顿批，还动了手，非要查出书的来源。

虎子写了深刻的检讨，但就是不承认书是他的。

李默琛使出绝招：请家长。

虎子告饶，说漫画是白玉城的。

他说他们宿舍的人，都不喜欢白玉城。为了讨好同学，白玉城就主动拿漫画书给他看。

虎子告诉李默琛："雷家明就是个例子。为了看漫画，他都搬去和白玉城同桌了。所以头一个该写检讨的，是雷家明，他肯定早看过那本漫画了。"

李默琛"传讯"雷家明。

雷家明矢口否认，猛烈反击："我是通校生，不知道虎子他们宿舍的事。他就是胡说八道！白玉城哪有黄色漫画？那就是虎子淘来的，李老师你别上当！"

李默琛又调查虎子同宿舍的学生。

结果，那几个学生都给虎子做证，说漫画就是白玉城的。

那些学生的话，李默琛不信。他了解他们。

虎子那个宿舍，汇集了本年级最要命的差生，平素都顽劣异常。把差生聚一块儿，是级部主任操作的，跟李默琛无关。主任那么做，也是无奈之举，为的是不让差生把好学生带坏。白玉城呢，由于是转校生，别的宿舍没空位，于是只能被安排进那间宿舍。

最后，李默琛"提审"白玉城。

白玉城不承认。

李默琛不了解这位新生，所以也没有轻信。

他使出绝招，请家长，但很快意识到绝招没用。他知道白玉城的基本情况，父亲自杀了，母亲后来病死在医院，到现在还欠着医院钱。白家家破人亡，众叛亲离，人情冷暖，自古如是。白玉城现在由爷爷、奶奶抚养。两位老人遭逢不幸，能养活孙子就不错了，哪有心思听老师瞎摆摆。

李默琛折腾了好几天，累得不行，也没查出个所以然，事就那么放下了。

可是在学生那边，事情还没过去。

一天放学后，雷家明和白玉城去五一路附近的小巷子里上网，被虎子领着几个同学拦住。

"就你嘴欠？"虎子的目标是雷家明，"在班头跟前咬我？小王八蛋，别以为你爸是公安局的，我就不敢揍你！"

"祸不及父母！关我爸屁事！"

雷家明一句话，把周围几个同学逗笑了。当时他还小，在紧急情况下，把"在班主任面前点炮，是我个人行为，跟我爸身份无关"这层意思，清晰地表达出来，可是顺嘴诌出一句"祸不及父母"，意思就歪了。

"就是说，你回家不打小报告？算你有种！"虎子充分领会那句话的意思，卷起袖子，狠狠推了雷家明一把，"今天必须给你点教训，叫你知道管好自己的臭嘴！"

"你敢！"雷家明高高仰起头，"漫画就你的！关白玉城啥事？好狗不咬人！你个王八蛋，连狗都不如！"

白玉城躲在雷家明身后，见事态不妙，连连扯动雷家明的袖子，那意思是说，咱跑吧！

"小强奸犯，你也别想跑！"虎子瞪了白玉城一眼，挥手下令，"弟兄们，上！"

"战事"主要集中在雷家明身上。他被那几个学生按在墙角，一顿拳打脚踢，再也动弹不得。

雷家明大声呼救。几个路过的行人见是小孩打架，都不以为怪。路人当中，表现最好的是一位老大爷，他喊了一句"别打了"，就远远走开了。其实，不怪路人冷漠。那些年，西城区的孩子大都是化工厂子弟，父母平时埋头苦干，三班倒，对他们疏于管教。类似街头打架的事，路人早就见怪不怪了。

挣扎中的雷家明见大人不管，就冲着战团之外的白玉城大叫："别傻站着！快来帮忙！"

可是，白玉城并未表现出男孩子应有的勇气。他不但没帮忙，还连连退后，转身想跑。

虎子抽离战团，来到白玉城身边，抬手就是一个大嘴巴子："别跑！老老实实看实况！"

白玉城捂着脸，委屈地蹲到墙边。

雷家明没想到白玉城那么尿，他鼓足勇气脱离人群，从地上抓起一块板砖就打。

虎子等人连忙闪躲。

几个回合后，雷家明力竭。

虎子抓住机会夺下板砖，一个别腿绊倒雷家明，骑上去边打边骂："我叫你凶……"

雷家明彻底放弃抵抗，虎子等人才悻悻然离开。

白玉城赶紧扶起雷家明，哭着问："你没事吧？"

"想不到你是个草包！滚！"

雷家明狠狠吐出一口痰，推倒白玉城。

对于自己的表现，雷家明事后曾后悔地总结：当时不该埋怨白玉城，更不该骂人。他承认自己挨打后情绪失控，忘了白玉城和虎子是住一个宿舍的。

雷家明照常去学校。他身上有伤，脸上没有。不得不说，虎子等人还是有脑子的，动起手来很讲究技巧。

那天，白玉城没去上课。

雷家明发现，他桌洞里有两个红皮鸡蛋，一摸，还是热乎的。接着，他在课本里找到一张字条。

字条是白玉城写的：我是个人人讨厌的家伙，活该受欺负。我连累你了，对不起。

雷家明小小年纪，看完字条后，竟发出一声长叹。

那件事后，冷战持续了足有一周。直到雷家明主动说话，白玉城才露出微笑。

两人重新和好后，雷家明嘱咐白玉城："别总住宿舍，尽量回家住，免得受欺负。实在不行，就去我家住，就是路远一些。"

白玉城非常感激。

可是令雷家明费解的是，白玉城始终没去过他家。那时的他还年幼，无法理解对方的心态。

当时的雷家明，只知道白玉城回家要面对的窘境：白家的大房子早被债主收了，爷爷、奶奶领着孙子，在西郊租了个带院的平房，总算有个落脚地。白涛死后，白玉城的爷爷整日唉声叹气，就再没说过话。他怎么也想不通，儿子半世风光，却几乎在一夜之间就家破人亡，还落下非法集资以及强奸的罪名。那个状态持续了小半年，老人终于病倒在床，只剩奶奶跑前忙后。那个境况，白玉城难以面对，更无力承受。雷家明只能理解这些。

很快，时间来到初三。白玉城的生活渐渐地跟两个女孩出现了交集。

蓝媚和沈沛溪，是班里除他之外的另一对异类。

# 第九章　有故事的人（二）

蓝媚和沈沛溪之所以成为异类，跟她们的家庭和长相关系颇大。

沈沛溪是班里个头最高的女孩，发育早，15岁的年纪就已亭亭玉立。可是与她出众的外形相比，她的家境实在太差。

跟白玉城一样，在同学们眼中，或者说在家长们眼中，沈沛溪是天然的"问题女孩"。她父亲是惯偷，进出看守所是家常便饭。最近一次进去在三年前，罪名是入室盗窃、蓄意伤人，判了八年。她母亲早和她父亲离婚了。白玉城到来之前，沈沛溪是班里最引人注目的人，成天独来独往，也不住校，更不和同学交往，没人知道她成天忙些什么。

蓝媚和沈沛溪同桌。蓝媚发育晚，从外形看，她身材中等，远不如沈沛溪出众。按道理说，她本不该是班里的焦点，可当时的她肤色偏黑，很快便得了个"黑妹"的外号，再加上有沈沛溪做同桌，想不被关注都难。

除了外形，蓝媚的家庭状况也很特别。她是家中独女，父母于2008年春节前死于一场车祸，而后寄养于叔叔家。寄养状态持续了小半年，蓝媚一上初三，叔叔就不想再养"这么一个赔钱货"了。

细究起来，这里面是有原因的。

蓝媚的爷爷、奶奶住在养老院。蓝媚父亲生前是西城城建局的小车司机，母亲工作不错，是西城城市银行信贷部主任。蓝媚叔叔呢，是个半挂司机，给别人开车，好赌，不但攒不下钱，还倒欠一屁股债。他多次找到大嫂，试图凭关系从城市银行贷款，想买一辆属于自己的货车。偏偏蓝媚母亲颇讲原则，知道小叔子的家底、秉性，坚决拒绝贷款。三番五次下来，惹得小叔子心生怨恨，从开始的上门吵架，发展到去银行大闹，最后跟大哥家断了来往。

蓝媚父母出车祸后，她母亲那边的亲戚，大姨当年因工作关系远嫁俄罗斯，二姨在新疆，亲情都很寡淡。比较起来，她只能选择让叔叔收养。只可惜她那位叔叔因为当年的积怨根本不想尽责任，仅坚持了半年，就把她送到西城福利院。在福利院住了没多久，她被一位好心人领养。

那个好心人叫葛春花，当时45岁。在40岁的时候，葛春花才和丈夫有了自己的孩子，是个女儿，取名顾楠楠。

葛春花两口子原本都是西城民政局职工。顾楠楠两岁时，她父亲顾大伟作为调解员，上门处理一对夫妻的感情问题，偏巧遇上那两口子打架，丈夫喝多了，拿着菜刀追砍妻子。顾大伟上前劝阻，并试图抢夺菜刀，结果被酒醉的丈夫一刀砍到颈动脉，当场死亡。

那件事以后，单位赔付了葛春花一大笔抚恤金。而葛春花因过于悲痛，患上抑郁症，再无心工作，便早早办了内退，归还单位的福利房，回西郊老家，用那笔钱盖了一院新房，开起小超市维持生计。

葛春花40岁时才有孩子，对女儿格外疼惜，可是毕竟就一个孩子，对母女双方来说，都难免孤单。渐渐地，她就把注意力放到西城福利院身上，想从那儿领养孩子，给顾楠楠做伴儿。

她有孩子，严格来说，不符合《收养法》"收养人须无子女"的领养规定。但规定是死的，人是活的。葛春花凭借以前的工作关系，找到西城民政局领导诉苦,请求对方帮忙。领导念及旧情,又考虑到她丈夫因公而死,于是特事特批,准予她到福利院领养孤儿。由此,葛春花便认领了一个男孩一个女孩,男的叫苗力伟,女的叫沈沛溪。

领养两年后,福利院院长主动联系她,又给她推荐了一个女孩。那个女孩,正是蓝媚。

那样一来,蓝媚和沈沛溪这对同桌,便亲上加亲了。

相应的,直到初三开学后两个月,白玉城才发现一个"秘密":蓝媚成了他的邻居。蓝媚跟沈沛溪所寄养的葛春花家,就在他家对门。

比那个"秘密"更令他惊奇的是,自那时起,从未引起他注意的蓝媚,就像施用了催熟剂的蔬菜一样,身体开始疯长,不但身材变得婀娜起来,就连原本偏黑的肤色也渐渐转白……

从注意到那个变化开始,白玉城回家的次数,明显多起来。

事情的真正转变,源自葛春花。

她是个热心肠的女人,从白玉城跟爷爷、奶奶搬过去的第一天起,就注意到那两老一少的存在。随着交往机会增加,她对两位老人的照顾越来越多。

在邻里间频繁的来往中,羞怯的白玉城有了跟蓝媚和沈沛溪交流的机会。

沈沛溪话多,人也长得成熟,看起来像姐姐。他喜欢跟蓝媚说话。蓝媚的话不算多,声音却很温柔,温柔得令人心动。蓝媚还很爱笑。一看到蓝媚的笑容,他就想起小时候母亲接他放学的样子,心里暖和极了。

渐渐地,在那条放学路上,出现了一个少年和两位少女的身影。

初三下半年,白玉城爷爷病逝。面对爷爷冰冷的尸体,他手足无措,小小的世界再次塌方。

这时候,热心的葛春花以一己之力,承担起老人丧葬前后的所有事宜。可惜丧葬期间，只有区区几位白家的亲戚前去吊唁，而且去得快走得更快，没有一个人留下帮忙。那让白玉城明白了"穷在闹市无人问，富在深山有远亲"的道理。

爷爷安葬后的第一个晚上，白玉城睡在爷爷原先躺过的地方，做了一个奇怪的梦。醒来后，他发现自己遗精了。

那不是他第一次遗精，可他心里还是很慌。

他之所以慌张，是因为梦。他梦到蓝媚亲了他。

那个梦里的吻，使他紧张得不能自已……

梦遗后，他偷偷起来，用冷水清洗，然后坐在床前发呆。

冬夜，寒风，圆月。

遭逢种种不幸，看遍人间冷暖的少年，脑海里一遍又一遍，浮现一个女孩的身影。青春里最美的种子，悄悄发芽了。

有些事一旦发生，无法准确解释原因。

那个冬天，白玉城频繁遗精，有时甚至一晚几次。完事，他就偷偷用冷水清洗。连续几周下来，他害怕了，怀疑自己患了什么病，直到有天突发高烧，住进医院。

那次高烧来得莫名其妙，打上退烧针后稍见效果，很快又烧上去了。如此反复几次，医生被迫做深入检查。血液培养，骨髓穿刺才做完，病人就出现呼吸困难症状。保险起见，医生把他送进ICU病房。

躺在冰冷的仪器中间，白玉城的意识是清醒的。

他努力寻找病因，认为是那段时间，一直用冷水清洗身体导致的。他的想法有一定道理，那个冬天非常冷，他家没暖气，全靠一个小煤炉取暖。

他在ICU住了三天。

三天后，呼吸异常症状消失，高烧也退了。他回到普通病房，嚷嚷着回家。

看着孩子转危为安，白玉城奶奶终于放下心去。

然而没一会工夫，奶奶握着一张纸，哭了。

那是一种无声的哭泣。老人的泪，像刚关掉的水龙头，只有那么三两滴，黯淡而浑浊，在幽深的眼窝里晃动，透着无限凄凉。

白玉城一把夺过奶奶手里的纸。

那是住院费用单，一共48000多，ICU占了大头。

白涛活着时，那笔钱就是个屁。可是……

彼时的白玉城，终于真正明白金钱对于生活的意义。在那之前，他和奶奶的日子也不好过，可是他从没见过奶奶那样伤心、无助。

后来，葛春花赶到医院，看到一老一小那副窘境，实在让人难受，就主动垫付住院费用。

奶奶执意拒绝葛春花的帮助："你也是一个人过，还带着四个孩子，日子够难了！上次老头子走，已经给你添了很多麻烦，这回我老婆子再没用，也不能用你的钱啊！"

葛春花动情地说："大姨，我还挣得来！这个钱，就算我借给你。不，就算借给白玉城的。等他长大了，他得还。你看成不？医院给咱看好了病，咱怎么也得把钱给人家。钱的事，回家咱再慢慢说。好不好？"

"俗话说远亲不如近邻。照我看，白家现在，是近亲也不如近邻哪！"

奶奶发出悠长的叹息，叫白玉城给葛春花磕头。

葛春花连忙拒绝，又说那笔钱其实也不是她一个人出的：蓝媚出了500，沈沛溪出了600，雷家明出了1000。

奶奶疑惑，孩子们哪来的钱？

葛春花说她问过了，是孩子们平日节省下的零花钱。

奶奶郑重其事，叫白玉城打下四张欠条，说将来一定要把钱还了。

葛春花推托不过，勉强接下欠条。另外三张，由白玉城分别交给蓝媚、沈沛溪，以及雷家明。

白玉城出院时，正赶上百花盛开。

说来也怪，在那个春天里，他不再遗精，也不再做奇怪的梦；相反，他的身体变得越来越强壮了。

那年3月中旬，白玉城陪蓝媚过了个生日。

他用牙缝里省出的零钱大方了一回，请蓝媚和沈沛溪去看《长江七号》。

看完电影，三人坐在电影院前的台阶上聊天。

白玉城趁此机会，把欠条交给两个女孩。

沈沛溪爱开玩笑，问白玉城什么时候还钱。

白玉城认真地说："也许要10年以后。"

沈沛溪说："10年好久啊！那利息怎么算？"

白玉城反问："你想怎么算？"

沈沛溪看了看自己空荡荡的手腕，然后说："到时候送我一对手镯吧，最好是金的。"

白玉城点点头，问蓝媚："你呢？"

蓝媚托着下巴想了想，倾身到白玉城耳边小声说："还没想好呢！也许，到时候我会要求你替我做件事。"

白玉城答应。

"什么事都行吗？"蓝媚歪着头，笑问。

"什么事都行！"

3月份的夜风还很冷。

沈沛溪悠悠叹了一口气，望着星空说："很羡慕电影里那个孩子，他没妈妈，但至少有个那么疼他的父亲。"

"是啊！我们三个都一样，都没父亲！"蓝媚说。

"不！我们不一样的！"沈沛溪说，"你们的父亲离开了，我父亲还活着。可是那个东西，注定一辈子活在监狱里。对我来说，他还不如死了呢!"

"没事的。没了亲情,还有朋友。"蓝媚安慰沈沛溪。

沈沛溪笑了笑,抱起膝盖,对白玉城说:"其实我俩挺像的。几乎所有人都讨厌我们,远离我们,好像离得我们近了,就要倒八辈子霉似的。小强奸犯,你说这到底是为什么呢?到底是谁的错呢?"

"我已经无所谓了!"

白玉城神情如水。他知道对方叫他那个外号,没恶意。

"你知道我们像什么吗?"

"像狗?无家可归的狗?"

沈沛溪摇摇头,说:"像乌鸦,人人讨厌的乌鸦!"

"乌鸦?"白玉城念叨了好几遍,才说,"的确蛮像的。"

"乌鸦怎么了?乌鸦可聪明呢!"蓝媚试图调节气氛。

"你可不一样!你父母遇上车祸,只是运气不好。至少他们的人生很干净,没有可恶的罪名,附加在你身上!"沈沛溪拧了一下蓝媚的脸蛋,笑起来,"这才几天呀!你个丫头片子,就彻底变了。从'黑妹',一下子变成白牡丹啦!越来越漂亮,连我也赶不上啦!乌鸦?你可不是乌鸦!你是一只大喜鹊!"

"你再叫我'黑妹'……"

蓝媚去抓沈沛溪,两人嘻嘻哈哈闹起来。

白玉城安静地坐在旁边,低声叹息:"乌鸦?我怎么就成了乌鸦?"

蓝媚仍在闹。长发甩来甩去,发丝从他脸上扫过,让他心里痒痒的。他很想鼓起勇气,一把抓住她的头发,但终究还是不敢,只好用力深呼吸,去闻空气中的发香。

过了一会儿,沈沛溪来到白玉城跟前,拍着他的头,说:"走了,小乌鸦!"

白玉城拧了沈沛溪一把:"我不喜欢这个鸟名字!"

他早就发现了,他敢碰沈沛溪,随便碰,就是不敢碰蓝媚,哪怕一下。那令他上火。

"那有什么!"沈沛溪说,"所以我们才要努力啊!努力让自己活得好一点儿,精彩一点儿,才不会被别人小看!"

白玉城觉得那番话很有道理。只是他并未注意,沈沛溪说那段话时,不是看着他,而是看向蓝媚。

时间来到3月底,天气变得暖和起来。

有一天吃过晚饭,奶奶忽然想起来,那天是葛春花女儿顾楠楠六岁生日。老太太买了蛋糕回来,打发白玉城送过去。

葛春花家跟白玉城家,分列在胡同最南头,两家对门。前者房子翻盖过,气派许多,总共七间,外带一个大院,院子东西两侧,各有两间厢房。

白玉城来到胡同口,见葛春花家大门半开着,便提着蛋糕走进去。

进院子后,他挠了挠头。除了中间的堂屋亮着灯,正房内一片漆黑。

"难道葛阿姨领孩子们吃饭去了?"

他走到堂屋门口朝里看了看,没人。

转身正要离开时,他听见西厢房里传出来动静。他这才注意到,西厢房里也亮着灯。

他兴冲冲来到厢房门前,刚要推门进去,忽觉情况不对。

厢房门窗都挂着布帘。此时,布帘是全封闭的。

他马上意识到了什么,暗中叮嘱自己不能看。可是他眼角的余光,却不受控制,在大脑发出禁令前,早就穿透了布帘的缝隙……

屋里白茫茫的,一片雾气。

有人在洗澡。

恍惚间,他看到一个白花花的身影闪过。

就只是那么一闪，他的喉结猛地抖了一下，一大口口水随之吞下。

下一刻，他转身就跑。

他实在太紧张，连蛋糕丢到地上也不知道。

来到门外，他大口呼吸，这才发现蛋糕丢了。他稍做迟疑，轻步返回院子取回蛋糕，慌慌张张回了家。

奶奶问他："怎么又把蛋糕拿回来了？"

他说了句"没人"，匆匆关上卧室房门。

他以为自己能安静下来，然而并没有。他眼前浮现出那个亮闪闪的身影，任凭他怎么甩，也甩不掉。

直觉告诉他，那个身影是蓝媚。

只是片刻工夫，他感觉自己体内变出来两个小人。

一个说："别瞎想。"

一个说："想想怎么了？又不是故意偷看。"

一个说："不是故意也不行。"

一个说："就算偷看又怎样？反正她不知道。"

一个说："你无耻。"

一个说："我凭什么装高尚？"

一个说："算了，没机会的，你连她一根头发也不敢碰。你卑微如土，人见人烦。"

一个说："雷家明说得没错，你他妈就是个草包！再这么下去，还不如去死！"

白玉城霍然起身，一把推开房门，用动作宣布小人之间的争斗结束了。

他冲出院子，心里只想着一件事：别是洗完了吧？

西厢房面向胡同的一面，有个小窗。灯光透过窗户纱窗射出来，照到白玉城脸上，痒痒的。

107

他在墙根下站定，胸口扑通扑通跳个不停。他四处逡巡一番，很快找来一堆砖头。他把砖头抱到窗下，垫高，一咬牙站上去。

里面果然是蓝媚。

窗内的一切，跟他梦里的情景一模一样。蓝媚已完全发育的身体，充分证明了他的眼光。在外人眼里，沈沛溪更成熟一些，蓝媚则稍显稚嫩，可他从不那么认为。如今事实就在眼前，证实他的洞察力非凡。

他屏住呼吸，专注地盯着窗内，全然忘记紧张。

突然，一只猫跳下墙头，从他身旁掠过。

他受到惊吓，从砖头上跌下去，好戏宣告结束。他不敢再看了，赶紧把砖块搬回原来的位置，然后转身逃走，跑得比那只猫还快。

但愿蓝媚没听到动静，他一边跑一边想。

那几天，他心神不安，每晚都坐在门口，等蓝媚回家。

蓝媚有时回，有时不回。

等到她时，他会上前打个招呼，然后转身回家，并没有多余的话说。蓝媚回家后，他就再跑出来，盯着西厢房的窗户发呆。

几天后的晚上，蓝媚回家后，西厢房的灯终于亮了。

白玉城赶紧垒好砖头，跳上去。很快，他期待的场景又开始了。

那样偷看几次后，他心里忽然蹦出个想法，去跟雷家明借了个旧手机。他不再满足于登山赏景了，他想把画面拍下来。

几天后，他顺利拍到了想要的画面，开心得要命。

又过了几天，为应付模拟考，白玉城被迫住回学校宿舍。临走前，他把手机藏在身上，心里热乎乎的。

他很久没回宿舍，并不知道崔明虎等人早就不看黄色漫画了，那伙人有了新花样。

那天晚自习后回到宿舍，虎子等人干了一件事，着实惊到了他。

熄灯后，虎子等人聚在一张床上，随后打开一部手机。

108

很快，手机里发出异样的声音。

白玉城睡在离门口最近的下铺。起初听到那个声音时，他没反应过来。几秒后他明白了，脸色瞬间涨红：虎子等人在看黄片。

太过分了！他想出声制止，却没发出声来。他缺乏勇气。他接连翻了几次身，故意把床弄出动静，以示抗议，然后把头埋进被窝。

那帮人起初当他不存在，后来越来越过分，竟然把手机拿到他床头播放起来。

"过瘾吧，城哥？起来一起看，装什么纯！"虎子扯开白玉城的被子。

"我不看！"白玉城缩进被窝。

那就是个渣子宿舍。那几个孩子毫无上进心，不想考重点，也压根儿考不上，能进个普通高中读书就是万幸。还有不到三个月就中考了，白玉城只能忍。

第二天晚上，节目继续。

白玉城躲在被窝里，咬牙忍着。

那个滋味真不好受啊。精神上的折磨他能忍，可是身体上的变化，他无论如何也控制不了。

第三天晚上，节目升级了。

虎子和伙伴们并排站到窗前，一边看视频，一边打起了"手枪"。

白玉城发出痛苦的叹息，后悔回宿舍来。可是面临模拟考，他又不想把时间耽误在路上……他矛盾极了。

第四天晚上，也许是玩累了，虎子等人终于消停下来。可是白玉城呢，反而怎么也睡不着了。

好不容易熬到半夜，他侧耳倾听。

同学们的鼾声此起彼伏，令人安心。

他突然睁开眼，从褥子下拿出旧手机藏进被窝，然后颤抖着点开播放键。

画面里，蓝媚在水汽中揉搓自己的身体。

他屏住呼吸，一边看视频，一边把注意力集中到右手……

突然，他感到浑身一凉，脑子紧跟着一片空白。

那是一幅怎样的画面：他的被子被人拽下，丢落到地上；他全身只穿一条内裤，左手握着手机，右手仍保持一个猥琐的姿势；一群人在旁边盯着他，哈哈大笑……

# 第十章　有故事的人（三）

白玉城明白过来，那些人刚才在装睡，这根本就是个圈套。从四天前回宿舍那天起，一切都是圈套。他苦苦忍了好几天，最终还是中计了。后悔已迟，他只有被尽情奚落的份儿。

"还以为他跟咱不一样呢！"

"叫你看你不看，偷着吃独食！"

"城哥，你太猛了！"

各种声音袭来，就像一颗颗炸弹，把他炸得稀碎。

"我看看是什么好片！"虎子一把夺走白玉城手机。

"还我！"他顾不上自己没穿衣服，起身反抢。

虎子拿着手机退后。其他人上前，把白玉城按到床上。

"快来看！"虎子叫起来，"这比咱们的高级，这是真人表演啊！"

其他人围上去，把白玉城挡在人墙外。

"这洗澡的，不是咱班蓝媚吗？这么大！"虎子大笑起来，"这小子厉害了！玩上偷拍了！"

"牛！"众人惊叹。

白玉城大叫着，用尽浑身力气，冲进人群抢手机。

虎子迅速退到墙角，打开蓝牙，把视频传到自己手机上，然后把旧手机丢给白玉城。

白玉城捡回手机，双手颤抖着，在手机上点来点去，想把视频删掉。

"删了也没用啊！我这儿有备份呢！"

"求求你！删了吧！"

"好像不行！"

"求你了！"

"扑通"一声，白玉城跪那儿了。

"也不是不能删。可是这儿人多，我要删，别人还不同意呢！"虎子想了想，说，"要不这样吧！这儿一共六个人，你拿6000块钱来，一人一千。我删掉，保证谁也不会往外说！"

"对！一人1000，帮你保密！"其他人附和。

"我没钱！"

"那是你的事，给你三天时间。"

说完，虎子等人纷纷上床，把白玉城留在地上。

第二天，白玉城没上课。他不敢回家，更不敢见蓝媚，生怕那帮人把秘密说出去。他在宿舍待了一天，每当有同学路过宿舍门口，他就仔细观察人家，好在没发现异样。

"我们不会说出去的！赶紧凑钱去！"

晚上虎子回到宿舍，给他吃了颗定心丸。

可是去哪儿弄钱呢？他一夜难眠，再次深切体会到钱对生活的意义。

天亮后，他早早去了教室。他琢磨好了，还得求雷家明帮忙。

可是等他见到雷家明，却无论如何也开不了口，只是把手机还了回去。

他犹豫不决，心神不宁，一天很快过去。

时间只剩24小时。最后，他想到了葛春花。

那天中午，他把葛春花叫到胡同口："阿姨，我……我想跟你借点钱。"

他鼓足勇气，开门见山。他知道不能再拖了，事情一旦败露后果不堪设想，葛春花是他唯一的希望。

"吞吞吐吐的，我当啥事呢！借多少？"

葛春花答应得很爽快，她以为孩子只是借点零花钱。

"6000。"他的声音低得不能再低。

"那么多？干什么用？"

"别问了……总之不是坏事。"

"你奶奶知道吗？"

"她不知道。千万别跟她说。"

白玉城急得连连摆手。他实在不会撒谎，只会硬借，连个像样的理由也编不出来。

"你借钱，按说我没必要问为什么。可你还是个孩子啊！一下子要那么多钱，我还是很担心！你明白吗？"

"不会做坏事的！"

葛春花慎重考虑了一会儿，说："钱我可以给你，可你必须告诉我干什么用。"

"那我不借了！"

白玉城咬了咬牙，扭头就走。

看着白玉城背影，葛春花心里很不是滋味。

她想，或许孩子真是碰到什么难处吧！我不给他钱，他能怎么办？万一犯错误，去做违法的事，那不是害了他？唉！可怜啊！要是有爹妈疼着，怎么会向我开口呢？

葛春花越想越难受，赶紧追出去，把孩子叫回来。

她回家取来6500，交给白玉城。

白玉城数了数，把多出来的五张，连同欠条一并塞给葛春花。

晚上，他把钱交给虎子。

虎子叫来同学把钱分掉，然后删除视频。

事情终于了结，白玉城总算睡了个踏实觉。然而两天后，意外再次发生。

那天中午，蓝媚把他叫到校门口。

"我听说，你偷拍我洗澡？"蓝媚的语调仍然温柔，可是表情很严肃。

"啊？你……你听谁说的？"他慌了，想不到事情还是传了出来。

"别管谁说的！我就问你有没有做过？"

"我……我没有！"他满脸通红。

"你根本不会撒谎！你怎么能那样？"

蓝媚抬起手想打人，最终没打下去。她叹了一口气，走了。

"喂！你又没看到视频，怎么能听他们乱说？"

白玉城大声解释，没意识到自己的话漏洞百出，简直是不打自招。

"你太令人失望了！"

蓝媚的声音远远飘来，带着哭腔。

晚上，白玉城在宿舍门口拦住虎子。

他看上去一脸杀气，可是虎子根本不怕他。

他死死揪住虎子衣领："蓝媚怎么知道的？你们说话不算数！"

虎子挣脱开，笑着说："你误会了。肯定不是我说出去的。"

"那是谁？你必须查出来！"

"宿舍就咱们七个，肯定有人嘴巴不严！"虎子把他按到床边，说，"不过你放心，视频真删了，没备份。除了咱宿舍的，谁也没看过。所以就算有人乱说，也只能是谣言！明白吗？铁铁的谣言！明天再有人说，你就找老李告状。记住，一定要理直气壮！"

"可是，蓝媚已经找过我了……"

"那怕什么？死不承认！她又没证据！我不是说了嘛，就是谣言。"

"可我……唉！"

"你不会承认了吧？你可真够笨的！"虎子默默走开了。

令人没想到的是，天亮后，虎子竟然退还给白玉城3000块钱。分钱的一共六人，虎子没追查谁把事说出去的，但是叫每个人退回来500块，在那件事的处理上，还算有那么点原则。

勒索还能退钱？拿着那3000块，白玉城意外至极，回家后，把钱给了葛春花。

接下来的一周，蓝媚再未跟他说过话。

他不甘心，每天放学后，远远地跟着蓝媚，想找机会，好好解释一番。那只是他一厢情愿。他知道上次已经变相向蓝媚承认了自己的所作所为。偷拍就是偷拍，他们之间没有误会。解释只会令对方更加反感……

他渐渐明白，不是什么错误都能挽回。从前，他暗恋蓝媚，也许对方知道。即使暗恋没结果，可是至少，在蓝媚印象里，他是个干净的男孩。然而现在呢，他身上多了个黑漆漆的污点，像极了沈沛溪所说的"乌鸦"。唉！事情怎么就成了这个样子呢？他感觉嗓子眼发苦，那应该就是后悔的味道吧……

随着中考临近，他再无暇顾及其他。

中考结束后，白玉城发了俩月广告，鏊个人晒得黑黢黢的。蓝媚和沈沛溪，同样在餐厅打工。那期间，他们早出晚归，时常相遇。起初遇见，白玉城都低着头，仿佛不认识一般，不敢跟蓝媚打招呼。有一次，蓝媚突然叫住他。

"考得怎么样？你怎么了？有什么不开心的事吗？"

蓝媚的话，令他惊讶。话里话外，他听不出半点怨恨之意，仿佛偷拍之事不曾发生。

他低头看着脚尖："那什么……对不起！其实，我……我……"

"我都知道，都明白！"蓝媚微笑，"马上要上高中了！那是一辈子最重要的阶段！你看你奶奶多不容易呀！你也该长大了！以后的事，以后再说。好吗？"

说完，蓝媚伸手，刮白玉城鼻头。

"啊……嗯……"

白玉城定在原地，望着蓝媚走远。

原来她真的什么都知道，什么都明白啊！他微微颤抖，心里默念：这是原谅我了吗？以后的事，以后再说？意思是鼓励我，将来追她吗？她不讨厌我啊？肯定不讨厌！哎！天空好蓝啊……

暑假很快过去。白玉城、蓝媚、沈沛溪，考入西城同一所高中。那是一所普通中学，离他们以前的初中不远。他们没有更好的选择。幸运的是，蓝媚跟沈沛溪仍然同班，而白玉城在另外的班级。对后者来说，这是唯一的遗憾。

雷家明去了重点中学。崔明虎等人，不出所料统统去了职高。对白玉城来说，那是天大的好消息。他终于摆脱掉那些可恶的家伙，有一个新的开始。

高中仍然分配了宿舍。只不过，除了共同的假期，白玉城不再有那么多机会，跟蓝媚上下学同路。对此，他坦然接受。毕竟每逢假期一起回家时，他能做到放下原来的包袱，跟蓝媚有说有笑了。

高一下半年，最重要的是分班甄别考试。达标进重点班，相当于一只脚进了大学校门，不达标进普通班，将来就很难说。

考前复习进入冲刺阶段时，白玉城却不得不选择通校。那时，为补贴家用，年近70的白家奶奶，做了环卫工。虽说清洁区域就在家附近街道，可毕竟年老体衰，每晚回家，难免腰酸腿疼。奶奶好强，从不开口说出来，好在白玉城看在眼里。他晚自习后跑回家，给老人烧水泡脚，捏肩捶背，第二天再早早回校。一老一小，彼此鼓励，互相扶持，日子，就在坚持中过下去。

有一晚突然下雨，白玉城没带伞，冒雨往家赶。高中离家远一些，途中会经过母校初中。快到初中时，透过雨丝和灰蒙蒙的路灯，他看到一个熟悉的人影。

再细看，看清了，是蓝媚。

她打着黑伞，站在前方不远处，没带书包。离她最近的一盏路灯坏掉了。

看样子，蓝媚是要回家。可是为什么站住不走呢？难道她看到我了，在那儿等？白玉城无暇细想，心里只有一个场景：跟心仪的女孩同撑一把伞，在夜色细雨中漫步回家——好浪漫啊！

他正要朝女孩跑过去，对面开来一辆黑色轿车。

车掉了个头，在蓝媚身边停下。驾驶室车窗摇下，一个叼着烟的男人探出头来。蓝媚俯身笑了一下，收伞进车。

白玉城张着嘴巴，眼看着车子载着蓝媚，消失在夜色里。

他呆立片刻，跑到蓝媚原先站立的地方。他怀疑自己看错了。可是，他分明还能闻到空气中残留的味道。那是蓝媚身上发出的香味，以前每次同行，那味道都令他飘飘欲醉。

哦。也许什么味道也没有，只是他的错觉，可是那不重要。他不是老眼昏花。他看得分明，刚才打伞的女孩，无疑就是蓝媚，哪怕离此最近的路灯坏掉了。

他心里很乱，忘记看车牌号。

究竟怎么回事啊？她为什么上了那辆车？车里的男人是谁？带她去什么地方？车子为何不在高中旁边接她？她是故意走出这么一段距离吗？

他带着满腹疑问，僵直地往回走。剩下的距离，本应快跑才对。他失去了思考能力，失去了机动性，任凭雨水冲刷……

雨越来越大。

也许，那是辆黑出租，或者是她校外的朋友，只是送她回家而已。他回到家门前，稍稍犹豫，推开葛春花家的院门进去。

屋里亮着灯，葛春花正陪小女儿顾楠楠写作业。

白玉城敲开房门，探进头去："阿姨，蓝媚在吗？"

"她和沛溪住宿舍呢。"葛春花走出来，"这孩子！雨这么大，也不知道打伞，淋坏了怎么办？"

"忘了看天气预报，没带伞！嘿嘿！"白玉城转身就跑。

"也不进来擦把脸……你找她啥事啊？"

"没事。跟她借本复习资料……"

第二天他头脑昏沉，身上发烫，坚持着上完课。放学做完值日，他去找蓝媚，不料对方已经走了。

接下来是周末，他决心问个明白。

可是，该怎么问呢？

你那晚去哪儿了？夜不归宿？那男人是谁？他细想，可我是她什么人啊？凭什么去追问？而她，又凭什么给我一个合理的解释？或许她那晚真有急事吧？不如找沈沛溪，旁敲侧击，也好过自己瞎猜。

周末早上，他来到葛春花家。

葛春花告诉他，蓝媚和沈沛溪一大早就出门了，带着书包，可能去学校复习功课了。

他赶去学校，直奔女孩的教室。教室锁着门，里面一个人也没有。

他回到校门口，望见学生们三五成群，在附近吃早点。那些学生都是高三的，临近高考，没有周末。

他默默回家写作业，一天很快过去。傍晚上街叫奶奶吃饭时，他遇到葛春花。

葛春花问他："早上找到那俩丫头没？"

白玉城摇头："她们中午没回来？"

"没呢！刚才打来电话，说晚饭不用等，在你们学校外面吃快餐。"葛春花摊摊手，"一天到晚不着家，就知道在外面疯。看来，得给她们配手机了！"

"学校不让带手机。"

他丢下一句话，上街跟奶奶打了招呼，一溜烟跑向学校。

鬼使神差啊！他说不清楚，自己为何这么急于找蓝媚。

校外的大街，比早晨还热闹。

他经过校门，漫无目的朝前走，每经过一家饭馆，就借着灯光朝里望。

街道很快走到头，哪有什么蓝媚、沈沛溪？

再往前走，是离家的反方向。他叹了一口气，转身往回走。

没走几步，他眼前一亮，终于看到了要找的人。不远处，马路对面，蓝媚和沈沛溪从一家饭馆二楼下来，站在路边有说有笑，像是在等人。对他来说，那家饭馆价格太贵，他从没进去过。

"喂……"他抬起手，刚要打招呼，眼角瞥见一个熟悉的身影。

仔细一看，那不是李老师吗？从初二下半年到毕业，教了他一年半的班主任，李默琛。李默琛从路边一个门面房里出来，一只手抄在裤袋里，快步走到女孩们身边。

会合后，三人步入路边一个小区。

白玉城挠头：她们怎么跟李老师一起？补课吗？补课也不该找他啊！

他想不明白，身不由己抬脚跟过去。经过一家店铺，也就是李默琛出入的那个门面房时，他呆住了。

那是一间成人用品店。

此时，李默琛和女孩已经进了小区。

白玉城定在原地，犹豫片刻，推开成人用品店的房门。

"哟！小伙子，买点啥？"

店主是个中年胖女人，一眼就看出他是学生。

"不买……不是……"他满脸通红，半垂着头，指了指外面，"刚才，刚才那个很帅的男的，是你朋友还是顾客啊？他买了什么？"

"男的？"老板娘哦了一声，"套呗。怎么了？"

"套？"白玉城逃出门去。

李老师买避孕套？大晚上的，跟蓝媚、沈沛溪在一起？什么情况啊？

"嗡！"他脑子一片空白。

那时，他所知有限，只知道李老师是外地人，给他当班主任时，一直住校。

李默琛所在初中，是有分配宿舍的。宿舍配置简易，一房两床，方便老师们午休，真正在那儿住的很少，而李默琛便是其中之一。原因无他，他母亲病重，来滨海治病耗光了家财；他哥哥娶亲，家里拿不出彩礼钱，婚事告吹，后来去菲律宾务工不知所踪。李默琛不好过。有很长一段时间，他母亲到滨海就医，他便医院学校两头跑。经常半夜从医院回校，出租舍不得打，只能步行。那么个情况下，他哪里舍得另外花钱去校外租房？

然而，那晚白玉城亲眼所见，李默琛的的确确在校外租了房子。

白玉城冲进小区，此时目标早已不见。

他暗骂自己太蠢，不该去成人用品店耽误时间。

在小区内转了七八圈，他心里冒出来可笑的想法：蓝媚和沈沛溪跟李老师在一起，李老师买了避孕套，他们在一起乱搞……

他不甘心，走到主干道一边的活动区，靠在双杠上傻等。

他所在的位置，能看到三个单元门口，再往里的楼栋，没视野。

两个多小时后,女孩们终于从一栋楼背后拐出来。她们来到主干道,离白玉城还有七八米远时,后者才发现她们。

白玉城赶紧蹲下,心里打鼓:我要露面吗?会不会太突兀?

蓝媚走在沈沛溪后面,一边走,一边把双手擎在脑后整理头发。对女孩来说,那是个很自然的动作。可白玉城却分明觉得,她原本顺滑如瀑布一样的头发,看上去很乱。

这时,后面传来一阵急促的脚步声:李默琛拿着一个书包追出来。

"书包落我家,明天怎么上课?丢三落四!"

"我家?"白玉城默念,看来李老师真在这儿租房啊!

蓝媚背起包,吐了吐舌头,指着李老师脖子说:"那儿有草莓印,看你明天怎么上课!"

沈沛溪说:"有好几个呢!嘻嘻!不关我事!都是蓝媚种的!"

李默琛撇了撇嘴,扭头就走,一边走一边搓脖子。

蓝媚和沈沛溪离开后,白玉城才垂着头出去。

年少的他,无法理解那件事:两个高一女生,跟自己的初中班主任共处半晚。班主任提前买了套,脖子上多出嘴唇吸的草莓印,而且都是蓝媚种的……

第二天课间操后,白玉城截住蓝媚。

一旁的沈沛溪问他什么事。他冷冰冰的,把沈沛溪赶走。

他改主意了,不旁敲侧击,要单刀直入。

蓝媚纳闷儿道:"怎么了?"

"昨晚怎么回事?"

蓝媚一怔:"昨晚怎么了?"

"我都看到了!你们和李默琛一起,他买了避孕套。临走,你把书包落下了,他给你送出来。你还说他脖子上有草莓印……沈沛溪说,那是你种的!"

蓝媚指尖抖起来。

她警惕地向周围看了看，借着甩头发，深吸一口气："你跟踪我们？"

"那不重要！"

"你为什么跟踪我们？为什么？"

"别转移话题！"白玉城咬了咬嘴唇，"我就想知道，你们和李默琛，究竟怎么回事！"

"什么究竟怎么回事？胡说什么啊你！"

"嘴硬吧，你就！"少年扬起下巴，"我要是告诉葛阿姨，她就会报警。警方去搜查，一定能从李默琛的床上，搜到你们的痕迹！"

"疯了吧你！"蓝媚捂住嘴，放低音量，一把抓住白玉城胳膊，"不是你想的那样！真的！"

白玉城突然抓住蓝媚肩头，用力摇晃起来："我全看见了，还能是哪样？"

那是他第一次碰蓝媚。

"唉！你怎么……其实，我们本来想找我们班主任补课的……可他补课收费，很贵的。后来遇到李老师，说起这件事。没想到他和我们班主任，是同学。他说回头打个招呼，叫班主任少收我们费用。我们想感谢他，就请他吃晚饭，结账时发现钱不够……李老师说，怎么能让学生付钱呢。他结了账，我们怪不好意思，后来去他家坐了一会儿。对了，他租的房子，就在高中边上。他还问起你呢，还有雷家明……说你们都不错，将来——"

"撒谎！别编了！"

"真是这样！"蓝媚急得跺脚，"不信你去问李老师！"

"问他？你们是一条绳上的……你们太过分了！我对你……彻底失望了！"

蓝媚哼了一声，突然变得强硬："失望？你凭什么污蔑我？你算老几？你是我什么人？"

122

这话像箭，把白玉城射退好几步。

他松开手，后退，视线慢慢垂下去。

良久，他叹了一口气："我的确什么也不是。你没遇过贼，我没救过美；你父母走得明明白白，我父亲走得稀里糊涂；你越来越像天鹅，我越来越像小丑……我没送过你礼物，也没写过情书。我只偷看过你洗澡，不止一次，还拍了视频。我只是你的邻居，你只是我的意淫对象！"

一口气说完这些，他忽然感觉轻松多了。

"唉！不是这样的！你是个好男孩！"蓝媚忽然又软下来。

她望着脚尖想了一会儿，然后伸手，碰了碰白玉城的鼻头，说："我知道你喜欢我啊！我什么都知道的！这样，下周吧！下周末，去女生宿舍找我，好吗？我把一切都告诉你！"

"为什么去宿舍？"这话他没问，他全然沉浸在悲伤里，什么也没想。

蓝媚却替他回答了："我在宿舍里，给你准备了一样东西。看完后，你就都明白了！到时候我们好好聊，聊我们的关系，然后我请你吃肯德基。一定要去！明白吗？我会提前跟宿管阿姨说好的，你只管进去就行！"

"可是……"

白玉城挠挠头。不知不觉间，话题主动性已不在他这边。

"下周末，一定要去，我等你！"

接下来的一周，他把秘密忍在心里，没告诉任何人。那件事牵扯到蓝媚，他不能说出去。

那段时间，他和蓝媚之间形成了一种默契。至于默契背后隐藏着什么，对少年白玉城来说，其心智还不足以判断出来。他只一心等待那个说好的周末。

很快，周末到了。

123

他吃过早饭就赶到学校，顺利进了女生宿舍。看来，蓝媚真的跟宿管阿姨打好招呼了。只是"招呼"应该怎么打，他可猜不出。

正常来说，节假日期间宿舍没学生。可当时是学期末，又面临分班甄别考试，有些离家远的学生会留在宿舍复习。那种学生不多，但每年都有人那么做，学校对其持默许态度。

蓝媚的宿舍在一楼最东头，白玉城推门进去。

进门后，他才意识到，这是他第一次跟蓝媚独处。

那个空间完全属于他们，时间也属于他们。

蓝媚刚洗完头，正站在床前对着一面小镜子梳头。见人来了，她放下手里的东西，把他拉到床边坐下。

"吃吧，我给你买的早点。"她拿出几个粽子。

"我吃过了。"

白玉城试图笑出来。就一份早点而已，他心里却觉得暖和极了。

蓝媚没说什么。她把粽子剥开，递到少年嘴边，脸上带着甜甜的笑。

有了别人的引导，白玉城终于笑起来。他接过粽子，三两口消灭完。

吃完东西，他回过神来："你到底准备了什么东西啊？你不是要把一切告诉我吗？现在就说吧！"

"哎！"蓝媚甩了甩头发，紧挨着他坐下。

发梢再次掠过他的脸。跟从前一样，那个感觉，那个味道，令他不安。

"你真的喜欢我吗？"蓝媚突然转身，紧盯着他。

"啊？"那个问题，他毫无准备。

"说啊！我是认真的！机会只有一次！再不说，我可走了？"蓝媚用指尖，碰了碰白玉城脸颊。

"是的！"少年脸红了，鼓起勇气说，"初三有段时间，我天天梦到你，梦到你……亲我……然后就……最后就……就住院了……"

"住院？那次住院和我有关系？"

蓝媚惊讶地张大嘴巴，把呼出的热气，全都吹到白玉城脸上。

"可能是天天晚上用冷水冲洗……"白玉城说不下去了。

"天哪！你该不会每晚上，都那什么吧……"

"那什么，我走了。"

话题太尴尬了，他想溜之大吉。那不是他想象的谈话场景，一切已失去掌控，他连刚刚进门，自己说的第一句话，都想不起来了。

不料，蓝媚突然张开胳膊，牢牢环住他的脖子，然后把鼻尖紧贴到他的嘴上。

事发突然。白玉城像被开水烫到，本能后退。

蓝媚把他推倒，环绕他脖子的双手，更加用力地扣在一起。

"我现在就给你！你要吗？"

"啊？"少年如坠梦中，感觉脑袋要炸开。

"傻瓜！你不要吗？"

"我……我们……"

白玉城浑身僵住，双手定在那里，既不往前伸，也不往后缩，整个人就像一部拔了电源的机器，被蓝媚死死压在床头。

"别说了……"

蓝媚用嘴巴封住他未及讲出的话——我们好像忘了锁门。

白玉城感觉天旋地转，他的世界沦陷了……

大约10分钟后，沈沛溪突然来到宿舍。

推开门后，她用尽全身力气，发出一声尖叫。

数十秒后，听到尖叫的宿管阿姨冲进宿舍。

五分钟后，学校保安来了。

又五分钟后，李默琛跟蓝媚的班主任一块儿冲进来。

这位班主任姓刘，跟李默琛的确是师大的同学。李默琛来高中附近租住，于是周末找到他，到学校打乒乓球，听保安说出了事，便一同前来。

白玉城穿好衣服，狼狈地蹲在墙角。

蓝媚披着外套，抱着被子缩在床上。她头发凌乱，嘴角渗出一丝血痕，双眼茫然地盯着某个位置，一动不动。

从沈沛溪闯进宿舍到现在，屋里没一个人说话。

宿管阿姨，大头保安，全都傻傻地站在那儿，等着老师开口。

对白玉城来说，那短短的十几分钟，他从人间升到天堂，又从天堂跌落地狱。但是在那刻，他想的不是自己。

他虽极尽自卑、羞赧，又不经世事，可是一点儿也不笨。

他瞬间分析出那件事的结局：他和蓝媚都会被开除。

如果单单开除他，他能接受。沈沛溪早就说过了，而且说得没错，他就是人人讨厌的乌鸦。事既然出了，那他只能认。可是蓝媚呢？蓝媚不一样。她不是乌鸦，是白天鹅。她将来要参加高考。她可以拥有更好的前途，更好的人生。如果她被他毁掉，那他一辈子也不能原谅自己。

"不行！这事都怪我！我要是不那么冲动……"他心中无限自责，接着生出一个可怕的念头，"要想保下她，恐怕只有一个法子！"

那个念头一旦升起，他便毫不犹豫地说出来。

"你们不用问了，是我强奸了她！"他抬起头，语调甚是平静。

班主任大惊："你说什么？强奸？"

白玉城点头。

班主任一哆嗦，毛孔瞬间浸出汗来。刚才他正愉快地打球，听保安说宿舍出了事，还纳闷儿呢，怎么也料不到遇到这么严重的情况。

李默琛忍不住插言："真是有其父必有其子啊！你个小兔崽子！"

他上前提起白玉城，左右开弓。

白玉城无暇顾及李默琛为何在这儿。他被对方的话刺痛了，眼神里突然生出一股凌厉的气势。很快，那气势又黯淡下去。

李默琛打完人，揪着白玉城领口，问蓝媚："是他说的那样？"

蓝媚不说话，只是低着头，不停地哭。

李默琛又问沈沛溪和宿管阿姨："你们都看清了？"

"没错！我全看见了！一听见这丫头尖叫，我就冲进来！唉，作孽啊！谁也没想到啊……"宿管阿姨紧抓着沈沛溪的手。

大头保安说："这事得报警啊！"

班主任咬牙说："是得报警，还得通知学校！"

他掏出手机，顺便把房门关上。在通知学校前，他不想引起旁人注意，毕竟楼里，还有几个学生没回家。可是，沈沛溪之前的叫声，实在太尖厉了，楼上几个学生早就聚到外面，只是不敢进来。

白玉城一听要报警，心尖猛然一抖，跟着害怕起来。可是话已出口，还能反悔不成？就算能反悔，那蓝媚可就全完了。

他心头一横，暗想：报就报吧，无所谓了！

这时蓝媚突然跳下床，跪下去，死死抱住班主任的腿，哀求起来："刘老师，别……别报警了！他已经够可怜了！求求你，千万别报警！"

班主任一看这个场面，一时没了主意。

李默琛把班主任拉到旁边，小声说："这个孩子，初中是我学生，确实够可怜的！"

他把白玉城的家庭情况，简略说给班主任听。

班主任深深皱起眉头。

接着，李默琛给出建议："我看这样，先通知学校吧。你草率报警，丢的就是学校名声，到时候不好收场，还是慎重些好。到底怎么办，还得你们校领导拿主意。咱俩，谁也担不起责任啊！"

班主任恍然大悟，赶紧收起手机。

127

事发后第三天,学校经慎重考虑,开除白玉城,但没报警,也没开通报大会。

后来那位宿管阿姨也被辞退。

事情就那么过去了。

被开除后,白玉城独自离开滨海,不知所踪。

## 第十一章　尸块

饭馆临近打烊。

雷家明悠悠叹息："唉！那时，我要是和他读一个高中，他应该不会出那种事！表面看，当年他身上，主要就那几件事：换座事件，黄色漫画事件，偷拍事件，被勒索事件，以及高一下学期的强奸事件。实际上呢，那只是面上看得见的事。他呢，其实每天都很煎熬，只能说，高中换了环境，那段时间相对好些。说实话，最早偷拍事件谣言出来时，我压根儿不信……高一下学期，强奸事件出来，他被开除后，蓝媚还旧事重提，对老师述说当年的偷拍事件，说是白玉城亲口承认的。学校还做了求证，派人去职高，找过虎子等人。当年没开通报大会，但事情根本瞒不住，各种消息私底下传得沸沸扬扬，于是通过同学传进我耳朵里。在旁人看来，偷拍事件是个既成污点，奠定了他后来的心理动因和行为基础，让强奸看起来顺理成章。每个人都觉得很合理，从来没人怀疑它的真实性……"

王可问："李默琛买套，跟女学生苟且，你怎么知道的？"

"是小白亲口告诉我的。被开除后，他找我吃了一顿饭，算是告别。当时他喝了酒，把那档子事说了。我当时不信，被他那话吓到了。"

说到这儿,雷家明想起一个细节:"那时候,白玉城有个白色封皮日记本,挺厚,封面上用铅笔画着樱木花道,总是随身放在书包里。他没有天天写日记的习惯,估计重要的事才会写下来,对他来说权当一种发泄。临别那晚,我本想偷看日记来着。后来我喝多了,就没看成。他呢,似乎还有别的话想说,可惜也喝多了,最后没说出来……对了,前几天去他家吃饭,我还见过那个本子呢!"

伊辉叹了一口气,说:"看来所谓的强奸事件,是个局。"

"废话!"王可抖着腿说,"李默琛买套,跟俩女学生乱来,板上钉钉的事。他知道了不该知道的秘密,人家不对付他才怪!"

雷家明说:"他该报警才对,毕竟不是亲眼所见。"

"呵呵!一个大男人买了套,带俩女生回家。两个多小时后出来,脖子上好几个印子,都是蓝媚吸的,还不能说明问题?"王可指着自己的脖子,"当时五六月份,穿短袖呢吧!那晚的晚饭,李默琛跟蓝媚她们在外面吃的。他脖子上要是早有印子,怎么好意思上街?换句话说,要是早有印子,别人早就提醒他了!沈沛溪当时说得还不明白,那可是蓝媚吸的!"

"我没说不是啊!"雷家明敲着脑壳,"所以说白玉城傻!蓝媚勾引在先,他上了也就上了,还大包大揽,弄出个强奸!我估摸着,这几年,他也该琢磨过味来了!"

"废话!他入社会早,不出两年就能琢磨透……不过我很奇怪,既然当年,蓝媚那个小娘儿们坑了他,他今天,为什么还给蓝媚送花呢?又想追她?"

雷家明想不通。

王可问:"他那晚为什么到处找蓝媚?总不是凑巧碰上李默琛买套吧?"

"不知道。吃散伙饭时,我就觉得他还有别的话想说,可惜没说出来。"

"在那之前，肯定还有别的事！"王可转换话题，"那李默琛呢？我对他真好奇啊！他凭什么，能让那两个女学生那么听话？"

"师生恋呗，李默琛挺帅的。"

"胡诌八扯！"王可拍着桌子，说，"师生恋，两女一男？一张床？而且被白玉城点破后，蓝媚还能再次献身，给白玉城安一个强奸罪名？甭说，那个局，肯定是李默琛的鬼主意。白玉城暗恋蓝媚。李默琛算准了白玉城，会把责任揽到自己身上。蓝媚和沈沛溪那俩丫头，应该没那么深的心机！"

"你说的一点儿都对，行了吧！"雷家明拿病句刺挠王可。

"狗屁！你说啊，李默琛凭什么能操控那两个女孩？"

"其实很简单。"伊辉说，"你也能操控别人，只要抓住别人的把柄。"

"把柄？"王可挠头，"女学生能有什么把柄……"

"我哪知道啊！"伊辉转脸对雷家明说，"那个李默琛，有意思啊！照白玉城的说法，估计那家伙当年搞女学生，肯定不是一两次。我甚至觉得，他去高中附近租房，为的就是干那事方便。可他后来为啥辞职？心虚，还是另有别人知道他的秘密？"

"不知道！"雷家明说，"这两年，我跑教育版块，回过初中母校。有一回请一个相熟的老师吃饭，顺嘴提起李默琛，才知道当年白玉城强奸事件后不久，他就主动离职了。我问为什么。那老师嘴上不说，脸上一副神秘的样儿。我使劲追问，他才告诉我，说李默琛那时名声不大好。他去西城高中附近租房，高中有认识他的老师，也有认识他的学生。具体不知道谁传的，总之是另有人看到过，他带女学生回宿舍。话慢慢传出去，初中母校也就有人知道了。"

"你们那位李老师，人才啊！"王可感叹，"这顿饭值，喝了酒，还听了故事。故事里的人啊，一个比一个奇葩……哎！虎子那小

131

东西，就不是个东西！葛春花呢，大好人！白玉城奶奶呢，就最可怜！蓝媚呢，就不稀得说……"

雷家明说："他奶奶早没了。冬天出门滑倒，摔出来毛病，没治好。治病钱，丧葬安置，还是葛春花一手操办的。那时我才上大一，年假回来碰上蓝媚，才知道有那么个事。老人走的时候白玉城不在。那些年，他就没回去过……唉！不应该啊！"

"葛春花那种人，不多了！"伊辉也感叹起来，"可惜她那两个养女，好不让人失望。"

雷家明呆呆地盯着面前的水杯。那些青春往事，一件件从水面上浮起来。

作为朋友，他是见证者，见证白玉城懵懂而惨烈的青春，见证人性的丑陋与美好。在他的概念里，白玉城是被毁掉的人：家破人亡，以强奸的名义被开除，年纪轻轻就流落社会。可是，一个人的一生，真的能被环境毁掉吗？有没有重来的机会？他不能回答，也没有人回答他。

王可摇摇晃晃去付钱，把本应结账的伊辉甩到一边。

雨还在下……

第二天上午，雨势变大，像瓢泼一样，直到中午才堪堪停下。

今天，伊辉正式去刑警队上班，脖子上挂起西城公安分局刑警大队顾问的证件。人有了证，看起来就是不一样。从这往后，他再也不用担心调查取证的合法性问题了。

上午雨大没事干，他在公共办公室，翻看近期辖区派出所的警情简报。

他心思不在简报上，脑子里琢磨两件事。

在五一路上寻找"827"爆炸案目击者的工作，还在进行，到底能不能找到？要是找不到，下一步怎么推进案情？

"711"褚悦民的案子，警队内部早就认定是谋杀，只是未对外公开定性。案发当日,褚悦民去静山别墅找唐林清干什么?褚悦民死了,唐林清也死了,他们的死,会不会有内在联系?如果有,联系又是什么?

基于案情,他向江志鹏提了两个建议:

一个是查7月11日的路面监控,观察有无可疑车辆跟踪过褚悦民;另一个是派人暗中监视唐林义,同时也算是对被监视人的一种保护。因为就"827"爆炸案来说,死的是唐林清,但凶手的目标,大概率包含唐林义,这在警队内部是高度一致的认定。

午后雨小了,伊辉开车前往五一路。

林义化工连接东西两厂的天桥,就在五一路中间。

他到桥下转了两圈,心里凉透了。

从外形看,天桥呈弧形,横跨东西两厂围墙,一头伸到西厂墙里面,一头伸到东厂墙里面。围墙高两米左右,所以天桥弧形的最低点,也就是跨过围墙的部分,就在2米以上。这本来是个好消息,因为在那个高度下,不管谁要爬上天桥栏杆,都很容易被路人注意。可是,东西两厂的围墙外,天桥横跨的路两边,长满了杂草藤蔓。正值盛夏,那些杂草藤蔓生命力爆棚,密密麻麻,攀附着围墙和桥栏杆。远远望去,在最容易攀上天桥的位置,除了一片绿油油,什么玩意儿也看不到。别说那里藏上一个人,就是三五个也没问题……

寻找目击者的工作仍在进行。

他很沮丧,默默吐槽,绿化工作干得好,有时候不见得是好事。

这时,王可来电,声音听上去很焦急:"辉哥,你一上岗就'开荤'了。有人报警,小王庄后的坟地里,发现了尸块!"

"什么尸块?"

"废话,当然是人的尸块!"

他挂断电话,开车前往小王庄。

小王庄位于林义化工西南方向8公里外。

坟地在村北边一条沙子路尽头,里面是小路,没硬化,雨后泥泞难行。刑警的车都停在沙子路边上。

伊辉踏进泥地里,艰难朝前挪动。

江志鹏带人先一步赶到,大家聚集在一个坟头前,浑身是泥,样子甚是狼狈。

那个坟头不小,前边立着碑。按农村的规矩,先走的老人坟前不立碑,得等老伴埋进去再立。坟前立着碑,就表示那坟以后不会再挖开了。

发现尸块的位置,在坟背后。泥地上铺着透明塑料布,两个戴口罩的法医正埋头干活,清理出来的尸块,都堆在塑料布上。

报警人叫王小帅,40岁左右。

王小帅母亲前天去世,定的是昨天发丧。可是昨天下了一天雨,就推迟一天,结果今天雨更大。好不容易等到中午,见雨基本停下来,就出动发丧队伍,去安葬母亲。

一到坟地,王小帅就看到一群狗聚在一座坟前。他没在意,继续忙活手头的事。后来,发丧队伍里有几个孩子被狗群吸引,趁大人不注意,跑过去逗狗,结果很快又跑回来,一个个脸色煞白。

大人问孩子怎么了?

一个孩子指着狗群的方向,结结巴巴说,那个坟里有肉,狗子们在抢肉吃。

家长们很纳闷儿:现在都火葬,坟里怎么会有肉?会不会是死狗烂猫的尸体?

那个孩子说:"好像是人肉!我,我看见了手指头……"

人们将信将疑,处理完丧事,就去那座坟边,把狗撵走,想看看怎么回事。

不看不要紧,一看,大伙全吓坏了。孩子们说得没错。那些肉块,就埋在那座坟背后。泥地上,被狗刨出来一个大窝。大窝里到处是骨头、碎肉，还有好几个黑色塑料袋，有几根惨白惨白的手指头，混在泥里，格外显眼。

看到那么个情况，王小帅报了警。

这是伊辉第一次近距离接触命案现场，他吐了。相比之下，他以前跟拍的抓捕现场，简直就像过大年。

呕吐完，他强忍不适，尽量不去看那些尸块，问王可怎么回事。

王可说："报案的叫王小帅，来给他母亲出殡发现的，当时这里全是狗。坟的主家叫刘建龙，肯定不是他埋的。"

刘建龙40来岁，正抽着烟，在一边接受刑警询问。

"哪个王八羔子这么混，往俺家坟地埋人！"他火气很大，比警察还急。

"你家坟地最近没扒开过？"做笔录的刑警什么都问。

"没看立着碑吗？你父母团聚了，你还扒坟？有病……"

王可说："雨太大了，把浮土冲开了，狗闻着味就来了。"

伊辉问："有辨识死者身份的物品吗？"

"正找呢，看运气吧！"王可发起牢骚，"褚悦民和唐林清的案子还没头绪，又他娘出来这么个棘手的活。碎尸案的优先级，可够高的。接下来咱有的忙了！"

伊辉没言语，在目标坟地周边专心寻摸起来……

隔日凌晨，西城分局刑警大队会议室灯火通明，针对"903"碎尸案的第一个案情分析会，正在进行。这些刑警的日常，对伊辉来说尚属首次，他来不及体会其中的新鲜感，跟所有警员一样，脸上写满焦虑。

尸检报告和现场痕检报告都出来了，结果很不理想。

首先是尸体的各个部位还算齐全。这指的是骨头块，大体能拼接起来，可是唯独缺少头骨。显然，凶手在玩花样，掩埋尸块时，就想到万一日后暴露，警方拿到头骨能做面部还原，从而确认尸源，所以

135

没把头骨埋进去,这就给确认尸源带来很大困难。不过话说回来,要没这场大雨外加一群狗,天知道尸块会被埋到什么时候。不得不说,凶手心机太深,竟然选择农村坟地隐藏尸块。

具体地说,法医判断,死者死亡时间,至少两个月以上。经过长时间掩埋,碎肉早都腐烂了,再加上狗群的啃食,所剩无几。相比之下,拼接的碎骨能提供部分信息。碎骨和断骨,150多块,而人体所有骨头,包括颅骨,共计206块。这就是说,凶手尽力遵循人体骨骼本身的规律,基本都是从骨缝连接处下手切割。另外,所有碎骨断面都很整齐,说明动手的整个过程,凶手非但不惊慌,不犹豫,而且出手稳、准、狠。至于切割工具,应为斧子之类的沉重利刃。可是凭借这些信息,远不足以判断出凶手职业。

再一个,骨龄检测。死者27岁左右,女性,身高1.68米上下。但是痕检方面,除了现场那几个原本装尸块的黑色塑料袋再无其他发现,这对判断死者身份极为不利。

好在,面对那些尸块,大队长江志鹏不蔫儿。他要是蔫儿了,全队的人也就没精气神了。

"南边那个案子,受制于当时的侦破手段,挂了20多年了!今天咱这也出来一个!好好干,兄弟们!别留遗憾!咱们这辈子,碰不上几个这样的案子!"

江志鹏所说的"南边的案子",指的是当年的"南大碎尸案"。他拿本案跟它比较,一来表明案情重大,二来为提高士气。他想赢,全队都想赢。大家都铆足了劲,一心想看看那个凶残至极的家伙,到底长啥样。

天一亮,查找尸源工作全面展开。

分局把案情通报给市局,由市局协调全市各分局、派出所,查找各辖区失踪人口。

近三个月内,全市失踪报案信息,共53宗。警方根据失踪者年龄、性别，排除45人，剩余8名失踪女性，不管年龄段，还是体形、身高，都跟被害人很接近。

分局分别提取8名失踪女性私人物品的DNA信息，跟尸块比对。然而结果令人失望，无一例相符。

江志鹏分析：要么死者是外来人口，在本地无居住史，要么失踪人口排查有遗漏，或者失踪者家属没报案。

为此，他把全局的人都撒到社区，地毯式排查，连伊辉也分派了具体工作。

案发后第二天晚上，伊辉和王可来到五一路北头的车站派出所，跟片区民警钱丰收碰了面，然后由钱丰收领着，对该派出所下辖社区逐一摸排。

钱丰收20出头，今年刚分到派出所。所长派这么个青瓜蛋子，领着刑警下社区，而不是安排老片警，颇有不太配合的味道。

这一点伊辉看出来了。包括车站派出所在内，各派出所早把失踪信息报上去了。这时候，万一在自己辖区找到被害人信息，那不就说明该所前期工作不力嘛？

钱丰收对辖区所有社区位置，倒是熟悉的。

伊辉告诉他，每到一个社区，他们三个就分成三组，挨家挨户排查，不漏一户，发现异常情况及时联系。

这是个累活，更是个细活，跟某些影视剧里的侦查手段不一样。

晚上10:45，伊辉等人来到紫苑社区，这是该辖区最后一个社区。跟前面的排查一样，他们没发现异常，只好把家里没人的房子记下来，带回去进一步细查。其中，有几户人家的房门锁了很久，门把手上都生了灰。这年头人情冷漠，小区的人见了警察，三句话问不出个屁，没一个邻居能说明白，那几户人家到底多久不见人了。有的甚至连对门是男是女都说不清。

王可最后一个从单元楼里出来，样子很沮丧。

他和钱丰收会合往回走,看见伊辉正在门卫处,跟看门老头儿闲聊。

伊辉给老头儿敬烟,点火。

老头儿说:"你为什么打听楼凤啊?"

伊辉说:"每个小区,我都这么问。失足妇女若是失踪,没什么人在意的!"

老头儿点头:"要打听'楼凤',这儿的人都知道。要是摆出个派头说查案子,谁搭理你啊。为啥?都不想摊上事呗。咱这儿的人,起早贪黑,思想觉悟低,不比朝阳群众啊!"

伊辉把剩下的半盒烟塞给老头儿。

老头儿拿出一根烟续上:"情况倒是有一个。上个月几号我忘了,有人闻见楼道里有臭味,就通知物业,物业叫我过去看看。我转悠半天,最后确认,臭味是从一户人家家里发出来的。我就叫来开锁公司开了门,一看里面有条死狗……"

伊辉听大爷这么一说,责怪自己,刚才进去问了一圈,竟然没了解到这个信息。

按看门大爷的说法,那条狗是饿死的。就是说,狗主人很久没回来了。

狗的主人是个女的,20多岁,长得很漂亮,是该小区人尽皆知的"楼凤",物业曾举报她多次。她每次进去罚点钱,回来还是老样子,后来也就没人在意了。

钱丰收给所里打电话,查到了相关信息。

"楼凤"叫田恬,外号"田妞",本地人,父亲早亡,母亲改嫁。她未婚,独居,因此失踪多日,无人报警。

伊辉叫来开锁的,去田恬家提取DNA信息。

回到局里已是半夜,伊辉把提取物上交鉴定,熬夜等结果。

王可拿来方便面,分给同事们。

伊辉一边吃泡面，一边像上次一样，翻看辖区派出所的警情简报。

警情简报的内容很稀碎，多数是片警处理的邻里纠纷，大一点儿的事儿，就是抓贼、扫黄，另外还有一些出警信息。

警队的一切都是新鲜的，他看得津津有味。

看着看着，他的手突然停了，腰身紧跟着绷直，像被电了一下。

他的目光，停在一张简报上。

那张简报是7月7日的，上面记着西关派出所的出警情况。

引起他注意的，是一个名字。

简报上说：7月7日凌晨2点15分，接到报警，有人从西关如意宾馆六楼跳楼自杀。接警后，我所值班警员五分钟后赶到现场，当事人已无生命迹象。死者身上有100多块零钱，手机也在。我所初步调查，又经分局刑警大队复查给出结论，当事人系自杀。

简报下方记录着当事人信息：姓名，顾楠楠；年龄，十五周岁；死因，颅骨破裂，身体多处骨折……

顾楠楠？很熟悉的名字。

他拿着简报，默念了好几遍：这个顾楠楠，该不会是葛春花的女儿吧？

前两天，雷家明述说白玉城的少年时代，他对白玉城的邻居葛春花印象深刻。他记得葛春花有个女儿，就叫顾楠楠。

他放下那张简报，又快速翻看其他的。

片刻之后，他从座位上弹起来。

他紧盯另一张简报，不敢相信上面的内容：7月9日晚上8:08接到报警，有人喝农药自杀。我所民警及时赶往西郊……死者叫葛春花，年龄55岁。死因，烈性农药导致多个脏器衰竭……

## 第十二章　嫌疑人

从滨海出城，往西北走40多公里，有一大片碱滩。滨海西城近10年来外迁的企业，全都安置在那片碱滩之上。该区域内的工厂间距非常大，为将来的企业扩建留足了地方。空出的地皮上杂草丛生，满眼荒芜。这里的临滩公路网早已建成，物流公司也入驻了十几家，只是附近没有村庄，周围更无法种植作物，即便碱滩上烟囱林立、车来车往，也还是难掩苍凉。

雨小了。

碱滩最东头，有一大片工地正在施工。这里是林义化工的在建新厂区，计划这周完工，然后安排一场盛大的剪彩仪式。到时候，市里主管工业的领导会莅临现场。相应地，该企业的合作伙伴也会派人参加，电视台也来录像直播。直播内容，是宣传部门定的调子：以林义化工集团为代表，做一个有关企业整体搬迁，及本市化工产业未来展望的主题节目。

工地东边的碱滩里，停着一辆车。唐林义没带司机，一个人站在车外。

过了一会儿，远处驶来一辆车。停车后，车上下来三个人。

走在前面的胖子,是唐林义的大哥唐林海。

唐林海后边跟着个瘦子,看起来无精打采。

瘦子身后,跟着个魁梧强壮的光头。

唐林海来到唐林义跟前,指着那个瘦子介绍:"这是郭万全。"

唐林义打量郭万全。

他很清楚,眼前这小子是西郊扒活的,专撬电车电瓶,还吸毒。有次酒后越了界,跑到别的区作业,被同行用自制猎枪打伤了腿。要不是唐林海跟郭万全姐姐有一腿,出手帮忙,估计这货早废了。

郭万全笑嘻嘻地走上前,给唐林义递烟。

唐林义没要。

"林总,海哥交代的事情,我办完了。"

郭万全打开手机,找出一张截图。

截图上是个年轻女孩的正脸。女孩化了妆,神情漠然,看不出是喜是忧。

他把截图删掉,回头指着光头说:"这是我哥们儿,叫崔明虎,在西城帮人收高利贷。你想问的,他都知道。"

说完,郭万全远远走开了。

"叫我虎子就行。"崔明虎上前一步说。

唐林义从裤兜里掏出右手,象征性跟崔明虎握了一下。他感觉对方的手掌厚实、有力,一握之间,仿佛就能令人对其心生信任。

虎子直奔主题:"那个女孩叫顾楠楠,今年15岁,西城中学初三毕业。母亲叫葛春花,55岁。两个月前的暑假,女孩跳楼死了,葛春花喝了农药,也死了。"

唐林义心中大骇,只是脸上什么也没表现出来。

他平静地问:"消息哪儿来的?"

"我认识那个女孩,10年前和她姐姐是同学。"

"她父亲呢?"

"早没了。"

"了解她姐姐的情况吗？"

"葛春花当年一共领养了三个孩子，两女一男。女孩一个叫沈沛溪，一个叫蓝媚，都是我同学。男的叫苗力伟，是个杀猪的。"

听到沈沛溪和蓝媚这两个名字，唐林义和唐林海惊讶极了。他们互相看了看对方，心里都有话要说，可是这里不是说话的地方。

唐林义问苗力伟的情况。

崔明虎说："20出头，愣头青一个，开了个肉铺，离我家不远。"

"你呢？你和郭万全什么关系？"

"初中同学，不同班。"

唐林义朝远处招手，把郭万全叫到跟前，问："我找你办事，除了你俩，谁还知道？"

"绝对没外人知道！"郭万全说，"唐总，当时可把我愁坏了。滨海地界这么大，学校那么多，就凭一个截图，叫我上哪儿找人？可是海哥既然找上我，那咱必须办啊！怎么办呢？我腿勤啊！我就拿出几个钱，一个中学一个中学找过去，跟学生打听……唉！太难了！前几天，我碰到虎子，发牢骚，顺嘴跟他聊起来……嘿！你说巧不巧？海哥找我，算是找对人了！"

唐林义对郭万全印象极差，实在不想听他啰唆下去，扭头狠狠瞪了唐林海一眼。心说，这就是你找的人？你他娘的什么眼力？

唐林海把郭万全拉到远处，掏出个装钱的信封交给他，叫他去车里等。

虎子对唐林义说："你们找他办事，还不如找一头猪。"

唐林义笑了笑，扯谎敲打虎子："其实没多大事，那个小女孩手脚不干净。前阵子，我带孩子在游乐场玩，丢了个包，应该被她拿去了。图片，是从别人行车记录仪里截下来的。"

虎子说:"你给钱,我提供信息,别的什么也不知道,也不想知道。"

唐林很满意对方的态度。

虎子又说:"这点事,我可以直接告诉郭子,完事他会分我点钱。那样我很吃亏,所以跟来当面和你说。你觉得消息值多少,就给多少。这样最好,他挣他的,我挣我的。我这人只认钱,不认人!"

听到这番话,唐林义笑了。

他认真审视这个年轻人。他喜欢简单、直接的人。

他深信一个道理,能用钱解决的事,都不难办,前提是办事的人得尊重钱。贪小便宜,耍滑头,那不叫尊重钱,那叫没自尊。

怎样最容易看出一个人是否有自尊?

唐林义认为,就看那个人是否尊重钱。那种尊重,从言行上很容易分辨,它背后蕴含着一个人的特质。往传统文化上套,那叫一诺千金,往市井俗务上套,那叫真小人。

真小人也是小人,可是总比表面君子好。

李默琛就是那样的人。今天,他又遇到一个。

唐林义打开车门,取出个沉甸甸的信封交给崔明虎。

虎子揣起酬劳,转身就走。

"等等!"唐林义叫住他,"你再帮我办件事。"

虎子点头,什么也不问。

唐林义说:"你再帮我找个人。"

他叫虎子找的人,叫杜忠奎,42岁,老家在西郊杜家庄,今年6月底才从牢里出来。杜忠奎曾是个大车司机,名下本有房子,坐牢期间离了婚,房子过户给了前妻。

虎子把杜忠奎的资料塞进信封,回到唐林海车上……

雷家明听说新发了碎尸案,一大早到分局找伊辉打听消息。

他来得正好,伊辉正要找他。

雷家明上来就问:"听说你们从坟里挖出来尸块?"

伊辉点头。

"尸源确定没?"

伊辉又点头。

"咋确定的?她是谁?"

伊辉紧闭嘴巴,脸上一点儿兴奋劲也没有。

四个问题等不来一个字,雷家明急眼了:"咳!这才当几天顾问啊!嘴巴就插上栓了!你怎么跟我爸一个德行啊!"

"不该操心的,别操心!"

"呸!"雷家明嚷起来,"你当我愿意给社会新闻干采编?我巴不得专心搞教育版块呢!人家是因为我有那个爹,认为我能更快接触内情。实际上呢……唉!辉哥啊,辉哥!你他妈也叛变革命了!"

伊辉把雷家明拉到走廊外,语气里像藏着冰块:"我问你,蓝媚到葛家之前,葛春花已经从孤儿院认领了两个孩子,沈沛溪是其中一个?"

"是的!咋了?"

"另一个呢?"

雷家明挠了挠头:"是个男孩,叫啥想不起来了。"

"另一个叫苗力伟,今年22岁,在西郊开了个肉铺。"伊辉已经查出来了。

"你知道还问我?"

"出事了!知道吗?"

"出啥事?"雷家明嗅了嗅鼻子,他觉得伊辉今天不正常。

"顾楠楠跳楼死了!葛春花也死了,喝的农药!"

"啥玩意儿?"

雷家明后退两步,怀疑自己听错了。

虽然他是记者,但那两个人的死,他还真不知道。孩子跳楼,母亲喝药，这种事放到全国农村里，并不鲜见。它在当地会是个话题，可是不见得就上新闻。况且顾楠楠出事，正值初中毕业后的暑假，不是死在学校，根本没闹出什么动静。就算孩子死得突然，可也没留下遗书，又不涉及刑案，派出所做过简单调查后，将死因归为情绪抑郁之类的心理问题。相应地，派出所认为葛春花喝药自杀，是心痛至极、无法接受孩子跳楼的事实所致。

伊辉补充："顾楠楠死在7月7日凌晨，葛春花两天后喝了农药。我这儿有警情简报！"

"为什么？"

话题就此终止。他的问题，伊辉也想知道答案。

碎尸案尸源已确定，死者就是那个有名的"楼凤"田恬。伊辉扔下雷家明，去紫苑小区跟王可会合，查田恬遇害前的行踪。命案当前，他只能把对顾楠楠母女之死的好奇心，暂放一边。

紫苑小区聚集了大量刑警，小区门口的监控硬盘早被送到局里。考虑到尸体腐烂程度至少两个月，伊辉对监控内容不抱多大希望。

江志鹏亲自带人，去交警指挥中心查路面监控。交警监控系统的存储体量不成问题，可是人和车不同，要想在全市范围内精确查找、定位两个月前一个大活人的行踪，并非易事，江志鹏有心理准备。

市局、分局的网监部门，也被调动起来，从网上查找一切跟田恬有关的话题、视频、网购记录等，尽可能为侦破提供线索。

田恬碎尸案，成为全市警务系统关注的头等案件。

伊辉跟着刑警，在紫苑小区查了一天，把小区所有居民都过了一遍，没查到有价值线索。

居民反映，田恬死宅死宅的。她有很多老客户主动上门，从不出去拉客。她有车，每年都拿出时间自驾游，一去就是十天半月。她平时很少开车，出门逛街、买菜，多以电动车代步。

通信方面，田恬最后的通话时间，是6月30日17:20，电话是快递员打入的。

警方细查电话清单，找到五个嫖客。

王可把嫖客带进局里突审，那就是没办法的办法。实际上，田恬的客户远不止五个，有很多老客户根本不和她通话，这么抓根本抓不干净。

江志鹏那边，监控查到半夜，一无所获，可是却找到另一个重要信息。

他们从路面监控里发现，"711"案被害人褚悦民，早在7月2日中午，就去过一次静山别墅，而且在那儿待了至少一天半，直到7月4日上午才返回市里。

这是个意外收获。当晚，江志鹏把唐林义"请到"局里问询。

"那天的事我记得。"唐林义身子不斜，腿不翘，神态从容自在，"褚悦民老家，跟我一个村，从小我俩关系不错。前些年，他干上西城区城建规划副局长后，眼眶子高了，我和他来往就没那么勤了。不过他坐牢那几年，我还是去看过他。他今年6月27号放出来的，我没去接他。他一出来，就联系了唐林清，他俩关系也很好。他在家待了几天，又主动联系我。我给他安排到静山别墅，自己家，算是接风吧。那天晚上，唐林清，我大哥唐林海，都在。老褚喝高了，留宿一晚。第二天我们正常上班，老褚自己上山溜达了一天，晚上没走，又喝了一气，7月4号吃了早饭回去的。"

江志鹏问："我们查过褚悦民通话记录，确实是他先联系的你。7月11日，他去静山别墅干什么？"

"7月11日，老褚出事那天？"唐林义摇头，"不知道。"

"不知道？"

"那次，是他主动联系唐林清。发现他在车里出了事，报警的也是林清。"

"那儿可是你的别墅！"

"其实那里我基本不住。他就是在家闷得慌，出来喝酒，钓鱼散心，叫林清给他送别墅钥匙。谁能想到，他偏偏出了事……"

江志鹏突然心念一动："褚悦民出事，你怎么看？"

"什么意思？"唐林义身体往后靠，换了个坐姿。

"我是说他闷死在车里，你怎么想？事故，谋杀？"

"你问我？"唐林义叹了一口气，"做买卖我凑合，那事我可说不好。"

"随便聊聊，不记录。"江志鹏叫人把笔录本合上。

唐林义沉思片刻，把难题巧妙地抛回去："事故也好，谋杀也罢，我相信你们会调查清楚，给老褚交代！"

江志鹏心说，这姓唐的，还真是滴水不漏。

问询结束，唐林义刚要走，江队长忽然想起一件事：

"8月27日早晨，你几点出门，几点到公司的？"

化工厂爆炸那天，唐林义的笔录里，没提这个茬。

"大概8点15出门，8点45到的。我走到半路，厂里打电话说出事了！"唐林义叹了一口气，苦笑，"没有重要的事情，我很少去公司。那天过去，是为打理新买的海缸。"

"唐林清每周一必到公司，而且他习惯早起。对吧？"

"一般情况是那样，除非家里有事。"

"你觉得，爆炸是冲谁去的？"

"肯定是林清！你们还以为是冲我来的？"

"哟！你也认为是唐林清？案发时，我们首先认为是冲你去的！"

江志鹏倒背起手，扬起脸故意一笑。他不知道唐林义心里怎么想，可他知道对方看见他这一笑，心里肯定不舒服……

凌晨，刑警们都在加班。

江志鹏在公共区域来回转圈。碎尸案受到各级领导极大关注，给他的压力很大。

尽管尸源已确认,可是线索一条也没有。甚至于,警队上下,对本案背后的动机都无从判断。

谋财?田恬的银行卡没有大额取款记录,钱都在。

情杀?这几年田恬一心做"楼凤",能牵扯出感情问题?

劫色后灭口?这是唯一相对靠谱的解释。可是,一个"楼凤"面对劫色,有必要强烈反抗吗?面对危险,她应该跟歹徒说明自己身份,给对方安全感才对!她让对方感到安全,才能减少自己的危险。这才是合理的逻辑。

还有别的动机吗?江队想不出。

伊辉背对江志鹏,手指间把玩着一根烟,熟练地在指缝间转来转去。他实在不想面对江志鹏那张苦脸。

凌晨2点,市局网监支队发来一条信息,打破了办公室的沉闷气氛。

那是一条短视频,由网监支队所属的栖凤区公安分局网监大队意外发现,并及时上报市局。

视频发布时间是6月30日19:15,长1分40秒,配了个题目:好白菜让猪拱了。

视频背景在一家火锅店里。一个中年男人,拥着个女人到前台结账。结完账,男人回头,朝着视频拍摄者竖中指,然后在女人屁股上狠狠掐了一把。女人笑出声来,笑得风情万种,同时回头看了一眼。

正是女人那一个回头,被网监人员认出,她是田恬。

视频里的中年男人一脸褶子,精瘦,寸头,比田恬高半头,嘴大鼻子小,两人站一块儿,怎么看都不般配。

从时间上看,田恬手机最后一个电话,是6月30日17:20打入的,而该视频的发布时间,比最后一个电话晚将近两小时。如此一来,视频里中年男子的身份,就尤为可疑了。

这则视频犹如一剂强心针，令江志鹏兴奋起来。

他派去市局网监中心的人刚走到半路，对方又发过来一条消息。

消息里说，市局已经找到了短视频的发布者。

那人叫严文艺，是某校大四学生。

为什么拍那条视频？

严文艺说，他当时正跟朋友吃火锅，那个中年男人搂着个美女，从他身边经过，把他的调料碗蹭到地上。

事很小，说声对不起就完了。可是中年男人非但不道歉，还埋怨是严文艺自己打翻调料碗，把他鞋子弄脏了。好在中年男人没过多纠缠，骂了几句，就去前台结账。严文艺看对方像社会人，不敢还嘴，见对方离开，就拿出手机偷拍，同时心里给小视频拟好题目——好白菜让猪拱了。

紧接着，市局再次发来重要信息。

经人脸识别系统（关联身份证数据库）比对，确认短视频里的中年男人叫杜忠奎，身高1.8米，42岁，本地人，以前是个大车司机。2008年春节前夕，杜忠奎因操作不当，造成重大交通事故，致使两人当场死亡，并驾车逃逸，被滨海市中级人民法院判了10年，今年6月25日出狱。信息最后，附带杜忠奎出狱后的住址和联系方式。

这几条信息来得又快又及时。

杜忠奎，一个坐过10年牢的家伙，怎么会跟田恬在一起？

不用说，一定是他在里面憋太久，放出来没几天，就找楼凤泻火。

就警方目前掌握的情况看，田恬被害前，最后一个密接者就是杜忠奎。由此，碎尸案第一个嫌疑人浮出水面。

江志鹏心里明白，市局的效率已经最大化了，同时，那也是上级领导对本案极为关注的直接表现。栖凤分局兄弟单位，包括市局，能做的都做了，剩下的，就看他们分局怎么做了。

## 第十三章　追踪

　　江志鹏收到短视频的同一个晚上，崔明虎按唐林义给的资料，找到杜忠奎老家。

　　那栋房子位于杜家庄最东头，是一座二层小楼，带个小院，用铁栅栏围着。那里本是杜忠奎父母的住处。杜忠奎坐牢期间离了婚，父亲病逝，剩下母亲独居。杜忠奎出狱前，他母亲寻思，孙子和房子都给了儿子前妻，儿子出来就得回老家，跟她一块儿住，那不利于儿子再成家。现在的女人，有几个愿意跟老人住一起？她可不想儿子就那么单下去。考虑到这些，杜母交了些钱，搬到西郊的老人院里，把房子给儿子空了出来。

　　杜家庄地处滨海市西郊，离林义化工不算远。从林义化工东厂出来，跨过五一路到西厂，再往西走几公里就到。唐林清被杀后，唐林义早就偷偷派司机去过。司机见院门紧锁，便打道回府。现在，崔明虎接下这个找人的活，当然得再到杜忠奎家转转。

　　半夜12点，崔明虎把摩托车远远停在村外，步行摸到杜忠奎家。他担心自己光头太显眼，刻意戴了一顶棒球帽。

　　来到栅栏墙外，他没急着进去，先在原地待了一会儿，确信四周无人,才翻墙进入院内。

他攀爬的地方,是铁栅栏院墙90度夹角处的水泥隔离墩。进去后,他用手机照了照。还好,隔离墩上并未留下明显痕迹。最近下雨多,他担心鞋上有泥。

房子的下檐房是推拉门,轻轻一推就开了,里面的房门没上锁。

崔明虎推开门,轻轻步入客厅。

来到屋里,他用力嗅了嗅鼻子,然后掏出手电筒,首先照向茶几。

茶几表面有一层浮土,看来杜忠奎离开有日子了。

茶几上扔着半包烟,烟盒下压着一张纸,是折叠过的。崔明虎戴上手套,把纸翻开看了一眼,又照原样叠起来。

那是杜忠奎的释放证。

释放证在家,人去哪儿了?

崔明虎看了看茶几旁的矿泉水桶,里面的水还有一大半。

接下来他进入一楼卧室。

卧室里很干净,被褥折叠整齐。卧室一角扔着个拎包,拎包拉链开到一半,那是杜忠奎出狱时带的东西。拎包旁边摆着一双休闲皮鞋,一双网格运动鞋,都是新的。

崔明虎在一楼转了一圈,找不到有用的信息,便开门回到下檐房,走楼梯上二楼。

刚踏上二楼的第一块地砖,他就停住不动了。

他感觉里面不对劲。他相信,换成别人,也一定会是这种感觉。

二楼也有个客厅。他没在客厅停留,直接推开卧室房门,举起手电朝里看。

手电光圈落在双人床上,他的目光尽处,一片血红。

他被吓了一大跳,迅速后退好几步,同时关掉手电凝神倾听。

卧室里静悄悄的,没人。

他再次打开手电,壮着胆子走进去。

他眼前明显是个作案现场:双人床上甚是凌乱,蓝色的夏凉被面,被血染成红色。床紧靠的墙壁上,有一个通红的手掌印。

他蹲下去细看,才发现血迹早已干枯凝结。

此处不宜久留!

念及此,他转身就走,不料脚下一滞,被什么东西绊了一下。

他低头一看,见自己正踩着一只女式高跟凉鞋。

他顾不上收拾自己留下的痕迹,慌慌张张逃了出去……

当夜,就在崔明虎离开后不久,江志鹏带队来到杜家庄。

杜家小院里顿时灯火通明。

这里究竟发生了什么?是什么原因导致杜忠奎对田恬痛下杀手?

面对二楼的凝血现场,江志鹏又惊讶,又恼火。

他惊讶的是,他们才确认杜忠奎有嫌疑,就在杜家找到凝血现场,这无疑是个重大收获。这个节奏紧凑连贯,大大减轻了案情性质带来的压力。

他恼火的是,从血液凝固程度看,现场扔这儿少说俩月了。可是这么长时间竟然没被发现,更无人报警!

伊辉没想那么多,他是个既来之,则安之的人,身上没那么大压力,一直在旁边观察。

他默默看了半天,感觉这个现场有点怪。总体上,卧室里凌乱不堪,床上到处是干涸的血迹,墙壁上还有血掌印,可是,地上却连一滴血迹也没有。

很显然,这个现场被人清理过。不管那些血是谁的,流血者存活的可能性都不大。这很容易判断,现场血迹太多了。换句话说,流血者死亡后,尸体被人转移了,而且转移过程非常谨慎,没让一滴血洒到地上。

要怎么做到这一点?最可能的方式,是用塑料布之类把尸体完全裹起来,然后移尸。只有那样,血迹才不会洒落,当把尸体搬到房子外面时,也能确保路面不留有血迹,从而减少被路人按迹寻踪发现现场的可能。

可是,凶手既然这么谨慎,为何不彻底清扫干净,偏偏把现场留下来呢?难道凶手很明白,带血的现场,不管如何清扫短期内都无法逃过警方的痕检?

天亮前,痕检工作完毕,众人返回分局。

午后,鉴定结果出来了。杜忠奎家发现的血迹,全部来自碎尸案被害人田恬。现场残留大量痕迹,包括头发、指纹等指向性信息,来自田恬和杜忠奎。剩余少量痕迹,跟杜忠奎和死者对不上。痕检判断,那些对不上的痕迹,应为杜忠奎家人之前遗留,有待进一步检验确认。

此外,有一点令人疑惑。现场除了田恬的血衣,还有一双高跟凉鞋。痕检在高跟凉鞋的左脚,检验到一个清浅的脚印。经比对,在房间其他地方也发现了该脚印,而且印痕新鲜,应为经过带水路面的鞋底所留。

进一步检验,痕检确认,那个清浅的鞋印并非杜忠奎所留,它跟杜忠奎的鞋号、脚印着力点完全不同。

也就是说,在警方到达杜忠奎家之前,某个时间点(或者说24小时内),有人去过现场。

到底是谁去过现场?为什么没报警?

江志鹏没执拗于这些疑问,立即着手追查杜忠奎下落,并向市局申请发布通缉令。

追查对象一明确,当天下午就有线索浮上来。

巡警在对车站、码头、出租车公司、汽车租赁公司等相关单位的调查中,查到一条线索。一家名为"大发汽车租赁公司"的租赁记录中有一条租赁信息。

信息显示，碎尸案重大嫌疑人杜忠奎，于本年6月27日上午，从该公司租了一辆奥迪Q5，租赁手续齐全，押金付足，还留下了身份证复印件。

江志鹏带着伊辉、王可，赶去大发租赁公司确认消息。

大发公司有监控，但时日已久，内容早覆盖了。伊辉拿着杜忠奎的照片，让员工回忆。

一个女员工肯定地说，那个租奥迪的家伙，就是杜忠奎。

伊辉问她为什么那么肯定。

女孩说，那天是她接待的客户。那家伙头发短，脑门亮，一脸褶子，嘴大鼻子小，色迷迷的，一看就不是好东西，还摸了她的屁股。女孩本想声张，但是看在业务的分上，忍了。

紧接着，值班经理反馈了一条重要信息。

经理说："我刚查了记录，那辆车的押金至今还在。更离谱的是，车子根本不是那位客户还回来的，而是交警上门通知，公司派人，从外地开回来的！"

"从外地开回来？"

"那辆车当时扔在滨海市以西40公里，清河县东郊物流市场附近。交警来的时候，说车子已经在那条小路上停很多天了。开始没人在意，后来交警觉得不对劲，查到车子来源，就联系了我们。"

"那是什么时间的事？"

"7月中旬。"经理看了看记录，补充道，"还有，我们的师傅发现，那辆车被修过。"

"被修过？确定不是之前的客户修的？或者，不是你们自己修的？"

"那是辆新车，租给那人之前，一点儿毛病没有！"

"损毁严重吗？"

"车左前门门面整过形、补过漆。问题不大，应该是被什么东西顶上了。"

伊辉心说，杜忠奎这小子的戏份儿，真是越来越丰富了。

他走到那辆奥迪车前，仔细观察车门，没看出来哪儿有修补的痕迹。

经理走到左前门，指着一个位置说："应该是找的私人维修店。活干得还行，只是时间长了，这漆早晚褪色，到时候还得重喷，整扇车门得重新拾掇！"

"私人维修店？"

不知道为什么，伊辉很自然地想到白玉城那个修车店，紧接着他摇了摇头。私人维修多如牛毛，车子不可能在白玉城那儿修。天下哪有那么凑巧的事？

他围着车转了两圈，打开车门往里看。

车里非常干净，后座两侧窗户上挂着深蓝色窗帘。整车的玻璃膜是订制货，透光率很高。除去前挡风玻璃，其余玻璃，包括后车窗，从外面看，就是一片漆黑，基本看不到车子里面，在私密性上，算是做到家了。

伊辉关上车门，问了个不想问的问题："车子你们洗过吗？"

"经常洗，里外全套。"

伊辉早知这个结果，他只是强迫自己，把该问的都问一遍。车子常洗，还里外全套，那里面的痕迹还留个屁。

他又问："把车弄回来时，有没有发现其他情况？"

经理面露不解。

伊辉提醒他："比如里面有什么东西？什么杂物？或者说痕迹。血、尿都算。"

经理回忆半天，晃着脑袋说："什么都没有，也就刹车、油门那儿，有点土。"

"确定？"

经理摇头。警察这么反问,谁也不敢说确定。

江志鹏看起来很兴奋。

从短视频发现杜忠奎,到杜忠奎家发现田恬被杀第一现场,再到杜忠奎开过的奥迪车,线索来得很快,那接下来的事儿,不难办。

他带上王可再次前往交警指挥中心查监控,伊辉回分局等信。

以那辆奥迪Q5为目标,一查,相关信息全出来了。

除部分偏僻地界,摄像头拍不到,监控基本还原了杜忠奎那几天的行踪。

6月27日上午10点,杜忠奎开着奥迪,从大发汽车租赁公司出来,前往市中心某商场,将车停在地下停车场。大约一小时后,杜忠奎从商场出来,出现在路面监控里。他提着几个购物袋,进了商场旁边的手机超市,几分钟后出来,返回商场地下停车场开车。之后,车子开往西城。从行车路线看,他应该是回家,中途在路边餐馆吃了顿午饭。

下午,全城范围未见奥迪踪影。

6月28日下午,杜忠奎又逛手机超市,买了新手机。

6月28日20:15,奥迪再次出现在路面监控,并很快返回滨海西郊,然后杜忠奎下车吃晚饭,随后回家。

6月29日上午,杜忠奎去交管所更新驾照,接着开车去了静山方向,在静山往南3公里处的静山公墓附近,失去踪迹。中午,车子重回监控视野,原路返回。警方查证,杜忠奎父亲在其坐牢期间病逝,因买不起墓地,其母就将骨灰盒寄存在静山公墓。那天上午,杜忠奎去静山公墓,给他父亲买下一块墓地,但因所带现金不够,只付了定金5000,允诺三天内支付余款。

6月30日中午,杜忠奎又去了一趟静山公墓。警方找到公墓现场管理组工作人员了解情况。杜忠奎开着辆奥迪Q5,个高,寸头,嘴大鼻子小,体貌特征很明显。工作人员有印象,说他那天去,为的是结清余款。可是那天周六，公墓管理处的财务请了假，没法开发票，导致他白跑一趟。

从公墓返回后，杜忠奎在市区转了一圈。下午3点30，车子直奔紫苑社区，直到下午5:50，重新出现在路面监控里。这时候，田恬出现在车子副驾驶。

杜忠奎坐牢10年，怎么会知道紫苑社区有个性价比超高的楼凤呢？不奇怪，一定是听里面的朋友说过。众所周知，里面的人个个是人才，说话又好听。

18:00整，车子停到某火锅城门口，车内两人进店吃饭。一个多小时后，就是短视频里的场景了，杜忠奎碰翻别人的调料碗，还骂人，出门前在田恬屁股上拧了一把，被人拍了下来。

时间线到这儿，一切还都正常。

再往下看，小变故来了。

19:30，车子转上五一路往南行驶，行至林义化工东厂西侧（该位置距离小火车过街天桥尚有1000米左右），突然停在了路边。

车停的位置没监控。离那儿最近的监控，在500米外，刚好能看清车子轮廓。从影像里看，应该是一辆电动车，从东向西横穿公路，不慎撞上杜忠奎的车前门。双方争执时间不长，私了过程无从判断，但一定没叫交警。后来杜忠奎驾车离开，当天剩余时间内，再未出现在路面监控里。

7月1日22:10，路面监控再次发现目标车辆，驾驶人还是杜忠奎。车子向西径直出城，而且明显超速，难以观察杜忠奎当时的精神状态。

该车最后的影像时间，是7月1日22:35。这时车子所处位置，已经离租车经理所说的清河县东郊物流市场不远，此后再没在监控内出现。也就是说，7月1日晚，那辆车开到清河县物流市场附近的小路上后，就再没挪过窝。

最终，江志鹏得出两个结论：

一、命案发生时间，应该在6月30日晚上到7月1日白天。

二、杜忠奎7月1日晚驾车出逃，在清河县东郊物流市场附近弃车，而后很可能借助物流车辆外逃，从此不知所终。

另外，他还发现了一个细节。对7月1日晚的监控慢放、定格，能明显看到目标车辆左侧前门完好无损。

那说明什么？只能说明6月30日晚，车子被电动车撞了以后，在五一路上就近维修过。

江志鹏带上监控拷贝，返回分局，对分布在五一路两侧的车辆维修店逐一排查，试图还原杜忠奎和田恬的全部行踪。

排查间隙，江队对伊辉讲述了监控内容。

"这么说，杜忠奎跑路了？"

"那还用说？他只能选择物流车！弃车是明智的，奥迪目标太明显！那小子不笨！"

伊辉没否定江志鹏，转而提了问题："那分尸现场呢？"

"分尸现场？"

江志鹏怔住，他还没来得及考虑这个问题。

他们都知道，杜忠奎家是杀人第一现场，可是那个现场只有大量干涸血迹，密集分布在床上和墙壁上，但没发现分尸的操作场地。也就是说，还有个分尸第二现场没找到。

江志鹏怔了片刻，咬着后槽牙说："找不到第二现场不要紧！等抓到那小子，就都明白了！"

这时，他电话响了，是王可打来的。

"肯定有情况了！"江志鹏一边接电话，一边向伊辉示意。

果然，王可的声音透着兴奋："排查了所有维修店，找到了。杜忠奎的奥迪车，是在白玉城店里修的！白玉城是谁？你问伊顾问吧！"

## 第十四章  热血

江志鹏查证监控的同一天上午，崔明虎被唐林义和唐林海带到静山别墅。

别墅里面，有几间卧室刚换了装修，空气里残留着油漆的味道。

汇报前，崔明虎连打几个喷嚏。

"杜忠奎床上全是血，怕是有人死在那里，但是没有尸体。"

接着，他把夜闯杜忠奎家的过程详述一遍。

唐林义听完，倒背双手陷入沉思。

"你是说杜忠奎杀了人？"唐林海有些惊慌。

"我没那么说。谁被杀了，我不知道。杀人的是谁，更不清楚。也许，死的人是杜忠奎呢？"

"如果杜忠奎被杀，那倒是再好不过的事！"唐林海望向唐林义。

唐林义紧抿双唇。他早就跟唐林海探讨讨，唐林清和褚悦民的遭遇，关乎他们的生死。

这里有两个可能。

可能一：事情因10年前的旧事引发，那么事情背后，就有个可怕的复仇者。他们只能逃,有多远走多远。道理很简单,复仇者若是得手,他们的命就完了;复仇者若是失败,落到警方手里,旧事被刨出来,他们就会被抓。这两个方面,都是苦果。

在这个可能之下,他们既要提防复仇者,又要防止杜忠奎背叛。杜忠奎是当年那件事的关键,好不容易从牢里出来,要是再摊上事,一旦落到警方手里,结果不可预料。

可能二:事情单单因褚悦民引发,那后果不至于太糟。

出狱后的褚悦民,早就不是当年的副局长了,"屁民"一个,可是还看不清形势,让唐林清给他找学生妹。那个要求很过分,可唐林清还是给他办了。整个事情,唐林义和唐林海并未参与进去。然而谁也想不到,那个叫顾楠楠的小女孩,竟然自杀了,母亲也跟着喝了农药。

这就是唐林清把事办坏了。学生妹有的是,你找谁不行?怎么偏偏找上那个叫顾楠楠的孩子呢?一切唯结果论。孩子要是好好的,那你办事办得好。现如今孩子死了,怎么办?唐林清要是没死,他早一个大嘴巴子扇过去了!

一想到这里,唐林义就火大!

但是在这个可能之下,事情的当事人,就只有唐林清和褚悦民,没他和唐林海什么事。现在两位当事人都死了,还能再坏吗?

唉!不做亏心事,不怕鬼叫门。可是能怎么办呢?报警?那等于把自己卖了……

他给崔明虎拿了点钱,后者满意地离开。

崔明虎一走,唐林海说:"这小子比那个郭万全强。不过时间长了,就不怕他知道太多?"

唐林义摇头:"他什么也不知道,现在好好对他,后面也许用得上。"

"接下来怎么办?"

"有因就有果，无非那两个可能。一切，要是因褚悦民和唐林清而起，事情或许到此为止。要是因为10年前那桩旧事，那麻烦还在后面……"

"妈的！"唐林海焦躁起来。

唐林义郑重说道："先忍两天吧！这两天一定注意安全！明后天台风过境，你我都得坚守岗位。等台风过去，立刻走！"

唐林海点点头，说："我开了个包间，就在医院斜对面皇家酒店。这两天我哪儿也不去，就躲在那里！我还不信了……"

说着，他从怀里掏出一把枪。

那是一把改装54式手枪，加长了枪管，上面装着消音器。前几年他去南方自驾游，从边境买到这把枪，买来后一直藏在办公室里，一次也没用过。

"收起来！"唐林义呵斥。

"只是以防万一！"唐林海收起枪。

同一时间，雷家明赶到五一路旁的小巷里，在白玉城的门头房前停了车。

白玉城正在里面修车，对老同学的到来，未表现出多大热情。

雷家明下车，扯着嗓子喊："出事了！"

白玉城扔下工具，慢慢站起来。

雷家明说："顾楠楠跳楼死了，葛春花也死了，喝的农药！"

白玉城没言语。

"操！你聋了？"

雷家明被对方那副无动于衷的样子，气着了。

"那事我知道。"

"你知道？你怎么想？"

"我能怎么想？"

"你不想知道究竟怎么回事？"

"我怎么会知道怎么回事?"

"操!你……怎么变得这么冷血啊?葛春花就是个开小超市的,可她当年帮过你多少忙?你那4万多的住院费,谁付的?你爷爷,谁帮着安葬的?你奶奶的治疗费、丧葬费,谁出的?你就这么木然?"

"我的反应就那么重要?我能怎么样?你希望我怎样?"

白玉城努力压制着音量。

"你至少该去了解一下怎么回事吧?"

"那关你屁事?"白玉城冷冷地瞟了雷家明一眼。

"关我屁事?"雷家明苦笑,"我他妈是个记者,更是《滨海日报》教育版块的副主编!顾楠楠是不是学生?学生跳楼,我该不该关心?你以为我成天闲得蛋疼?好!抛开我这块不说,葛春花当年对你,那可是恩重如山。现在她和顾楠楠出事了,你就情愿稀里糊涂,不想搞清楚怎么回事?"

"我去过派出所了,还到肉铺,见了她养子苗力伟。"白玉城轻轻叹了一口气,"派出所说一切正常,孩子死于抑郁,葛阿姨不能接受孩子的死,喝了农药。"

"呸!就这么简单?你信?"雷家明表现出一个记者应有的怀疑。

"不信能怎样?不是信不信的事!我不是警察!"白玉城瞥了雷家明一眼,"你也不是!"

"如果真的事出有因呢?"

"你指什么?"

"说不好!只是觉得事情不该那么简单。孩子平时好好的,放暑假没几天,眼看升高中了,平白无故跳楼?"雷家明话锋一转,"这段时间以来,你连那位孙婆婆都照顾得很好,难道就没去看望过葛春花?"

"常去,那不重要!"

"怎么不重要？"雷家明反问，"你应该了解顾楠楠性格，她是个什么样的孩子？脆弱吗？有没有抑郁倾向？"

"我只知道她很爱笑，看起来开朗极了。"

"哦？既然这样，那她怎么会抑郁呢？"

"开朗爱笑的人，不见得不抑郁；卑微羞怯的人，不见得不健康！"

"我不是来跟你扯皮的！算了……"雷家明没心情聊了，转身就走。

白玉城突然说："要是你查出来，顾楠楠和葛阿姨真死得不明不白，一定来跟我说一声。不管背后牵扯到谁，我都不会饶过他！"

"真要查出什么事，有警察呢！"

雷家明转身，笑了。相比白玉城最初表现的冰冷，他更愿看到朋友热血的一面。他理解、同情白玉城过去的遭遇，但不希望自己的朋友变得冰冷，冷到心里去。

这个世界的冰冷已经够多。一个人热血而又温暖，总是令人愉快的。

雷家明出门，还没上车，数量警车疾驰而来。眨眼间，警车聚到维修店前。

"怎么回事？"雷家明见伊辉从车里下来，迎上去。

"来了解情况，有关碎尸案的情况……"伊辉温和一笑，"雷公子，在外面等会儿吧。"

"呸！碎尸案？跟白玉城了解情况？"雷家明看着警察闯入店内，一头雾水。

江志鹏来到白玉城面前，亮过证件，开场白简洁明了。

"这儿有辆车，你仔细看一下！"

他把杜忠奎开过的奥迪车照片，以及左侧前车门的特写照，递过去。

白玉城看了两眼，交还照片："你们想问什么？"

"6月30日晚，这车在你这儿修过？"

"车的左前门是我修的，时间记不清。"

"确定吗？"

"我好像不该认识自己的手艺？"

"你最好别认错！当时车门什么样？"

"瘪进去一块。"

"损坏严重吗？"

"算不上大问题。"

"什么原因造成的？"

"我哪儿知道？我只管修车！"

"你没问车主？还是他没告诉你？"

"我懒得问，他也没说。"

"你怎么修的？"

"整形、喷漆。"

"修了多久？"

"他说越快越好。那晚我加了班。"

"车主什么时候取的车？"

"第二天。"

"几点？"

"记不清！"

"记不清？"

江志鹏叫王可记录，然后拿出杜忠奎和田恬的照片，叫白玉城辨认。

白玉城看也没看，就说："我只认车，人没印象。"

江志鹏收起照片，问："五一路两侧维修店多如牛毛，那人为什么偏要来你这儿修车？"

"你问他去！"白玉城抱臂斜视，不搭理江队长了。

江志鹏咬了咬牙，重新组织语言。

这时店门推开，从外面进来一个中年人。

那人进门后愣了一下，随即说："哟！这么多警官啊？伊警官也在呐！"

伊辉一眼认出来，来的是后院停车场老板冯仁兴，上次一起喝过酒。他当时对老冯做过自我介绍，说自己是西城公安分局宣传科的。

伊辉冲老冯点了点头，顺便给江志鹏做介绍。

"各位领导，咱坐着聊呗！"

冯仁兴一来，屋里的气氛顿时不一样了。白玉城不擅交际，如释重负。

"是这么回事……"江志鹏递上照片，叫对方辨认。

冯仁兴看了看照片，扭头问白玉城："这车你动过？"

白玉城点头。

冯仁兴又看杜忠奎和田恬的照片，片刻后突然一拍大腿，说："我就说嘛！这俩人我见过啊！尤其这女的！"

江志鹏眼神一亮："当时你在场？"

"可不是咋的！后院没啥事儿，我天天在这儿蹲着呢！"

江志鹏抛出那个老问题："五一路两侧维修店多如牛毛，那人为什么偏要来这修车？"

"那俩人怎么了？"冯仁兴忍不住打听。

他见江志鹏沉默，便改了话题："那有什么好奇怪的？晚上七八点钟，你来这块瞧瞧！别的店早关门了，也就小白这店还开着。"

"怪不得！能详细说说当时的情形吗？越细越好！"

冯仁兴呵呵一乐，说："那女的应该不是良家。我没猜错吧？"

江志鹏点头。

"有啥说啥。"冯仁兴道，"别看那男的开个好车，当时在这嘚瑟半天,那车肯定不是他的。要不然不会来这儿修,早上4S店了。"

"当时他们说过什么?"

"没在意,我也就无心听了几句。听那男的意思,他想带那女的出去玩几天。看表情,女的起初没同意,后来又好像谈妥了。那俩人在这儿谈买卖呢!嘿嘿!"

江志鹏一听,知道杜忠奎租车的意图了:才从里边出来,憋坏了,租个好车,包个楼凤出去自驾游,顺便装装门面。如果单纯泻火,他可以直接去田恬家,或者带田恬去开房。不过那对杜忠奎来说有点小风险,才放出来就嫖娼,万一被逮住也是个麻烦事。

"还有别的吗?"

冯仁兴想了一会儿,说:"后来那男的跟女的承认了,说车是租来的。然后又开始嘚瑟,说过两天,他也买辆一模一样的!"

听到这儿,江志鹏没什么反应,伊辉却愣了一下。

他寻思:杜忠奎能有钱买奥迪?是嘚瑟呢,还是戏言?如果不是戏言,岂非不合常理?放出来不久,上哪儿搞那么大笔钱?

"接着说。"江志鹏又催。

冯仁兴摇头:"没啥了。后来那男的问啥时候修好,小白告诉他两天。那人说急用,越快越好。小白就叫他第二天来取车。他又问多少钱,小白说了个数。他没还价,要了张名片,领着女的走了。"

"听到去哪儿没?"

"好像说是回家,哦,回那男的家。开始女的不愿意,两人叨叨半天。"

"步行离开?"

"从巷口打了个出租走的。"

"取车呢?第二天谁来的?几点?"

"第二天傍黑,那男的自己来的。"

"他当时情绪怎么样?放松?紧张?狂躁?沮丧?焦虑吗?"

166

冯仁兴笑了："我哪知道啊？你们干脆聘我干警察算了！"

江志鹏又问白玉城："你有别的补充吗？"

白玉城摇头。

江志鹏带人离开，临走没忘固定台词："如果有需要，还会来麻烦你们！"

冯仁兴目送警察离开，脸上的笑容瞬间褪去。

警察刚走，雷家明闯进店内，冯仁兴重新挂起笑脸。

"他们来问什么？"

"就问一辆车的事，反复盘问车主和一个女人的情况。"

"哦？进门前伊辉说来了解碎尸案的情况。难道那车主是凶手？"

"碎尸案？"冯仁兴惊道，"小王庄那个？"

雷家明点头。

"唉！传得沸沸扬扬，太惨了！话说回来，咱就修个车，还沾上一身骚！这叫什么事！"冯仁兴感慨一番，走了。

冯仁兴走后，雷家明叫白玉城陪他去见见苗力伟。

白玉城不想去。雷家明苦劝，说是要找苗力伟聊聊，了解顾楠楠母女的情况。

他这个表达没那么直接，他就是想深挖一下顾楠楠母女的死因。对他来说，一切内情都具有天然诱惑力，何况顾楠楠的事，跟他的工作有直接关联。倘若挖不到什么也就算了，一旦真有内情，那种报道，更能体现记者价值。社会上很多名记的称号，就是这么来的。

"记者像狗，逮谁咬谁！"白玉城看透了对方心思，少见地调侃了一句。

"谁叫你有个狗记者朋友呢！"雷家明一乐，继续劝，"就算没我，你也该经常和苗力伟走动一下。葛春花算不算你半个亲人？他也算啊！"

白玉城极不情愿扔下工具，跟雷家明上了车。

途中，雷家明想起一件事，忍不住八卦起来："你跟蓝媚还有联系？"

白玉城默默盯着窗外，他不是那种有问必答的人。

"那天我看到你给她送花了！"

"哦？"

"那天路过，看到你们在翡翠宫大酒店门口……她在那儿上班？"

白玉城默认。

"你是不是傻？"雷家明叹道，"当年那件事，你还不明白？"

白玉城眉头紧紧皱起，显然不想提及往事。

"那就是个套！蓝媚和沈沛溪一块儿做的！还有李默琛！那天，他偏偏去高中打乒乓球，你以为是巧合吗？那个套，肯定是他想出来的。那俩丫头没那么深心机。"

"我知道。"白玉城淡淡地说。

"知道你还和她交往？"雷家明哼道，"当年你揽下强奸罪名，我能理解。可是现在，你既然知道真相，为什么不离她远一点儿？"

白玉城把头扭向窗外。

"李默琛和她们乱来！要我说，当年你早该把事儿捅出去……算了，知道你喜欢过她，连强奸罪名都敢背。唉！幸亏蓝媚还有点良心，不让她班主任报警！"雷家明忽然一拍大腿，"不对啊！她不是有良心，是为自己着想啊！要是真报了警，他们担心你面对警察，改变主意，把她的事捅出去！当时那个情况，班主任想报警实属常理，蓝媚拼命阻拦，加上李默琛给班主任分析利弊……两人一起演戏啊！操！李默琛出现在那里，为的就是确保不报警啊！这些年了，我才闹明白！"

"闭嘴吧！"白玉城听不下去了。

"你得面对现实！"雷家明不依不饶，"当年蓝媚和沈沛溪，为什么跟李默琛搞到一块儿去？那事儿要是报出来，放到现在也是大事！懂吗？"

"当时她们高一，早超14岁了！"白玉城望着远处。

"你不懂！14岁不是唯一界定。法理上，老师和学生之间，本身是一种特殊关系，老师具有支配优势。这种关系下，师生之间如果发生性关系，哪怕双方口头同意，在司法实践中，也有可能被认定为强奸！因为那种表面上的同意，并不视为法律上的同意！它存在着老师滥用其支配优势的可能！哎！实际上呢，超过14岁女生的性侵案这一块，判定起来是很复杂的。因为我刚说的那些界定，只是最高法、最高检的一个司法指导意见，不是正式法律条文……"

"那等于废话。"白玉城冷冷地说。

雷家明不以为意："我们早探讨过了，在那件事上，一定是李默琛抓到了蓝媚和沈沛溪的把柄，不然不可能发生两女一男滚床单的事！"

"你们？"

"哦！我和伊辉探讨过。"雷家明一字一顿地说，"李默琛到底抓到她们什么把柄？你就一点儿也不好奇？"

"和我无关！"

说这话时，白玉城眼前浮现出当年的情景——那天雨夜，他亲眼看到蓝媚上了一辆黑色轿车……

苗力伟的肉铺临街，店面不大，店门上着锁。

白玉城带路，领着雷家明穿街过巷，来到苗力伟家。

葛春花的房子现在归苗力伟所有。

站在院门前，白玉城忍不住看向房子对面。那是他和奶奶以前的住处，现在奶奶不在了，他也早已不是那个羞怯的少年。可是，那栋宅院里，一定还残存着旧时的影像，影像里有奶奶，有爷爷，也有他。只要他还活着,只要有记忆,影像就不会消失。

苗力伟家,院子里摆着一张大案板。苗力伟刚宰了一头猪,正在案板上剁肉,空气里弥漫着浓浓的血腥味。

"白哥来了!"

苗力伟撩起肩头的毛巾擦汗。他留着短寸,赤着上身,一身腱子肉,在汗水下发着亮晶晶的光。

白玉城给双方做介绍。

苗力伟冲雷家明点点头,手里的活没停下来。

雷家明说:"我来了解顾楠楠母女的死因。"

"有什么好了解的?"

苗力伟的态度跟白玉城差不多。他叼着烟,一边说一边剁肉,刀影有节奏地起落,把每个字衬托得铿锵有力。

雷家明说:"没有内情最好!如果有,我会报道出来,对亡者也是个交代!"

"骨灰都埋了,内情个屁!"苗力伟吐掉烟头。

雷家明问:"孩子死前,就没留下什么东西?"

"凌晨2点多,被网吧上网回家的人发现,躺在如意宾馆楼下。身上除了手机和宾馆房卡,啥也没有!"

"她不在家睡觉,住宾馆干什么?"

苗力伟白了一眼雷家明,说:"那时刚放暑假,她去上夜网,在网吧玩累了,就去旁边宾馆休息。"

"宾馆监控拍到什么?"

"屁!西郊这块的宾馆监控,哪个不是摆设?"

雷家明沉思片刻,问:"别人不了解顾楠楠,你总该了解。她活泼开朗,对不对?像抑郁的孩子?"

苗力伟闷头剁肉,懒得回答。

"那段时间她有什么异常?除了上夜网,有没有夜不归宿的情况？"

"她出去就说上网，我和我妈总不能跟着她吧？"

"那葛春花呢，她有没有留下什么话？"

苗力伟叹了口气，悠悠说道："那天是7月9号，白天才埋了我妹。晚上我郁闷，出去喝了两杯，回来时人已经……怪我！操！那晚我要是早点回家，我妈就不会出事了！"

白玉城像根铁棍似的戳在一旁，静静地听着，一言不发。

苗力伟丢下刀，忽然说："今年上半年，我妈查出来乳腺癌……"

"乳腺癌？葛春花自己知道吗？"

苗力伟点头。

"你认为葛春花自杀，跟病情有关？"

"不是！病有希望治好，费钱是另一回事。唉！我大意了。楠楠出事，她承受不住！那可是她亲闺女！"

雷家明上前拍了拍苗力伟肩头："你放心，如果有蹊跷，我会查清楚的！"

苗力伟热血上涌，猛地操起刀，狠狠剁下去："要真是有人害了我妹……"

他太用力了。

刀刃深深陷进案板，刀身笔直挺立，几秒后仍兀自晃动……

同一时间，西城公安分局。

冯仁兴的证言有一定用处，起码他给了警方依据，去判断碎尸案发生的准确时间。

如冯仁兴所言，杜忠奎6月30日晚去修车，第二天，即7月1日傍黑取车。取车准确时间，冯仁兴说不清，警方假定它是7月1日19点至20点。

如果杀人发生在7月1日，那凶手不可能在大白天把尸体转移到第二现场分尸，更不可能在白天赶到小王庄坟地埋尸块。如果杜忠奎取车后再转移尸体，进而碎尸、埋尸呢？时间也不够。因为监控显示，奥迪车于7月1日当晚22:10，驾车逃离西城。从取车到驾车逃离，最多三个小时。那段时间，怕是难以完成复杂的移尸、分尸、埋尸作业。

也就是说，以现有线索推断，田恬的被害时间是6月30日晚上。

相应地，移尸、分尸、埋尸的活，也只能在杀人后的当晚进行。至于凶手转移尸体使用了什么交通工具，目前存疑。

由此，田恬碎尸案，正式被命名为"630"碎尸案。

两天没睡，江志鹏仍处于兴奋状态。他跟副局长雷霆一同前往市局，催促对杜忠奎的通缉令发布事项。

伊辉留在分局嚼甘蔗渣子——查看江志鹏从交警大队带回的监控备份。

面对杜忠奎7月1日晚逃逸出城的视频，跟江志鹏一样，他也试图分辨杜忠奎的精神状态。可是车前挡风玻璃贴着膜，晚上光线又暗，能认清驾车者就不错了，细节无从辨识。

他盯着那段画面，反复观看数十遍，突然按下暂停键。

静止的画面里，杜忠奎目视前方，没有异常。

他的视线不是盯着杜忠奎，而是集中在驾驶座后背上。

画面中，驾驶座椅背上，挂着一件灰色长袖夹克衫。在伊辉视角里，由于司机的遮挡，他只能看到夹克衫耷拉到座椅一侧的袖子，以及袖口。

很多人开车时都习惯把外套挂在椅背上。可是7月1日天正热，人们出门恨不得光屁股，杜忠奎为何要带一件长袖外套呢？

难道说，他逃亡的目的地很凉爽？就算有那么个地方，外套也应该放在行李箱里，根本没必要挂到驾驶座椅背上。

伊辉按正常逻辑考虑半天，不通。

还有别的可能吗？难道又想多了？它挂那儿没意义，只是杜忠奎出门时的下意识行为：顺手拿了件外套，上车后随手挂上去？

他狠狠抹了一把脸,抛掉刚才的念头,把身体往后挪了挪,再次审视定格画面,忽然意识到,自己忽略的,恰恰是最浅显的层面——衣服挂在那里,岂不是能一定程度上遮住后座空间?

这个念头冒出来,他整个人一震,赶紧把眼睛贴到屏幕上。

他想看清车的后座是否还有别人。

他不得不承认,所有看过视频的人,看之前,心里就有个先入为主的逻辑:车里就杜忠奎一个人,他在逃亡。

然而,为什么不能有其他人?

如果车里真有第二个人,那又意味着什么呢?

伊辉紧盯定格画面,看了半天,什么也没看到。

当时光线差,加上杜忠奎身材高大,还有车膜,以及那件外套阻挡,尽管路面监控像素高,可还是拍不清车内后座空间。

他把画面调成连续状态,找到某个角度,显示整个车身的影像,再定格,把视线集中到车后座一侧玻璃上。可惜,那片玻璃一片漆黑,还是看不到后座空间。

面对疑点,无法验证,这可怎么办?虽说他颇为机智,对细节把控能力很强,可终究是头一次接受大案历练,心里不禁如猫爪抓挠,焦躁不安起来。

他走出办公楼,蹲在门口连抽几根烟,随后向篮球场走去。

这时,有个人叫了他一声。

"伊警官?"

他循声望去,认出来那人,是车站派出所的新片警钱丰收。前两天去田恬所在的紫苑小区,就是那小子带路。

"来分局有事?"伊辉热情地打招呼。

钱丰收晃着一份文件说:"送警情简报。嘿嘿!我是新丁,专干跑腿活!"

伊辉笑问:"又有什么新情况?"

"还不是那些鸡毛蒜皮！"钱丰收撸起袖子，"昨晚转片区时碰上个毛贼，爬人家窗户，被我当场按住了！"

"厉害！"

"嘿嘿！那是个惯偷，进出所里很多回了。带回去问半天，屁也不放一个，我还真没法子。后来换所里老邓进去，拿下了。唉！我还是太嫩了！"

"没事，时间长了你也行！"

钱丰收点点头，说："他昨晚倒是没得手，可是前阵子，他摸了人家一个小女孩的包。"

"小女孩的包？小女孩能有几毛钱？"

"老邓唬了半天，他才说的。是个受伤的小女孩，当时大半夜的，躺地上哼哼。那小子不想着救人，却拿走了人家书包。他说里面没几个钱，后来把书包扔了！就这，你说怎么处理？"

## 第十五章　非正式审讯

伊辉翻开简报。

上面记录不详：金大圣在如意宾馆楼下，顺走某女孩书包一个。

如意宾馆？他想起那份顾楠楠自杀的警情简报里，就出现过这个名字。

"如意宾馆""某女孩"，这些字眼敲击着伊辉的神经，使他愣在当场：那贼顺的，不会是顾楠楠的包吧？

等钱丰收送完东西出来，伊辉叫上王可，随同钱丰收前往车站派出所。他对顾楠楠母女之死怀有强烈的好奇心，他决定去见见那个贼。

车子刚出分局大门，雷家明来了。

雷家明来公安局，一天八趟也没人有意见，人家老爷子在这儿干局长呢！

伊辉问他忙什么。

雷家明说刚从苗力伟家回来。

"苗力伟？顾楠楠哥哥？"

伊辉知道，雷家明因工作性质，对顾楠楠的事特别上心，便叫他上车。

车子很快来到目的地。

所长不在,他们见到了值班的副所长,钱岩。

王可出面跟钱岩交涉:"听钱丰收讲,咱所里弄进来个贼?"

"是个惯偷。这回还没开张,就被小钱按住了。"

"钱所,把人交给我们吧!有点事跟他核实一下。"

"哟!那货捅娄子,捅到刑警队去了?"

"也不是!"王可笑道,"回头问完,我再把人还给你!"

"别送回来了!"钱岩大手一挥,"还不够添乱的!"

得到钱所长同意,三人回走廊等着。

一会儿工夫,钱丰收带着人来了。

"他叫金大圣,人我可交给你们了!"

"嗨!名字挺霸道啊!"王可打量金大圣。

钱丰收用力拍了拍金大圣的脸:"这几位可都是刑警,你小子摊上事了吧?"

金大圣个儿不高,浓眉大眼,五官分开看,长得都不错,凑一起看,却怎么也不得劲。他一只手抄在裤袋里,眼睛斜向屋顶,说起话来右腿抖个不停。

"刑警咋了?老子行得正,坐得直!爱谁谁!"

王可一看这小子是个浑不懔,上去给了他屁股一脚。

金大圣扯着嗓子叫起来:"警察打人了!"

王可见旁边桌上放着个喇叭,便拿起来递过去:"使劲喊!"

金大圣接过喇叭,打开开关:"警察杀人了!"

王可夺回喇叭。

金大圣狠狠瞪着王可:"你他妈再动手试试?老子犯什么事了?证件拿来瞧瞧!"

"嗨!证件是吧?"

王可又要发作，被伊辉拉到外面。

雷家明也跟出去。

伊辉说："没听钱所长说吗？人不用送回来了！那意思还不明白？这小子是个刺儿头啊！"

王可按响拳头骨节："就是欠收拾呗！"

伊辉说："必须收拾他，可是不能带回局里。为啥？局里忙什么案子？大伙儿都忙秃噜皮了。这时候咱们弄个贼回去，要是问出点事还好说，要是问不出来，不是添乱吗？"

"那就在这儿问。"

"在这儿问？这儿能动手？就刚才你那一脚，没见什么反应？"

"我说二位！"雷家明憋不住了，"怎么个情况呢？"

伊辉说明原委："前阵子有天晚上，那小子在如意宾馆楼下，顺过一个孩子的书包，是个受伤的女孩。"

"然后呢？"

"那女孩会不会是顾楠楠？许是我多想了，干脆过来看看。"

"啊！顾楠楠自杀，就在如意宾馆啊！那得审他啊！"雷家明这才反应过来。

"这儿也不行，局里也不行，究竟去哪儿？"王可急了，"快点！时间一长，江队该回来了！"

伊辉合计片刻，说了个地点。

他说的地方，是五一路那片烂尾楼，也就是白玉城父亲白涛留下的那片楼。那儿离西城分局不远，里面没人打扰，确实是个好去处。

上车前，伊辉悄悄问钱丰收："钱副所长跟你有亲戚吧？"

"没有！"钱丰收红着脸摆手，"同姓而已，纯属巧合！"

伊辉哈哈一笑，带着金大圣离开。

车子顺着五一路南行，很快来到目的地。

烂尾楼周围地面没硬化，雨后一片泥泞，无法停车，他们只好把车停在路边。

这是伊辉第一次近距离观察烂尾楼。来到楼下,才能切实感受到这片灰色阴影的宏伟。除了宏伟,更多的是萧条、破败。楼体上一个个或大或小的方形空洞,像变形的眼睛,安静地注视着这个陌生的世界。每栋楼的一楼下面,都有一个开放式的巨大空间,里面布满臭水坑,水坑里堆放着发酵的枯枝败叶、五颜六色的塑料袋、破鞋烂袜,以及死狗烂猫的尸体……那个空间是地下停车场,如今俨然成了垃圾场。

"什么破地儿?带老子来这儿干什么?"

金大圣骂骂咧咧,被王可和伊辉夹在中间,爬上一栋建筑,在中间某层停下。

那儿是个60多平方米的空间,中间有一堵墙。如果被开发出来,应该是个酒店套房。房间东北角地上,铺着一大片纸板子,板子上扔着一条破毛毯,估计有流浪汉在此"下榻"过。

这栋建筑多年来几无人气。雨后的风从窗户洞肆无忌惮灌进来,吹得人全身发凉。

"地方不错,还是个套间。小子,满意吗?"王可上手揪起金大圣的耳根子。

"松开狗爪子!"金大圣朝王可吐痰,"老子记住你警号了!你他妈等着!"

"哟!叫我等着的人多了去了,你算老几啊!"

王可一脚踹过去,踹进对方大小腿之间的关节窝里。

金大圣扑通一声跪那儿了。

他立刻跳起来,推了王可一把:"傻逼!再动一指头试试?还不是仗着你那身皮!"

王可恼了,一边脱警服一边说:"今天就治治你这张臭嘴!"

雷家明拦住他:"先问事吧!"

"行！"王可问金大圣，"你顺过一个受伤小女孩的书包？时间？地点？那个女孩什么情况？包里多少钱？"

"就这破事啊？"金大圣的右腿又抖了起来，"早跟所里老邓说了，书包里就三块两块的，没钱！"

"什么时候？"

"记不清了。"

"我帮你回忆回忆！"王可按响拳头关节。

好汉不吃眼前亏。

金大圣改口说："起码俩月了。"

"什么地点？"

"西郊。"

"西郊比小日本还大呢！具体点！"

"一个破宾馆楼下。"

"什么宾馆？"

"记不清了。"

"我再帮你回忆回忆！"

"如意宾馆！"

"小女孩什么情况？"

"就躺那儿哼哼……严正声明，那他妈跟老子没一毛钱关系！"

"白天，还是晚上？"

"半夜！"

伊辉和雷家明对望一眼。从金大圣描述的时间、地点看，那个受伤小女孩，是顾楠楠的可能性极大。

"还有吗？"

"没了！"

"要是有一点隐瞒，叫你躺着出去，医药费我出！"王可走到金大圣跟前，脸对脸，紧紧逼视着他。

179

"呸！你再动我一指头……"

"哪里动你了？就那两脚？投诉去吧！"王可不耐烦了。

伊辉和雷家明走到外面。

"事好像对上了，可是没啥细节啊！"雷家明很失望。

"别急，他没说实话。"

"我看他不像撒谎。"

"你懂个屁！"伊辉说，"警情简报写得很清楚，顾楠楠死时，身上有100多零钱，手机也在。要是咱们问对人了，那金大圣为什么不顺走顾楠楠手机？他可是个贼！"

"哎呀！有道理！"

伊辉哼道："这种人，进局子比走亲戚还勤，身上没啥大事，又熟悉政策，就算有所保留，也有恃无恐，知道你不能把他怎么样。"

"那怎么办？"

伊辉把王可叫出来，说了几句悄悄话。

王可点点头，三人又回到里面。

王可对金大圣说："这样吧，我也不打你，不骂你。剩下的，交给我们顾问吧！"

"啥玩意儿？"

"不是玩意儿，是顾问。"伊辉把证件举到金大圣面前。

"西城公安分局刑警大队顾问？顾而问之？"

"狗屁！顾问就是协助警方办案的官方称呼，简称协警。熟悉吧？"

"你可拉倒吧！闹半天，你小子就一协警啊？还是个死瘸子？名字还叫个伊辉？你咋不叫沙加呢？"金大圣上下瞄了瞄伊辉，突然笑了。

"嗯，就一协警，遇事专门给警察背锅，多大锅都能背！"伊辉淡淡地说。

一听"背锅"二字,金大圣谨慎起来:"你小子想干吗?你,你离我远点!"

伊辉不吭声,挽起袖子一步步逼近,把金大圣逼到墙角。

王可说:"我们辉哥一天300个引体向上,500个俯卧撑。你小心点!"

伊辉不废话,一把掐住金大圣脖子,跟他对视起来。

对视持续好几秒,伊辉突然抓起角落里那条破毯子,朝金大圣头上罩去。

破毛毯犹如一件降妖法器,从天而降,带着浓浓的腐臭味,将金大圣结结实实罩在毯下。

金大圣骤然从光明进入黑暗,心中大骇,惊叫起来:"姓王的,算你狠!为老子那点破事儿,真是煞费苦心啊!竟然把协警带来了!"

王可一边往外走,一边大声说:"老子什么也没看见!我去拉屎了!"

雷家明在一旁笑个不停。

伊辉走上前,用力按住金大圣脑袋,不让他从毯子里挣脱出来。

金大圣怪叫连连,身子不停地扭来扭去,可始终无法甩脱。

"死瘸子!给老子松……"

伊辉趁着金大圣这一张嘴,顺势把黑乎乎的毯子塞进他嘴里。

金大圣拼命挣扎,想吐出毛毯。

伊辉死死按住,半分钟后,才把手松开。

金大圣甩掉毛毯,跑到墙角干呕,鼻涕眼泪全出来了。

伊辉也不急,拘起双臂等在一边。

几分钟后,金大圣缓过来,一屁股坐到地上,眼含热泪说:"你们协警,也……也太他妈欺负人了……"

伊辉蹲在金大圣面前:"想起来没?要不咱换个花样接着来?"

"别！"金大圣把手朝前一推，挡住伊辉，另一只手擦掉鼻涕才道，"死瘸子……不！辉哥！赏根烟撒？"

伊辉掏出烟点上，塞进他嘴里。

金大圣狠狠吸了一口，苦着脸说："辉哥！其实，那小女孩包里真没多少钱，就5000！"

"5000？"伊辉惊讶极了。

金大圣以为对方质疑他，赶紧纠正："不，不！其实是1万……"

"1万？"

"总共14700，外带点零钱！就这么多！"金大圣再次改口。

"14700？"伊辉想不到，孩子书包里竟然有这么多钱。

"就14700！撒谎没屁眼！"

"钱呢？"

"在网吧混了俩月，花了……"

"就你嘚瑟，上网花14000多？"伊辉轻轻甩过去一个嘴巴子。

"还做过几次大保健……真花没了……不信你搜！"

金大圣站起来，把口袋里的东西全扔到地上。

"孩子手机呢？你碰过没？"

"坚决没碰！"

"为什么？"

"她躺那儿，出血了。她身上，我一指头都没敢碰，就捡走了旁边的书包。"

"捡？"

"拿……偷！行了吧？"

"我问你，那个小女孩怎么回事？"

"我哪知道？"金大圣再次蹲下，说，"那段时间，我在西关连着上了几天夜网。那晚好像半夜一点多吧，我撑不住了，想找个宾馆睡会儿。从网吧出来没走多远，听到前边阴影里，有个声音直哼哼，当时给我吓一跳！走近一看，发现是个小女孩躺地上，就在如意宾馆楼前边。我见她身边有个书包，打开一看，操！里面一堆钱……"

"我问你当时小女孩的情况！"

"就躺那儿，满脸是血，好像还有气。我第一反应，她是被车撞了。可是她躺的那个地方，离公路还有段距离，我也不明白咋回事。"

"人没死，你他妈不报警？"

"我……我当时太困了……再说，那儿不是还有个书包吗？"

"具体日期？"

"7月7日。"

"几点？"

"凌晨1点多。"

"记这么清楚？"

"那天是我生日……"

"小女孩，当时说过什么？"

"不知道，没听见……"

"没听见，还是没听清？"

"没听清……"

伊辉又看向角落。

角落里有个不锈钢碗，原本盖在破毛毯下面。碗里装着一堆黑乎乎的食物，上面长着一层白毛。

伊辉把碗拿过来，送到金大圣嘴边："饿吗？"

金大圣忍住呕吐，举手投降："小女孩疼得直哼哼，嘴里一直念叨着什么。"

"念叨什么？"

"好像……好像是'什么姐，我恨你'！"

"什么姐？"

"不是'什么姐'，应该是'沈姐'！对！是'沈姐'！"

"小女孩念叨'沈姐，我恨你'。确定吗？"

"不确定！"

伊辉再次拿起碗。

"确定！必须确定！"

"为什么？"

"你拿着那个碗，不确定也得确定！"

"吃一口吧！"

"别！就是确定！弯腰捡书包时，听到了，很清楚。"

"听清楚了？"

"是啊！我没聋啊，大哥！"

"还有别的吗？"

"14700我都交代了，还能有啥啊……"

伊辉死死地盯着金大圣眼睛。半分钟后，他确定，对方该说的全说了。

金大圣努力笑了笑，说："辉哥，我不笨！我是不是提供了什么重要情报啊？赏金，我就不要了！要不你给我放了吧？就当放个屁！"

"你在这儿等会儿！"伊辉把剩下的半包烟丢给金大圣，然后招呼王可和雷家明下楼。

来到外面，王可给车站派出所打电话。

接电话的是钱丰收。

王可叫钱丰收过来，把人带回去。

"钱所不是说了吗？人不用还了！"

"他现在不是顺了两块钱的事了，是14700！"

钱丰收挂断电话，很快来到指定地点，把金大圣带下楼。

伊辉指着雷家明，对金大圣说："回去好好做笔录，别耍花样！否则，就算我被开除了，他也会找你的！"

雷家明立刻挺直腰板。

金大圣小声问雷家明："你也是协警？"

雷家明点点头："我是协警队长！"

金大圣浑身一抖，苦着脸上车。

钱丰收走后，伊辉等人原地探讨一番。

时间精确，地点精确。他们现在能确定，金大圣那晚碰到的小女孩，就是顾楠楠。至于顾楠楠最后那句话里的"沈姐"，他们第一时间想到的人，只有沈沛溪。

沈沛溪是葛春花养女。除了她，顾楠楠身边，几乎不可能有第二个"沈姐"。

顾楠楠死前，为什么那么恨沈姐？

不管沈姐是不是沈沛溪，伊辉都想找她谈一谈。

# 第十六章　姐妹花

顾楠楠跳楼事件背后，一定有秘密。

伊辉等人落后钱丰收几分钟，再次前往车站派出所，去求证顾楠楠自杀简报的详情。

出面接待他们的，还是副所长钱岩。

"叫顾楠楠对吧？"钱岩找出相关材料备份，顺便把当时负责调查的警员老邓，叫进办公室。

老邓叫邓子龙，有20年警龄，一进门，就笑呵呵给大家发烟。

王可指着雷家明，重新道明来意："这是咱们雷局的儿子，雷家明，负责市日报社教育版块，对那个顾楠楠自杀的情况很上心，所以才来麻烦钱所，详细了解一下当时的情况。"

邓子龙拿起资料认真看了一会儿，说："那晚是我出的警，到现场时那孩子就不行了。自杀的结论，应该没有问题。"

王可问："结论怎么出来的？"

"现场调查情况，是我们所负责的。尸检那一块，是你们分局办的。实际上没解剖，只检查了体表，除了跌落伤，没其他外伤。再就是检查了胃容物，无中毒迹象，就把尸体还给家属了。"

说完，邓子龙从手机里找出一个电话号码。

号码是西城公安分局某法医的。

邓子龙说，尸体检验报告在分局里。

王可有那个法医的电话，无须保存，接着问邓子龙："那现场调查情况呢？"

"如意宾馆总共五层，那孩子住505，南向房间。她有身份证，那晚入住登记时间……"老邓看了一眼资料，"23:20。宾馆值班的是宾馆老板儿媳妇，她不认识顾楠楠。离宾馆不远，就有一家网吧。尤其后半夜，有人玩累了，会上宾馆开钟点房，所以顾楠楠去开房休息，她没觉得奇怪。孩子跳楼时，她在前台睡着了。报警的是个开车路过的司机，通过车灯看到了孩子。"

"宾馆监控呢？"

"户外监控是坏的，户外的灯也坏了。前台处还有个监控，拍到了顾楠楠登记的影像。"

"也就是说，没有顾楠楠坠楼影像？"

老邓点头。他是个老警察。类似"怎么了？你们怀疑坠楼有问题？"这种话，他不会乱说。

"前台监控影像呢？带回来没？"

"有备份！"老邓站起来，"现在看？还是……"

"看一眼！"

王可等人跟着老邓，去了另一个房间。

老邓打开影像备份，找到时间起点。数秒后，顾楠楠出现在画面里。

她15周岁，刚初中毕业，穿着运动服，背着个粉红书包，扎着马尾，额头饱满，一双眼睛又大又亮，嘴边还有个小酒窝，一看就是个活泼开朗的孩子。

伊辉盯着画面看了片刻，点击快进键。

从23:20，顾楠楠登记完，到凌晨1点30分，也就是金大圣所述，捡走书包的大约时间，那两小时多点，又有三个人登记入住，其中一男一女，二十来岁模样，另一个是四十来岁的中年男人。

老邓问过宾馆值班的，说那个中年男人当时喝多了，满嘴脏话。

伊辉沉思：从监控影像看，顾楠楠入住后，再无可疑人员跟进去。也就是说，顾楠楠自杀的疑点，又少了一个。可是——

他突然想到另一个细节，于是问老邓："那23:20之前呢？顾楠楠去宾馆前的登记名单，有吗？"

"啊？"老邓愣了一下，忍不住反问，"那个，似乎跟调查无关吧？你还是怀疑……"

"没别的意思！就是把能想到的细节，都搞清楚。"伊辉说，"如果23:20之前，有可疑人员先顾楠楠一步进入宾馆，而那个人跟孩子又有什么矛盾的话……"

老邓抱起胳膊："如果？哎！顾楠楠的房间，房门是从里面锁死的。房内很整洁。事实上，那孩子跳楼时，书包是背在身上的。房内椅子上，有其坐过的痕迹，桌上还有半瓶水。也就是说，她入住后，甚至连鞋都没脱。我也想不通，她为什么想不开！"

听了老邓这番话，伊辉闭嘴了。事实证明，眼前这位老警察很称职，比他预想的还有经验。

雷家明突然开口："邓警官！孩子自杀原因，你们怎么判断的？"

老邓苦笑："给出情绪上抑郁的结论，也是没法子。工作嘛，总要有个结论的……唉！那个年纪的女学生，要是想不开，可能是早恋，或者没考好之类的原因……那些事儿，都容易影响孩子情绪。"

"可是据我了解，顾楠楠平时活泼开朗，根本看不出有抑郁倾向……"

"我们也接触过孩子家长……"

雷家明冲着老邓摆摆手，拿出手机，打给白玉城，寒暄几句，要到葛春花养子苗力伟的号码，接着打过去。

"我是上回去的记者，白玉城朋友，雷家明！"他问苗力伟，"顾楠楠的中考成绩怎么样？"

苗力伟生气了："人没了俩月了！你他妈什么意思？"

"别急啊！"雷家明解释，"我还在调查！我没放弃！她出事的时候，成绩还没出来。我只是想，当时她会不会担心自己没考好，严重影响情绪？"

苗力伟沉默，挂断。

雷家明又拨过去，占线。

过了一会儿，苗力伟打过来："哎！我问过她班主任了。她考得不算好，但上个高中肯定没问题！"

"谢谢！等我的调查结论吧！"雷家明挂断。

派出所此行，能了解的细节，都了解了，可是固有疑点，尤其是孩子性格跟自杀结果的矛盾，仍找不到合理解释。

事情不能就这么算了，尤其是对雷家明来说。

伊辉把那段监控影像存进手机，向老邓道了谢，离开。

时值中午。王可看了看表，拿出手机打给同事，得知江志鹏和雷局长还没回分局。

领导回去，他们就没时间了。

他们的下个目标，是沈沛溪。王可想去相关派出所查沈沛溪地址。

雷家明说："不用。咱们去翡翠宫大酒店，找蓝媚一问便知。我问过白玉城，她在那儿上班。"

伊辉和王可同意。他们都想见见那个叫蓝媚的女人。

商量已定，三人同乘一辆警车直奔翡翠宫。

不大会儿工夫，目的地到了。保安见来了辆警车，赶紧迎上去。

得知来人找蓝媚,保安说人在。

"她是这儿的大堂经理?"雷家明问。

"不是的!她是总经理!"保安殷勤地回答。

雷家明当先进入酒店。三人在大厅等了一会儿,蓝媚被保安叫下来。

"三位找我?"蓝媚上身穿着酒红色职业装,黑色袖口长及臂弯,下半身穿黑色套裙,鹅蛋脸上淡妆轻施,妆容端庄而不失妩媚,大大的眼睛满含笑意。

雷家明正要开口,蓝媚认出了他。

她惊讶地笑着,伸出手:"呀!这不家明吗?好久不见!"

"好久不见!"雷家明跟对方握了手,随后把锅甩给那两位,"是他们要见你,我就领个道。"

他给双方做介绍。

蓝媚笑问:"王警官,伊顾问,有什么事吗?"

王可正要开口,蓝媚一侧身,把人往楼上请。

电梯里,蓝媚问雷家明:"你怎么知道我在这儿?"

"听白玉城说的。"

"哦?你们这对老同桌,果然有联系。"

"是啊!我们都没出息啊!倒是你,干起这么大买卖!"

"我呀!我就是个打工的!"

"据我所知,这儿是林义化工的产业。"

"对!我大学毕业后应聘过来的,从大堂实习经理干起。后来原先的总经理辞职,唐总提拔我上来,历练一下!"

"唐总?"

"唐林清。你认识吗?"

雷家明摇头。他本想问蓝媚,跟白玉城现在什么关系,突又觉得话题不合适,便把话茬咽下去。

很快，办公室到了。

蓝媚给客人泡上茶，落落大方地坐到王可对面。

王可清了清嗓子，问："葛春花是你养母。对吧？"

"是的！"蓝媚轻轻歪着头，看向王可。

"7月7日凌晨，顾楠楠从西郊如意宾馆跳楼自杀。这事还记得吧？"

蓝媚长长地叹了口气，语气变得低沉起来："就知道你们来，是为我妹的事。有什么问题，请问吧！"

"派出所找过你了吧？"伊辉挪了挪椅子，代替王可问话。

"是的！做过调查。结论是，我妹生前，很可能有抑郁倾向。"

"你怎么看？"

蓝媚微蹙眉头，迟疑片刻才说："我觉得我妹不会有心理问题。"

"哦？"伊辉没想到她这么说。

"不过，也不排除一时想不开。毕竟处于青春期的孩子，总会面对一些突发事件……"

"比如？"

"比如早恋。"

"你确定吗？"

"我只是举个例子。"蓝媚甩了一下头发。

伊辉点点头，换了话题："你和沈沛溪常联系吧？"

"我们很久没联系了！"蓝媚低头续茶。

"为什么？"

"没什么。我们之间可能有些小误会。哎，女人不像男人，心胸没那么开阔。"

"知道她地址吗？"

"你们是为她来的呀！"蓝媚写下一个地址交给伊辉，随后说，

191

"你们去找找看吧,如果她没搬家的话。"

伊辉三人告辞。

蓝媚望着他们的背影,幽幽地叹了口气。

路上,伊辉未做停留,顺路买了些包子充饥,很快找到蓝媚提供的地址。

沈沛溪住在西城某超市附近,房子是租的。

伊辉等人敲门时,她刚下班回家不久。

"谁呀?"

沈沛溪穿着一身超市工作服,素面朝天,精致的五官失去了化妆品的衬托,整个人看上去没有活力。

雷家明走在调查小队的最前面,自报家门。

"哦,是你啊!"沈沛溪想起来了,回应有些淡漠。

"这两位是西城公安分局的。"

"警察?警察找我做什么?"沈沛溪想把人挡在门外,可惜没有理由。

三人进到屋里,落座。

房内的家居用品还算齐全,东西摆放也很整齐,但一切就如沈沛溪的脸,缺乏那么点生机。

"有什么问题赶紧问,一会儿我还上班呢。"

沈沛溪坐在茶几后的沙发上,一边说,一边整理茶几,把散落的几盒药,连同一包口罩,放到茶几下面。

伊辉坐在一旁,安静地看着她收拾,没开口。他得留出时间,让雷家明和老同学活络一下气氛。

"你在超市上班?你不是学的酒店管理吗?"

"我要是学物理,就非得造原子弹?"

"我可没笑话你的意思。"

"没事!"沈沛溪说,"我弄了个专柜,卖点熟食。"

"挺好！"

"好什么呀！混日子！"

"我们找过蓝媚，然后才找到这儿。她现在负责一个酒店，你完全可以把熟食卖给她嘛。姐妹之间，多简单的事。"

"她？少给我提她！贱人一个！"沈沛溪脾气立刻上来了，丝毫不掩饰对蓝媚的反感。

"你们怎么了？"

"哎！其实也没啥，都是女人之间的破事。二位警官，有事快问吧！"沈沛溪转到正题，不搭理雷家明了。

伊辉把视线从茶几下面收回来，说："来核实一个情况。7月7日凌晨，顾楠楠在西关如意宾馆跳楼自杀。我们查到，她死前，一直念叨你的名字！请你解释一下！"

"楠楠的死，跟我可没关系！我心里难受得要命！你们找我做什么？"

"顾楠楠临死前说，'沈姐，我恨你'——你知道这话什么意思吗？"

"楠楠死前？哦！你们认为'沈姐'是我？"沈沛溪突然站起，一把拽开门，"走！都走！你们也不打听打听？葛春花待我恩重如山！我和楠楠感情好着呢！我怎么会害她？"

人家下了逐客令，伊辉和雷家明只好起身。

王可坐那儿没动。比这厉害的场面他也见多了，他还想问点什么。

"你还坐那儿干吗！念佛呢！滚蛋！"沈沛溪怒斥王可。

"注意你的言辞！"王可觉得很丢面儿。

三人小组被轰出门外，无精打采下楼。

然而沈沛溪还不算完，突然探出头来，大喊："天下姓沈的女人多了，有本事挨个找去！冲我来？呸！"

193

话音一落,铁门咣当关了。

他们加快脚步逃离,还没走出几步,身后的门又开了。

"喂!姓雷的!帮我带垃圾下去!"沈沛溪探出身子,手里拎着个垃圾袋。

"行啊!"雷家明笑嘻嘻地转身。

"算了!不麻烦你了!"沈沛溪改了主意,咣当又把门关了。

"这娘儿们,有病啊!"王可指着房门,故意大声说。

三人悻悻来到楼下,王可说:"辉哥,那娘儿们说得对,天下姓沈的女人多了。就算顾楠楠说的是她,咱也没证据啊!"

"上哪儿找证据?这不是上门求证吗?顾楠楠之死的疑点,源自我们的怀疑。要不是突然冒出个金大圣,我们查不到这里!"

"逻辑是这么个逻辑。可咱这么求证,简直是打草惊蛇嘛!"

伊辉笑了:"打草惊蛇?你知道咱们滨海的警界传奇吗?"

"你是指栖凤分局的秦向阳,秦队长?"

"是的!"伊辉说,"我研究过他所有的侦破案例。他的侦破思路异常开阔,穷尽演绎更是大胆,然而逻辑分析,却无比严谨……具体到侦破手段,他常用的手段之一,就是打草惊蛇。抓蛇,就把蛇从草里惊出来。那无疑是个好法子!"

王可叹息:"唉!只可惜从今年上半年起,秦队长就从本市消失了!"

雷家明跟着感叹:"人是消失了!然而有些人的传奇,会永远存在的!"

伊辉拿出手机查阅,突然改换话题:"其实王可没说错,沈沛溪真的有病。"

"啥意思?"王可半张着嘴巴。

"咱们一进去,她就收拾茶几。你们可能没注意,当时她把几盒药,连同一包口罩,放到了桌下面。"

"那又怎样？"

"药！"

"药？什么药？"

"洛匹那韦！我刚才查手机了，治艾滋病的！"

"你确定？看清了？"

伊辉点头。

"我操！沈沛溪有艾滋病？不能吧？那她还卖熟食？"雷家明惊呼。

"如果那些药是她本人吃，那就不会错！我看得很清楚，那些装药的盒子，有一盒是敞开的。如果她是买给别人的，应该不会拆封。"

"我就说她有病吧？"王可哼道。

"其实艾滋病不会通过口水传播，一个锅里吃饭都没事。还有那些口罩，一定是她工作时戴的！"伊辉说。

"怪不得她脾气那么烂，我反倒有点同情她了！"雷家明说。

"是病，就有治好的可能！"伊辉问雷家明，"刚才，她为什么叫你帮忙扔垃圾，又改主意了？现在你明白没？"

雷家明摇头。

"笨蛋！"王可说，"垃圾袋里，一定有药物之类的购物小票，她担心暴露隐私！"

"王队长牛逼！"雷家明说，"这女人真复杂！我可没闲心翻她垃圾袋！"

伊辉哈哈一笑，上车点火。

车刚发动起来，王可电话响了，江志鹏来电。

电话接通，江志鹏的声音咆哮而至。

"大案当前，都他妈逛菜市场呢？五分钟内，给老子滚回来！"

伊辉听出来了，江队长批的可不止王可，也包括他。

195

王可叹了一口气，对雷家明说："大记者，顾楠楠这事，人家派出所是给了结论的。你想调查，我们哥儿俩只能帮你到这儿。我知道你的心思，不管它背后有什么隐情，你都悠着点。真要了解到什么异常，咱再联系。"

雷家明同意。

王可又嘱咐他，没进展前，千万别联系教育局。要是闹大了，就不好收拾。

雷家明点头。

返回路上，雷家明在翡翠宫下车，他想再跟蓝媚谈一谈。

伊辉和王可回分局。

他们刚下车，另一辆警车停到了他们身边。

"辉哥！王哥！"钱丰收从车里下来。

"你咋又来了？"王可问。

"这儿有一份金大圣的笔录复印件。"钱丰收把文件袋交给伊辉，"里面有个新情况，要是顾楠楠事件立了案，我想对你们有帮助。"

"金大圣老实了？顾楠楠的事，你都知道了？"伊辉拆开文件袋。

"还是你们有办法！14700……回去全交代了！"钱丰收说，"顾楠楠那个书包他早扔了，但包里东西还在，我们已经拿到了！"

伊辉一边听，一边看笔录。

钱丰收说："金大圣后来突然想起，他见过那个女孩！"

"什么意思？"伊辉合上笔录。

"我们找到一张学生卡，夹在课本里面，金大圣此前没注意。我们让他看了学生卡上的照片，他说见过那女孩。"

"什么时间？"

"6月30日下午。"

"这么精确？"

"是的！那晚他去网吧包夜看世界杯，法国对阿根廷。"

"地点？"

"西城部落网咖门口。那天周六，他从那儿路过，看到有辆车停在路边，车上下来个男的，跟几个女孩搭讪，顾楠楠就在那几个女孩中间。金大圣说，那个男的叫崔明虎，是个光头，帮人收高利贷的，西城的混混都叫他虎子。"

"崔明虎？"伊辉跟王可对望一眼。

"是的！金大圣说，虎子搭讪的那个女孩叫丹丹，大名他不知道。当时虎子把丹丹叫上车聊了一会儿，顾楠楠和其他几个女孩站旁边。"

"金大圣认识丹丹？"

"丹丹是西城初中校花之一，跟社会上小青年熟得很，金大圣认识。"

"那顾楠楠呢？金大圣怎么对她有印象？"

"他说顾楠楠比丹丹漂亮，他多看了两眼。后来顾楠楠被丹丹叫上车，很快又下来了。"

"还有吗？"

"就这些！"

"谢了！"伊辉拍着钱丰收肩头，说，"帮我查一下那个丹丹的情况。"

钱丰收走后，伊辉和王可回到公共办公室。

江志鹏正对警员分组布置任务，没当众发飙。王可被分入A组，派去清河县东郊物流市场，走访大车司机，查杜忠奎去向。B组去清河县汽车站和火车站，查询7月1日晚以后的售票情况。C组查询清河县宾馆系统入住登记信息，尤其不能放过无名小宾馆。那种宾馆，有的根本不用实名登记。

197

所有能考虑到的方向，江志鹏都要查一遍。非抓住杜忠奎不可，"630"碎尸案性质太恶劣了。"711"褚悦民案，"827"爆炸案，再加上"630"碎尸案，三个案子压得他喘不上气。无论如何，短期内他必须解决一个。否则，就算上面不动他，他自己怕是也得主动申请外调。

伊辉还是留守，对前方信息反馈统筹整理，这算是江志鹏对他的照顾。

人马派出去后，江志鹏对伊辉说："小伙子，你前几天的机灵劲哪儿去了？雷局对你印象不错，你可得争口气啊！"

伊辉笑道："江队，你别把我看高了，破案可不是一个人的事；也别把我看扁了，我和王可都没偷懒，肯定会尽最大努力！案子发了，怎么拿下，在你面前我没资格多说。就有一点，不知道你注意没有？"

"哪一点？"

"动机呗！'711'案，'827'案，'630'案，哪个案子的凶手动机，我们是明确的？"

"看不清动机，也得破案！"江志鹏一巴掌拍死一只蚊子，"至少先把杜忠奎抓住！"

"杜忠奎肯定要抓！不过，单就'630'碎尸案来说，杜忠奎是不是真凶，我们都不确定。这话没错吧？"

"废话！抓住他，自然有答案！"

"那你有没有考虑过，如果杜忠奎已经死了，接下来该怎么办？"

"怎么可能？他明明驾车逃逸了！"

"驾车逃逸，就没有死的可能？算了，不说这个，先等各组反馈信息吧！"

伊辉就事论事，说话方式毫不客气。也许，他还缺乏跟领导沟通的技巧，也许他根本就不在乎。

江志鹏沉默，脸色跟外面阴沉的天空一个颜色。

伊辉不在乎江志鹏的心情，突然说："江队，你帮我弄一份材料吧？"

"什么材料？"

"杜忠奎入狱前的案卷。他坐牢10年，出来就发了大案。我想了解他的过去！"

"了解那些有屁用！案子是近几天发的，跟10年前有毛关系？再说，原始材料在交警支队呢！"

伊辉回怼："杜忠奎是什么人，什么性格，你了解吗？知己知彼总没错！你不帮我弄，我自己想办法！"

"你有个屁办法！回头我帮你弄一份！"

伊辉点点头，说："我有个感觉……"

他把江志鹏拉到电脑前，打开杜忠奎逃逸的影像。

"你看杜忠奎的座椅靠背。"

"什么意思？"江志鹏茫然半分钟，才说，"你指椅背上挂着的夹克？"

"对！杜忠奎身材高大，前挡风玻璃贴膜，弱化光线，拍摄时间又是晚上，再加上夹克进一步阻挡视线，车内后座你能看清？"

江志鹏摇头。

"我总感觉……感觉车里还有另外一个人，那人就坐在杜忠奎背后！或许说缩在他背后，更恰当。"

"你这感觉真够……大胆的！"

江志鹏笑了，他本来想说的不是大胆，是离谱。

讨论就此停止，江志鹏回到窗前继续抽烟，留下伊辉独自注视着电脑画面……

同一时间，翡翠宫大酒店。

对于雷家明的再次出现，蓝媚没表现出惊讶。办公室里只有他们两人，气氛比上次舒缓了很多。

她优雅地笑着，问雷家明："你们见过沈沛溪了？"

"是的！"雷家明想起伊辉的问话方式，便道，"她有艾滋病，那是怎么回事？"

他相信伊辉对沈沛溪病情的判断。

他这话问得很有意思。常理上，他该说："你知道吗？沈沛溪是不是有什么病？"可他没那么说。他觉得作为沈沛溪曾经的姐妹，蓝媚一定知道那件事。他一捅到底，不给对方缓冲时间。

蓝媚收起笑容，抱起双臂，认真把雷家明审视一番，才说："我说老同学，你什么时候多了个臭毛病，去关注别人隐私了？"

"呵呵！白玉城曾说我像狗，逮谁咬谁！其实吧，我不是对别人隐私感兴趣。我在报社，主要负责教育版块，这才关注顾楠楠跳楼的事。所以呢，对她亲近的人，自然就多多少少有兴趣了！"

"我没看错，你真是个好记者！"蓝媚这个打趣，有转移话题的嫌疑。

然而，雷家明紧咬话题："沈沛溪吧，不止有艾滋病，她好像还特别恨你！当着我们面，说了很多难听的话！"

"哦？还有呢？"

"再有就牵扯案情了！"雷家明说，"顾楠楠死前说过一句话，你一定想不到的！"

"什么？楠楠她……"蓝媚的笑容不见了。

"顾楠楠说，'沈姐，我恨你'！"

"确定？"

"刑警手里有真凭实据，我可没心思跟你开玩笑！"

蓝媚重重靠在椅背上，脸上的精气神消失了。

"调查是警察的事。我只为报道！明白吗？你是沈沛溪最亲近的

200

人，我不找你打听她的情况，警察也会再来的！"

蓝媚走到窗前，点上烟抽了两口，很快把烟掐灭。

雷家明静静地望着她的背影。

蓝媚转回身，突然说："白玉城没说错。你这人，还真有点讨厌！"

"没关系，你干脆说我像狗得了。林义化工爆炸案以后，我连我爸都咬过，后来被我爸反咬了！哈哈！"

雷家明很放松，完全不在乎留给对方什么印象，他本来就对蓝媚没好感。

"别贫了！唉！"蓝媚叹道，"有些事，的确想瞒也瞒不住！可那毕竟是个人隐私，挖出来，有意义吗？"

"我会甄别、权衡的，不是什么隐私都报道！"雷家明试图打消对方顾虑。

"好吧！"蓝媚放下茶杯，缓缓道，"沈沛溪的确有艾滋病，你们很容易就能查到！我知道她怨我，怨得很深……她现在卖熟食，我和她之间没有生意往来。但不是因为她有那个病，我才不照顾她生意……根本上，她那个病，是因我而起……"

"因你而起？"

"是的！"蓝媚咬了咬嘴唇，说，"三年前我们毕业，一起来这里实习，职位一样，都是大堂经理助理。她学的酒店管理，我呢，专业是心理学，跟酒店不搭边……唉！那不重要……事情的起因，源自唐总。哦，是唐林清。大家都知道，唐林义是这里的老板，但翡翠宫的法人代表，是唐林清。其实没两样！有一天晚上，唐林清找到我和沈沛溪，叫我们陪他招待一位<u>重要</u>客户。那时我们来的时间并不长，当然要问为什么。唐总嘴皮子厉害。呵呵！一个劲说我们漂亮，去了只是陪客人吃吃饭、聊聊天，一旦生意谈成，我们都能转正！对！吃饭的地方就在这儿，三楼贵宾间。我们过去后才知道，客户是个黑人,法国来的,叫什么皮特,会说半吊子中文,之前跟林义化工有过合作,那次来谈一笔医用溴化物的生意。饭局上,皮特频频让我们喝酒。后来唐林清把我叫出去,提了个很过分的要求。他说那是皮特的要求,叫我晚上留下来陪他!"

"你同意了吗?"

"废话!当然不同意。唐林清就拿出3万块钱,说我比沈沛溪漂亮,说皮特中意我,还说事后,会提拔我干大堂经理……我知道你一点儿也不惊讶!那种事,本就没什么稀奇……交换条件很不错?好吧!可我实话告诉你,我当时的确很犹豫。我看到那个黑人就想吐。我真的接受不了,可是又没法子当面拒绝唐总……后来我一狠心,跟唐林清说,我来例假了……"

"真来了?"

"傻吗?"

"唐林清能信?"

"他还不至于检查我的身体,我也不至于那么笨。回饭桌后,我借出门接电话的机会,找服务员要了一罐可乐,然后去外面的公共卫生间……"

雷家明哈哈大笑,打断了对方:"你随身包里有卫生巾,你往卫生巾上倒了一点可乐?你哄鬼呢?"

蓝媚的脸微微一红:"弄完我也觉得很假,才想到了另一样东西。我又去前台要了一盒豆腐乳,然后在那块卫生巾上,加上一点腐乳的汤汁,看起来就像样多了……弄好以后,我把那块卫生巾,放进了包间小卫生间的纸篓里。"

"哇!亏你想得出!"

"呵呵!女人都是小心眼,没有大智慧!但在当时,瞒过了唐林清和那个该死的皮特。所以,饭局临近结束,唐总又把沈沛溪叫了出去……"

"明白了！皮特上了你的当，只能换人，改叫沈沛溪陪她。"

"是的！可是我那个小心机，并没瞒过沈沛溪，第二天，就被她识破了！"

"哦？不可能吧？卫生巾在纸篓里，她还有心甄别？"

"哎！她没甄别，更不是有心！第二天中午，我们还在那个包间，陪皮特吃午饭。可是，服务员粗心大意，忘了收拾包间小卫生间的垃圾。所以，那块卫生巾还在纸篓里。沈沛溪呢，只是无心注意到，那块卫生巾上有蚂蚁……"

"你们包间卫生间里有蚂蚁？"

"呵呵！你在嘲笑一种动物的本能！我不该先往那块卫生巾上，倒那点可乐！"

"嘿嘿！抹豆腐乳汤汁时，你该换一块卫生巾！"

"可我偏偏没有换！当时我没想那么多！更没想到，服务员忘了收拾卫生间的垃圾！"蓝媚长叹，"我和沈沛溪多年的感情，就毁在那几只小小的蚂蚁手里！"

"这么说，沈沛溪的艾滋病，是因为那个黑人？"

"是的！而且她还知道，皮特起先选定的人是我。在她看来，她是替我陪皮特。其实，是因为唐林清给出的条件让她动了心！"

"明白了！可是当时，不管是借故拒绝的你，还是替你顶上去的沈沛溪，你们都想不到那个皮特有艾滋病！这样一来，等沈沛溪事后觉察出身体有恙，检查出那个结果，最先要迁怒的人，反而是你！"

"没错！她发现蚂蚁那天，还曾善意试探我，说我耍小聪明！我很惊讶她的细心，只好承认造假！可她当时说理解我，还说她也犹豫过，但看在钱的份上，更看在大堂经理的职位上，她认了！她说原意替我顶替！还说，她不入地狱，谁入地狱……从心态上来说，她认为那么做并不吃亏！"

"可是事后，她发现自己简直亏大了！换作我是她，也会无比愤恨的！恨自己一时贪图便宜，更恨你弄虚作假，害得她身陷地狱！毕竟，皮特最先选的人是你！"

"唉！后悔有什么用？"蓝媚挺直腰身说，"她查出那个可怕的结果没多久，自己辞职离开了！她知道就算不辞职，等病情加重，事情公开，唐林清也会把她踢走！但是在走之前，她找我大闹了一场，还抓破了我的脸……所以，你本可以不用专门问我。那件事，酒店一些老员工都知道……只不过，那些人已经不在这里干了。"

"你借故把他们开了吧？"

"很奇怪吗？换你也会那么做的！"

"不管怎样，沈沛溪这辈子算是毁了，毁在她自己手里，也可以说毁在你手里。"

"跟我有什么关系！"蓝媚激动地站起来，"说到底，还是她自己的贪念作怪！我能拒绝皮特，她为什么不能？"

"你这种解释看似有理，然而没鸟用！沈沛溪恨的就是你！"

"唉！那是笔糊涂账！我有错，可沈沛溪自己也有错！"

"好吧！咱们还是说回顾楠楠吧！她那句遗言，你怎么看？"

"你是不是怀疑，'沈姐'是指沈沛溪？"蓝媚像一条美人鱼一样游到雷家明面前，"别搞笑了！雷大记者！不管楠楠的死背后有无隐情，'沈姐'绝不会是她！天下姓沈的女人，多了去了！"

雷家明可不这么想。

离开翡翠宫大酒店后，他打车到西郊去找苗力伟。

"你怎么又来了？"

苗力伟坐在肉铺前抽烟，他对这个执着的记者印象并不坏。

"还是为顾楠楠的事！"

"查到什么？"

"查到顾楠楠一句遗言。"

"遗言？"

"有目击者说，顾楠楠死前一直念叨：'沈姐，我恨你！'"

"沈姐？你们怀疑，事件背后有沈沛溪什么事？"

"是个人都会那么想。"

"沈沛溪和我妹关系好得很，她没理由害楠楠！"

"那蓝媚呢？"

"蓝姐对我妹更好，月月给她零花钱，每年的生日都陪她过。我妹和我妈出事，蓝姐比谁都难过！"

"我见过蓝媚了。提起顾楠楠的事，她倒没怎么失态。"

"那是你不了解她。她当年学心理学的，不会轻易表露心情。"

"那沈沛溪呢？她这几年，跟以前有什么变化？"

"变化？"苗力伟想了想，说，"瘦了，没那么精神了，最近几年也不陪我妹过生日了。偶尔回来看我妈，也总是一个人。以前，她和蓝姐几乎形影不离。"

"这就对了！"雷家明神秘兮兮地说，"你两个姐姐之间有矛盾。"

"矛盾？"

"你问白玉城吧，他可能知道。"

苗力伟挠了挠头，他不太信雷家明的话。

雷家明刚要走，突然想起一件事："能看看顾楠楠手机吗？"

"那有什么好看？"

顾楠楠手机原本在派出所，后来还给了家属。苗力伟本不想动，可雷家明坚持要看，他便起身回家去拿。

那部手机早没电了，而且欠费停机。雷家明给它充上电，开机。

手机里软件很多，装着各种流行APP，游戏不多，只有一个王者荣耀。通话、聊天记录，派出所的人早就查过，没发现任何问题。

雷家明关掉手机，试探着问："能带回去吗？"

"干什么？"

"想让刑警队的朋友再看看，回头还给你。"

苗力伟默许。

雷家明从苗力伟家出来，迫不及待给伊辉打电话。

"我知道了！沈沛溪和蓝媚有矛盾，天大的矛盾！那是三年前的事，牵扯到一个黑人。"

雷家明把那段往事讲述一遍。

"这么说，沈沛溪的病是因蓝媚而起？"

"废话！"雷家明兴奋地说，"我有个大胆的想法——顾楠楠的死，一定跟沈沛溪有关。她那么做，为的就是报复蓝媚！"

"报复蓝媚？"伊辉不解，"顾楠楠的死，对沈沛溪没好处。"

"是的！顾楠楠死了，沈沛溪也很难过。可是，蓝媚同样难过。你想，沈沛溪是因为蓝媚才染上艾滋的，她心里该有多恨？只要能伤到蓝媚，她什么事也做得出来！"

伊辉沉默了一会儿，说："听起来，你的逻辑有那么点味道，但还是感觉不合理！除非……"

"除非什么？"

"我说不好！你分析沈沛溪会报复蓝媚，逻辑是对的。但你刚才的说法，也就是沈沛溪的报复方式，还是欠合理。"

"顾楠楠是自杀的，派出所和刑警队都查证过，结论不会有问题。而且，我们还找老邓复查过。有问题的，是顾楠楠死前那句话。沈沛溪一定对顾楠楠做过什么！"

"对！问题就在这里。我这儿有点新线索，你先到局里来吧。"

## 第十七章 推演

雷家明赶到西城分局,把顾楠楠手机交给伊辉。

伊辉饶有兴趣地开机查看,直到它自动断了电。

他把手机放进抽屉,然后把钱丰收提供的新情况告诉雷家明。

"金大圣早就见过顾楠楠?"雷家明颇为意外,"虎子到西城中学找丹丹,跟顾楠楠有关系吗?"

"不知道。金大圣只是说,虎子找丹丹时,直勾勾地盯着顾楠楠,明显不怀好意,后来又把顾楠楠叫上车,不知说了什么。那是6月30日下午的事,离顾楠楠出事时间很近。"

"虎子不是什么好东西!那就有必要了解清楚,他找丹丹干什么。"

伊辉同意雷家明的想法。

他也对崔明虎很有兴趣。他知道当年崔明虎对白玉城做的那些龌龊事。

他的想法是,要对崔明虎和那个叫"丹丹"的女孩同时展开问询,以免他们提前警觉,互相联系,从而隐瞒实情。

按理说,这个问询让派出所去做就行。可是伊辉想得很多,他担心对崔明虎来说，派出所的威慑力太小。他想把问询弄到刑警队里做。可是王可不在。江志鹏呢，心思全在碎尸案上，像条猎犬，24小时蹲在局里，等前方的反馈信息。这个局面，事情好像不太好办。想来想去，这事只能让雷家明出头。

几分钟后，雷家明进了江志鹏办公室。

"江队，我在调查一件事，查到两个人，想让伊辉带来局里问一问。"说完，雷家明给江志鹏递上烟。

江志鹏笑了："哟！你调查什么？还要把人弄到这里来？违规知道吗？小心你爸收拾你！"

"一个叫顾楠楠的女孩，跳楼自杀了，派出所和你们刑警队法医，都给结论了。可我还是怀疑另有隐情！"

"给了结论，你还私下调查？就因为对方是个学生？我知道你那个教育版块需要这方面的内容。但是，你也不能怀疑我们的结论嘛！"

"我们已经通过车站派出所，查到一些重要信息。"

"你们？"

"王可和伊辉都帮忙了。"

"他俩真够忙的！既然查到异常情况，那就叫车站派出所跟进好了！按程序来！"

"我们担心派出所威慑力不够！这事，还就得在刑警大队办！"

"哎！我说雷大公子，你就别给我添乱了！"江志鹏抱住脑袋。

"就是个小小的合法询问，又不麻烦你，看把你难为的！没劲！"

雷家明说完，摔门就走。

"等会儿！"江志鹏赶紧叫住他，"叫伊辉通过车站派出所，把人带过来吧！完事把笔录给派出所，别乱了套！"

雷家明打了个响指，离开。

伊辉见雷家明把事办成了，也挺高兴。两人开车去车站派出所办手续。

钱丰收见伊辉来了，迎上去说："正要给你电话。那个叫'丹丹'的女孩查到了，全名许丹妮，今年刚上高一，就住这附近。接下来什么指示？"

伊辉把来意说了。

"好办！"钱丰收说，"崔明虎也是我们所重点人口，我和老邓把人给你带过去。"

伊辉说："咱们分两头吧，你们去许丹妮家，好说好道，别让家长担心；我去找崔明虎。"

"放心吧，我知道怎么说。"

事情定下，两拨人两辆车出了派出所，各忙各的。

伊辉按派出所提供的资料，找到崔明虎家，结果那小子不在。崔明虎父亲给儿子打电话，问出来对方在朋友家扎金花。

伊辉和雷家明赶过去，顺利见到崔明虎。

崔明虎光头，块大，面相不算凶，但一看就不是善茬。

"刑警队的找我干吗？"崔明虎丢掉手里的纸牌，神态平静。

"问你点事！"伊辉来刑警队没干几天，说话办事却显得很老到。

"能不能不去啊？"崔明虎几个朋友在旁起哄。

"要不一块儿去？"伊辉这么一句话，对方全哑火了。

"去去就回！"崔明虎跟同伴打了个招呼，不慌不忙跟着伊辉上了车。

半小时后伊辉回到分局，钱丰收和老邓已经等在那儿了。

钱丰收打开车门，把许丹妮叫下来。

许丹妮高约1.7米，长发，是个漂亮姑娘。她见伊辉把崔明虎带下车，神色突然一怔。

209

崔明虎显然也没想到，在这儿见到许丹妮。他微微张了张嘴，见伊辉正盯着他，赶紧把嘴闭上了。

作为监护人，许丹妮父母也跟着来了。他们从自己车上下来，脸上带着疑问和担心，想找伊辉说话。

钱丰收迎上许丹妮父母，把他们拉到一边好言安抚。

伊辉略一合计，把崔明虎留在外面，叫老邓把许丹妮带进审讯室，随后自己跟进去。

老邓浓眉方脸，20年警龄，虽说头一回坐上刑警队的审讯椅，但手里拿上纸笔，也是有模有样。

伊辉还不如老邓，他连派出所审讯室也没进过。可是他这人，天生适应力强，也可以说他能装，总之往那儿一坐，很难看出来他是个生茬子。

许丹妮就不同了，高一新生，在外面跳得很，实际哪见过这个阵势。她一进房间就慌了，连路都走不正。

"你叫许丹妮，是吧？"

许丹妮连连点头，眼睛睁得老大。

"坐吧，放松。就问你点事，问完就送你回家。别害怕。"

许丹妮慢慢靠着椅子边坐下。

伊辉问："你和顾楠楠什么关系？"

"她是我初中同班同学。"

"她出事了。你知道吗？"

许丹妮点点头："班级群里听说了。"

"6月30日下午，西城部落网咖门口，崔明虎是不是找过你？"

"6月30日下午……"许丹妮摸了摸鼻子，低头寻思。

"那天是周六，晚上世界杯有场球，法国对阿根廷，当时你好几个同学也在，顾楠楠也在。"伊辉用有限的信息，提醒她。

好在许丹妮很快想起来了："那天我们去照毕业合影，没去上网。"

"都是初三毕业的学生？"

"是的。"

"你和崔明虎很熟？"

"不！以前在网咖认识的。"

"那天他找你干什么？"

"没什么……"

"你爸妈可在外面等着呢。好好想想，说完回家！你也不想让他们担心吧？"

"他就是瞎扯一通……"

"扯什么？"

"他说他开车路过，问我想不想出去玩，有钱挣。我问他上哪儿玩？他说就是陪老板吃吃饭，唱唱歌什么的。我一听就知道怎么回事了，滨海大学门口有的是好车，都是接送女学生的。他就是个跑腿办事的，找学生不去大学找，找到我们了。"

"你答应他了吗？"

"没！我和他说，才中考完，正等成绩呢，没心情出去玩。"

"然后呢？"

"没别的了，就这些。"

"那天他和顾楠楠说过话吗？"

"他俩不认识。他让我把楠楠叫上车，他要人家微信号。楠楠没给他。"

"那天以后，他有没有再找你？或者向你打听顾楠楠？"

"没有。我和他真不熟，不信你们可以看我微信。我和他就没怎么聊过。"

伊辉从头到尾，重复刚才的问题，结果还是一样。

他把许丹妮带出去交给父母。许丹妮父母脸上挂霜，领上孩子就

211

想走。伊辉叫他们再等一会儿。他觉得，许丹妮就一个刚初中毕业的孩子，没必要撒谎，但崔明虎可不一样。如果崔明虎的笔录，跟许丹妮的有出入，他还需要叫许丹妮和崔明虎对质。

崔明虎来到审讯室。

进门前他看了看门上的字，当时就不高兴了："我说这位领导，不就问个事吗？来审讯室干什么？"

"哟！还挺懂行！"伊辉指着椅子，"问询室里头忙着呢。坐吧！谢谢配合！"

崔明虎大剌剌往那儿一坐，一脸不在乎。

伊辉故意拿起许丹妮的笔录，翻看了半天，才说："崔明虎，久仰大名啊！"

崔明虎翻了个白眼，他不明白伊辉的意思。

"今年6月30日下午，部落网咖门口，你找许丹妮干什么？"

"6月30日？那谁记得？"崔明虎装糊涂。

"你认识金大圣吧？叫他来给你提个醒？"

"金大圣？哦！小毛贼一个，我用他提醒？"

"还想不起来？"

崔明虎摇头。

"你自己待着，好好想。明天这时候，我送你回去。"

说完，他朝老邓使了个眼色，两人开门出去，顺手把空调关了。

"关毛空调啊？"崔明虎很不满。

"小子！这是刑警队，不是你家！24小时后送你回去，后天再把你弄进来，咱接着聊！后天还想不起来，那就大后天！"伊辉说完，咣当把门关上了。

"喂！进来！"崔明虎飞快权衡着利弊，"多大点事！"

"想起来了？"伊辉和老邓坐回原位。

"本来就屁点事，谁能记那么清楚？"崔明虎点了根烟，说，

"就是帮朋友跑个腿,找个女学生出去玩。"

"找女学生出去玩?屁点事?"

"领导,就是两厢情愿的事,你千万别扯什么嫖宿幼女!她们和'幼'不沾边!最近有个碎尸案吧?比起来可不就屁点事?再说,我就帮人问那么一嘴,后来就没下文了!"

"没下文了?"

"可不是咋的!我又没挣着钱,凭啥保密?"

"接着说!"

"就是个朋友,知道我在西关混得熟,找上我,说找个女学生出去玩,明说了,最好找高一的,处女。为啥?年龄超过14呗,风险小!"

"什么朋友?"

"一个初中同学。"

"叫什么?"

"沈沛溪。"

"沈沛溪?"伊辉一震。

"她6月29日中午找的我,我当时心里没数,只说试试看。第二天下午,我开车出去,路上刚好碰到许丹妮。我知道那丫头刚中考完,素来不安分,就上去问了一嘴,结果她没同意,但也没把话说死。再后来,也就是7月1日中午,沈沛溪又找上我,说那事算了,不用我帮忙了。就这么个屁事,我一分钱没挣着。"

"沈沛溪为什么改主意了?"

"我哪知道?"

"那顾楠楠呢?你有没有找过她?"

"顾楠楠是谁?"

伊辉从老邓手里接过顾楠楠的学生卡,交给崔明虎。

崔明虎仔细看了一会儿,才说:"想起来了!这是许丹妮同学吧？6月30日下午见过。"

"确定？"

"这丫头多漂亮啊！我就多看了几眼，要微信号，她没给。当时吧，确实有点小心思，想让许丹妮介绍认识一下。"

"介绍？然后忽悠出去？"

"说话别那么难听。我那都是些念头，不也没成事实嘛！"

崔明虎的笔录，跟许丹妮的差不离。他们两人事先根本无法沟通，笔录内容应该靠谱。再说，崔明虎就是个中间跑腿的，又过于现实，挑明自己没挣到钱，完全没必要说谎。所以事情的关键，还是在崔明虎的上家，沈沛溪。

许丹妮父母领着孩子回家了。

伊辉没让崔明虎走，一会儿需要他跟沈沛溪对质。

雷家明冲进审讯室，拿起笔录急切地翻看起来。

伊辉说："我赞成你那个逻辑的大方向，但并不通畅！顾楠楠出事，沈沛溪同样伤心，怎么能说那是对蓝媚的报复呢？两者勾连不上！问题出在哪儿？也许，答案就在笔录里。"

"别吵！"

雷家明潜心研究起来。

他知道伊辉一定有了什么新想法。他不服。他觉得，伊辉要是能发现什么，那他同样能。

天终于黑了，台风正式登临本市。

一时间狂风大作，暴雨如注。江志鹏撒出去的队员被迫返回。

队员们忙了大半天，江志鹏渴望他们带回好消息，哪怕一星半点。

队员们效率极高。A组查遍了清河县东郊物流市场的大车司机，B组过滤了清河县的公共客运票务系统，C组以7月1日为基点，带回了清河县宾馆登记系统备份，以及一堆无名小旅馆的书面入住记录。可惜，所有人一无所获。

难道杜忠奎人间蒸发？江志鹏瞪着黑如锅底的夜空，心中郁闷至极。

他想发火，又不能发火。发给谁看？兄弟们冒雨出外勤，哪一个不想破案？

队员们回来后，都忙着洗刷，气氛得以短暂放松。

伊辉抽空回了趟宿舍。

他的窗台上放着几盆花，没提前收拾，早被大风捅到地上，摔得一片狼藉。

收拾好宿舍，他回到办公室。这时王可也换洗停当了。

一见到王可，他就用一条胳膊搂住对方脖子。他心里很愉快。在这个刑警队里，王可是唯一听他摆弄、无须解释的人。

"弄张传唤证，跟我走一趟，去把沈沛溪带来！"

"操！这个鬼天气……"

王可看得出来，伊辉很急切。他用双手犁了犁头上的水珠，很快开好传唤证，骂骂咧咧上了车。

沈沛溪刚回家不久，她想不到那两个警察再次上门。

进门后，王可亮过证件，说："麻烦跟我们走一趟，有点事问你。请配合！"

他说得很大声，话语间气势很足。中午沈沛溪贬损过他，说他坐那儿不动，像"念佛"，他很气。

"去哪儿？老娘哪儿都不去！"沈沛溪不配合。

"有证的！"王可亮出传唤证，把出门的位置让开。

"凭什么传唤我？"沈沛溪意见很大，可也没办法。

车子在暴风雨中艰难穿行。

沈沛溪紧咬着苍白的嘴唇，眼睛一直盯着雨刷。

这次去警局意味着什么，也许她心里很明白……

回到局里，伊辉和王可把沈沛溪带到审讯室。

王可一来，屋里的气氛比之于刚才的问询，显得截然不同。

伊辉在旁记录，心里念叨着："这件事，是时候结束了！"

王可把前面两份笔录仔细看了几遍，然后发问。

他清了清嗓子："请你来，是配合调查顾楠楠死因。我这儿有一份笔录，是崔明虎的。所以接下来不管问什么，回答前你最好先想好！否则，你面临的就不是配合调查这么简单了！"

一听崔明虎的名字，沈沛溪低下头去。

"崔明虎笔录证实，你于6月29日中午委托他，帮你找一名女学生出去陪客人，最好是高一的，处女。事情是否属实？"

沈沛溪抬头，看了王可一眼。她完全没想到，此前这位看起来有些傻愣的警察，此刻好像完全换了个人。

她咬了咬牙，说："你们怎么能听崔明虎一面之词？"

伊辉和王可也不多话，两人对了个眼。接着王可出门，把崔明虎带进来。

沈沛溪看到崔明虎，把脸扭向别处。

这时崔明虎开腔了："我说老同学，就那点破事，你何必反咬我一口呢？"

沈沛溪不语。

崔明虎继续说："承不承认是你的事！不管在这儿，还是上法庭，反正我得给警察做证，把自己摘干净！"

"唉！"沈沛溪叹了一口气，还是不言语。

"头一次和你打交道，就给老子来这套！你和蓝媚，你俩真不是善茬！怪不得当年有传闻，说你俩跟李默琛玩3P。行啊！沈沛溪！"

"你他妈放屁！"沈沛溪急了。

"敢做不敢当？老子可不惯着你！说传闻不犯法，你能咋的？"

"姓崔的，你他妈等着！"沈沛溪恶语相向。

伊辉盯着那两人，看了半天，见沈沛溪当着人证还不开口，心里生出一阵强烈的厌恶感。

他咳嗽了一声，对崔明虎说："你不是说沈沛溪找你时，你怕她事后不给钱，把你们的谈话录了音吗？还愣着干吗，手机拿来！"

"啊！"

崔明虎愣了一下，很快又反应过来，当即明白，这是伊辉在给沈沛溪下套。他瞥了伊辉一眼，责怪对方不提前跟他透个气。其实伊辉这么做，只是临时起意，哪能跟他提前说。

崔明虎掏出手机，大大咧咧递给伊辉。

王可当然明白伊辉在要诈，他张了张嘴，想说这么做不合规矩。

伊辉拿起手机，对沈沛溪说："要不要亲自听一遍？我只提醒一次，你听了以后再说，性质可就变了！"

"我……"沈沛溪中招了，整个人矮了一截。

伊辉紧盯着沈沛溪，知道她心里的螺栓松了。他挥了挥手，叫崔明虎离开。

沈沛溪深深看了一眼崔明虎的背影，然后说："是！有那个事！但后来我又改主意了，叫他不用找了！不信你可以问他！"

伊辉没接对方话茬儿，反问："女学生给谁找的？"

沈沛溪再次沉默。

伊辉说："想背锅是吧？背！你说不说都一样。顾楠楠的死，跟你脱不开关系！"

听到伊辉的后半句，王可在一旁急得不行。在他看来，那话太主观了。他来不及告诉伊辉，不管面对嫌疑人还是凶手，刑警都要出言谨慎，以证据说话。

果然，沈沛溪激动起来："哈哈！笑话！诬陷好人？要刑讯逼供吗？来人啊！警察打人了！"

房子密封性很好。伊辉和王可谁都没动。

217

突然，伊辉说："你有病吧？艾滋病？"

听到这话，沈沛溪立刻平静下来。她紧紧咬着下嘴唇，表情变得难以描述。她看一眼伊辉，又把眼睛挪开，接着又看一眼……就好像她原本得了健忘症，突然有人提醒她叫什么名字一样。

伊辉继续打击她："因为几只小小的蚂蚁，对吗？当年陪皮特的应该是蓝媚。她不愿意，又无法拒绝，就假装来了例假，去公共卫生间里，先后把可乐和豆腐乳汤汁，弄到一块卫生巾上，然后把卫生巾，放进吃饭包间的小卫生间。第二天中午，你们还在那个包间吃饭。可是，服务员忘了打扫卫生间。而那块卫生巾，因为隔了一夜，吸引了蚂蚁。你呢，无意中看到卫生巾上的蚂蚁，猜到上面有甜东西，于是轻易识破蓝媚弄虚作假……可是，你并没去唐林清那儿戳穿她！你识破蓝媚的鬼把戏，还是继续陪皮特，你无法拒绝唐林清开出的条件。你的病，到底是咎由自取呢，还是蓝媚太可恶？"

沈沛溪静静地听着，纹丝不动，就像被电僵了一样。

房内安静了十几秒，她突然缓了过来："闭嘴！你们也维护那个贱货？"

伊辉不理她，继续编排着逻辑："其实，顾楠楠自杀事件的内情很简单——病痛自知！你恨蓝媚，恨到骨子里。三年来，你的仇恨如附骨之蛆，时刻折磨你，可你没法报复她。即使身患绝症，你也没有以身犯险、以命换命的勇气！至少到目前为止，你没有。原因很简单，蝼蚁尚且偷生，你对自己的病情，还抱有希望！可是，你报复蓝媚的想法，却挥之不去。该怎么办？6月29日当天或者之前，有人找到你，请你帮忙，找个高一女学生出去陪客人；6月29日中午，你找到崔明虎，让他帮忙办那件事；6月30日下午，崔明虎跟刚刚初三毕业的许丹妮搭讪，挑明了那件生意，许丹妮没明确答应；崔明虎见顾楠楠漂亮，跟楠楠要微信，但没要到；7月1日中午，你再次找到崔明虎，取消委托——这个过程没问题吧？"

沈沛溪垂着头，不言语。

伊辉继续说："取消委托？是找你帮忙的人改主意了，还是你改主意了？"

沈沛溪明显抖动起来。

伊辉说："我想是后者。为什么？很简单。你忽然有了个歹毒的想法——与其找别人出去陪宿，不如干脆叫顾楠楠去！她刚初中毕业，超过14岁，而且是处女！我那位记者朋友分析过，你在利用顾楠楠报复蓝媚——可是逻辑上有些说不通：顾楠楠出去陪宿，就能达成你对蓝媚的报复吗？为什么？不解决这一点，逻辑就不通。"

"为什么？"沈沛溪突然抬起头来。

"以下我所说的都是假设，只为疏通刚才的逻辑——因为早在多年以前，或者说，从当年高一某个节点开始，你和蓝媚就被嫖宿，那是你们最大的秘密。你让顾楠楠出去陪客，也就是让你和蓝媚最亲近的人，走上你们的老路！那是一条不归路，只有苦果，没有未来。什么滋味，你们自己最清楚！当然，你会替顾楠楠保守秘密，直到她在被嫖宿的道路上驾轻就熟，再也无法回头。到那时，你再把顾楠楠的秘密告诉蓝媚。你、蓝媚，你们跟顾楠楠情同姐妹，这点毋庸置疑！你这个当姐姐的，亲自把妹妹推入地狱——当另一个当姐姐的知道以后，她心里会是什么滋味？你想她会有多恨你？"

沈沛溪半张着嘴，拳头用力握起，像是要把指缝里的空气杀死。

"那时候，蓝媚对你有多恨，你心里，就有多少报复的快意！恨和快意，是等价的！你说，我理解的对不对？"

沈沛溪死死盯着伊辉，眼眶像是要裂开。

伊辉不回避，跟她对视："我想不出，你是如何说服顾楠楠的。但是她的死，对你来说的确太意外！你根本想不到，她事后心理崩溃，竟然跳楼自杀。你不接受她的死——她刚刚踏上你和蓝媚的老路，她被毁了，可是距离被彻底毁掉，还差得很远！也许在你最深的恶意中，你希望顾楠楠今后也得艾滋病——这时候她突然自杀，你对蓝媚的报复，也就戛然而止，失去了意义。换言之，你余下的命，也失去了意义……"

沈沛溪的嘴唇努力开合了几次，发出来几个含糊的字节，听不清。

伊辉察觉到她状态异常，小声对王可说："让她冷静一下。"

王可出门拿来几瓶水，放到沈沛溪面前，随后和伊辉离开房间。

两人来到走廊尽头，雷家明早已等在那里。

三人不约而同掏出烟来。

"怎么样？"雷家明探问。

"找女学生陪宿的事，她承认了！"

"承认了？太好了！"

王可问伊辉："你刚才的推理怎么来的？"

"很简单，共情。"

"共情？"

"站到沈沛溪的角度考虑，就可以了。家明在电话里跟我讨论过，说顾楠楠的死，是沈沛溪对蓝媚的报复。当时，我就觉得大方向在理，可那个报复方式，解释不通。顾楠楠死了，就能报复到蓝媚吗？"

"不通！"

"是的！直到虎子交代了那几个细节，说沈沛溪后来又找他取消了交易，我才突然想到一点：沈沛溪为何改主意？"

"改主意的，也可能是委托沈沛溪办事的老板！"

"有那个可能。但是那样一来，顾楠楠的死就无法解释了！所以先把它放一边！"伊辉缓缓说道，"沈沛溪为何改主意？这个疑问是链条的一环，叫它节点X吧。她深恨蓝媚，是链条的另一环，叫它节点Z。这两个逻辑环之间，是断裂的，根本连不起来，中间一定还缺少Y环节。"

"只谈逻辑链,不考虑证据链的话,的确是那样!"王可说。

"我们就是只谈逻辑链!把断链补齐,将逻辑链联通,再套用到沈沛溪身上,如果它合情合理,那就值得尝试。"

"这么做容易出冤案!"王可并不认同。

"冤案?这儿可不是法庭!刚才我对沈沛溪说得很明确,一切都是假设,没有证据,不存在逼供、诱供。你可以把它当成侦破思路,但一定不能是定罪手段,定罪,还要以证据说话!"

"好!继续说!"

"沈沛溪请崔明虎帮她找学生妹陪宿,这是事实一;顾楠楠的遗言,'沈姐我恨你',这是事实二。这里的'沈姐'可以是其他人,但相比沈沛溪,可能性极小,我还是把它放一边。那么基于这两个事实,很容易想到一个结论:沈沛溪为何又不用崔明虎帮忙了?因为她打起了顾楠楠的鬼主意,说服顾楠楠出去陪客人。这是结论一。它非常奇怪,不是吗?在正常逻辑链中,它能给沈沛溪带来什么收益?零!她和顾楠楠情同亲姐妹!可是,再把节点Z拿出来看,它就不显得那么奇怪了!沈沛溪恨蓝媚,恨得发疯!一个人活在仇恨里,最大的念想,当然是报复!顾楠楠出去陪宿,怎么能算对蓝媚的报复呢?正常情形下当然不能。但是,既然推理出来这么一个奇怪的结论,那就一定存在合理的可能。穷尽演绎,什么可能?结论只有一个,也就是结论二,沈沛溪和蓝媚,一早就走在被嫖宿的路上……至此,把结论一、结论二,添加进逻辑节点X与Z之间,一下子就通畅了……"

"这……推理过程,听起来也不是很难!"王可犁着头皮。

"嗯!'沈姐,我恨你'——你真以为顾楠楠身边,有那么多'沈姐'?"

"不过,从你给的结论看,逻辑节点X与节点Z之间,缺的可是两个结论,两个逻辑环!你这跳跃,有点大!"

"其实也可以说是一环。只要死死抓住沈沛溪想报复蓝媚这个关键点就行。你不觉得它们很靠谱吗？"

"从沈沛溪的精神状态看，似乎很靠谱！"王可叹了口气，说，"如果事实真是那样……想不到！实在想不到！女人发起狠来，有那么多弯弯绕！"

"其实男人也一样！"

王可严肃地说："不过我提醒你，刚才你临时加的那场戏，说崔明虎手里有沈沛溪找他谈事的录音，那不合规矩！有崔明虎这个证人、证言，已经足够了！好在崔明虎那小子反应快……总之，以后注意点！"

"什么狗屁规矩？那是你们的规矩！"伊辉狡黠一笑，"老子又不是刑警，只是个该死的顾问。你不能那样做，你有编制的，兄弟！我可以。总之那很管用，不是吗？"

雷家明听了半天，终于明白了："你是说，沈沛溪和蓝媚，多年前就被嫖宿过？"

"是假设！"

"这样解释很合理啊！沈沛溪，这是打了一套七伤拳啊！把顾楠楠也推上那条路，让她堕落……等蓝媚将来知道真相，那还不得把沈沛溪吃了？"

"可惜顾楠楠死了。"

伊辉叹了口气。依据他的假设，顾楠楠要是活着，势必会在那条肮脏的路上，越滑越远，可她选择了自杀。他一时说不清，对顾楠楠来说，堕落跟死亡，到底哪个更好一些。

## 第十八章　并案

外面风雨大作，这注定不是一个寻常的夜晚。

天气如此之坏，队员们再加班毫无意义。江志鹏把大家打发走，一个人躲进办公室，酿愁酒。伊辉、王可、雷家明他们在忙些什么，他没心情知道，只要不违规，他懒得理。

分局里空空荡荡。

今晚，这个舞台属于年轻人。

时间差不多了。伊辉先返回审讯室。接下来要验证推演，他信心满满。

雷家明无法忍受对真相的渴望。

他叫王可取来钥匙，打开审讯室隔壁的观察室。

沈沛溪喝光所有的水，原本苍白的面孔，变得红润了一些。她呆呆地盯着墙角，好像没注意到有人进来。

"沈沛溪？"伊辉的声音温柔了许多。此刻，他有些可怜这个女人了。

沈沛溪没反应。

"当年，白玉城跟进李默琛租住的小区，发现了你们的好事。李默琛脖子上的草莓印，还记得吗？"

"哎！你怎么什么都知道？真是想不到啊！"

她无心探究对方的消息来源，用力叹了口气，嘴角不停地颤动。

"当年，白玉城没把那件事声张出去，你们应该庆幸！"

"哦？"沈沛溪的脖子没有一点儿力气，头往后仰了一下，又快速弹回、垂下，用眼白瞪着伊辉，"白玉城？他有那么好心？他只是没有亲眼所见，或者说来不及张扬！"

"也许吧！那事之后不久，他就背了个强奸罪名，被开除了。"

"你真以为是强奸？"沈沛溪嘿嘿地干笑了两下。

"我的想法不重要！"伊辉提高了音量，"当年李默琛手里有什么把柄，才致使你和蓝媚那样做？"

"你说呢？"

"我想，李默琛所凭借的，就是你和蓝媚陪宿的秘密吧？这一点，在刚才的假设中，我已经说过了。"

"接着说！"

"我说什么不重要。你和蓝媚是否从高一就出去陪宿，也跟我无关。但是顾楠楠死因不明，那你们的秘密，就非得扒一扒不可了！"

"随便！我无所谓！"沈沛溪忽然抬起头来，脖子上又有了力气，"快问吧！我什么都告诉你！不，我现在就说！"

观察室内，雷家明被沈沛溪的样子吓了一大跳。那个女人明显彻底崩溃了。她的神态告诉他，伊辉的推演是对的。

"我问，你说。"伊辉把控着节奏，没让对方自由发挥。

沈沛溪机械地点头。

"你的艾滋病多久了？"

"一……二，三！三年！"沈沛溪数了数手指头。

"怎么得的？"

"是蓝媚那个贱人！贱货！"她突然跳起来。

"李默琛当年凭什么控制你和蓝媚？"

"就是出去陪宿！有一段时间，李默琛母亲重病，来滨海住院，他经常在医院和学校之间往返。他走的路，路过我们高中。有天半夜，他从医院回去，无意中看到了接我们的车，而且记住了车牌号。"

"那是李默琛亲口对你们说的？"

"是的！他要挟我们陪他，在他需要的时候，不然就报警。当时我们还是年轻，怕得不行……其实，蓝媚最初去陪宿，是我拉下水的，想不到吧？她根本就是个贱人！我一劝，她就从了！而且越来越积极，简直是乐此不疲，根本没有廉耻之心！"

"为什么那样做？"

"为什么？还不是因为穷？因为所有人都看不起我们，把我们当成异类！"

"穷？穷孩子多了！"

"但是他们有父母！"沈沛溪无力地笑了笑，"那种心情，你永远不会明白！"

伊辉没点头也没摇头："现在想想看，还有必要那么做吗？"

"你说呢？我父亲，是个天生吃牢饭的！同学、家长，甚至老师，没一个人看得起我！同学都躲着我，远远的，直到蓝媚转去我们班，我才有了个同桌！你刚才提到白玉城，你可以去问他，那是什么滋味！他在一个月里，就换了九个同桌！他跟我一样，我们是一类人。我们，都是乌鸦！"

"乌鸦？"

"是的！乌鸦！你不会明白！"

"为什么把蓝媚拉下水？"

"她？她和我们不一样。她家本来条件不错，她父母死于车祸。她叔叔卖了她家的房子，收养了她，但没多久，就把她送到福利院。

225

后来，她被葛阿姨领养。她叔叔恨她母亲，更讨厌她是个赔钱货。在她叔叔那儿时，她连零花钱都没有。可她从小就大手大脚惯了，她受不了！她恨她叔，恨得要命！她多次亲口跟我说，希望那个男人出车祸死掉！她爱慕虚荣，是天生的婊子！对，天生的！我稍一鼓动，她就下水了！她陪睡！她吃药！为了钱，她无所不为！那个贱人，把我一辈子全毁了！当年得病的，应该是她！要不是因为她弄虚作假，我替她顶上，她能有现在的生活？她学的心理学，干得了翡翠宫的总经理？呸！还不是睡出来的！可我呢？你们看看！看啊！我现在……是个什么样子？天啊！我好恨！哪怕我毁不了她，也要把她那些丑事，全张扬出去！雷家明呢？大记者呢？"沈沛溪四处张望，"大记者，我给你提供最新鲜、最刺激的素材。你把蓝媚那个婊子，写到报纸上去！"

雷家明在隔壁全听到了。

他很震惊，嘴巴都合不上了。他想不到，在相对单纯的学生时代，蓝媚和沈沛溪却一点儿也不单纯。何止是不单纯？那些肮脏的交易，他根本想象不来。若不是他苦苦探寻顾楠楠跳楼事件的隐情，那些往事，只会安静地躺在当事人心里，绝不会被挖出来。

曾经，在白玉城的描述中，蓝媚和沈沛溪亲如一人。她们同吃同住，彼此鼓励，共同畅想未来的美好。雷家明能想象那些画面。可是当下，沈沛溪对蓝媚的憎恨，却如滔滔江水……

到底是生活改变了她们，还是她们背叛了生活？

他说不清，徒有一声叹息。

审讯室里，伊辉又问："那顾楠楠呢？怎么死的？"

"你是个聪明人，猜得一点儿都没错！"沈沛溪把伊辉的推演，概括成一个"猜"字，"楠楠是我害死的。那是我突然想到的主意，把楠楠拉下水，让她走上我们的老路，等她再也无法回头的时候，我就把实情告诉蓝媚。她待楠楠如同亲妹妹。到时候，你说她会不会被

226

气死？这个主意刚蹦出来时，我开心得要命！我明白一个道理，一个人内心的痛苦，远远大过身体的痛苦！我就是要让她痛苦一辈子！唉……可惜那孩子想不开，我完全没想到……我心里实在太……楠楠那样做，把我对蓝媚的报复，统统带走了！那真的……真的不是我想要的结果！"

"果然没错！"隔壁的雷家明，狠狠地捅了墙壁一拳。

"你怎么劝说顾楠楠下水？"

"唉！其实几句话就行了……"

沈沛溪什么都想说，唯独在顾楠楠这个茬上，吞吞吐吐，那是心理上的负罪感使然。

"描述一下。"伊辉让她缓了半分钟，再次发问。

"我妈，葛阿姨她查出乳腺癌，要花很多钱！我提到孝心……我说，人长大了，就要想法子挣钱，为母亲治病出一份力……这些年，葛阿姨其实很不容易，一共四个孩子……我了解楠楠，她是个好孩子……她……我……唉！"

此刻，沈沛溪心中充满了深深的矛盾。或许她后悔了，或许更多的是无奈。她到底什么心情，没人说得清。

"顾楠楠什么时候去的？"

"7月2日晚。"

"什么时候回家的？"

"7月4日上午。"

"你能否对自己的话负责？"

"当然！我现在精神很正常，一切都是真的！"沈沛溪一字一顿地说。

"最后一个问题，委托你办事的老板是谁？"

"是唐林清。"沈沛溪脱口而出。

"唐林清？"负责记录的王可重复了一遍，手里的笔跟着一抖。

"没错！6月28日晚，他去我家找我。当年找我们陪宿的也是他！你们别把事想复杂了。当年，我和蓝媚，其实就只有他一个客户。至于他是否还找过其他学生，我们就不清楚了。只是到了高二，他就再没找过我们。没想到这么多年过去，他又来找我。只不过，这次是找我帮忙。"

听到唐林清的名字，伊辉抖擞起精神。

"继续说，按时间线。"他急于深挖真相，来不及消化信息。

"6月29日中午，我找到崔明虎，让他帮忙。我知道，他这些年一直在西城混，认识不少混混，找个爱玩的女孩，不是难事。他那人，就认钱，效率很高，第二天就出去找人，晚上还给我打过电话，说暂时没有眉目。7月1日中午，我又找到他，告诉他，那事算了。"

"就是说，那时候，你已经想到了推顾楠楠下水的主意？"

"是的！只是，它不是一下子冒出来的。"

"什么意思？"

"7月1日早晨，唐林清给我打了个电话，问我事情办得怎么样。我说还没着落。他说事后不会亏待我，接着跟我开了个玩笑，说我与其费尽心思，不如让他把顾楠楠带走算了！他了解我的身世，知道我被葛春花收养，有个妹妹叫顾楠楠，当时刚初中毕业，完全符合要求。我当场痛骂了他！"

"哦？这么说，唐林清无心的玩笑，反而提醒了你？"

沈沛溪点点头："我的恶念，被他一句玩笑点燃了。我突然发现，对我来说，他的话反而很有意义：让他带走顾楠楠，不正是对蓝媚最好的报复吗？然后，那个想法就像毒蛇一样，搅扰得我左右为难，直到最后狠下心去……"

"唉！"伊辉觉得这很可悲，不知该如何评价眼前的女人。要是说句公道话，他只能说，沈沛溪实在太傻！

他抛开不快，思路再次明晰起来："当年，唐林清找你们陪的，都是什么人？"

沈沛溪没有细想，而是反问道："该说的都说了，别的都是废话！"

"如实回答，对你有好处！"

沈沛溪笑了："好处？我已经是半个死人，还在乎什么好处！"

伊辉一时语塞。

他眼珠一转，继而又道："你说得越细，我们就越了解蓝媚。唐林清死了，你知道吗？他要是还在，这件事爆出来，一样会受到相应的法律惩罚！同样，如果蓝媚在商业经营中，有违法乱纪行为，比如组织卖淫，我们一样会处理！"

话题扯到蓝媚身上，沈沛溪果然兴奋起来："行，你问。我提前告诉你，蓝媚那个酒店一定有问题，少不了卖淫，就是她组织的。你们去查就是！"

查处酒店卖淫不是刑警队的事，伊辉还是装模作样点了点头。

他重复刚才的问题："当年，唐林清找你们陪的，都是什么人？"

"每次都是两个人。一个是唐林清，另一个……"沈沛溪努力想了一会，说，"好像叫什么民？对，褚悦民。"

"褚悦民？"伊辉和王可同时喊出这个名字。

"是的！是个官，土地规划局副局长。"

"城建规划局。"

"都一样！开始不了解，后来才知道他名字。"

"只有他们两个？没有唐林义吗？唐林清的老板。"

"唐林义我当然知道。我和蓝媚毕业后，去翡翠宫上班，就是找他安排的。可他不好那一口，每次去，就只有唐林清和褚悦民。"

"你们去什么地方？"

"静山别墅。"

"哦？"伊辉又是一怔，忙问，"还有别的地方吗？"

沈沛溪摇头。

"这么说，顾楠楠去的也是静山别墅了！你认为她陪的人，是谁？"

"我不知道，唐林清也没说。"

"当年，他们给你们多少钱？"

"少则几千，多则上万。只不过……"

"只不过什么？"

"他们会拍视频，他们怕我们说出去。"

"用视频套牢你们，好法子！我想，顾楠楠之所以想不开，也跟视频有关，她担心视频传出去。"

"唉！别说了！"

伊辉和王可对望一眼，又问："你最早接触唐林清，是什么时候？"

"高一上半年。哪一年？哦，2009年元旦左右。"

"是唐林清亲自找你，还是他委托别人？"

"是他亲自找上我。"

"你们怎么认识的？"

"很简单的过程，他见我个子高，就叫住我说话。后来会等在学校外面，给我送些小礼物，还请我吃饭。慢慢熟了以后，才提出来那个要求……"

"过去这么多年，他这次为什么偏偏找你帮忙？"

"你问他去！"

伊辉一笑，给出了解释："当年你们有业务往来，这些年过去，你都没把实情说出去，他认为你值得信任。同时，他也不想让你之外的其他人知道他的癖好！这说明，自从你们之间断了联系，他这些年都没再找过新目标。跟你透个底，唐林清这次挺大方，给了顾楠楠至少14700。"

沈沛溪揉了揉眼睛。她眼圈红了。

她跟伊辉要了根烟。

点着后,她盯着蓝色的烟雾看了很久,才说:"其实你讲得不准确!唐林清事后,给了我一笔劳务费。他知道我的病,算是借那个由头,帮我一把吧!"

听她这么一说,伊辉完全明白了。看来唐林清考虑事情很全面,他找沈沛溪帮忙,绝非偶然。

房间里安静下来。

沈沛溪默默地抽完烟,突然说:"我再告诉你们个秘密。"

"哦?"

"也不算什么,跟楠楠的事无关。"她微微一笑,说,"是有关白玉城的。"

"白玉城?他有什么秘密?"伊辉摇了摇头,他对这个话题不感兴趣。

"他阳痿。"

"啥玩意儿?"伊辉愣住,不明白对方在说什么。

"是这么回事。最近,我无意中注意到好几次,白玉城跟蓝媚一块吃饭,还送过花,看过电影,他好像在追求蓝媚。我觉得很奇怪,非常奇怪。"

伊辉明白"奇怪"的意思。蓝媚当年设计陷害白玉城,逼他背负了强奸的名声,那件事的真相,白玉城一定早就想明白了。如此一来,他应该没有理由再去接近那个曾伤害过他的女人。

"你也觉得奇怪吧?"沈沛溪道,"我发现之后,琢磨了好几天,突然冒出来一个想法。我想,我可不可以跟白玉城发生关系,传染他,让他再把艾滋传染给蓝媚……"

这真是个恶毒的想法!伊辉听完,瞳孔不由得收缩了一下。

"我知道你会说我恶毒!"沈沛溪平和地说,"你想过吗?我要是真恶毒,早就去传染别人了!蓝媚一定有情人,我只需要把他找出来,勾引他上床就行!"

"可你之前并没那么做。"

"是的!那是因为,前面两年多时间,我的注意力都在自己病情上。我没有一日不恨她,可我终究还是太笨,没有早早想到那些法子。或者,你可以说我天生不适合做坏事!我是个心直口快的女人,简单了20多年……我真正的报复行动,始于唐林清来找我帮忙。那给了我灵感,导致我把楠楠推上那条路。楠楠死了之后,我就再也无所顾忌了!我要接着做,把能想到的恶毒法子,都用出来!"

"所以,你去勾引白玉城?"

"是!白玉城现在搞汽修,电话就刷在店面墙上。我买了张新电话卡,加了他微信号。知道吗?白玉城也是个寂寞的男人,非常寂寞!你想象不到的寂寞!聊了几天,我就约到了他。面对女人勾引,他其实一点儿也不高尚。这话,雷家明一定不喜欢听,他和白玉城是朋友嘛。其实吧,你们男人都一样!"

听了沈沛溪的话,伊辉很纳闷儿。在他的印象里,或者说,凭借雷家明描述白玉城的往事,他觉得,白玉城一定不是沈沛溪所说的那种男人。白玉城内心究竟什么样,他不了解。但是,他总觉得,白玉城跟一般人不一样。通常,他都会坚信自己的感觉。然而这次,他的自信渐渐被沈沛溪瓦解了。

沈沛溪悠悠地讲述:"我把他约到酒店房间。见面后,他当然想不到,约他的人会是我!我呢,也装作想不到会是他!他惊讶极了!我们都惊讶极了!他当时很尴尬,也很紧张,只顾喝水,没说太多话。其实,我早就在矿泉水瓶里下了壮阳药,而且量很足,我不信他喝下去,能撑得住……"

都是些什么事!太乱了!隔壁的雷家明越听越气。

"我料想得一点儿也没错！他喝下水后没多久，我轻轻一挑拨，就把他点燃了！接下去的事，顺理成章。然而，结果我却想象不到……"

伊辉沉默静听，并未打断对方。

沈沛溪停顿片刻，轻轻叹道："后来他突然从我怀里挣脱，说了一句话，一句事后想起来，连我都觉得很酷的话。他说——'对不起，我阳痿'——然后穿衣服走人！"

伊辉被对方的讲述晃到了，他苦笑了一下，说："确实是一句很酷的话，在那种情形下。那证明，他还是有理智的！"

"不！他不是装的。身体不会撒谎，他有反应。他肯定不想走，他应该只是无法完成……"

"哦！"伊辉想结束这个话题。

可是沈沛溪却不想结束："你们知道为什么吗？我早想到了。他之所以那样，是因为当年众目睽睽之下，被抓了奸，那给他的心理造成了巨大影响，反映到身体上面，就是所谓的阳痿。唉！说到底，他成为现在那副可怜样，也少不了我一份责任……"

"哦？"

伊辉再次专注起来。难道当年那件事，真给白玉城造成了心理疾病，甚至对身体功能造成了极大影响？他设身处地，把自己放到白玉城当年的位置上去，越想，越觉得沈沛溪所言极有道理。

"可是，当年设计白玉城那个鬼主意，是蓝媚出的！我和李默琛，都是去打配合的！明白了吗？她后来读心理学专业，那叫不浪费天赋！白玉城有今天，归根结底，还是拜她所赐！我也一样！我还是下手太晚！要是早点想出法子对付她就好了，哪怕提前半年也好！那样一来，楠楠也许就不会……"

听到这里，伊辉又怔住。他原本一直以为，当年设计白玉城的始作俑者应该是李默琛才对，想不到竟会是蓝媚！

233

沈沛溪突然提高音量："我恨你们！你们不该现在把我弄进来！我已经查到蓝媚的一个老情人！我正准备下手勾引他……我一定能搞定他！传染他！你们把我的希望，毁掉了！"

"哦？你勾引白玉城失败，又有了新目标？是谁？"

"唐林海！"

"唐林海？"

"唐林义的大哥。他对学生妹没兴趣，他喜欢熟女。他和蓝媚肯定不是一天两天了，我刚盯上他。"

"打消念头，别再错下去！"伊辉摇了摇头，叹道，"还好我们把你弄进来。"

沈沛溪再次垂下头去。她知道自己没机会了。

也许自从顾楠楠出事，她就盼着这一天。她早对生活失去希望，所有恶念，只是充满矛盾的徒劳挣扎。她本是个简单的女人，本质不算坏，不该面对、更无法面对这复杂的一切。她的生命里只有嘲笑、病痛、憎恶，以及悔恨，不能向任何人诉说，她孤独极了。

伊辉不是个很感性的人，可他还是能捋清沈沛溪内心情感的变化。

知道自己染上绝症后，她一定经历过深深的恐惧和自责，进而才是对蓝媚的恨意。首先，她会把全部精力用来关注自己的病情，希望奇迹尽快到来。可是随着病情日渐加重，希望会渐渐转为绝望。那时，她的报复之心才真正苏醒。唐林清找她帮忙找学生妹时，恰恰就是其报复之心醒来的时候。

她想伤害蓝媚。可她跟大多数人一样无能，能够伤害的，仅仅是跟自己关系亲近的人。顾楠楠算一个，白玉城也算一个。当她最初的报复行为全都失败，才想到扩大视野，进而去发掘蓝媚的情人。这时候，真正的报复才刚刚开始。好在，她才刚刚开始，一切就已结束。她还没来得及接触唐林海，蓝媚也就安然无恙。

她内心情感的变化，是个循序渐进的过程：就像从一叶知秋，一步步走向寒冬，只是前方不会有春天……

这时雷家明敲了敲门，探进头来，手里提着四份外卖。那是他进观察室之前叫的，现在刚刚送到。

伊辉一时想不出其他问题，便结束了询问。

他把饭盒交给沈沛溪，温和地说："吃吧！不过，你暂时回不去了，教唆未成年人卖淫，是要负责任的！"

沈沛溪望着伊辉，轻轻摇了摇头，眼里突然散发出柔和的光。

也许她早有心理准备，可伊辉还是不明白她摇头是什么意思。他只是忽然发现，即便得了那么可怕的病，沈沛溪还是很漂亮。

办公室内，调查小队边吃边聊。

雷家明最是感慨，不停长吁短叹。

他想不到，因为自己的执着，挖出来这么一个匪夷所思的故事。他知道，沈沛溪之所以说出内情，不是缘于伊辉那个瞎猫碰上死耗子式的推演过程，而是因为沈沛溪的彻底绝望，以及对顾楠楠之死的深深内疚。当然，他还知道，伊辉绝不会承认自己是"瞎猫"。

"快吃！吃完赶紧回家写报道。顾楠楠之死的隐情足够精彩，而且没有需要和谐的内容，不用请示领导。这回，你小子该上头条了！"王可调侃雷家明。

"无知！不是精彩，是悲哀！"雷家明鄙夷地瞪了王可一眼，"我当然会写，但沈沛溪的故事不是重点，重点是她为什么会走上那条路！她说她和白玉城一样，都是乌鸦。乌鸦是什么东西？受人待见吗？你愿意像那些黑不溜秋的破鸟那样，活着吗？他们愿意吗？然而他们自己，接受那么个身份。为什么……"

"文化人，就你能！你会弹琴，可是这儿没有牛啊！"

王可不搭理雷家明了。

伊辉默默吃光所有食物，一颗米粒都不剩，那是他的习惯。

吃完饭，他抹抹嘴，说："顾楠楠的事，还没翻篇，她给我们正在办的案子，提供了新的可能性。"

"你是说唐林清和褚悦民？"王可认真起来。

伊辉点点头："这事必须向江队汇报。"

说走就走，他们拿上笔录去找江志鹏，把雷家明扔在办公室。

"你俩上发条了？大半夜的，能不能让老子清静点？"

江志鹏躺在沙发上，手边放着一份新打印的材料。他喘着粗气，对突然闯进门的两位"革命小将"很不满。

材料封面有标题："杜忠奎交通肇事案卷（2008年3月）"。

今天中午，伊辉委托江志鹏帮忙，找杜忠奎入狱前的案卷，他以为江志鹏只是随口答应，没想到这么快就把东西弄来了。他拿起来看了一眼，然后把它卷成筒状，塞进裤袋。

"头儿！有情况！"王可大声汇报。

"有屁憋着，明天放！"江志鹏连眼皮都没抬。

王可挠了挠头，尝试以最简练的语言，讲明白怎么回事："有个叫顾楠楠的女孩自杀了。我们查到，是一个叫沈沛溪的女人，唆使她去陪宿。沈沛溪有个姐妹叫蓝媚。沈沛溪交代，高一时，她和蓝媚就一起陪宿。她们只有一笔固定业务，陪两个人，一个叫唐林清，一个叫褚悦民。高二后，她们跟客户联系中断。今年6月28日晚，唐林清再次找到沈沛溪，让她帮忙介绍一个女学生，最好是高一的，处女。结果，沈沛溪把初三毕业的顾楠楠拉下水，还被拍了视频。7月7日凌晨，顾楠楠因心理压力，跳楼自杀。7月9日，顾楠楠母亲葛春花喝农药自杀……沈沛溪有艾滋病，她想报仇，那和蓝媚有直接关系，中间牵扯可乐、豆腐乳汤汁、忘记打扫卫生的服务员、几只蚂蚁，以及一个法国黑人……还有白玉城，他跟踪发现过别人的奸情，也被别人抓过奸，他因心理问题导致阳痿……还有唐林海，他是蓝媚的情人，他被沈沛溪盯上了……还有崔明虎和金大圣……"

"啥玩意儿？"江志鹏从沙发上弹起。

一段复杂的故事。王可发挥发挥最高水平，还是讲得乱七八糟。

听到"黑人，蚂蚁，阳痿"什么的，江队本想骂人，可他听清了两个关键词：唐林清、褚悦民。

要简洁明了说清事情全过程，实在太难为王可。

他擦了擦汗，赶紧把笔录递过去。

"人物关系，事件背景，起因，过程，结果，都在里面。"

江志鹏拿起笔录，边走边看。很快，他站住不动了。

他前后看了三遍，才把笔录放下，脸色看起来异常凝重。笔录中涉及的人，人与人之间的恩怨，他统统不关注。他只关注那两个名字。

他想不到，眼前这两个小子折腾半天，竟给他送来如此惊喜。

他更想不到，那份惊喜的源头，就藏在公共办公室的警情简报里。那些简报，就挂在墙上，到一定时间就取下封存，再挂上一批新的，从来没人去研究它们，更没人从中发现什么重大线索。

伊辉和王可安静地盯着江队长，知道他有话要说。

"真是没想到啊！'711'案褚悦民，'827'案唐林清，他们在这里头重合了！"江志鹏曲起指节，有节奏地敲着笔录。

他的意思再明显不过：唐林清和褚悦民，多年前先嫖宿沈沛溪，而后，沈沛溪又把蓝媚拉下水。多年过去，今年6月28日，唐林清再次找到沈沛溪，让她帮忙找个女学生，并以此为由头，给了沈沛溪一笔钱治病。结果，沈沛溪让唐林清带走了顾楠楠。那么，这一次嫖宿事件，褚悦民有没有参与？从褚悦民生前的活动轨迹看，答案再明显不过。

6月27日，褚悦民出狱。江志鹏上次询问唐林义时，唐林义曾说，褚悦民一出来，就联系过唐林清。7月2日中午，褚悦民前往静山别墅。用唐林义的话说，那次是给褚悦民设宴接风。7月4日上午，褚悦民回家。

顾楠楠的行踪更清晰。7月2日晚去静山别墅，7月4日上午返回，接送人都是唐林清。

褚悦民和顾楠楠，两条本不相干的时间线，在此得以重合。

显然，唐林义上次接受讯问时，撒谎了。

江志鹏很激动，点了三次火，才把烟点上。

他拍着伊辉和王可的肩头，赞许道："很棒！天大的意外，天大的收获！'711'案和'827'案的杀人动机，就在这儿！"

"顾楠楠和葛春花的死？"

"对！"江志鹏兴奋地说，"王可啊，你他娘是员福将啊！先是给我送来伊辉，接着又给我弄出这么大惊喜！"

王可嘿嘿一笑，提了雷家明一嘴："没有雷公子，结果不会这么快出来。"

"虎父无犬子嘛！"江志鹏连局长也夸了。

伊辉插言："顾楠楠自杀事件，跟唐林清、褚悦民关联紧密，实属意外。但就此认定'711'案、'827'案的杀人动机，是不是有些草率？"

"这不明摆着吗？"江志鹏把伊辉按坐在沙发上，"顾楠楠是不是被唐林清、褚悦民嫖宿了？葛春花母女的死，是不是因为嫖宿事件？那么，褚悦民、唐林清先后被杀，为什么？有人在给葛春花母女报仇啊！因果关系如此分明！还能有别的原因？"

王可说："可是，顾楠楠的死，跟沈沛溪也脱不开关系。那凶手要杀的人，岂不是包括沈沛溪？"

江志鹏说："应该包括。可是沈沛溪身患绝症，还有杀的必要？在凶手看来，那个病，就是对她最好的折磨。"

"这就是说，凶手知晓顾楠楠事件的所有前因后果。"王可说了句废话。

伊辉说："因果关系很清晰，只不过跟案情相比较，又似乎有些矛盾！"

江志鹏一瞪眼："什么意思？"

"比如'827'爆炸案，唐林清被害，存在一定随机性。具体分析起来，包括多种可能。"

伊辉成为顾问前，经由王可提交的分析报告，此刻仍躺在江志鹏办公桌上。

江志鹏翻开来看了看。

那段话是这么说的——

关于"827"爆炸案，表面看，唐林清是唐林义的替死鬼，实则不一定。准确地说，凶手目标不一定是唐林义，但唐林清必然在其计划之内。

分析如下：

唐林清作为秘书，习惯早去公司，先打卡后吃饭。凶手既然了解唐林义养鱼的癖好，还知道他上周五新买了海缸，那么，凶手会不了解唐林清早起的习惯吗？如果凶手要杀唐林义，却因为不了解唐林请，只杀了个替死鬼，那等同于行动失败。

但是，以上逻辑分析，并不能涵盖所有可能。

比如，如果8月27日早晨，唐林清到公司后，不去唐林义办公室呢？如果他打完卡，直接去吃早饭，或者他上楼时遇到什么人，转而去了别人办公室呢？事情存在广泛的可能，谁也无法预料唐林清的行动轨迹，凶手同样不能。

然而重点不在这里。重点是，作为唐林义心腹，唐林清有唐林义的办公室钥匙，他随时可以进去。所以概括起来，有且仅有三个可能的场景。

唐林义到公司，单独进办公室。

唐林义到公司后，唐林清同他一起进入办公室。

再就是案发时的情况，唐秘书一早单独进了唐总办公室。

这三个场景全都客观、合理，凶手亦应提前想到。此三种场景，不管哪一种，一点儿火星就能点燃氢气，所以惨案必然发生。

从概率上看，此三种情况中，唐林清进办公室的概率为三分之二，而唐林义进入办公室的概率，同样为三分之二，所以，唐林义、唐林清，被害概率是均等的。

如果做成数学模型，那么除了概率，还应考虑实际情况。比如作为老总，唐林义去办公室的时间，有没有一定的习惯，有没有很早去公司的必要。而唐林清的习惯就偏明显，他习惯早起打卡，他帮唐林义处理日常琐事，还习惯整理办公室。把这些因素考虑进去，那么，唐林清的被害概率，就大于唐林义。

但是，换个角度，凶手以身犯险，不管其目标是谁，又岂能坐视自己的计划，只有三分之二，或稍高于三分之二的成功率？

这些内容，王可在伊辉宿舍听过。江志鹏和雷局长也早看过多遍。现在再拿出来看，它的意义，似乎又不同了。

江志鹏性格略显急躁，但并不草率。

他逐字看完后才说："并不矛盾嘛！唐林清被害的概率大多了！"

"可是，不能因为顾楠楠的死，就草率排除掉唐林义吧？没有顾楠楠事件时，大家有过共识，都不排除唐林义也是凶手的目标啊……"

"彼一时，此一时！你的分析非常全面，但最终，还要以结果为导向嘛！那样才能排除掉纷繁芜杂的可能，让案情明朗起来嘛！"

因果已经清晰，凶手动机明确，江志鹏不想再等，叫王可通知全队开会。很快，所有警员顶着风雨赶回分局。

经过一个多小时激烈谈论，江志鹏连夜宣布："711"褚悦民被害案，"827"爆炸案，并案。

# 第十九章　审讯、仙人掌的刺

天终于亮了,然而风雨并未变小。

对西城分局的人来说,今天是忙碌的一天。

雷家明在雷霆宿舍睡得正香,被伊辉和王可敲门惊醒。

进屋后,王可告诉他,经谨慎分析,"711"案和"827"案已经并案。江志鹏把苗力伟和白玉城纳入嫌疑人范围。

白玉城的个人情况,是伊辉和王可提供的,那让江志鹏对嫌疑人的论证更为充分。

苗力伟是葛春花养子,有理由为顾楠楠母女报仇;白玉城跟葛春花没有亲属关系,但葛家却有恩于他。白玉城爷爷、奶奶的丧葬事宜,都是葛春花一手操办,白玉城奶奶去世前治病的钱,也是葛春花出的。就连白玉城本人当年因病住进ICU,欠下48000多元,也是葛春花买单。此外,白玉城曾被虎子等人敲了一笔竹杠,共计6000元,当时白玉城走投无路,还是求助于葛春花。对白玉城来说,葛春花的所作所为,并不亚于亲生母亲。

雷家明沉默。他看得出,这个结论一点儿毛病也没有。顾楠楠的事,他比谁也上心,现在出来这么个结果,他只能接受。

江志鹏跟雷霆做了最新的案情汇报，雷霆大喜。他叫江志鹏暂停对杜忠奎的抓捕，先把"711"案和"827"案拿下。

江志鹏信心满满，行动立即展开。

他先派人找到唐林清的车，顺利地从车内提取到三根长头发。加急检验午后完成，结果令人振奋：头发的DNA序列，跟顾楠楠完全一致。对本案来说，这是第二项固定物证。第一项，是伊辉从化工厂提取的两颗钢珠。

上午8时，江志鹏亲自问询唐林义，这也是他们第二次交锋。伊辉负责记录，这是他第一次正面接触唐林义。

"唐总，这么快又见面了，意外吗？"

唐林义眉头紧皱，语气有些焦急："江队长，有问题尽管问，一定配合。但是最好快点！你也看见了，这风雨正紧。市里要求，厂矿企业领导务必坚守岗位，靠前指挥，切实做好防风防暴雨各项工作，马虎不得啊！"

江志鹏点点头，说："请你来，就是希望你再好好回忆一下，7月2日晚至7月4日上午，褚悦民在你的静山别墅，到底干了什么！"

唐林义心中一凛，立时警觉起来：这一大早又问这个，莫非出事了？

他咳嗽了一声，脸上却未表现出任何异常："我上次说得还不够清楚？有什么问题吗？"

江志鹏异常严肃，静待对方回答。

唐林义感觉到了，今天的气氛，跟上次截然不同。

他微微低头，沉默了半分钟，突然抬头说："对不起，上次我撒谎了。"

"哦？"江志鹏抱起双臂，饶有兴趣地盯着对方。

"那天不只是请客吃饭，褚悦民还让唐林清给他办了一件事。"

"详细说！"

唐林义的话含糊其词,意在试探对方,判断形势,只说"褚悦民还让唐林清给他办了一件事",却没说到底办了什么事。当他听到"详细说"三个字,就知道自己判断对了。接下来的话,再无半点犹豫。

"褚悦民坐牢,七年不沾'荤腥',一出来就联系了唐林清。他说憋坏了,想要学生妹,他就好那口。"

"上次,你可不是这么说的!"

"我错了!"

"你蓄意隐瞒!"

"是!但我从未参与。就好比我知道美帝侵略利比亚,我也没参与一样。"

"扯淡!"江志鹏忍不住骂起来,"那能一样?褚悦民和唐林清,那是嫖宿未成年少女,用的可是你的别墅!"

唐林义反驳:"未成年也不是幼女,是高一学生,十五六了!而且两厢情愿!"

江志鹏忽然问:"唐林清,他为什么那么听褚悦民的话?"

唐林义苦笑道:"他是为了公司……"

"呵呵!公司?"江志鹏冷笑,"好一个没参与!"

"他也好那口!"唐林义解释,"他帮褚悦民找女学生,无非是还个人情。他明确告诉老褚了,那是最后一次!"

"最后一次?7月11日午后,褚悦民又去别墅干什么?他能干什么?"

"那次是他先斩后奏,去别墅前,以及去别墅路上,一直给唐林清打电话,说那天他生日,还想再来一次'套餐',唐林清没答应!只是没想到,唐林清赶过去时,他却出事死在车里!"

"还褚悦民什么人情?"

"就是十几年前,东厂的用地问题。当时东厂没这么大,前面还有个小厂。那个厂子搬迁后,在褚悦民帮助下,我才得以扩大了厂区。就这么点事。"

"就这点事?"

"对!"

"据我所知,褚悦民的嫖宿史,至少10年了!"

"是!那时候的学生妹,也是唐林清帮他找的。他开口就要初中生,说越嫩越好。为了安全,唐林清呢,就找高一的应付他。要不说当官的贪呢,他坐牢出来,还想着那口。哦,不是说全部当官的,就说褚悦民。"

"那个女学生自杀了!知道吗?"江志鹏突然用力拍桌子,"你还笑得出来?"

"自杀?"

唐林义通过崔明虎,早就得知顾楠楠死了,可他还是做出一副吃惊的样子来。

江志鹏紧盯着他。

"唉!"唐林义叹道,"不管10年前,还是现在,事呢,都是林清办的。他不光是办公室主任,也兼着副总。我从不插手,也就知情而已。"

"你倒甩得干净!"

"事实如此!你们随便查!"唐林义摊了摊手。

"上次你为什么撒谎?"

"我也顾及公司名誉啊……"

"给女学生拍的视频呢?"

"还在,仅有一份。10年前那些早没了。"

从掌握的事实看,嫖宿女学生的当事人,的确只有褚悦民和唐林清。从法理上说,唐林义就算有责任,也不会太大。江志鹏看了看表,决定暂时把唐林义放回去,同时派王可带队,去别墅取证。

这时,伊辉突然插嘴,问了个非常奇怪的问题:"唐总,唐林清被杀那天早上,你在干什么?"

"啥?"

唐林义愣住。他没见过伊辉,以为自己听错了。他觉得那个问题,跟江志鹏的话题全不相干,拐的弯儿太大。

"8月27日早晨,你上班之前。"伊辉提醒他。

"上班之前?"唐林义蹙眉琢磨片刻,释然道,"那能干吗?吃饭呗……"

"8月26日晚,你住哪儿?"

这是个很"旧"的问题,唐林清案刚出来时就该提。可惜伊辉那时还不是顾问,而警方最初对相关人物的笔录中,并没记录这个点。后来江志鹏第一次见唐林义时,对笔录做过补充,但不详尽。

"哦!26日晚,我住市区。"

"没在静山别墅?"

"没有。案发前,我跟孩子去了趟海南,26日晚到家的。别墅我不常去。"

"从你家到公司,多长时间?"

"大概半小时吧。路况好,还能快点。"

"那天你几点出门?"

唐林义想了想:"8点15。"

"平时你每周一都去公司?"

"不一定。那不是新买了个海缸吗?"说到此处,唐林义叹了一口气,"没想到那玩意儿,把林清害死了!我实在想不出,他跟什么人有仇……"

唐林义这几句话,在警方笔录中倒是早有记录。

"平时去公司,一般几点出门?"

"8点。"

"每次都8点？"

"算是个习惯。"

"平时8点出门，那天为什么8点15？"

唐林义皱眉。

"仔细想想，除了吃饭，还有没有其他事？"

"没了。那天我大概8点45到公司。这一点，你们江队长早就问过了。"

伊辉扭头看了看江志鹏，这些细节，以前他不知道。

在这几个小问题上绕来绕去，唐林义有些不耐烦。他点上烟看了看伊辉，见对方很认真地盯着他，只好凝神回忆。

半支烟过后，他弹了弹烟灰："哦，想起来了。我出门前接了个电话，耽误了一会儿。"

"接了个电话？谁打的？"

"李默琛，公司财务总监。"

"电话内容呢？"

"这……"唐林义丢掉烟头，"那天不是周一吗？李默琛打电话，问我要不要开会，不开会的话，他要回家办点事。我说可能开个小会，内容跟他没关系。后来，他又跟我聊了一些工作上的事，主要是香港贸易公司的事情，那边也是他负责的。"

"电话聊了15分钟？"

"差不多。后来走到半路，厂里又打来电话，说发生了爆炸……就这么回事。"

竟然有这么个小插曲！

伊辉暗自琢磨，唐林义习惯8点出门，就算8点30到公司，也已经躲过一劫，因为那时爆炸已经发生了，更何况出门前，还接了个工作电话，聊了足足15分钟！整体上看，"827"爆炸案，的确是概率性谋杀，唐林义和唐林清都有被炸死的可能，可实际上存在诸多变数，那

247

使得唐林清的死,几近于必然……

江志鹏安静地坐在一旁。

他知道伊辉的想法,明白那是在还原细节,缩小概率,让案情更直白。他很欣赏对方的提问方式,比他问得更细。但他并不认为那些细节能给具体侦破工作带来什么帮助……

唐林义的别墅,有两个卧室新做了装修,上次崔明虎去的时候,就被呛得不行。唐林义最近一直住在那里,院子里还新添了三条大狼狗。

王可跟着唐林义来到别墅,拿褚悦民嫖宿女学生的视频。

他一看就知道,新装修的卧室,一定就是以前嫖宿女学生的地方。

唐林义承认王可猜对了。

他今天心情很好,好极了……

上午9时,伊辉对李默琛展开问询。这是江志鹏的要求,他要把顾楠楠自杀事件所有相关人员都调查一遍,把事实固定住。

这是李默琛第二次跟伊辉见面。他戴着墨镜,上身穿黑色T恤,下身穿一条明黄色休闲裤,看起来干练帅气。

他一见到伊辉,就想起来了:"哟!我们见过,上次是在东厂五楼办公室。"

伊辉藏起对李默琛的厌恶,单刀直入:"当年,你租房跟蓝媚、沈沛溪做过一些有趣的事,还记得吗?"

"哦?不明白你说什么!"

"你以为藏得住?"伊辉冷笑,"沈沛溪自己交代了!"

"沈沛溪?"李默琛愣了片刻,扬起眉毛,"你们怎么才知道啊?"

"你他妈很骄傲?"伊辉审讯经验不足,很快忍不住了,话里带了情绪。

"那有什么问题吗？"李默琛挺直身子，对视着伊辉，"本质跟师生恋类似。当时，她俩都16了，不是小孩了。一场游戏而已，两厢情愿。哦，三厢！"

"你不用解释，她们当年没起诉你，现在也没人起诉你！"

"那还问什么？"

"但是你也别得意！你种下的因，它的果还没来到！"

"哦！请问警官，还有事吗？"

"当年，你握着她们什么把柄？"

"我想知道，这是审讯，还是问询？"

"后者。"伊辉轻哼一声。

"我很愿意配合！"李默琛微笑，"那俩丫头当年有生意，嫖宿生意，被我意外发现了，就这么简单。"

"她们的客户是谁？"

"那不知道，也不关我事。"

"于是你就胁迫她们？"

"我道德层面不及格，所以主动辞职不做老师；事实层面的话，也许跟当年，我没收的黄色漫画有关。有时候本能的事，做老师的也把控不住，更何况学生？所以，我坚决支持政府的扫黄事业。"

伊辉一时无语，他没碰到过这种人。

"我这人一向直接，从不绕弯弯！那么，还有别的问题吗？"

"少废话！在校任职期间，跟未成年女生发生性关系，你走不了了！"

"少来！"李默琛摘下墨镜，"我可没说过胁迫她们，是她们自愿的。而且，第一次，是她们把我灌醉，送我回宿舍，主动脱我衣服。当年那些细节，你们最好先调查清楚。"

伊辉语塞。

"陈年旧事，浪费时间。办点正事吧，你们！"

伊辉咽下一个脏字,把笔录交给李默琛确认。他知道,江志鹏没心情纠缠那些陈芝麻烂谷子。

李默琛一个字没看,起身离开。

"操!"伊辉吐出那个字。

上午9时50分,蓝媚来到西城分局。作为顾楠楠名义上的家属,她有权知道顾楠楠自杀事件真相。得知一切都是沈沛溪所为,她异常悲伤,很快就承认了当年跟沈沛溪所做的一切。如此一来,沈沛溪的供述被验证完毕,再无疑问。

上午10点半,白玉城被带到分局。

他还是穿着牛仔裤,戴着棒球帽,走起路来,步伐异常轻快。他的打扮,能让人轻易联想到阳光和海滩。那是个温暖的场景,跟他的表情并不匹配。他的脸看上去异常冰冷,冰冷而孤独。

江志鹏亲自问询,伊辉旁观,王可记录。

白玉城看起来非常平静,进房间前,他注意到了门上的审讯标志牌,但没有表示任何疑问。

江志鹏斟酌了一会儿,才说:"白玉城,顾楠楠母女自杀。你知道吗?"

白玉城点头。

"我们已查实,顾楠楠自杀的直接原因,是褚悦民和唐林清二人,对其进行了性侵,前提是双方自愿。该事件导致的结果是,唐、褚两人皆被杀害。现在,我们有充分理由,怀疑你跟上述两人的被害案有关!"江志鹏有意把"怀疑"二字加重。

"理由。"白玉城看起来不太想开口。

"葛春花对你爷爷、奶奶,及你本人,都有莫大恩惠。你有帮葛春花母女复仇的动机!"

"仅限于此?"

江志鹏微微愣了一下。他们对白玉城的怀疑,的确仅限于此。此刻面对怀疑对象，它听起来，似乎远不是那么充分。

"我问你，7月11日下午1点至5点，你在哪儿？"

"不知道。"

"不知道？"

"过去太久，记不住。"

江志鹏点上烟，往椅背上一靠，说："仔细想！咱们有的是时间！"

"我没时间！"白玉城说，"拿我手机看看吧！哪天有重要的事，我会在日历做标注。如果日历上有，那就能想起来；如果没有，那不好办！"

王可从白玉城手里接过手机，打开日历快速翻看，很快找到7月11日。

他一看傻眼了，那儿有个标记：陪蓝媚吃饭、逛街。

江志鹏看了一眼，把手机还给白玉城，紧接着问："详细说说过程。"

"12点多吃饭，在柠檬西餐厅，饭后陪她去静山散心。"

"去静山？那天你在静山？"

江志鹏兴奋起来。他对白玉城的怀疑，越来越大。

"葛春花是7月10日火化的。蓝媚心情很差，我带她去了静山。"

"褚悦民就死在唐林义的静山别墅！"江志鹏提高音量。

"那跟我有什么关系？我和蓝媚一直在一起！"

"你确定？"

跟大多数刑警一样，审人时，他也爱用这句话。他觉得这三个字，很有力。

可惜，白玉城对那三个字毫无反应。他旁若无人地站起来，径直走向门口。

"去哪儿？站住！"

看对方要离开，江志鹏一下子失去了节奏。

"我已经给出了不在场证明！下次再有这种情况，你们最好拿出证据！"

江志鹏强忍不快，急问："8月24日，周五晚，你在哪儿？"

"在家睡觉！睡觉前，一直跟冯仁兴下棋！别反问，还是那句话，要问，拿证据！"

白玉城说完就走，对江志鹏的怒视完全忽略。

江志鹏在原地站了两三分钟。他不想放白玉城走，可是人家说的一点儿都没错，他没有证据。再说，对方还给出了不在现场的人证。这种情形下，他所持的怀疑，瞬间变得苍白无力。

不行！他回过神，叫王可带蓝媚进来。

蓝媚第二次进审讯室，脸上充满疑惑。

"核实一个情况！"江志鹏还算客气，"7月11日下午，你在哪儿？"

"7月11日？"蓝媚一时没想起来。

"就是葛春花火化的第二天！"

"哦！我那天心情很差，刚好白玉城约我吃饭。饭后，他陪我去了静山。"

"整个下午，你们一直在一起？"

"应该是吧！"

"他中间有没有离开过你？比如去买水、买烟，上厕所之类。"

"好像有吧，记不清了！我在山下也上过厕所，那算不算？"

"细节一会儿再说！"江志鹏坐正身子，"谁能证明你们去过静山？"

"啊？"蓝媚觉得这问题有点好笑，"那该怎么证明？门票？早丢了！山门前有监控的……那事很重要吗？"

252

江志鹏心说，景区监控有屁用，时隔日久，早覆盖了。

他摸了摸眼角，说："顾楠楠自杀的前因后果，已经告诉你了。唐林清被炸死的事情，你一定也听说了。实话告诉你，褚悦民也死了，死于谋杀。死亡时间，是7月11日下午。地点，就在静山旁的别墅群！"

"褚悦民出事不是意外吗？唐林清告诉我的。你怀疑白玉城？"

"对！"

"不可能！"

江志鹏轻轻哼了一声，问："你们怎么去的静山？"

"开车，我的车。"

说到这儿，蓝媚突然想到什么，她拿出手机翻了一会儿，找出几张照片。

照片的背景，就在静山山道上，其中五张是蓝媚单人照，余下一张，是蓝媚和白玉城的大头合影。

江志鹏仅关注那张合影。

他点开相册右下角的详细信息看了看，瞬间傻眼了。合影是7月11日下午3:31拍的。他记得很清楚，褚悦民的车，7月11日下午2:30到达目的地，而后车门开合了两次。第一次是代驾离开后不久，开合之间相隔10秒，第二次车门关上的时间点，刚好是下午3:30，车门开合之间，相隔4分30秒。

合影照的拍摄时间，是下午3:31，车子第二次关门的时间是下午3:30，这就出现了矛盾。如果是白玉城作案，时间根本对不上，除非他会瞬移，能在一分钟内，从静山别墅，闪现到山道上拍照。

怎么会这样呢？难怪白玉城那么嚣张。

蓝媚离开后，江志鹏背对伊辉、王可，不停地搓着下颌，只差那句台词："元芳，你怎么看？"

调查很不顺利，出乎他的意料。他用力抿着嘴唇，不想被下属看到。

等到脸上的沮丧慢慢褪去，他才转过身子。

现在下结论还太早，伊辉什么也没说，溜到外面抽烟去了。

午后，江志鹏按照计划，叫人把苗力伟带到审讯室。

"什么？糟蹋我妹的两个畜生都死了？"

从江志鹏嘴里听到这个消息，苗力伟毫不掩饰内心的激动。

"知道为什么请你来吧？"

"你们怀疑我？"苗力伟回过味来。

"7月11日下午，你在哪儿？"

"7月11日？"

"葛春花火化的第二天。"

苗力伟抱臂靠向椅背："在静山。"

"什么？你在静山？"江志鹏一惊，差点说成"你也在静山"。

"怎么？"

"你小子倒还坦诚！"江志鹏轻轻拍了下桌子，"褚悦民就死在静山别墅，所以……"

"所以什么？把话说完啊！"苗力伟一笑，紧接着止住笑容，"怀疑我杀人？有证据吗？据我所知，警察问话只能陈述事实。你刚才的问话，却带有明显的指向性！江警官，你当差多久了？不像新人啊！"

"你……"江志鹏被噎住了。他干刑警多年，什么样的人没见过？审问的规矩，他自然清楚，可实际操作起来是另一回事。比刚才更操蛋的话他也说过，也没见有人质疑他。这次倒好，话一开口，就被人拿来说事了。

他咳嗽一声掩饰尴尬，很快又摆出严肃的样子："你去静山干什么？"

"给我妈买墓地。"

苗力伟所言属实。静山南边3公里处有片墓地，叫静山公墓。7月9日下午，他把顾楠楠埋在了那里。7月11日，他又去给葛春花买墓地。

"有人证明吗？"

"钱是蓝媚出的，事是我办的，公墓的人能证明。还有沈沛溪，她跟我一起。"

"什么？沈沛溪也去了？"

苗力伟哼了一声，懒得说了。

江志鹏稳住心神，又抛出了"827"案："8月24日，周五晚上，你在哪儿？"

"忘了。要么喝酒，要么睡觉。"

苗力伟倒没白玉城那么急，话说完，自顾自抽起烟来。

屋内气氛僵住。

江志鹏咬着后槽牙挥了挥手，叫苗力伟滚蛋。

"头儿？"王可打破沉默。

江志鹏没反应。

伊辉拖动椅子，坐到江志鹏对面。

江志鹏微微摇头，看起来很是深沉："难道并案有问题？"

伊辉说："褚悦民和唐林清并案，逻辑没问题。昨晚我不是反对并案，是讨论'827'案，唐林义也是凶手目标。"

"并案逻辑没问题，可是，白玉城和苗力伟都有证人……"

"有证人怎么了？证人也可能撒谎。"

"你是说蓝媚和沈沛溪？"

"照片时间戳很容易改的；关于苗力伟，沈沛溪那边也还没求证。"

"时间戳能改，我知道，那玩意儿能瞒谁？"江志鹏转身对王可说，"去把蓝媚那些照片要来，发到技术科。"

王可走后,江志鹏叹道:"反差太大,憋闷。我本来以为掌握了凶手动机,查起来不难……你得理解我,后面还有个碎尸案呢。我他妈真的头大!"

"理解!"伊辉用力拍了拍江队肩膀,"现在他们四人,是两两证明。说别的都没用,只能一一查证。案子卡住,没别的原因,就是信息量不够。"

"我明白!"江志鹏虚心探问,"'711'案,如果白玉城和苗力伟都是清白的,接下来你怎么看?"

"你是队长,你先说。"

江志鹏苦笑:"我不接受那个如果……我觉得他俩肯定有问题,只是不确定谁有问题!"

"江队,你太害怕失败了!"

江志鹏沉默。伊辉说对了一半,他是害怕失败,但那是缘于他肩上的责任。对刑警来说,耻辱与荣誉,天差地别。相比破不了案,他更愿意接受来自日常生活的失败。

伊辉不想解读队长的内心。他看出来了,江志鹏正在慢慢走向自我的反面,越来越怀疑自己,否定自己。他很想告诉对方,别重复经验,把案子想得太简单,但也别失去信心,把它想得太复杂。有困难很正常,正视即可。现实中的谋杀不像影视剧,玩命的人,很少故弄玄虚。警方眼里的花招,对凶手来说,通常是迫不得已的、唯一选择。

他眼里闪着光,语气却很平淡:"如果真是你认为的那样,结论反而更清楚了。"

"什么结论?"

"要么,两个案子的凶手不止一人;要么,我们对动机的判断是错的。"

伊辉的结论很明晰,可是对江志鹏来说,却犹如两团稻草,把他缠住了。他和伊辉不同,不喜欢过多分析。他警校毕业,早就习惯借助于监控、高科技痕检去解决问题。那适用于他办过的大多数案子。它们链条简短,因果明晰,一眼就能看透。可是这次,他将不得不做出改变……

午后,江志鹏向雷霆做了简短汇报。

汇报完毕,他做出具体安排。

一方面,他派人再审沈沛溪。

另一方面,他把大部分人派往静山及静山公墓,对嫌疑人笔录内容详细查证。

跟昨天一样,今天所有行动,还是冒雨进行。

傍晚时分,风雨终于变小,行人渐渐多起来,因淹水导致熄火的车子,满大街都是。市内排水系统显然经受不住台风的考验,多条路段出现大量积水。积水中四处散落着车牌,那是在行车过程中被风雨打落的。

伊辉抽空回了趟宿舍。

他早就关严了窗户,可是窗台上还是渗进来很多雨水。他再次挪开花盆,重新整理窗台。

打扫完毕,他躺上床去,枕着双手,细想这几天发生的事。

很快,他想到了蓝媚那几张照片。

他打开手机相册,研究了一下相关功能。他觉得,那些照片的拍摄时间,不可能造假。

造假?那太低级了!换言之,白玉城没有问题,至少"711"案不是他干的。那"827"案呢?那苗力伟呢?

他一边想,一边机械地翻弄着照片。

突然,他的手指在一张照片上停下来。

那张照片,是在林义化工东厂109房间拍的。

他当时拍了好几张,眼前这张,是窗台的全景。

照片中的窗台，跟他的窗台一样，摆着好几盆花，有绿萝、兰花、仙人掌等。

他盯着照片，慢慢将它放大。

随着照片逐渐放大，他的瞳孔骤然收缩起来。

他从床上跃起，打开灯，重新看向照片。

他盯的不是窗台，而是窗台上的花盆。他的视线，在一个花盆上聚焦。

他紧盯着那盆仙人掌。

那盆仙人掌摆在窗户左侧，离当时发现钢珠的滑槽最近。

仙人掌长势正旺，茎块鲜绿肥厚，针刺像小剑一样，一柄柄刺向八方。

伊辉紧盯仙人掌，紧盯仙人掌上的刺。

他发现了很奇怪的一件事：仙人掌朝向镜头的一面，有四根针刺齐根断掉。他一眼就能看出来，那四根断掉的针刺，是用手掰断，而不是用剪子剪断的。因为四个断面都不整齐，其中三根的断面向下蔓延，连带着将仙人掌表皮，也撕掉一部分。

怎么回事？这不能再细的细节，冲击着他的思维。

他点上烟发呆。

思维不可避免地回到之前，那个没彻底解决的问题：两颗钢珠。

钢珠为什么是两颗？之前的解释靠谱吗？

他将设想的场景一一回放，眼睛却一直盯着仙人掌的断刺。

不对！不全面，没有包括所有可能！还有一种新的可能！

自语间，烟灰轻轻滑落的同时，一个不同于之前的想法，突然跳了出来。

真正的场景会不会是这样——

地上那颗钢珠，是第一颗。8月24日，也就是那个周五，凶手作案前，把它提前放进109室窗户滑槽，利用那扇窗，作为进入办公楼的通道。做完案原路返回，回到窗外，再取出钢珠，并将窗户关严。可是从滑槽往外取钢珠时，钢珠不慎丢落。凶手尝试寻找，但没找到。同时，凶手进出窗户的过程中，发生了一个意外：也许是在进窗之时，也许是做完案出窗之时，由于夜里光线昏暗，由于他事先没注意，窗台上靠近滑槽的位置，摆放着一盆仙人掌，致使其掌心或手指，不小心碰到了仙人掌。

凶手当时并未在意那个细节，直到安全返回老巢，静下心来，才意识到忽略那个细节，实在是犯了一个天大的错误。

什么错误？仙人掌的针刺，一定刺破了他的掌心或手指，从而在针刺尖端，留下了微量血液。想到这一点，凶手一定恐慌极了。

于是，凶手再次行动。可是他返回时，已经把窗户关严了。所以，他只能选择在第二天白天，也就是那个星期六，再次潜入东厂，寻找机会，在原来的窗户位置，放进第二颗钢珠。

接下来，也就是周六20:40，凶手凭借小火车进入东厂，并于五分钟后，既20:45，从办公楼外侧墙体边缘，用弹弓和面筋团，把楼门口的摄像头封住，最后再把射失的面筋和锡箔纸捡走。但是，那并非凶手此行的主要任务。他的真正目的，是来销毁仙人掌针刺上的证据。

于是，他再次用铁丝开启那扇窗，小心潜入，然后借助某种微弱光源，找到刺破他手掌的所有尖刺，并齐根折断。

按说，从开窗，到进窗，到发现并拔除尖刺，花不了太多时间。可是那辆小火车是20:40停车卸货的，卸货时间最多也就十几分钟。那导致凶手的时间非常紧迫，以至于他拔除尖刺，返回窗外时，已经没有时间再将第二颗钢珠取出。他必须赶在发车前，偷偷回到车上。所以，他只能放弃，从而将第二颗钢珠遗落在滑槽之内。

当然，那天晚上，小火车一共发了两趟车，第二趟进厂卸货时间是21:35。可是凶手不能提前预料，就算他能未卜先知，也没必要冒险，拖延到一个多小时之后，去坐第二趟"班车"离开。

对于遗落在滑槽中的第二颗钢珠，凶手认为没什么风险。它太不起眼，很难引起别人注意。就算它被办公室人员发现了，甚至被警察发现了，又能怎样？凶手非常自信，认为没人能识破钢珠的秘密。权衡利弊，他不想再冒险返回，取走第二颗钢珠。

也就是说，凶手周六晚再进东厂，封印摄像头的行为，要么是恶作剧，要么是捎带的误导警方，提前给自己做一个不在场证明。而那晚行动的真正目的，则是去销毁"827案"的强有力证据——留在仙人掌针刺上的微量血液。

这就是伊辉的最新想法。

这个想法合理吗？他自认非常合理。至少，它能解释照片上，仙人掌不规则断刺的原因。

不管合理与否，都需要验证，都有验证的法子。

怎么验证？

伊辉想到土，花盆里的土。

他想，如果针刺刺破了凶手的手，那针刺上一定留有小小的血珠。

凶手第二夜返回，拔除了针刺，可是却忽略了一点：血珠就算再小，也会在重力作用下滴落，最后落进花盆的土里。

这是非常重要的一点，重要到足以致命。

凶手带走针刺，也只是带走了针刺尖端残留的微量血迹，可是，却一定没有带走花盆里的土。它们，将置凶手于死地。

还犹豫什么呢？伊辉拖着右腿冲出宿舍。

## 第二十章　电刑

伊辉找到王可，两人开车赶往林义化工。他没告诉江志鹏，毕竟那只是个设想，有待验证。在路上，他把想法告诉同伴。

"这就是说，仙人掌花盆里，有铁打的DNA证据？"

"可能有！我们要检验的，是花盆最表面那层土，因为血滴太微量！"

"你咋早没想到！"

车子像一条愤怒的大鱼，被翻腾的水花包裹着，在积水中穿行。

他们到化工厂时，已经晚上8点多了。往常这时候，办公室早没人了。这两天台风过境，每个办公室都有人值守，连唐林义也得亲自坐镇，办公楼里灯火通明。

伊辉和王可冲进办公楼，撞开109的房门。

巧了，109的值守者，还是伊辉上次见到的那个女人。

女人放下手机，望着眼前浑身湿漉漉的两位，一脸问号。

她认出了伊辉，指着他说："你咋又来了！"

伊辉亮明证件，看向窗台。

窗子关得严严实实，窗台上空空如也。

他瞭了个空，一下子慌了："窗台上那些花盆呢？"

女人努嘴，指向一个方向。

她更奇怪了。这是什么情况啊？眼前这位，上次来，盯着窗台、花盆一阵乱拍。这次又来，还是找花盆。

伊辉长舒一口气。还好，花盆被移到了北墙靠里的角落，仙人掌也在。

王可抱起仙人掌，对女人说："这玩意儿，我们带回去！"

女人呆呆地看着，一言不发。

伊辉叫王可放下花盆，两人蹲下去观察。

果然！王可看到，有四根针刺齐根折断，就像伊辉描述的那样。

"这些刺，是你弄断的吗？"伊辉问女人。

女人疑惑地走上前，蹲下看了看，然后摇头。

"会不会你同事弄的？"

"不会的，他们对花草没兴趣，看都不看一眼。"女人挠挠头，"谁会这么无聊呢？"

伊辉听完，心下一喜。

"这个，对你们有什么用？"女人终于说出长久以来的疑问。

"没事！"

伊辉刚要起身，突然觉得不对劲。

他取出手机，找出照片，跟眼前的比对。

"你这花盆换过？"

"是啊！"

"为什么？原先那些土呢？"

"扔了。"

"啥？"

"今早上我同事比我先到。他说一进门，看到那盆仙人掌摔在地上，四分五裂，窗台上也是一片狼藉。我来的时候，同事把花盆碎片、土，都清扫干净了，剩下仙人掌给我扔地上。我中午回家，找来一个旧花盆，是我妈插葱用的，里面有土……都怪这天气，昨晚风太大了！真是麻烦！"

"完了！"

"什么完了？"女人眼睛睁得老大。

"我问你，当时就只是仙人掌摔在地上？"

女人点头。

"别的花盆呢？既然别的都好好的，你怎么不想想，为什么唯独那盆仙人掌，摔到地上去？"

伊辉声音很大。

女人像做错事的小学生："可能窗户没关严，它太靠近窗子缝隙了……"

伊辉跑到窗前去看滑槽，那里面什么也没有。

"狗屁没关严！"王可跨到女人面前，"赶紧给你同事打电话，问问那些土扔到哪里了？让他给老子找回来！"

"土？把土找回来？"女人从未听过这样的要求，拿着电话左右为难。

"算了！"伊辉拉着王可离开。

找土？那是开玩笑。这么大风雨，一堆土往楼前一倒，上哪儿找？就算那些土一粒不少回到眼前，里面也不可能再留有微量血液。

他们都很清楚，花盆摔碎，跟台风无关。

原因只能是，凶手又回来过，而且就在昨晚！

这就反证了伊辉的设想，完全符合事实。

事实证明，凶手并未忽略掉当初留下的漏洞。要么他一早就意识到，要么过后才反应过来。总之，凶手想到了仙人掌针刺上的小血珠，一定会滴落到下方的土里。他又回来了。

他借助这样一个坏天气，把花盆推落地面。办公室里的人，没有一个起疑心。暴风骤雨,所有办公室窗台都一团糟乱,一个花盆摔下去,有什么奇怪?凶手唯一不能料定一件事,收拾花盘的人会怎样处理花盆的碎片,以及那些土。他只能推断清理者的心情:房间里一地凌乱,窗台上乱七八糟,清理者身上黏糊糊的,衣服又潮又湿,来自上下级的电话响个不停……在那种情形下,有几个人还有耐心,单单清理掉花盆碎片,而将原来的土留下?

可是昨天,厂里的小火车根本没法跑,整个企业也都是停工状态,凶手又是如何来去自如的呢?

答案太明显了。

伊辉和王可冒雨站在大门前。人影在他们面前来去匆匆,大部分都穿着雨衣。人们有的抬着塑料管子,有的紧跟在拉着抽水泵的车后面,有的推着三轮车,往外运被大风吹烂的塑料钢瓦,有的推着拖盘,拖盘上装着防水材料……厂区里外一片忙乱。而昨天,只会比现在更忙,更乱。这种情形下,摄像头失去了作用。凶手进出厂区,好比进出无人之境。

伊辉和王可返回分局。

江志鹏见他们浑身湿透,垂头丧气,便上前询问。

王可无奈,将事情过程讲述一遍。

江志鹏起初非常兴奋,眼里陡然升起火花。但是很快,火花灭了。

"这么重要的线索,怎么不早说!你……你小子简直误了大事……"

他指着伊辉,不知道说什么才好。

"我要是早点想到……"

伊辉尴尬地笑了笑,低着头踱到外面,一根接一根抽起烟来……

沈沛溪的口供早就出来了。

她说她还不知道唐林清出了事,她根本没有消息来源。至于褚悦民的死讯,她更是一无所知。对苗力伟来说,她是最好的人证。她说7月11日下午,他们两个一直待在静山墓园,直到天黑后才离开。

四个人,果然是两两证明。

经过一下午的查询、走访,其他刑警带回来一堆消息,有路面监控备份,有来自静山工作人员的,有来自环卫工人的,有来自静山墓园的。所有消息都须进一步整理、甄别、核实。

"今晚,他娘的都别想睡觉!"江志鹏发火了。

凌晨零点10分,西城刑警大队的兄弟们熬了半晚,正在吃泡面,110指挥中心传来消息:有人报警,滨海皇家酒店530房间发生凶杀案。

皇家酒店位于西城区和栖凤区交界,是西城分局的地盘,听名字就很高档。

江志鹏召集人手,亲自出马。

他发的火应验了,今晚,他娘的都别想睡觉。

一队警车拉着警报火速到达目的地。江志鹏和王可率先冲进酒店,伊辉紧紧跟随。

酒店大厅内,两个保安在沙发上聊天,前台靠在墙上玩手机。这几个人闲得很,看来这两天生意不好。

一个胖保安拦住江志鹏。

"现场在哪儿?"江志鹏亮出证件。

"现场?"胖保安打了个嗝,"什么现场?"

"命案现场!"江志鹏一瞪眼,"接到报警,皇家酒店530房间发生凶杀案!"

"不能吧?我们没报警啊!"胖保安挠挠头,回头问其他人,"你们谁报警了?咱这儿有凶……杀案?"

另一个保安和前台都茫然摇头。

"又是报假警?恶作剧?"王可提醒江志鹏。

"不一定！"

江志鹏还没来得及跟指挥中心核实报警人身份，就算现在打过去请求核实，那边也需要时间。万一报警的就是530的房客呢？来都来了，他必须上去看看。

打定主意，他带人冲进电梯。

电梯很快上到五楼。

服务台没人。

这时江志鹏电话响了。

指挥中心的人告诉他，报警人叫郑子明，是个外卖员。

10分钟前，郑子明去巡洋舰网咖送完餐出来，检查外卖箱时，无意发现里面有一张纸条。那张纸条是半张A4纸，上面的字不是手写的，也不是打印的，而是从报纸上剪下来，一个一个贴上去的。一共19个字（含数字），连成一句话：滨海皇家酒店530房间发生凶杀案，速报警。

郑子明非常奇怪，就打了110。但他不知道字条是什么时候，被什么人放进外卖箱的。

江志鹏挂断电话，叫人去找服务员拿备用房卡。

530在走廊最东头南侧，江志鹏等人来到房间门外。

"里面有人吗？"王可敲了十几下，里面没回应。

王可再敲，惊动了其他房间的人。有人开门探出头来瞧了瞧，很快缩回头去。

过了一会儿，一个客房服务员小跑着赶到，拿来房卡。

她把房卡放到感应器上。叮咚一声，电子锁开了。

江志鹏推门，门却纹丝不动。

"怎么回事？"

服务员又试了一次，说："电子锁开了，可是里面锁着呢！"

"里面不是搭扣的吗？怎么连条缝也推不开？"

"原来是搭扣的，酒店出过事，后来全部升级了，里面手动拧两圈，外边就打不开。再说，530是个豪华套……"

江志鹏骂了个脏字，问："里面什么人？"

服务员说，里面是个男的，住好几天了，详细情况得查询登记表。

江志鹏叫服务员去拿房客资料。

现在情况很明显，里面有人，但是怎么都叫不开门，那就一定有问题。

"怎么办？"

"撞门！等什么！"

"不叫开锁公司？"

"大半夜的等不及！撞！"

江志鹏冲着门先踹了一脚。他希望这一脚之下，里面会有反应，然而还是没动静。

王可叫来两个刑警，加上伊辉，四个人，轮流用破门锤撞门。

那门倒也结实，四个人轮流折腾了几分钟，竟是纹丝不动。

"继续！"江志鹏看了看表，心里急得不行。

这时，服务员回来了。

"顾客叫唐林海。"她把手机拍下的登记资料递过去。

"唐林海？"

大家都愣了一下。

江志鹏接过手机看了一眼。他记得很清楚，沈沛溪笔录里提到，唐林义大哥就叫唐林海。另外，他问询唐林义时，唐林义也提到过这个名字。可是，他没见过唐林海本人。

不能这么巧吧？他更急了。

服务员说："你们破坏门，总得等经理来了再说吧？"

"滚！"

江志鹏吼了一嗓子，服务员跑了。

王可又折腾了一会儿，被江志鹏拉到一边。

江志鹏用脚踏着门板试了试,接着后退到墙根,抡起破门锤,闷哼一声,发狠朝门锁一侧撞去。

他对着同一个位置,咬牙连撞几十次,然后丢掉工具,用膀子撞过去。

"咣当",门终于开了。

江志鹏随着惯性,整个人跌进门内。

其他人立即冲进去。

这个过程不到一秒。然而接下来的一幕,所有人都想不到。

这是个豪华套间,一进门是个客厅,门廊灯亮着,里面有点暗。

前方阴影处,有一把沉重的红木座椅立在中间,椅子上坐着个男人。

那人穿着睡裤,赤着上身,嘴上缠着厚厚的透明胶带,鼻孔露在外面,双手倒缚在椅背上,双脚离地,分别用绳子绑在椅子腿上。

除了手脚,那人胸腹部位也缠着绳索,将他的身体和椅身牢牢绑在一起。椅子原来应该是正冲着门口,现在斜到了一边,一看就是椅子上的人曾用力挣扎,导致椅子发生了少许位移。

细看之下,那人胸前粘着一红一蓝两根电线。

电线从男人身上垂下,延伸开去,通到刑警们旁边的墙体根部,再直直地向上,最后接入一个旧式的推拉电闸。

那个电闸,固定在墙体半人高的位置,电闸的开合金属片位置,有两根电线引出来,往下延伸,分别接入墙体插座的两个端口。

更让人吃惊的是,电闸正上方,固定着一个小滑轮。电闸的塑料手柄上,系着一根渔线。鱼线垂直向上,绕过滑轮后改变方向,向左连接到房门的位置,最后到达终点——房门背后接近顶端的位置,有一颗小钉子,鱼线末端,就系在钉子上面。

所有人都看明白了,这是个自制机关,其工作原理很清晰。

一旦房门从外面推开,随着开门角度的增大,门背后的鱼线就被推动。那个推力，反映到墙面的鱼线上，其实是个拉力。它只能产生一个效果：拉力通过滑轮后竖直向上拉动，最后带动电闸塑料开关，把电闸拉上去。

电闸一旦拉上，就等于那个男人身上导出的两根电线，跟墙体插座的两根电线连通起来。所以，现场的警员，在冲进门去的短短一分钟内，看到一个恐怖的场景：那个男人浑身颤抖，眼睛越睁越大，皮肤很快变成焦黑……

他活活被电死了，当着所有人的面。

大家站在客厅入口，一个个张着嘴，没有声音，没有动作，任凭电流在目标体内肆虐。

伊辉头一个反应过来，迅速关闸，开灯，救人，然而为时已晚。

此时，江志鹏仍保持跌倒的姿势。

王可蹲下，小声说："江队，刚才你好像杀人了……"

江志鹏嘴唇开合了一下，但是没有声音发出来。

他想说的是两个字：滚蛋！

大家跟着伊辉动起来，弄断绳索，把尸体搬到地上。

江志鹏苦着脸爬起来，顺着死者身上的电线，把整个机关仔细看了一遍。

机关不复杂，甚至可以说设置得非常粗糙。

粗糙，但是有效。

唉！中计了！

他从未想过，会有这一天。

他一个刑警大队长，竟成为凶手杀人的刀！

他深深叹一口气，心里很是疑惑：门从里面关着，门后布置了鱼线，不管谁来开门，推力都能牵引机关，最终导致这个可怕的结果。可是，既然门从里面锁死，那么凶手又是如何离开的呢？

伊辉和江志鹏对视一眼，径直走到窗边拉开窗帘。

窗帘后有四面窗，其中两扇是打开的。在两扇窗中间的窗棂上，绑着一条绳子，绳子垂在外面，在夜风中晃来晃去。

"狗日的！从这儿溜了？"江志鹏趴到窗边往下看。

"这儿可是五楼！"伊辉用双手搓了搓脸，"你能行吗？"

"我？"

江志鹏指了指自己，又指了指墙上的机关，什么也没说。

五分钟后，警方根据死者衣服里的身份证，查证了死者身份。

这个被电死的唐林海，就是林义化工老板唐林义的大哥。他是一家民营医院的执行院长，医院就在皇家酒店斜对面。

紧接着，警方又有重大发现，从卧室卫生间里，找到一个昏迷的女人。

那女人穿着睡衣，侧躺在地上，嘴被胶带封住，双手扭到背后跟脚踝绑在一起，额头血红一片，上面鼓着个大包，小腹部插着一把水果刀，血流了一地。

伊辉闯进卫生间看了一眼，惊呆在原地："蓝媚？"

他想起一件事。

沈沛溪曾说过，她刚刚盯上蓝媚的情人，正打算找机会勾引对方。她说的那个情人，正是唐林海。

可是，唐林海何以遭此设计？这件事，跟唐林清和褚悦民有没有关联？

事情，似乎越来越复杂了！

蓝媚还有呼吸。

也许等她醒来，很快就能给出答案……

江志鹏安排两个队员，以最快速度把蓝媚送去医院，叫剩下的人分别对酒店工作人员做笔录，他自己守着现场，等痕检人员赶来。

伊辉下楼，去监控室拿监控。

监控室在一楼最东头，锁着门，里面没人。

伊辉叫胖保安拿来钥匙,开门进去。

监控室里,一排显示器正在工作,画面时间跟实际时间同步。

伊辉依次检查机箱,然而所有机箱里面都空空如也,硬盘不见了。

## 第二十一章　破局

凌晨，西城公安分局会议室。

唐林海被杀案的性质，界定非常麻烦。

事情因外卖员郑子明报警而起，其外卖箱内有一张奇怪的字条，字条上的字，是从当天的《滨海日报》上剪切、拼凑的。在那种情形下，换成别人也会打110。他的外卖员身份没问题，而且案发前一直处于送餐状态。所以，郑子明一点儿责任也没有。

唐林海死了，这是事实。死于某人精心设计，这也是事实。撞开门发动机关的，是西城公安分局刑警大队长江志鹏，这更是事实。可是，撞门是个连续的过程，最终不管谁开门，都一定触发机关，这同样是事实：逻辑事实。

情况如此复杂，责任怎么界定？

说江志鹏是杀人凶手？那他比谁都冤！

江志鹏头痛欲裂，心情就像刚刚吃过屎，身边还围着一群绿头苍蝇。

"711"案，"827"案，碎尸案，唐林海被电致死案，每一个，都是超级绿头苍蝇。当前这个局面，他必须先解决唐林海案的责任界定问题，不然案情分析会根本没法开。

　　当晚出警的，除了王可、伊辉，还有六个人。从酒店回来后，除了送蓝媚去医院的两个，其他人员都很默契，谁也没向同事透露现场情形。大伙都明白，这事只能江队先开口。而江志鹏呢，他倒没特意去叮嘱别人。他要是强行要求手下闭嘴，效果并不见得更好。他知道，自己的队伍里也存在站队问题。但不管怎样，他现在就是大队长，平时工作当中，他从不故意找谁的碴儿，也不有意为难谁，除了性格有点急，人缘和官品，都说得过去，他有这份自信。

　　他真后悔了，后悔不该亲自带队出警。可是，指挥中心给的消息是凶杀案，副队长和中队长这几天一直冒着风雨，带队出外勤，回来还得各自归拢信息，他能不带头干活？这事，根本上就不是谁出警的问题，这他妈叫时运不济！

　　他把烟抽光，狠狠踩扁烟盒，同时也踩出一个主意。

　　队长办公室，伊辉和江志鹏站在窗前。

　　江志鹏问："今晚这事，你怎么看？"

　　伊辉说："得等蓝媚醒来，她一定知道什么。"

　　"已经醒了，正问着呢！"江志鹏重新打开一盒烟，分完，点上，一字一顿，"我是说，唐林海死亡的责任界定问题。"

　　"那事不用太担心吧？警察执行公务，被人设局利用，你得先跟雷局汇报、商量……就算处分在所难免，咱也得先把案子破了！"

　　江志鹏拍着伊辉的肩膀，意味深长地说："咱们共事时间不长，可我很欣赏你！今天这事，假如破门的是你，你什么心情？"

　　"我？"伊辉笑道，"我就一顾问，但也是执行公务！处分什么的，无所谓，不担刑责就行！大不了回去接着十文职！"

　　"对啊！"江志鹏叹道，"你是没什么负担，可我不一样啊……就这事，我这个大队长的位子，怕是到头了！倒不是说，我贪恋这个位置，我是不甘心啊！懂吧？'711'案，'827'案，碎尸案，这又来个电刑、唐林海……你说说看，换成你是我，一个案子也没拿下，就这么被撸下去，甘心吗？"

"不甘心！"

"何止不甘心！丢人丢到姥姥家了！我看啊，我这警察，也干到头了！"

"江队，没那么严重！"

"唉！你呢，还是太年轻……"江志鹏用力按灭烟头，咬了咬牙，又道，"你真想干刑警？带编制的？"

"怎么突然说起这个？"伊辉也不掩饰，"干不上无所谓，当个顾问也挺好！其实吧，除了办案，我对研究案例更有兴趣。比方说，咱们市局档案处，就存着很多资料，可我根本没机会看，更别说研究了！"

"那好办！你对什么案子有兴趣？我给你把资料弄来！"

伊辉快速眨了眨眼："以后再说吧。具体什么资料，我也说不上来，最好有机会亲自浏览。"

"是啊！人各有各的爱好！"江志鹏感叹一声，转入正题，"假如说，今天破门而入的就是你，你能接受吗？"

"哦？"

伊辉终于明白过来。怪不得江队长又是提到转正，又是答应帮忙搞案例资料，原来是为了这。

难道前几天对金大圣说的那些戏言，这么快就应验？

他感到自己脑门上出现了两个大字：背锅。

江志鹏定定地看着他，眼含微笑。

气氛有些尴尬。

伊辉想了一会儿，突然说："我接受不了。"

"啊？"江志鹏没想到对方这么回答。

伊辉说："活人谁没委屈？我能接受委屈，但不接受这一种！"

"哎！年轻人果然不一样！"

江志鹏心里很酸，嘴上却只能赞许。

伊辉搓了搓鼻头，用力呼出一口气："咱们市局大名鼎鼎的江海潮，江支队长，你熟吧？"

"还行！"

伊辉抱臂在胸，说："凭良心说，本市著名的试验场案，也就是卢占山父子，策划的局中局10人复仇案，真是江海潮破的吗？警务系统内的人，恐怕人人都知道不是。实际上，它起于一个叫李文璧的女记者，对真相的探求，又在秦向阳队长付出极大努力之下，才得以侦破。可是，功劳为什么记在江支队长名下？无非是因为江海潮的背景。秦队长为什么离开？我改变不了什么，也不想改变，但能看到寒了的人心！江队，你不是江海潮，我也不是秦向阳。我崇拜他，理解他，可我和他不一样！江队，做人要潇洒一点儿。在唐林海这件事上，我劝你先专心办案，别想太多，兄弟们都等着你呢！"

江志鹏静静地听完这段话，只说了两个字："很好。"

他被伊辉的话刺激到了。

他面上虽平静，心里却波涛起伏，羞愤难当。

一小时后，江志鹏终于出现在公共办公室。他才用冷水洗了个头，看起来精神饱满。

进屋后，他冲着伊辉和善地笑了笑，用眼神告诉对方，刚才在办公室里实在太冲动了。

伊辉点点头，报以回应。只是他不知道，他先前那番话，已经得罪人了。

江志鹏简洁述说了出警经过，随后不顾大家的反应，立刻汇总相关信息。

蓝媚腹部的刀伤并不致命，未伤及脏器，半小时前平安醒来，这是个好消息。负责询问的队员对她做完笔录，刚刚把内容发过来。

笔录转述如下：

皇家酒店23点05分左右停电，当时蓝媚正在洗澡。她穿上睡衣出来，拿上手机，叫唐林海出去看看怎么回事。唐林海开门出去，很快回来，告诉蓝媚全楼都没电，工作人员正在配电室检修。唐林海进门后（没锁门），才说了几句话，有个人影推门进来，把唐林海打倒。当时蓝媚正站在客厅通往卧室的门口，听到动静，她打开手机手电筒，问唐林海怎么了。随后黑影窜出，揪住蓝媚的头撞墙数次，接着又用桌上的水果刀将其刺伤，致其当场昏迷。

这份笔录令人大失所望，事发前断电，蓝媚什么也没看到。
酒店工作人员的笔录，也证实了蓝媚的说法。当晚的确停过电，而且前后停了两次。
第一次停电时间，22:05。
停电原因，空气开关布线处有一根线头脱落，大约10分钟后恢复供电。
第二次停电时间，23:05。
停电原因，总闸跳闸，大约3分钟后恢复供电。
警方询问工作人员，案发当晚，有没有可疑人员进出酒店。这个问题，保安和前台回答一致。
这两天台风过境，客人很少。所谓的可疑人员，只有一个外卖员。
工作人员说，22点前，曾有少数客人出入。22点左右，有个外卖员进过酒店，22点30以后，再未见有人出入。
那个外卖员进去时没穿雨披，只戴着头盔，样子看不到。从身形判断，应该是个年轻男人。外卖员离开时，还没来电，他走到门口咳嗽了一声，否则没人注意到他从里面出来。

头盔男的出现，吸引了全体警员的注意。

江志鹏提醒大家："头盔男出现得太巧。他进酒店后，不久就停电了！"

"江队，你意思是头盔男破坏了开关接线？"王可看向队长。

"我没那么说，只是说他可疑！"

王可摇摇头："接线是胖保安连上的，那小子学过两天电工。他没看出什么问题，说可能是线头螺丝没上紧。"

"他懂个屁！应该找电工去看看！一条好好的线索就那么断了！"

"我反倒觉得头盔男问题不大！"王可指了指头顶的灯，"蓝媚笔录很明确，凶手是趁着第二次停电时，进入530房间的。换句话说，第二次停电，才是凶手搞的，第一次一定不是人为！"

"第一次断电一定不是人为？这么肯定？"

"那不明摆着吗？按你的说法，可疑人员只有一个头盔男，他进去后不久，就断电了。可是，他明明10点多就离开了酒店，难道一小时以后，他又返回了？那不是多余吗？"

"你意思是说，除了头盔男，还有其他可疑人员出入酒店，只是工作人员没有注意？比如断电期间？"

"不！"王可少见地抛出来一个惊人的结论，"头盔男不可疑，真凶应该在酒店顾客中间，而且现在仍然在！"

王可这话一出，把大家引到了一个超级麻烦的方向：对酒店所有客人一一排查。实际上，就算王可不说，这项排查也非做不可，只是还没来得及。现在是凌晨，排查很不方便，江志鹏只是安排了人手封锁酒店，禁止所有人出入。

江志鹏沉默了一会儿，理出一个思路："我不同意王可的看法。为什么？凶手如果是酒店顾客，他登记时势必伪造身份。但是大家别

277

忘了，我市新升级了酒店管理系统，对假证件登记，可以做到一秒识破。如此一来，想要伪造身份，就只剩一条途径，登记的身份证是真的，登记者只是跟身份证照片长相接近，但不是同一人。那样一来，如果凶手出自酒店顾客中间，并且还留在酒店，那么事后，我们只须逐一比对排查，就能锁定伪造身份的登记者。更为关键的是，现场当时的房门从里面锁死，出路只有窗口和绳索，所以，即使凶手出自酒店顾客，他也早已逃之夭夭了，怎么可能还留在酒店？"

"不！他一定仍在酒店！"王可这回极为自信，"江队你想多了，凶手根本不用伪造身份登记。作案后他从窗口逃离，再设法返回酒店房间。人家登记用的，是自己的真实证件，明天你怎么比对排查？而且监控硬盘全丢了，你去哪儿找证据？这就叫，最危险的地方，最安全！"

"操！"江志鹏终于听明白王可的逻辑了，他耐着性子问，"有个事实很清楚，这场风雨到现在还没停。酒店工作人员证实，10点半以后，再没见过有人出入酒店。如果凶手在顾客当中，他作案后从窗口逃到酒店外面，又该怎么返回酒店房间？"

"很简单！走停车场入口进入负一层！"

江志鹏再也忍不住了："停车场入口，被沙袋和水泥岩板封得严严实实，防止大水漫灌！你小子没脑子，就给老子滚过去瞅瞅，再来放屁！"

江志鹏一句话，把所有人逗笑了。

王可积极发言，闹了个灰头土脸，再也不言语了。

"伊辉，你说说！"江志鹏点名了。

伊辉看向江志鹏："江队说到很重要的一点，地下停车场出入口被封了。王可不知道情有可原，他当时在一楼做笔录。这一点对咱们来说，反倒是个有利因素。我们只须考虑酒店的一个出入口，也就是大门口。"

江志鹏点点头，抱起胳膊，耐心听他说下去。

"我同意江队的意见，头盔男非常可疑。他的打扮，他出入酒店的时间，都很说明问题。只是笔录方面，关于头盔男的描述还不够详细。比如他的衣服，当时是相对干燥的，还是淋湿状态？这点，我也是刚刚想到，它有助于我们判断其交通工具。如果是前者，那他的交通工具，就只能是汽车，那么，他的可疑就更大了！哪个外卖员开车送餐？"

"哎呀！"江志鹏轻轻搓着下颌，不由得自责起来。对酒店工作人员的笔录，他是头一个审阅的，可到目前为止，他也没考虑到伊辉所说的细节。

"既然酒店只剩一个出入口，那么22点30分以后，真的如服务员所说，再也没人出入？不一定。如果凶手在第二次断电期间，趁黑溜进酒店，就很难被注意到！"伊辉拿出烟来分了一圈，完事自己点上，"至于现场窗户那根绳，它到底是不是第二出口，或者说，凶手是不是从那儿离开，现在说什么都过早，结论得留给明天实际勘查。在这儿，我想先说说对酒店监控的看法。"

"对！监控是个突破点，可惜硬盘没了！凶手要偷硬盘，只能趁着停电期间那三分钟，也就是23:05—23:08，这个大致时间段！"江志鹏说。

伊辉这回没看江志鹏："我问过保安，硬盘一共六块。酒店正门用一块，地下停车场用一块，其余楼层用四块。如果凶手偷走硬盘的时间，是江队所说的那三分钟，那就会出现一个问题。什么问题？咱们设想一下，凶手23:05拉下电闸，然后要从负一楼走楼梯回到一楼，去一楼最东头监控室偷硬盘。且不说凶手从负一楼到一楼这个过程中，有可能跟胖保安相遇，单说其打开监控室门锁，偷走硬盘的过程。有万能钥匙或者技术到位的情况下，开锁耗时不多，但是要依次拖动六个机箱，拔掉六块硬盘，总得花点时间。多久？一分钟够快吧！他拿到硬盘，装包，接下来要去530房间，还得经过一楼走廊。可是从断电到供电，总共只有三分钟。请问，上述过程，三分钟够用吗？"

会议室陷入沉默。

过了一会儿，有个刑警问伊辉："为什么第一次断电后，恢复供电耗时10分钟，第二次却只用了三分钟？"

"这个很简单。"江志鹏看了看笔录，替伊辉回答，"第一次断电后，胖保安去了两趟负一楼配电室。第一趟去查看情况，发现布线当中有一根脱落，又返回取工具。第二次断电后，他直接带着工具赶过去，发现仅仅是跳闸。"

"辉哥，你是说，凶手偷硬盘的时间，是第一次断电那10分钟空档？"王可又活跃起来。

"是的，因为三分钟根本不够用。这一点，我们可以实地试验。"

"那他拿到硬盘后为何离开酒店？不上楼作案？"

"我想到两点原因：一、他无法预料恢复供电的时间。二、那时候离开，能消除他作案的嫌疑。"

"要这么说，两次断电，岂非都是凶手所为？"

"第一次肯定是！"伊辉沉吟片刻，"第二次我不确定。"

"为什么？"

"因为硬盘已经不在了，监控也就废了。第二次他完全可以大摇大摆地进去，只要合理遮住面部即可，比如戴头盔。"

"可是明明断了两次电。而且蓝媚也说了，第二次断电后不久，未恢复通电之前，凶手就进了530房间！"

"是啊！"伊辉挠了挠头，"但还是没法确定，第二次断电是人为。"

王可犁了犁头皮："如果是自然原因跳闸，那么只能说凶手把握住了断电的机会；如果是非自然原因，那么——"

江志鹏接上了王可话茬："如果是非自然原因，那只能是第一次断电时，凶手就已经在配电箱里做了手脚。至于什么手脚，能导致空开跳闸，我说不出。但是那不重要，重要的是头盔男的动机！"

江志鹏很自然地改变了会议议题。

得益于伊辉的分析，他已经顺理成章地，将头盔男定为嫌疑人了。

伊辉双头抱头，依然沉浸在刚才的分析情境里。

凶手动机是什么？

鉴于唐林海的身份，很难不让人不把他的死，跟唐林清、褚悦民放到一块儿，但也仅仅是凭直觉，把他们放到一块儿，要说具体原因，大伙谁也说不上来。

江志鹏看了看表，中断会议，给大伙留出一点儿时间休息。

两小时后天亮了，刑警大队全体出动，直奔皇家酒店。

他们首先要做的，是对酒店顾客的排查。

排查过程非常顺利。结果显示，从昨晚20:50，最后一名顾客登记住宿，到今天早晨，酒店内共有顾客32人（唐林海和蓝媚除外）。这些人登记的身份证，跟本人全都匹配，而且没有一个人离开酒店。更具体的信息是，这32人中，仅有六人单独住一个房间。在这六个人中，女的三人。余下的三个男性顾客，一个60多岁，一个50出头，这俩人的身体条件，怎么也够不上攀绳下楼的要求。最后一人是个小伙子，但在案发时间段，他正在微信聊天，时间上也不符合。查到这儿，江志鹏还不算完，又对那三个单独住的女人详细询问一番，才彻底放心。

第二件要紧事，是勘查530窗口。

江志鹏通过市局，借来两个消防队员。

窗框上的绳子还在。消防队员重新连接绳索，从窗口下去，仔细观察原来那条绳子,及其所经过的轨迹,进而发现了几个问题。一个是墙面痕迹,也就是踩踏点。窗口下方墙面上,留有少量的泥,但是越往下越少,到四层以下,就再也找不到了。这证明凶手的确是顺着绳子爬下去的,但是往下爬的时候,是脚尖着力,而脚尖部分的泥肯定不多,所以导致墙面痕迹出现上述状况:窗口下方痕迹最明显,越往下则越少。再一个是绳子上的痕迹。消防队员发现绳子表面留有很多纤维,那一定是攀爬者的手套,跟绳子剧烈摩擦留下的。消防队员说,像这种不系安全绳,仅靠一条绳索下楼的法子,危险性很高,一般人未经训练很难做到,对攀爬者臂力要求、心理素质要求都很高。

第三件要紧事,是对酒店值夜班人员做笔录补充。

头盔男的衣服当时什么状态?是相对干燥,还是被大面积淋湿?

两个保安对此毫无印象。这也难怪,两个大男人,怎么会对另一个送外卖的男人上心呢?

相比两个保安,前台的一个女孩就细心多了。

她说:"上衣我没怎么注意,但他的李宁运动鞋,肯定很干净。"

伊辉问女孩:"为什么这么确定?连品牌也看清了?"

女孩嘿嘿一笑:"我有个习惯,不管陌生人还是熟人,我总是第一时间去看对方的鞋。鞋子干净的男人,成熟稳住,靠得住。"

伊辉忍不住看了看自己的鞋,才问:"鞋底呢?脏不脏?"

"鞋面很干净,鞋帮和鞋底有泥。他经过之后,地就是我拖的。"

"身高呢?"

"昨晚不是问过了吗?大概比我高一头,1.75米左右?他戴着头盔,我也说不准。"

"第二次停电那三分钟,你们在干什么?大厅里有没有异常情况?"

"一切正常吧！黄胖（保安）和他的同伴，一块儿去了配电室，大厅就剩我们两个前台，接着又下来两个楼层服务员。后来又下来好几个顾客，质问为什么又停电。"

"几个顾客？"

"四、五、六……不知道！应该都是一二楼的顾客吧，你们可以自己问他们。"

"大家都用手机照明？"

"是呀！"

"这么说，当时大厅里的人不少。如果当时有人从门外进来，你不一定能注意到？"

"我真没看到有人进来……我为什么要一直盯着门口呢？"

伊辉谢过女孩，叫上王可去医院。

蓝媚的病房是个单间，有两名刑警在门外值守。

伊辉和王可推开门一看，白玉城和雷家明居然在里面。

蓝媚平躺在床上，脸色苍白，白玉城站在床边。

伊辉和王可把雷家明叫到楼道里。

王可问雷家明："你小子怎么在这儿？"

"我还正要找你们呢！"雷家明小声问，"我爸说皇家酒店死了人，说你们忙了一宿。怎么回事？"

王可指了指房间："就里面那位，昨晚跟他情人，在皇家酒店开房，他情人被杀了！"

"情人？唐林海？"

"嗬！你小子反应还挺快！"

"唐林海真死了？"

"废话！"

"操！我昨晚还劝白玉城，要离那个女人远点！看吧，随随便便就跟别人开房，还闹出来人命！"

"你们昨晚在一块儿？"伊辉问。

"是啊！在他店里，一块吃了个饭。我找他就为一件事，建议他远离蓝媚！"

"你没问问他沈沛溪说的那件事？"王可插了一句。

"哪件事？"

"阳痿啊。"

"有病吧？那能问？沈沛溪的话能信？可是我没想到，昨晚他自己承认了！"

"啥意思？"王可和伊辉面面相觑。

"我一直逼问他，为啥追蓝媚？是个老问题，问他不是一两回了！"雷家明压低音量，"我明确告诉他，蓝媚有情人，就连蓝媚和李默琛那些龌龊事，我也讲了。"

"哦？他反应是不是很大？"

"没有！他说早就知道蓝媚当年的事！"

"嗯？他怎么会知道？"

雷家明摇摇头："但他还是被我逼急了，一直说不是我想的那样。后来他去院里上厕所，半天不回来，那就是躲开我，不想我再纠缠那个老问题。我等得无聊，'不小心'从他书架上，找到一个日记本。"

"日记本？"

"我告诉过你们的，就是他中学时那本日记，很厚，封面上用铅笔画着樱木花道。当年就想偷看，一直没看到。嗯，昨晚我偷看了，而且看到一个秘密！"

"什么秘密？阳痿？"

"确切地说，是心理问题，沈沛溪猜对了！那是他尊严的底线！我只看了几页，都是近两年新记的内容，但是被他抓到了……他把我一拳捅到墙上，死死抓着我的脖子……最后警告我，要是敢说出去，一定杀了我！"

"没那么严重吧？你这已经说出去了！哦，那我什么也没听见……"

雷家明狠狠瞪了王可一眼，嘴上没停："他吃过中药，不管用，直到看过心理医生，才知道是心理问题。医生给了他一个建议，一个狗屁建议！"

"什么建议？"

"医生建议他，找到伤害她的女人，做情景还原！"

"情景还原？"王可弯下腰去，捂着嘴，"所以他才追蓝媚，想跟蓝媚上床？"

"是心理重建！"雷家明琢磨着措辞，"不一定上床，但一定要伤害他的女人，真诚地、发自内心地向他道歉！让他的潜意识彻底释然，放下当年那件事！"

"那还不简单，让蓝媚道歉不就完了？"

"说得简单！沈沛溪已经说了，当年设计他强奸那场戏，是蓝媚的主意。可蓝媚要是不承认呢？谁知道那个女人怎么想？再说，白玉城接触蓝媚，也有两个月了，可他死活没法开口，就是不好意思提……"

伊辉抱起双臂，轻叹一声："蓝媚的态度，根本不重要，他自己的心态才重要！其实很简单，什么时候，他能面对蓝媚，重提那件事，就等于他真正放下了。他自己放下了，心理、生理，就都正常了！"

"嘿！辉哥牛逼！比那什么心理医生靠谱！"王可打了个响指。

伊辉问雷家明："你们昨晚待到几点？"

"9点多吧。"

"9点多？"

"咋了？"

"没事。只是好奇他昨晚打了你，你们今天还在一起。"

"他一早给我打电话，说蓝媚出了事，叫我陪他来看看。说实话，我还真不想来，看见她我就来气！"

这时病房门开了，白玉城从里面出来。

"我走了，你们聊！"白玉城打了个招呼。

"那我也走了，你们忙吧！"雷家明追着白玉城离开。

"喂！"伊辉怔了怔，突然喊停白玉城。

"什么事？"白玉城和雷家明同时回头。

伊辉笑着走上前去，伸出右手："上次在刑警队麻烦你了，有机会一起吃个饭吧！"

白玉城轻轻哦了一声，迟疑着伸出右手。

这是伊辉第一次跟白玉城握手。

他感觉对方的手很温暖，温暖而有力。

他的上臂本就很有力量，可是握手的时候，他感觉自己，仿佛正握着一把老虎钳子。

## 第二十二章　卡车司机的陈年往事

白玉城、雷家明走后，伊辉一把握住王可的手，加劲。

"疼！"王可挣脱出来，满脸不服气，"偷袭？重来！"

伊辉没理他，直接走进病房。

蓝媚见警察进来，挣扎地欠了欠身。

她头上缠着绷带，伤主要在腹部，好在案发时水果刀一直插在她身上，没拔出来，所以流的血不算多，伤情并不重。

蓝媚先开了口："案子有进展吗？"

伊辉摇摇头："我能看看你手机吗？"

"哦？"蓝媚划开屏幕，把手机递过去。她没有拒绝的理由。

手机里都是常用软件，没有游戏，也没有美颜。那说明蓝媚既不无聊，又很自信。伊辉浏览完桌面，又点开微信看了看，最后打开软件管理界面。

咦？他心里轻轻一顿，在应用下载清单里，看到一个他没想到的东西：王者荣耀安装包。

蓝媚紧盯伊辉，眼睛一动也不动，那是正常的反应。恐怕天底下没几个人，在手机被别人随意翻看的时候，还能保持自然。

"你会用韩信吗？刘邦呢？"伊辉突然问。

"啊？"蓝媚疑惑地眨了眨眼，不明白对方的意思。

"王者荣耀的人物呗！"王可一听就明白，顺嘴秃噜出来。

"游戏？"蓝媚半张着嘴一笑，"我不玩游戏。"

"那你手机里，怎么会有残留的安装包？"伊辉对视蓝媚。

"可能是不小心点错下载的，忘了删而已。"蓝媚轻描淡写。

伊辉点点头："无聊至极时可以玩玩，总比乱搞男女关系好一些。"

蓝媚听出来对方讽刺她，幽幽叹了一口气："我有情人，还出了这样的事，你们是不是很看不起我？"

"你当年的事，我们也都知道了！"

她努力笑了笑："唉！我知道沈沛溪一定会说出来！"

"我们对你的私事没兴趣，请再描述一下昨晚的情形。"

"你们的人不是问过了吗……好吧！"她似乎很注意自己的形象，轻轻碰了一下绷带，将额头稍稍露出来一些，"当时我在洗澡，突然断电了，是第二次停电。我穿上睡衣，叫唐林海赶紧出去看看……"

"既然第二次停电，你何必那么着急？"

"谁洗澡洗到一半，就被晾在那儿，都会着急的，对吗？"蓝媚紧了紧嘴角，稍显不满，"他去到外面，很快又回来了。"

"很快是多久？"

"好像一分多钟？说不准。"

"他在外面，有没有跟别人说话？"

"不知道。"

"你当时在哪儿？"

"就在客厅和卧室之间的门口。"

"接着说。"

"然后唐林海进来，说马上就来电。紧跟着，我就听到动静，还有头撞到墙上的声音。我刚问一句怎么了，就有个人影冲过来……他抓着我头发，往墙上撞了好几次，后面我就什么也不知道了。"

"你为什么不喊？"

"他捂着我的嘴！"

"他有没有戴手套？"

"戴了。"

"什么手套？"

"好像是皮革的，捂在我嘴上，感觉凉凉的。他好像还背着包，挣扎中我摸到了。"

"这么说，他是先把你撞晕，然后才把你刺伤？而不是反过来？"

蓝媚愣住。这个问题，先前的刑警可没问过。

"我不清楚，只知道头被连续撞了多次。"

"那把水果刀，是你的还是唐林海的？上面只有你俩的指纹。"

"我没带水果刀过去。我去的时候，茶几上就有一把，应该是唐林海带去的，我用它削过水果。它是不是我身上那一把，那得我看了才知道。"

伊辉点点头，又问："我们查了登记，最近五天，唐林海一直住在那儿。为什么？"

"不清楚，他只是让我去陪他。哦，他说过，台风期间，他们医院领导也要值班。他说从家里来回太麻烦，那儿离医院近。"

伊辉盯着蓝媚的眼睛："凶手的目标，显然只是唐林海！我有点好奇，凶手既然已经把你撞晕，又何必再刺伤你呢？"

"警官，我哪知道凶手当时怎么想？他没杀死我，就已经谢天谢地了！"

"有道理！好好休息！"伊辉走到门口，转身又补充了一句，

"其实我不是什么警官,只是个顾问。"

来到门外,王可说:"问题很犀利啊!难道蓝媚有问题?"

伊辉反问:"她是受害人,怎么会有问题?"

"可是那个问题,听起来蛮有道理!凶手既然已经把她撞晕,又何必再刺伤她呢?"

"记住!"伊辉一笑,"所有优秀的警察,询问人的时候,都会故意刁难人!"

"为什么?"

"装逼……"

林义化工,唐林义办公室。

前天,唐林义走出刑警队的时候,心情好得就像一朵花。可是刚刚过去一天,一切就都变了,他的心情,比今天的天气还坏。

跟江志鹏并案的决定一样,他几乎已经确定,褚悦民和唐林清的死,就因为那个自杀的女孩——顾楠楠。他不在乎凶手是谁,那是警察的事。只要事情不牵连到他身上即可,所以他才高兴。可是今天凌晨,他突然得到消息,他大哥唐林海居然也被杀了!

作为家属,他被警察叫去问了一早上,然后去唐林海家,听他大嫂哭了半天。

他正在做一个重大的决定。

是的。是时候做决定了!再不走,就来不及了!

几分钟后,门开了,李默琛走进办公室。

"唐总,你找我?"

唐林义脸色阴沉,指指沙发示意对方坐下。

"唐总,你大哥的事,我听说了——"

李默琛想安慰唐林义,却被打断:"干好你的工作,别的事别操心!"

李默琛用力点头。

唐林义忽然问："这些年，我对你怎么样？"

"怎么又问起这个？"李默琛坐下，面带真诚，"上次我就说过，没有你，我哪有今天？"

"那是你自己有上进心！"

"对！谁叫我爱钱呢！"李默琛哈哈一笑，屋里的气氛瞬间改变。

"你呀！"唐林义站起来倒背着手，"我就欣赏你这份真实！可惜啊！你看不上我妹唐琪！"

"唉！就这事没法勉强。"

唐林义面带微笑："今天找你来，不是为唐琪的事。"

"哦？有事尽管安排！"

"我要你尽快帮我办一件事。"

"什么事？"

"帮我把钱弄出去！"

"啊？"李默琛赶紧站起来，"你要出国？"

"很突然？"

李默琛点头。

"唉！最近发生事情太多！"

"我能理解！"

唐林义瞥了对方一眼："我只是想休息一下，去美国陪陪女儿。"

"那企业怎么办？不是马上要整体搬迁了吗？"

"照常运转，遥控指挥嘛！"

"也是！"李默琛搓了搓手，"不过，确实有点突然！"

"别想太多！我就是趁休息，把个人财务好好规整规整。钱嘛，弄出去总是好些。"

"你是说合法途径？还是其他？比如……地下钱庄？"

"当然是合法途径!"唐林义苦笑,"非法途径,只会招惹警察上门!"

"那最合适的,就是离岸信托了。"

唐林义点头。

"打算把财产委托给谁?"

"受托人,当然是我女儿。她在美国,拿到身份了嘛!"

"那好办!我回头咨询一下信托公司,在海外设立一笔信托基金便是。"

"不是回头!"唐林义大踏步走了个来回,"是现在!立刻,马上!"

"这么急?"李默琛向唐林义做出专业的解释,"一般来说,信托的资产,无非是股权、现金、不动产。你这里得跟我说清楚信托内容,我办起来才有数!"

唐林义点点头:"公司股权构成你很清楚,我一份,我大哥唐林海一份,其他股东一份。把我那份的受托人,设置成我女儿,别人的当然不能动!不动产嘛,就暂不考虑了!"

"那现金呢?"

"现金当然要动!"

"明白!"李默琛打了个响指,"基本流程来说,现金部分,需要你在香港准备好个人账户,后续流程交给信托公司操作。只是……"

"只是什么?"

"你公司这几年的分红,该怎么处理呢?"

这是李默琛第二次提到公司分红,上次是爆炸案发生那天。

没人比他更清楚,公司分红每年一次,可是唐林义最近四年的分红都没动,共计1.5亿,还躺在公账上,随时以备公司使用。单就这一点来说,唐林义这个老板,还是颇有过人之处。

唐林义当机立断:"取出来吧,转入我个人账户,后面按信托流程,该怎么办怎么办!"

"转出去?"李默琛快速地眨了眨眼,突然冒出个想法,"你看这样行不行?"

"你有别的想法?"

"还是上次我的建议,增资!"

"增资?你还是坚持扩大经营贸易公司?"

"是的,它不影响财产转移。对贸易公司增资,把账上的分红,直接公对公账户,打过去。然后再把贸易公司作为信托内容的一部分,委托给你女儿即可!这样更加便捷。如果操作得当,或许还能省一部分个人所得税。"

唐林义沉吟片刻,说:"还是太麻烦!个人注资,怎么能走公对公账户呢?再说,那样贸易公司会产生进项税。"

"可以用销项抵扣的。"

"不妥!我个人的分红,不要跟公账掺和为好!单独把贸易公司资产委托给我女儿即可!"唐林义微微一笑,问李默琛,"简单事不要复杂化!你很专业,怎么能在这种事上犯糊涂呢?"

李默琛低头沉思片刻,忽然抬头起来:"唐总,你说得对!可是,我真想扩大贸易经营,把它做大!"

"哦?"

"我负责那家贸易公司也有两年了,干得还行吧?"

唐林义拿出烟分给对方,以示自己的肯定:"何止还行!玩玩套路,轻松帮我转移出去2000多万,而且公司还盈利!"

"盈利是应该的。我想长期做下去。我喜欢那里,如果有机会,我想在那边定居!"

"定居好啊!"唐林义打量李默琛,"生意当然更要做下去!有钱为什么不赚?我还能拦着你?"

293

李默琛轻叹一声，笑道："可是不注资，盘子就太小，做起来实在是——我怕坚持不下去，产生跳槽的想法！"

"跳槽？"唐林义是什么人，立马明白过来，"你小子在这等着我呢？刚才摆出那么多弯弯，就是打我分红的主意嘛！"

"唐总，我……"李默琛低下头去。

唐林义用力吐出一根烟柱："你很清楚，那家公司，我没打算做大，也很难做大。理由很简单，贸易公司始终相当于倒腾二手货，既不是单纯的务实，也不是单纯的务虚！"

"我明白！"李默琛毫不掩饰地说，"你当时的想法，就是想通过贸易公司，搞一些钱出去！"

"也不能那么说！"唐林义很适应对方的直接，"在香港有个落脚点，总归还是方便的！"

"那就是说坚决不注资？"李默琛攥紧拳头，露出失望的神色，脚尖狠狠踩着地板，用力碾来碾去。

唐林义哈哈一笑："要搁在以前，答案是肯定的！上回我说过，咱们是生产企业，流水必须保证。我的分红，只能优先放在这边。"

"那现在呢？"

"现在不一样了！"唐林义仰起头，望着窗外的天空，"彼一时，此一时！既然我有心把资产委托给女儿，那就不在乎分红在哪一边了。"

他的话非常委婉，既不能挑明自己想跑路，又不敢承诺，自己还会在滨海干下去。

"那你意思……"

"我同意了，注资！都是我唐家的生意，总之那笔钱不能再留在滨海了。"

"啊！"李默琛难掩兴奋。

"不要绕来绕去，这可不像你！"

"不是……你说要整理资产,我以为你真要放手不干了。"

"怎么可能?"唐林义不想在这个话题上纠结,绕回正题,"这样吧,简单事简单办!你去操作,把我的分红取出来,从我个人账户过一过,直接以注资的方式转入香港贸易公司,完事把贸易公司资产打包,放进信托!"

"好!"李默琛喜形于色。

唐林义用力拍着李默琛的肩头,感慨道:"专业的事,找专业的人办!这时候,也只有你能帮到我了。记着,给我把个人所得税扣掉。关键时候,不要因为小事惹麻烦,你说对不对?"

"对!我这就咨询信托公司。"

"不是咨询!是联系!"唐林义语速变快,"24小时内,从香港找个靠谱的信托顾问来见我!"

李默琛用力点头。

"对外保密!另外再订一张七天后去美国的机票!"

唐林义安排完毕,长长地叹了一口气……

李默琛离开半小时后,崔明虎走进办公室。

"唐总找我有事?"

崔明虎腰板笔直,那是他当兵留下的习惯。

当年他那个宿舍一群渣渣,除了白玉城后来被开除,剩下的,要么早早辍学混社会,要么去职高过渡一下,最后走当兵那条路。

"之前一直忘了问,你当过兵吧?"

崔明虎点头。

唐林义给对方递了根烟,随后不紧不慢地说:"我想请你找几个人,负责一下我的个人安全。时间不长,最多一周。"

"为什么不找保安公司?"

"找了,他们的人就在楼下,可还有点不放心。知道为什么找你吗?"

崔明虎一笑："因为我贪钱？"

唐林义也跟着笑了："我就喜欢贪钱的人。不贪钱，怎么能把事情办好？"

崔明虎摇摇头："贪钱的人多了。我贪钱，但有个原则，拿几分钱，出几分力。我办不到的，给多了，我也受不起；能办到的，给少了，我也不出力！"

崔明虎这话够实在。他这个原则，其实有迹可循。

当年他在宿舍捉弄白玉城，勒索对方拿出6000块了事。后来因同宿舍有人泄密，他给白玉城退了3000。

唐林义点点头："你放心，不是让你砍人，就是负责我个人安全。当然，我不会拿自己安全开玩笑，会给你个满意的价钱。"

"行！"崔明虎一口答应。

"你不问为什么？"

崔明虎淡淡地说："谁想动你，跟我无关，我也没兴趣知道。我只负责你个人安全，保证你平安无恙！"

"很好！"唐林义双手叉腰，"其实，我本想全交给你负责，不想找保安公司。"

崔明虎点点头："24小时值班，我的人不够！这年头，能靠得住的朋友，不多。"

"是啊！靠谱的保安公司也不多！"唐林义欣然一笑，"白天交给保安公司，你们值夜班！"

西城公安分局。

江志鹏带着大队人马，外出排查唐林海的社会关系，把伊辉留在局里。

伊辉终于有时间打开那份资料：《杜忠奎交通肇事案卷（2008年3月）》。

2007年腊月二十三，晚上，杜忠奎开着自己的半挂车，去北京拉一批冻肉，走到大概一半时，在高速一个拐弯处，因操作不当，导致一起严重的车祸。

找杜忠奎拉货的，是滨海一家贸易公司。原本他不想接那趟活，因为那家公司要货太急，让他来不及联系捎货去北京，得跑一趟空车。为此，贸易公司给他加了运费，他才勉强接下，连夜上路。

那段高速中间有护栏，每边都是三车道。由于是空车，他一路跑得飞起，有监控时降到时速80，没监控时持续超速。

22:50，车前方出现了一个朝左拐的大拐弯。

大拐弯所处最内侧的小型车超车道上，远远立着一块黄色警示牌：路面检修。

杜忠奎大老远就看到警示牌，很自然地把车转入中间的第二车道。

那晚小年夜，车不多，可偏巧在杜忠奎前方就有一辆车，而且也是半挂。

那辆半挂拉着半车货，稳稳当当走在他前头，丝毫没有让路的意思。

他开的是空车，哪能让对方如此嚣张？于是不停按喇叭提醒，可是对方就是不肯相让。

这谁能忍？当时的杜忠奎年轻气盛，立即右打方向，开上第三车道，想超车。

他刚变完道，突然发现同车道内，前方大拐弯最大弧度处，竟停着一辆半挂！那辆车应该是出了故障，不知为何，没停进应急车道。

杜忠奎发现的时候，那车刚打起双闪，司机正拿着三角警示牌下车。

看到那个情况，他犹豫了一下。

他有三个选择，要么紧急刹车；要么向左再回第二车道；要么继续向右，进应急车道。

可是真应了那句话，选择越多，反应越慢。

他迟疑了几秒，才做出决定，选择开回第二车道，继续跟在那辆拉着货的半挂后面。谁知他这一迟疑，却连累了别人。

当时在杜忠奎的车后，偏偏跟着一辆红色轿车。

那辆轿车跟他一样，既不能走挂出路面维修警示牌的第一车道，又被第二车道载货的半挂挡住，可是却想超车。当杜忠奎把车开进第三车道时，红色轿车紧跟其后，做出了同样的选择。

可是，当杜忠奎发现同车道前方，拐弯最大弧度处，停着一辆故障车，迟疑几秒后，又返回第二车道。如此一来，就狠狠地晃了他屁股后面的轿车一下子。由于他的车体太大，加上故障车所处位置，刚好在大拐弯最大弧度处，使得轿车司机视野严重受限，根本看不到前方故障车。当杜忠奎重返第二车道，让出来视野，轿车这才发现前方的异常情况。紧急时刻，轿车司机猛踩刹车，同时打方向避让，可是已经来不及了！车子就像一头发疯的野猪，一头戳到故障车屁股上……

那场车祸，导致轿车上的两人当场死亡。

故障车的大车司机幸免于难，瘫坐在地上，半天爬不起来。

车祸发生时，杜忠奎刚刚回到第二车道。

他听到巨响后，知道发生了车祸，可是并未停车，反而加速超车，一路狂奔，在距离车祸现场10公里处，被高速交警拦停，带回现场。

杜忠奎的车牌号，是故障车司机报警时提供给警方的。他那么做，是为了分摊责任。

那个司机姓刘，叫刘正顺。车祸发生前，他正拿着三角警示牌往车尾走，目睹了车祸发生的整个过程。他也是个老司机，当时就判断出，杜忠奎的应变方法有问题。那个判断，在事后界定事故责任时，改变了杜忠奎的人生。

事故发生前，刘正顺的车因后车轴断裂，刚刚停下一会儿，还没来得及设置三角警示牌，这一点有目击者证明。警方找到的证人叫王一海，就是事故发生前，在第二车道挡住杜忠奎的那位车主。

刘正顺的主要过错，是未将故障车停进应急车道，并因此导致了极其恶劣的后果，所以，他被界定为事故第一责任人。

杜忠奎在未留意后方有跟车的情形下，不但弯道超车，而且在发现危险情况下，处置不当，给后车造成了视野盲区，留给后车的反应时间太短，被界定为第二责任人。

警方认为杜忠奎在发现故障车时，应该有更优选择，比如先减速，再变更车道，那样等于给后车做提醒。

刘正顺指控杜忠奎，在变更车道时根本没有减速。

更严重的是，刘正顺说，杜忠奎最后变更车道时，连转向灯也没打。

对这两项指控，杜忠奎拒不承认。可是，王一海也向警方证明，杜忠奎当时的确没减速，也没打转向灯。两位司机的证言一致，把杜忠奎推到了极为不利的位置。然而，比上述两项指控更为致命的，是杜忠奎事故后驾车逃逸。

事故造成两人当场死亡不假，但是如果他当时立即停车，那么他要承担的后果，一定不会那么严重，可是他选择了逃逸。

最后，刘正顺因交通肇事致二人死亡，被判有期徒刑三年，而杜忠奎因交通肇事致二人死亡，外加事故后逃逸，被判有期徒刑10年。

车祸里死的两人，一男一女，男的叫刘人龙，女的叫蓝小菲。

蓝小菲生前，是滨海西城城市银行的信贷部主任。

刘人龙是个司机，在西城城建规划局给领导开车。

看到这里，伊辉突然怔住。原因无他，姓蓝的本就不多，一看到蓝小菲这个名字，他立刻想到了蓝媚。

他打开电脑，进入人口管理系统，输入蓝小菲的名字。打完字他才想起，那个名字早就注销了。

他摇摇头，又输入"蓝媚"二字。

蓝媚个人资料显示：母亲蓝小菲，父亲刘人龙。

"哎呀！"这个结果让他极为诧异。

他抱起胳膊，身体靠向椅背，头部努力后仰，任凭这个意外信息，在大脑里旋转、撞击。

"咣当！"椅子向后仰倒，把他扔在地上。

他拍拍屁股爬起来，来回走动。

蓝媚居然跟着母亲姓？他想，蓝小菲一定是个强势的女人，家庭地位应该高过丈夫。这一点，从工作职位上就能看出来。蓝小菲是银行信贷部主任，而刘人龙呢，名字虽然霸气，却只是个伺候人的司机。这不奇怪。很多人成年后，性格偏偏跟名字最初的寓意相反，这是一个有趣的现象。

对伊辉来说，更有趣的是，蓝媚的父母，居然间接死在杜忠奎手里。虽然刘正顺也是事故责任人之一，但那似乎不重要。因为现在，牵扯进碎尸案的是杜忠奎，而且事后他还失踪了……咦？那位刘正顺现在什么状况？他会不会也摊上什么事？

交通肇事案卷里，刘正顺的个人资料很全。那人也是滨海人，而且记录的地址，在车站派出所辖区。

伊辉从人口管理系统中很快找到目标，发现那位司机现在还活得好好的。他还是不放心，拿起电话打往车站派出所。

派出所接电话的，还是钱丰收。那是伊辉干顾问以来，唯一建立的一点个人关系。

"哟！辉哥，什么指示？"钱丰收非常热情。

"帮我查个人。"伊辉把司机资料告诉对方。

"查人啊？我可是生瓜蛋子！不过难不住我叔！"

"你叔？钱岩所长？上回你不是说纯属巧合，同姓而已吗？"

"嘿嘿！我顺嘴那么一说！"钱丰收挂线。

半小时后，钱丰收回电。

"你说的那个刘正顺，以前出过车祸，进去蹲了3年。他早不干运输了，现在干批发，卖菜呢！"

"确定他活得好好的？没摊上什么事？"

"没问题啊！怎么了？"

"没事！以后出去，别乱说钱所长是你叔！"

排除了疑问，伊辉出门，发动五菱宏光驶出分局，朝西城城建规划局开去。

事情有点怪，这是他的直觉。

最近连发四桩大案。其中"711"案和"827"案的被害人，都跟顾楠楠自杀案有直接联系，那给了两案合并的理由，剩下的碎尸案和唐林海被杀案，就像两座孤零零的荒野山头，彼此之间毫无联系，个案的前因后果也不明晰，让人无从下手。

拿碎尸案来说，嫌疑人是杜忠奎这个结论，它基于的侦查过程很严密，逻辑也没问题。可是从常理看，杜忠奎有什么理由杀人，并且碎尸？他在里面憋了10年，才放出来，找个楼凤释放一下，这顺理成章；他租辆好车，想带楼凤出去玩也没问题；他新买了手机，添置了衣物、鞋子，还预付了定金，给亡父买墓地……他所做的每件事，都再正常不过。正常的事情，映射正常的心理，说明他想好好过日子。一个想好好过日子的人，认认真真搞他的楼凤就算了，何必要杀人、分尸呢？

不正常，每一个角度都不正常。这些问题深深困扰着他。现在他忽然又注意到一个问题，杜忠奎哪来的钱去给父亲买墓地？

6月29日上午，杜忠奎付了定金，还允诺三天后付全款。静山公墓环境清幽，风水极好，价格高昂，在滨海当地，一般人望而却步。杜忠奎呢，只是个刑满释放人员，10年没收入，哪有钱买那么好的墓地？就算他先前有存款，一出来也该先考虑解决自身问题。比如留着钱，再找个女人二婚。比如去看看跟了前妻的孩子，拿一点儿抚养费出来。这些都是活人的事，就算不用那么迫切解决，可比起给亡父置办昂贵的墓地，总要优先一些。难道说，杜忠奎真是个大孝子，对他来说最重要的，是让父亲入土为安？如果他是那样的男人，怎么会有租好车显摆、包楼凤享受的心思呢？

碎尸案的真相只有一个，可是杜忠奎身上的谜题，却远不止一个。

现在，既然已获知杜忠奎当年的"壮举"，那么伊辉当然要对车祸中丧生的人做一番了解。只要跟杜忠奎有密切关联的人和事，都有了解的必要。

他有个特别的想法：杜忠奎是大车司机，刘人龙是小车司机，同为司机，这两人会不会早就认识？或者工作中，曾有过什么交集？

他将希望寄予城建规划局的人事科，想查找刘人龙当年的人事资料，以便了解其所有工作经历。可是刘人龙已去世10年有余，怎么可能有资料留下。好在人事科科长还不糊涂，对刘人龙仍有印象。

人事科长对伊辉说："他有编制，是他老婆帮他走的关系。挺正直的一个人，在我们局干了四五年吧！来这儿之前干什么？那谁知道？他有没有开过大车？开玩笑！那肯定没有。据我所知，他只有C证。"

伊辉很失望，但还是把能想到的都问了出来："他当年给谁开车？"

科长想也不想，就说："给当时的副局长。"

"副局长？"

"褚悦民。"

"哦？给褚悦民开车？"伊辉不由得一愣，这个情况他事先未曾料到。

一提褚悦民，他立即就想到"711"案。既然刘人龙曾是褚悦民的司机,他们一个死于10年前一场车祸,一个死于今年一场"意外",而且也是死在车里,那么这两件跨度10年的事,会不会有什么联系?如果答案是肯定的,那么,它会不会跟杜忠奎有关?

面对这些突如其来的信息,他充分发挥自己的潜能,设想变得越来越大胆。

大胆设想,小心求证,不仅适用于科学界,更适用于刑警。他不是真正的刑警,却能真正领会并践行这条原则。

面对难题,他天生拥有舍我其谁的自信。

他坚信,天下没有破不了的案子。破案高手,为什么往往游戏玩得好?它们很相似。破案,就是一场寻找。调动脑部近千亿神经元,永不放弃地寻找。如果积木怎么搭都搭不起来,那是因为还没找到那块必要的积木。

接下来的调查目标,是蓝媚母亲蓝小菲。

要了解蓝小菲的过去,最好的去处,自然是其生前的工作单位。可他了解银行的大爷们,没有王可陪同,以他这个顾问身份去打听闲话,人家还真就不一定鸟他。

他回到车上,琢磨接下来的去处,心里忽然冒出一点儿火星。

他赶紧闭眼凝思,将那点火星死死抓住——西城城市银行,他确定不久前,在哪儿听到过这几个字。

"想起来了!"

他一巴掌拍响了车喇叭——冯仁兴提过这几个字,就在他和雷家明,第一次去白玉城那儿喝酒的时候。当时,冯仁兴回忆白玉城父亲,说白涛当年为了如今那片烂尾楼,除了必要的流动资金,把厂里其余的钱全投上了。后来工程量越来越大,钱不够,白涛先是发动工人集资,而后拿企业抵押,从西城城市银行贷款。后来白涛死了,企业归银行,然后被拍卖……现如今,白涛曾经的厂区,早成了林义化工的西厂……

## 第二十三章　解密

　　这是个祥和的下午，雨虽没停，但小了很多，淅淅沥沥的，让人昏昏欲睡。

　　白玉城蹲在店前凉棚下修车。

　　停车大院的老板冯仁兴像往常一样，远远坐在一张小凳上，一边抽烟，一边望着外面的雨丝发呆。

　　伊辉下车，把买的烟夹在腋下，朝老冯走去。

　　"冯老板！"

　　"哟！伊警官，打哪儿来啊？"冯仁兴起身，打了个哈哈。

　　"我就是个顾问而已。"

　　伊辉冲着白玉城打了个招呼。

　　白玉城点头回应，手里的活没停。

　　"路过，还是公干？"冯仁兴边说边递烟。

　　伊辉接烟，反手将腋下那条烟，扔进冯仁兴怀里。

　　"嘿！这干吗呢？"

　　"打听点事儿。"

　　冯仁兴不是虚套之人，把烟放在小凳上："最近这是怎么了，警察都爱找我老冯打听事。"

"说明警察无能，离不开人民群众！"

冯仁兴被这话呛到，连连咳嗽。

伊辉点上烟："打听白涛的事！"

听到白涛的名字，白玉城停下活，朝伊辉看过来。

"哦？什么事？"

伊辉单刀直入："我记得你上次说，当年白涛为盖那片楼，跟西城城市银行贷过款？"

"嗯，说过。"冯仁兴续上一支烟。

"你知不知道，银行里跟白涛对接的是谁？"

"那谁知道啊。怎么突然问起这个？"

"有没有听白涛提过蓝小菲这个人？"

冯仁兴摇头："生意上的事，他很少跟我聊，顶多就是一起喝喝酒。"

伊辉合计了一下，又问："白涛当年贷款顺利吗？"

"当然顺利！那么大企业，能不顺？"

"那褚悦民呢？"伊辉冷不丁甩出这个名字。

"褚悦民是谁？"

"当时的西城区城建规划局副局长。"

听到这话，冯仁兴一拍大腿："你这么一说，我就想起来了。当年白涛开发楼盘，少不了跟官面上打交道。别的我不认识，但是我和一位城建副局长吃过饭。"

"你们吃过饭？"伊辉来了兴趣。

"不一定是你说的那人，副局长可不止一个。那人名字我当时没上心，但城建副局长肯定没错。那人矮胖，头发稀疏，酒量不小……"

冯仁兴的描述，有一定参考价值。褚悦民的确个不高，头发也

305

少，但是很瘦，可能是坐牢坐的。伊辉从手机里找出褚悦民案发前的照片，请冯仁兴辨认。

冯仁兴看了半天，摇头。

"说不准，时间太长了。正常情况下，白涛的酒局都是他公司的人作陪。那次是白涛找我喝酒，副局长给他打电话，就凑了个三人局。"

冯仁兴唠叨起往事，越说越多，都是些不着四六的破事，跟案情没半点关系。伊辉知道再问不出什么，借故离开。

下一站是褚悦民家，他想去跟褚悦民老婆聊聊。

实际上，前些日子他见过褚悦民老婆。那时"711"案还没定性，褚悦民老婆抱着亡者大框照片，领着人去分局闹事，令江志鹏很下不来台。当时，他还专门跑下楼去看热闹。印象中，他感觉那个女人很强势，不确定这次去能不能有所收获。

分局里有褚悦民家的地址，他给值班员打电话问明白，开了导航找过去。

江东郡一栋一单元16楼是个大平层，褚悦民生前就住在那儿。

伊辉整了整衣服，按下门铃。

出警调查必须有伴，这是规矩。大伙都有任务，他单独上门是无奈之举。他期待褚悦民老婆不懂警务规矩。不过，话说回来，他是顾问，似乎没必要遵守那个规矩。

门很快开了，一个中年女人探出头来。

那女人体态中等，脸上化了淡妆，鼻梁端正挺直，嘴唇饱满，法令纹明显，看得出年轻时是个美人。

"找谁？"

"我是西城公安分局的，这里是褚悦民生前的住处吧？"伊辉亮出证件。

"哟！你们还想着我家老褚呢！案子定性了吗？遗体什么时候还

回来？"

"褚局长的死，不是意外！我就是为此事而来！"

伊辉给了褚悦民一个尊贵的称呼，又透露了案件性质，一句话就掌握了主动。

"啊！我早就说，我家老褚死得冤！你快进来！"

伊辉慢慢走进客厅，稳稳坐下。

他不想让对方看出来他瘸，从而生出小看之心。

"从老褚出事，到你进门，这么长时间，警察就来过一次！真不知道你们公安局的大爷们，成天忙什么！"

"别抱怨！褚悦民的案子，现在是最高优先级！"伊辉随口就来，根据情况扯淡。

"你们早该这样了，早该给老褚一个交代！"

"查案不为给谁交代，我们只对真相负责！你怎么称呼？"

伊辉的气场明显占了上风。

"我叫刘美华。"

伊辉点点头，在"刘"字后，勉强加了个"姐"："刘姐，老褚干局长那会儿，司机是谁？"

"小刘啊！哦，刘人龙。其实他比老褚大两岁，我习惯喊他小刘。"

"你对他了解吗？"

"还行。人很正直，也勤快。他进单位，还是他老婆走的关系。他老婆当时是西城城市银行的信贷部主任。他们两口子10年前出了车祸。"

"对！"伊辉掏出个小本子，装模作样地翻了翻，"据我所知，刘人龙两口子出车祸那天，是个工作日，老褚单位还没放年假。可是他们为什么要出远门呢？有没有跟老褚请假？"

刘美华挪了挪屁股，反问："不是调查老褚的案子吗？怎么对他

307

司机问个没完？"

"一回事！必须把老褚身边的人搞清楚！"伊辉挺起胸，"你不配合没关系。让老褚在停尸间多躺会儿，我们不在乎！"

"你们可真够损的！"刘美华仰起头想了想，说，"没记错的话，他们车祸那天，应该是小年吧？"

"对！"

刘美华点点头："那天中午，我给小刘打过电话，让他下午开车过来，陪我出去办点年货。他委婉拒绝了，说跟老褚请了假，要出个门。"

"有没有问他去哪儿？"

"问了，他没说。"

"那老褚呢？怎么进去的？平时工作得罪了很多人？"伊辉转向刘美华感兴趣的问题。

"说是被群众举报了呗，进去一待就是七年！实际还不是他单位某些王八蛋使的坏？说老褚受贿。他单位受贿的，可不止他一个！"

"他平时生活作风怎么样？"

褚悦民口味重，嫖宿女学生，这事刘美华一定不知道，伊辉也不打算透露，他只是试探性地随口一问。

"生活作风？"刘美华重重地呼出一口气，"都说家丑不可外扬！老褚人都没了，还问那些干什么？"

伊辉心里一怔：莫非刘美华，早知道褚悦民的龌龊勾当？

他一手握笔，一手摊开小本子，神态庄重："知道什么说什么。公安局不是菜市场，除了办案，我们对隐私没兴趣！"

"好吧！"刘美华叹道，"其实一直是怀疑，实际上我没有老褚偷腥的证据。"

"那你说什么家丑不可外扬？"

刘美华微微一笑："小同志！你对女人的怀疑有偏见？我是他老

婆，能无缘无故怀疑他？"

伊辉迎合："没错！女人的怀疑，就好比居民幸福指数的官方调查，精确无误！"

"谁说不是呢？"刘美华没听出伊辉的讥讽之意，小声说，"有段时间，老褚衣服里常常装着房卡，我就质问他。老褚一向反应快，说只是跟朋友在酒店里谈事，还反过来质问我，说我突袭检查他的衣服，纯粹没事找事！我很气！你说，跟朋友谈事，有去酒店开房的？"

"那得看你怎么理解'谈事'这两个字。比如以打麻将为由的利益输送，就常常发生在酒店。"

"那我知道！可我是女人，还是不放心，就把刘人龙找来问。"

"你跟领导司机打听领导生活作风问题？纯属鸭子孵小鸡，白忙活！"

"那可不一定！"刘美华仰起脸，"当初刘人龙的编制问题上，我可是出过力的！"

"你和他老婆很熟？"

"为了刘人龙的事，她以我名义，在她们银行投了几个基金，赚了些钱。那事，还是她们银行行长悄悄告诉我的。嗯，行长是我姐夫。后来我把本金还给了她。我们很聊得来。"

"她是什么样的人？"

"热心，有原则。"

"以你名义买基金，还叫有原则？"

"她用的是她自己的钱，再说本金我也给她了。"

伊辉想想也是。一个信贷部主任，要是不讲原则，那有的是法子套钱买基金，根本不用自己出钱。

"你跟刘人龙打听到什么？"伊辉绕回原来的话题。

"他什么也不知道。我当然不信，怀疑他和老褚穿一条裤子，就

309

找他老婆诉苦。"

伊辉笑了："你这招很厉害。"

"我能有什么办法？"刘美华起身给伊辉倒了杯水，"可是没想到，他老婆敲打了他以后，他还是说什么也不知道。我担心老褚还会再开房，就买了套偷拍设备藏家里，叫他到时候把摄像头装进酒店房间去。他答应了。"

"你何必难为一个司机？为什么不找婚姻调查机构？"

"找他们还不如自己查！我早先找过一次的，可是没料到那个调查所的经理是我一个女同事的弟弟……那人嘴巴不牢靠，消息通过她姐传到单位，搞得我很被动！"

一朝被蛇咬，十年怕井绳。

伊辉轻叹一声表示理解，接着问："有成果吗？"

刘美华摇头："一直没新发现，直到刘人龙车祸前一天，老褚回家后，我刚好有事要出去一趟，就叫刘人龙捎我一段。结果你猜？我不小心在副驾储物箱内发现了房卡！那就是老褚学聪明了，有卡不往家带了！"

"刘人龙车祸前一天？"伊辉一愣，他对这个时间很敏感，忙问，"你让刘人龙去装了摄像头？"

"是的！我回家拿出偷拍设备，连同房卡交给他。他答应马上去装。"

"然后呢？"

"然后刘人龙回来还了房卡，说摄像头已经装上了。老褚呢，晚饭后果然出去了，后半夜才回来！"

"再然后呢？"

"没然后了！第二天刘人龙请假，晚上车祸，两口子都没了……"

"也就是说，他请假那天中午，你给他打电话，说下午用车买年货,其实是想找他打探消息?"

"对!得知他请了假,我就问他摄像头的事。他支支吾吾,没说清楚就挂了!"

"那你的摄像头呢?"

刘美华双手一摊:"刘人龙支支吾吾,我就怀疑他拍到了什么!他出事后,我偷偷去老褚车里找房卡,可是没找到,估计退房了。我就跑到那家酒店,指定要开那间房。好在当时那房是空的,可我进去找了半天,也没找见摄像头在哪里……"

"那可能性就多了:要么摄像头还在那个房间,只是你没找到;要么刘人龙压根儿没装摄像头;要么已经被刘人龙拿走了,只是没来得及给你,或者不想给你;要么,被老褚发现,拆下来拿走了。"

"我也想过这几个可能,只是无法一一验证。"

伊辉阴着脸站起来:"这么重要的情况,你为什么不早告诉警方?"

"这是我的私事,凭什么告诉你们?再说,它有那么重要?"

"当然重要!"伊辉逼近刘美华,"你有没有想过,万一刘人龙两口子的死,跟摄像头内容有关系呢?"

刘美华也站起来:"不可能!就算摄像头拍到了不雅视频,被刘人龙拿走,没来得及给我,或者袒护老褚不想给我,老褚也不至于因为那点事杀人灭口!再说,老褚凭什么知道酒店房间装了摄像头?"

伊辉忍不住笑了,笑刘美华太傻:"你偷买摄像头的事,褚悦民很可能早就知道,只是懒得理你!你平时把它藏在哪儿?"

"用油纸包好,藏在马桶后方水槽内!我跟电视上学的!"

"行!"伊辉指了指刘美华,"从你今天提供的情况分析,刘人龙两口子的死,以及你家老褚之死,极有可能都跟当年那个摄像头有关!"

"不可能!你什么意思?"刘美华很激动,嘴唇不停抖动。

"谢谢配合。有进展,我会第一时间通知你!"

伊辉不多解释,冷着脸离开。

他有些兴奋。他不知道如果换作一个优秀的刑警,该不该在此刻兴奋。

他想不到从杜忠奎的案卷里,能引申出这么多隐情。这些情况到底意味着什么,它们是否还能引申出更多隐情,他不确定。但他能感觉到,自己已经离真相越来越近。

回到分局,他迎面碰到江志鹏。

江志鹏刚从雷局长办公室出来,脸色铁青,脚步沉重。他带头在一线忙了大半天,回来后,才跟雷霆汇报昨夜在皇家酒店的过失。

雷霆听完很震惊,当场拍了桌子,把桌面上的杯子震起来半尺高。

警务人员出外勤,难免有不可预料的情形发生。可是这次,江志鹏中计启动了杀人机关,致使唐林海当场被电死,实在令人难以接受。

不管怎样,江志鹏的处分是免不了的,甚至于还要接受检察院调查。但是,雷霆考虑到大案当前,西城分局现在是整个滨海警界关注的焦点,此时把刑警大队长给处理了,不但严重影响一系列案件进程,更影响全局人心、士气。

他想来想去,只抛给江志鹏一句话:"要么一周内破案,要么滚蛋!"

他这个破案,包括分局近来所有大案。

江志鹏腮帮子高高鼓起,半垂着头跟伊辉擦身而过。

伊辉冷不丁开了口:"江队,我可能有重大收获!"

"什么?"江志鹏继续往前走。

"我查了杜忠奎的资料,发现褚悦民的死,很可能跟10年前那场交通肇事案有关!也就是说,杜忠奎所牵连的碎尸案,也很可能牵连到那场车祸。再进一步说，如果'711'案跟'827'案的并案结论没有错，那么它们也很可能跟碎尸案相关！"

"啊？"江志鹏这回听清楚了，两脚定在原地。

伊辉走上前去："情况复杂，一时说不清。现在整条线还是断的，细节也很模糊。还有件极重要的事，需要你出头。"

"你小子可别唬我！"

"唬你能破案？"伊辉无奈一笑，看了看表，"趁银行还没下班，咱们赶紧走！到那儿你坐镇就行，我问。完事回头给你慢慢捋！"

"你他娘的到底想干什么？"

江志鹏一手扶腰，一手揉了揉颈椎，皱起眉头盯着伊辉。

"赶紧啊，领导！"说话间伊辉叫来王可，两人当先朝外走。

江志鹏犹疑片刻，抬脚跟上。

西城城市银行行长办公室。

行长不在，副行长孔方出面接待来访的三位警务人员。

一切按照伊辉事先的安排，江志鹏阴着脸坐在一旁，就起个震慑作用，王可拿着笔录本，一脸轻松。

伊辉板着脸对孔方说："孔行长，我们来了解10年前的一点儿琐事，麻烦你还是打个电话，把行长叫来吧！10年前，你可能不是副行长，相关信息怕你不了解。"

孔方搓了搓手，笑道："10年前？那时候是侯行长坐镇，我们现任行长还没来呢。所以这个电话打了也没用啊！"

听到这话，伊辉立刻反应过来。对方所说的侯行长，一定就是褚悦民老婆刘美华的姐夫。

"10年前你什么职位？"

孔方笑说："现在是副行长，10年前也是副行长……侯行长调走以后，空降来了新领导。我老方天生适合干副手。"

"那太好了！"伊辉往前挪了挪屁股，靠近孔方，"还记得蓝小菲吗？"

"蓝小菲？当然记得。她是我们行的行花，当年快40的人，看着还像个小姑娘。可惜出了车祸。唉！"

"你们关系怎么样？"

"关系？"孔方一愣神，"我们就是上下级关系，她信贷部主任，我对她直接负责。"

"你了解她吗？"

"这怎么说？那得看哪方面，毕竟一起工作十几年的老同事嘛。"孔方停顿片刻，反问，"怎么突然来问她的事？"

"有人冒用蓝小菲身份诈骗，所用资料，跟她一模一样。我们帮经侦过来简单了解一下。"

伊辉胡诌起来，海阔天空，突出一个反应速度。

"怎么回事？简直胡闹嘛！蓝小菲都去世10年多了！"

"是的！都是必要程序，我们也了解过那场车祸的情况！"伊辉顺利过渡了话题，"当年西城有个老板叫白涛，你知道吗？"

"有印象。"

"他从你们银行贷过不少款吧？"

"对！他的业务，是蓝小菲亲自负责的！"

伊辉早就想过，银行对接白涛的，很可能就是蓝小菲，只是不敢确定。看来世事皆因缘，白玉城和蓝媚多年来纠葛不断，而他们的长辈，早在多年前就已有来往。

他很快回过神来："那白涛当年的专项贷款，有问题吗？"

"那绝对没问题，一切合乎程序！蓝小菲的业务原则性非常强，跟我沟通也及时，很让人放心。"

"可是白涛那笔投资全亏了。"

"那我知道。他那片楼盘，到现在不还在五一路扔着吗？人也没了。投资的事，风险谁能预料？不过，他当年的贷款抵押物可是很充分，我们银行没风险。"

"你是说他的鼎鑫化工？"

"对！事后拍卖，厂子到了唐林义手里，也就是如今林义化工的西厂。"

"亏的是个人，看来你们银行还是赚到了！"伊辉速切话题，不让孔方插嘴，"蓝小菲出事那天，还是个工作日吧？"

孔方皱起眉头，他显然想不起来。

"那天是小年。"伊辉提醒。

"哦，对！"

"还记得她请假事由吗？"伊辉再次提醒，"车祸发生在去北京的高速上。"

孔方站起来走了两圈，又坐回去："蓝小菲两口子都死了，这是事实啊！你们该不会怀疑那什么诈骗犯，真是蓝小菲复活吧？"

伊辉笑着摇头："你多心了。我们来都来了，就是走个程序。"

"她的假是我准的，可是时间太久了。"孔方搓了搓后脑勺，"你一说北京，我才想起来，她当时提过一嘴，说是去访友。"

"去见谁？"

"那谁知道！"孔方笑着摇头。

"你们十几年同事，不知道她在那里有什么朋友？"

"你这可难为我了！"孔方摘下眼镜使劲眨了眨眼，"都是私事，我打听那干吗。再说她人漂亮……对了，现在的信贷主任是她同学，要不你们问问她？"

孔方被盘问烦了，成功甩锅，很快把信贷主任叫进办公室，自己一溜烟跑了。

进来的女主任身宽体胖，对伊辉的问题相当诧异。

"对，我和蓝小菲是大学同学，当年住一个宿舍。"

315

"你很了解她吧？"

"不了解。"胖主任甩锅更干脆。

伊辉对这个回答极为不满："她死了，你就当上信贷部主任了？换句话说，她不死，你能当上？"

"你什么意思？"胖主任提起屁股，虎视眈眈盯着伊辉。

"别紧张，坐。夸你能力强呢！"伊辉刺激了对方，又转回正题，"你们在哪儿上的大学？"

"北京。"

"她在北京都有什么朋友？"

"我哪知道啊！我该下班了！"

"哦？真不知道？"伊辉知道这些人遇事都是能躲则躲，便有心吓唬，转脸对王可说，"给经侦的弟兄们打个电话，就说，他们那件诈骗案，可能跟西城城市银行信贷部有关，叫他们多费点心。"

胖主任蹦起来："什么诈骗案？怎么会跟我们信贷部有关？"

"坐下！我刚问你话呢！哪里轮到你问我？"

胖主任重重陷进沙发："她在北京同学多。那时候同学聚会，也都是去北京。"

"她和谁最熟？"

"男同学都熟……"

"我问谁最熟？"

"要说最熟，那还是我们银行北京总部的孙行长。"

"孙行长？"

"大学那会儿，孙行长是我们经济学教授，很有名气。我们毕业前，他被市领导推荐去了农行，后来有了城市银行，他又转去城市银行总行，干副行长。蓝小菲开始干的也是农行，来城市银行是后来的事。所以只要去北京，她都会去看望孙行长！"

"你也一样吧？先在农行，后来转到这儿！"

胖主任再次站起，用力哼道："我那时也……也很漂亮，一点儿也不胖……"

伊辉很认真地点点头，招呼江队和王可离开。

他已经得到了答案，剩下的是验证。

从银行出来，伊辉对江志鹏说："看来得去趟北京。"

"找那什么孙行长？你到底要验证什么？就这破事，值当去北京？"

江志鹏知道伊辉想干什么，但不明白那么干的理由。

"必须去！"伊辉态度坚决。

江志鹏摇摇头，拿出电话拨通一个号。对方是北京某分局刑警副队长，当年跟江志鹏是警校同学。

"怎么说？赶紧的！"他举着电话问伊辉。

"你叫他去查一下，2007年腊月二十三，即2008年小年前一晚，或者小年当天，蓝小菲是否给城市银行总行孙副行长，打过电话？说过什么？"

"蓝小菲、蓝小菲，她到底是谁？"

"蓝媚母亲。"

"哦！啊？"

电话接通，江志鹏顾不上诧异，把伊辉的话，跟同学复述两遍。

挂断电话后，他们回分局等消息。那期间，江志鹏再三询问怎么回事，伊辉一言不发，只是把杜忠奎那份案卷拿给他，让他好好看看。

大约一小时后，江志鹏同学来电，问那个蓝小菲是不是出了车祸，两口子都死了？

江志鹏正在研究案卷，如实告诉了对方。

又过半小时，消息来了。

孙行长八年前就退休了。江志鹏同学以蓝小菲那场车祸反复提醒老头儿，老头儿终于想起，2008年小年那天上午，接到过蓝小菲电话。电话内容很简短，蓝小菲说年底了，去看看孙行长，顺便请老师帮忙排解一个问题。孙行长问什么问题？蓝小菲没多说，只简单陈述，说事情跟一笔贷款有关。

江志鹏把电话内容原原本本告诉伊辉。

"跟一笔贷款有关？果然如此！"伊辉长长地吐出一口气，脑海中那根链条变得越来越清晰。

"你怀疑当年那场车祸，不是意外？"江志鹏的案卷没白看。

伊辉点点头，在案情分析板上画了个人物关系图：褚悦民（西城区城建规划局前副局长）、褚悦民老婆刘美华、车祸死者蓝小菲（蓝媚母亲）、车祸死者刘人龙（蓝媚父亲，褚悦民司机）、杜忠奎（半挂司机）、侯某（十年前西城城市银行行长，刘美华姐夫）。

王可搬来凳子，老老实实在分析板前坐下。

伊辉指着题板："求证过程，跟事实经过正好相反——看完杜忠奎档案后，我注意到蓝小菲这个名字，查证得知她是蓝媚母亲。接着我委托车站派出所，查到当年另一位涉事司机，刘正顺。他不干运输了，现在是个菜贩子，活得好好的。然后我分别去了城建规划局、白玉城的维修店，以及褚悦民家……"

"直接说怎么回事？"江志鹏急不可待。

"事情经过是这样的……"伊辉从空中接住王可的烟，随手架到耳后，"10年前，褚悦民老婆刘美华，多次从褚悦民衣服内发现房卡。她怀疑对方出轨，但褚悦民否认。刘美华不甘心，又试图从褚悦民司机那儿打听情况，但还是一无所获。此后，她找过一家婚姻调查所，结果发生意外，事情传到了她单位。后来她决定自己调查，偷偷买来微型偷拍设备，将其藏于马桶后方水槽内，并向刘人龙求助。刘人龙答应了。他为什么帮刘美华？他的编制，是蓝小菲找刘美华帮忙解决的。接下来是重点，2008年小年前一天，刘美华无意在褚悦民车内发现房卡。她立刻把偷拍设备连同房卡，一起交给刘人龙。刘人龙很快归还了房卡，并说已经在酒店装了摄像头。"

王可忍不住插言："姓刘的背叛领导啊，这就给装上了！"

"不十分确定！"伊辉接着说，"那晚褚悦民去了酒店，后半夜才回家。第二天中午，刘美华给刘人龙打电话，打听摄像头的情况。刘人龙说请了假要出门，摄像头的情况，支支吾吾没说清，就挂断电话。刘美华没办法，后来发现褚悦民退了房，就到酒店开了相同的房间，去找摄像头，可是没找到。"

"我听明白了！"江志鹏走到题板前，在刘人龙名字上画了个圈，"你是说他装了摄像头，拍到了什么东西，然后在去北京的路上，被灭口？"

"如果他压根儿没装，那车祸就是意外；如果他真装了，那我认为就是灭口。"

江志鹏又在蓝小菲名字上画了个圈："她去找孙行长请教什么问题？一笔贷款业务？她一个信贷主任，经验丰富，什么业务不能处理？还得专门跑北京去，请教总行长？而且连夜赶路？"

"问题就在这里。常理解释不通，那就只能是非常理。刘人龙应该装了摄像头，而且一定拍到了他想不到的内容。如果蓝小菲跟孙行长通话时没说谎，那刘人龙拍到的内容，就应该跟一笔贷款有关。"

这时王可又打岔："换我是不可能出卖领导的，这辈子都不可能！我想不通刘人龙装摄像头的心路历程……"

"你不放屁，没人拿你当哑巴！还心路历程……"江志鹏思路被打断，急了。

伊辉回应王可："他的心态不难分析。如果真拍到了不雅内容，他大可以找个理由，比如存储盘进水，不把视频交给刘美华就行。这样他既帮了刘美华，又不得罪褚悦民。"

"有道理！"江志鹏重重地点着刘人龙的名字，"看来他真装了摄像头,而且拍到了东西!"

王可问:"什么东西?竟让人杀他灭口?"

伊辉说:"应该跟贷款有关。而当时她最大的一笔贷款业务,是白涛的鼎鑫化工。"

江志鹏惊道:"鼎鑫化工?你是说五一路那片烂尾楼?"

"我也是猜测!毕竟那个项目,是蓝小菲当时业务范围的最大一笔贷款,而且是她本人亲自负责的!"

"可是银行的孔方说了,蓝小菲是个原则性极强的人,那笔贷款,程序上没一点儿问题,而且抵押物非常充分……"

"没错!"伊辉拿起耳朵上的烟点燃,"可是从结果看,白涛那个项目黄了!"

江志鹏背着手,在原地绕了好几圈,突然止步:"难道不是贷款本身有问题,而是项目本身有问题?"

伊辉没正面回答:"白涛最好的朋友兼战友,冯仁兴说过,白涛失败的根本原因,是没吃透城市规划方向。东扩还是西扩?当时咱们滨海进一步的开发方向,还不明确。"

王可说:"怎么不明确?早在10年前,政府办公楼就东迁了!"

"不是那个意思!整体往东发展,人尽皆知,是西城进一步的开发方向,不明确。当时西城搬迁了大量污染企业,留出来很多空地。有了地,政府肯定会开发。不明确的是开发什么产业,何时开发。当时有很多开发商都在打西城的主意,毕竟地价便宜啊。坏就坏在白涛做事果断,下手太快。"

"白涛可以去问城建规划局啊!"

王可稀里糊涂一句话,案情分析往前迈了一大步。

江志鹏说:"没错!一般来说,开发方向,何时开发,市城建规划局,会给市里提供一个初步思路。在那个初步思路之前,其下级单位,即西城区城建规划局,会有一份更初步的思路。"

"更初步的思路？难道是褚悦民在中间捣鬼，才使得白涛项目本身出现问题？"

王可顺嘴就说出褚悦民的名字，屋里瞬时安静下来。

江志鹏用力搓着下颌："就这些分析跟案情之间，所呈现的因果关系看，褚悦民的确值得怀疑！可他只是个副局，能左右开发思路吗？换句话说，如果真的是政策误判，导致白涛项目失败，那么，褚悦民得在开发政策上造假，给白涛传递一个并不存在的政策信息才行！问题是褚悦民有能力造假吗？那可是红头文件！"

王可说："瞎猜没用，关键是那场车祸。如果能证明它真的是人为就好了！可是杜忠奎当时的操作，案卷里描述得很清楚……"

"操作？"江志鹏白了王可一眼，"杜忠奎切换车道之前，是有反应时间的。他是不是故意拖延了一两秒，你能看出来？"

伊辉点点头："还有很重要的一点——林义化工前身，是个破产的集体纸厂。唐林义的个人资料显示，在盘下厂子之前，他也开过大车。那时候，唐林清一直给他跟车！"

江志鹏深吸一口气："对啊！难道杜忠奎，一早就认识唐林义和唐林清？"

## 第二十四章　偷袭

第二天上午，西城区城建规划局小会议室。

雷霆、江志鹏、伊辉、王可坐在会议桌一侧，三个男人坐在会议桌另一侧。

对江志鹏来说，这是其从警生涯中，规格最高的一次问询。

最高的意思，指的是桌对面三位被问询人的职位。

中间那位"地中海"，是滨海市国土资源局现任局长马涛。

马涛左边那位眼镜男，是西城区财政局局长张敬方。

右边那位瘦高个，是西城区城建规划局局长林海山。

这三位职务都不低，所以雷局长才亲自出面。该沟通的环节，都沟通好了。接下来雷霆只负责坐镇旁听。

这是江志鹏和伊辉昨晚商量的结果。现在案情的逻辑焦点，集中在白涛当年的项目上。要了解那个项目，最好的问询对象，自然是当年跟白涛交往密切的城建副局长褚悦民。可是褚悦民已然被害，他们只能到规划局，来找局长。

局长林海山了解情况后，迫于雷局长压力，亲自出面，帮他们请来了另两位相关知情人。

林海山手边放着两份旧文件。第一份是个复印件，抬头是《西城区企业搬迁后用地城建规划建议》，文件末页盖着单位公章，文件一侧有好几个破洞，是老鼠咬的。它是没用的过期文件，林局长派人找了一个多钟头，才从档案室角落里翻出来。

林海山一手夹着烟，一手拿起文件："这份东西，是褚悦民当年一手促成的。为什么？哪有为什么？日常工作。当年老褚是最被看好的副局，如果不进去，我这个位置，应该由他来坐。"

江志鹏隔着桌子给林海山点上烟："后来呢？"

"当然是按程序，交给市规划局。不过，他们的意见也不是决定性的，还得上报给市里审核、调研、商讨、批复。"林海山又拿起第二份文件，"这就是市里给出的最终批复。简而言之——经多部门实地考察、论证，西城搬迁后地块，土质含有大量重金属元素，水质严重污染，且地下水位下降太多，暂缓商业开发。"

"批复时间呢？"

林海山看了一眼："区规划局提交建议，2007年初，中间经过市规划局，市里最后的批复时间，2008年1月21日。"

"2008年1月21日？"

江志鹏查了查手机日历：2008年1月21日，周一，2007年腊月十四。

他收起手机，转而问国土资源局局长："马局，既然最终批复，暂缓开发，你们局为何在2007年初，就对西城区一块搬迁后地块进行拍卖呢？而且还成功拍出，开发权，到了当时鼎鑫化工的白涛手里。"

"那是褚悦民的建议！"

"褚悦民的建议？他还能左右国土资源局的工作？"

江志鹏本来想说，褚悦民还能左右你马局长？

"实际上，那也是我们的权力范围！"马涛笑了笑，"当年我还是副局长。那是一次实验性质的拍卖，所拍地块并不大，也报请了上级批准。其意图是试水，也就是试一下市场对西城开发的关注程度。其结果，对于上级做最后的决定，有参考价值！"

"这就是褚悦民的建议？或者说原话？"

"差不多。"

"那从你们国土局角度看，当时西城会不会进一步开发？"

马涛一笑："要用地，先养地！全滨海都知道，那边污染严重，开发价值不大。但是决定权不在我们这里，当时谁也不知道市里怎么考虑。"

江志鹏点点头，绕回话题："你难道不好奇，褚悦民为何给你那么个建议？"

"当然好奇！"马涛轻轻整理一下地中海，"我和褚悦民是在党校认识的，彼此还算熟悉。当时就问他，为何那么热心，跑去关心我的工作？他说……"

马涛停下，扭脸看向西城区财政局局长张敬方。

张敬方咳嗽了一声："当年我也是副局。我的确跟褚悦民抱怨过，大批企业搬迁后，我们局财政收入明显下降，可我也没求他帮我想办法！我又不傻！财政问题，他褚悦民能有什么办法？"

马涛接上张敬方的话茬儿："褚悦民跟我可不是那么说的！他说你马局，抱怨财政减收，让他帮忙想想法子。他还说，你知道他跟我党校同学，是你指出来，让他找我帮忙，操作拍卖一块地皮，好给你们局增加一点儿收入！老张啊，你可是褚悦民妹夫！这点没必要隐瞒嘛！"

张敬方指着自己鼻子，哭笑不得："我是褚悦民妹夫，不假！他违纪违法，组织、法律，都会处罚他，跟我可没关系！我什么时候隐瞒跟他的关系了？话说回来，当年我跟他抱怨局里收入减少，那是在家庭聚会上，是事实嘛！但是，如果说是我撺掇褚悦民，找你们国土资源局拍地块，我那是吃饱了撑的！我上有领导，领导上面还有上级单位！干好本职工作，那是本分！想歪门邪道给单位增收？我操哪门子闲心？"

林海山见两位局长在自己地盘拌上嘴了，抬起屁股，走到张敬方和马涛中间，做起和事佬。

"我说张局……老马……事情合乎程序，小事一件，两位何必……"

"他有必要挤兑我？拿我是褚悦民妹夫说事？"

"我他妈强调个事实，你心虚个屁……"

三位局长各说各的，局面混乱起来。雷局实在看不下去，突然摔门走人。

江志鹏听明白了，一切都是因褚悦民而起。

作为当年的城建副局长，褚悦民先于2007年初，在本职工作范围内，一手操作出那份《西城区企业搬迁后用地城建规划建议》，将该建议提交上级单位。而后，他找到党校同学，也就是国土局的马涛，以给西城区财政局增收的名义，建议马涛拍卖一块企业搬迁后地块。对在座三位局长来说，那的确不算大事。或者换句话说，那件事背后，以褚悦民为中间点，几个局长之间，也许还存在拿不到桌面上来的利益纠葛。这一点，从那两位局长的互相指责当中，就能察觉出来。不管怎样，他们根本想不到，一个叫白涛的商人，为此赔上全部身家，甚至包括性命。

从案子角度分析，有理由猜测，那极可能是褚悦民为白涛做的一个局。其目的，只为白涛拍地中标，投资开发楼盘。等到2008年1月21日，市里最终的指导意见出来，明确说明，暂不支持对西城搬迁后地块开发，那个结果对白涛来说，不但来得太晚，还意味着先前的投资全部打了水漂。其最后结局，只能是资金链断链，将抵押物赔付给银行，最终落得两手空空，身败名裂！

江志鹏叫王可把那两份文件复印出来,然后询问马涛那次土地招标的细节。马涛的话,进一步印证了他的猜测。

由于是首次对西城企业搬迁后地块拍卖,因此参与单位不多,大部分开发商都比较谨慎,持观望态度。从马涛回忆的拍卖过程看,当年,白涛对那块地势在必得,几乎没遇到阻力,就顺利拿到开发权。

白涛为什么那么做?现在来看,那很可能是褚悦民怂恿的结果。他那份《西城区企业搬迁后用地城建规划建议》,对白涛来说,就是最可靠的小道消息,也是可以预见的利好政策。而国土局拍地的行为,则进一步加强了白涛的信心。

可是,褚悦民为什么这么做?何以游走于三个单位,一手炮制出那么一份城建规划建议,以及实质性的地块拍卖,处心积虑陷白涛于不义?要回答这个问题,从结果反推,便一目了然。白涛自杀后,鼎鑫化工被银行拍卖,最终以较低的价格,到了唐林义手里!

回分局后,江志鹏等人展开了激烈讨论。

王可首先开腔:"唐林义和褚悦民是发小,他有说服褚悦民的便利条件。而且现在看来,褚悦民嫖宿女学生,根本就是唐林义等人投其所好,搞的性贿赂!"

江志鹏满意地点点头,那表示王可的脑回路在线。

王可提出疑问:"可是,唐林义为何不通过正常渠道,收购鼎鑫化工呢?"

江志鹏说:"正常渠道?当年的鼎鑫化工,可比林义化工强多了,他首先得有那个资金实力!"

"也许不只是资金实力问题。"伊辉揉着脑门说,"仅仅是那样的话,感觉说服力不够。别忘了,白涛可是被人往死里坑的!"

王可说:"那就是他威胁到了唐林义,或者唐林义的企业。"

"什么威胁?"

话题在此处卡壳。

江志鹏暂时抛开疑问，转入新的视角："可以尝试还原了——当年褚悦民那个酒店房间，应该是唐林清所开。退房后，刘人龙一定是以领导司机的名义，告诉前台领导有东西遗落，从而进入房间拿到了摄像头。可他没想到，拍到的内容并非不雅视频，而是一个要命的秘密。"

王可说："难道唐林义等人，陪褚悦民打了半宿牌，牌局中说起设局的秘密？"

"打麻将也好，扎金花也罢，总之是利益输送。"江志鹏往题板上写了个日期，"市里暂缓开发西城搬迁地块的决议，是2008年1月21日出来的。褚悦民开房，是小年前一天，2008年1月29日。白涛呢，一定不知道有那么个决议。褚悦民呢，不会主动告诉他，可也不能一直瞒下去。我认为他们开房，商量的就是这件事。"

王可说："可是刘人龙两口子发现秘密后，为什么不报警？至少蓝小菲，该把视频交给她们行长吧？"

伊辉一笑，指着题板上一个人名说："你忘了？这位侯某，10年前西城城市银行行长，可是褚悦民老婆刘美华的姐夫！蓝小菲跟刘美华私交不错，如果报警，褚悦民完蛋，刘美华怎么办？她情理上过不去！可是她把视频交给行长，就等于交给了刘美华，法理上也过不去！"

"所以蓝小菲两口子商量一整天，无奈之下，选择向远在北京的孙行长求助？"

"没错！那笔贷款程序合法，银行也有的赚，可她被情理和法理，双双卡住了！"

江志鹏的心情愉快了许多："剩下的就简单了——当褚悦民回家后，发现她老婆私藏的偷拍设备不见了，不难想到，是刘美华取走偷拍他！于是他返回酒店，就能从前台口中得知，刘人龙在退房后去又去过房间。而且刘人龙那天向他请了假，那么他便更进一步确定，偷拍设备一定在刘人龙手里!"

伊辉点点头:"没错!小年那天,褚悦民等人一定非常着急,也一定想过很多法子,想把视频弄回来。可是秘密已经泄露,而且他们不确定,蓝小菲两口子打算怎么做。因此,就算他们想用钱收买对方,也不是什么好法子。等到那天晚上,他们发现蓝小菲两口子突然出城,他们眼前,也就只剩一条路可走。怎么保守秘密?只有死人才能保守秘密!"

王可问:"那杜忠奎呢?唐林义他们,怎么知道他那晚刚好去出差?"

伊辉一笑:"也许杜忠奎真的出差,也许从头到尾,都是他们一手安排。在逻辑面前,那些细节其实没那么重要。重要的是杜忠奎不笨,选择了一个很巧妙的地点下手。如果出事地点,不是一个大拐弯,如果事发地点第一条车道,不是因路面维护被暂封,他做不到以交通肇事的方式杀人!我想,杜忠奎当时一定很慌张,因为出事地点,是在整个路程的一半。也就是说,他前一半路程,都没找到制造意外的好法子。就算他想制造一次严重的追尾,让刘人龙撞上他的车,也不那么容易。一来,他没有合适的急刹车理由;二来,刘人龙也是老司机。他能做到的,只能是让他的车超出对方,至少不被刘人龙超车,这才是案卷里,记载杜忠奎一路超速的真实原因!我想,如果错过那个大弯,他的车一定会被刘人龙彻底反超。那时,他就再也没机会了!他把握住了机会,而且做得很完美。唯一的错误,是车祸后不该逃逸!"

"很好!"江志鹏说,"人是杀了,那视频呢?"

"肯定在车里,或者刘人龙夫妇身上。"

"那就对了!杜忠奎被交警拦截带回现场后,一定趁乱拿到了闪盘,或者存储卡。问题是,他会乖乖把它交给雇主吗?"

"交给雇主?万一他被雇主出卖怎么办?他拿什么保护自己?"

王可嘿嘿一笑,"那可是换钱、保命的筹码!换成我,肯定不会交出去!"

王可很满意自己的分析,可他忘了一天前自己刚刚说过,他一辈子都不可能出卖别人。

"这就对上了!"伊辉在题板上写了个大大的"钱"字:"杜忠奎出来后,为什么租好车?添置衣物、买新手机?哪来的钱,给他父亲买静山的公墓?还有修车时,杜忠奎为何对田恬放言,不久后他也要买一辆奥迪Q5?冯仁兴当时在一旁,认为那是吹牛逼。现在看呢?"

"不是吹牛逼,是肺腑之言!"江志鹏把拳头狠狠砸进另一只手里,"看来,杜忠奎的佣金,是出狱后才拿到的!而且拿到的时间,一定在给他父亲置办墓地之后!"

王可眼疾手快,翻开调查资料:"6月29日,杜忠奎去的静山公墓,支付定金5000,并允诺三天内,付清尾款9.5万。"

江志鹏点点头:"这就是说,他有把握三天内拿到酬金。"

"6月30日中午,杜忠奎又去了一趟公墓。现场管理组工作人员回忆,他那次去,是为结清余款。那天是周六,财务请了假,没上班,不能开发票,他空跑了一趟。"王可念完,总结道,"这就是说,6月30日中午之前,他已经拿到了酬金。"

"这么快就拿到了!"江志鹏丢落烟头,狠狠踩灭,"那么问题来了!6月30日晚的碎尸案,又是怎么回事?他已经是有钱人了,为什么弄死田恬,碎尸掩埋?田恬真死在他手里?杜忠奎人呢?"

这些问题没人回答。

伊辉不知道江志鹏怎么想,他有自己的想法。

他早就判断,杜忠奎很可能已经死了,只是一直找不到支撑看法的理由。现在看来,杜忠奎被灭口的可能性,就更大了。

那么,到底谁灭了他?

329

是雇主，还是另有其人？

雇主有没有可能杀人灭口？有！

但是这个可能性有多大？或者说那么做风险有多大？值不值得？10年前已经借杜忠奎之手杀过人，10年后再把杜忠奎干掉，这么干当然有道理。可是这个道理，比起一手交钱一手交货，从杜忠奎手里赎回视频，此后双方相安无事，哪个来得更稳妥呢？要知道，杜忠奎在里面煎熬了10年，也没向任何人透露自己的秘密！他嘴巴那么牢，为的还不是钱？如果能得到足够的钱，他又何必去出卖雇主？这个逻辑，比起前面那个更有道理。伊辉觉得他明白这个道理，那杜忠奎的雇主，也一定明白这个道理。

江志鹏打断了伊辉的思考，他要开会。

他已经耗尽了全部耐心，现在，是时候洗刷耻辱了。

会议室内。

王可把这两天的调查内容整理打印出来，发到所有人手里。

江志鹏背负双手站在前台，目光从队员们脸上逐一扫过。大家都在消化文件，各自的表情都不一样，有的惊讶，有的平静，有的投向队长钦佩的眼神……江志鹏把每个人的表现全看在眼里。

他很享受这种感觉，拨云见日，胜券在握的感觉。

并案。

江志鹏宣布，"711"案、"827"爆炸案、碎尸案、唐林海电刑被杀案、全部并案。

并案逻辑十分清晰：唐林清是林义化工主要负责人之一。唐林海是股东。褚悦民是设局逼死白涛的首要责任人。杜忠奎假借车祸，除掉知情人蓝小菲、刘人龙。逻辑上，这四个人跟10年前白涛、刘人龙夫妇之死，有直接关系，只是还缺乏客观证据。

有了这个逻辑，凶手动机不言自明：报复杀人。

有了杀人动机，嫌疑人身份自动显现：白涛儿子白玉城，刘人龙夫妇女儿蓝媚。

杀人动机和嫌疑人身份出来后，会议室内一片哗然，都很激动。

大家的心情跟江志鹏一样，从7月11日开始到现在，大案连发，凶手动机不明，侦查员们疲于奔命、一无所获，犹如陷进一片幽深的黑森林中，出路难觅。现在好了，出路就在眼前。

对江志鹏来说，唯一的困惑还是碎尸案。

他觉得，如果杜忠奎被害，案情反而会明朗起来。可事实正相反，杜忠奎驾车逃逸后，不知所踪。那就是事实的全部吗？他不傻。"不知所踪"背后，有无限可能，其中自然包括杜忠奎可能被害。他不喜欢钻牛角尖。总之不管怎样，杜忠奎一定跟刘人龙两口子的死，脱不开干系。因此，把碎尸案跟其他案子合并，逻辑上没什么问题。

接下来进入并案后的调查阶段。

头一个查的，是唐林义的个人账户。

唐林义在五大国有银行都有账号，个人支出较为频繁，近几个月最大一笔支出是800万，取钱时间是6月29日（周五）上午9点15分。

这是个令人振奋的好消息。尽管还不能证明那笔钱的用途，但取钱时间太巧了。杜忠奎6月25日出狱的，出来以后到失踪之前，一直大手大脚。6月29日还去定墓地，付定金。6月30日中午虽然空跑一趟，但目的是去付尾款。自然而然地，江志鹏将这笔钱，跟杜忠奎联系到了一起。他对银行进一步查证，得知那天取钱的，是"827"案被害人，唐林清。

这个细节一点儿问题也没有。银行不但有书面记录，还有监控记录。

6月28日下午，唐林清就做了提前预约。他的身份银行很清楚，也知道他和唐林义的关系，但银行还是跟账户主人唐林义做了确认。

银行有超大硬盘，但容量毕竟有限，其监控资料会定期上传到云端，方便需要时查询。

云端视频显示，唐林清取钱时带了两个行李箱。

保安回忆，箱子是他们帮忙抬出去的，还提议护送，但唐林清拒绝了。

看这段视频时，伊辉意外发现了一个有趣的画面——当保安抬着箱子走到门外时，监控最远端一辆车的车窗下，露出一张熟悉的脸——李默琛。

车窗开着，李默琛微微探出头，看着保安和唐林清把箱子抬上车。他没下车帮忙，也没跟唐林清打招呼，而是先唐林清一步离开。

李默琛是企业财务总监，偶尔亲自去银行，一点儿也不奇怪。可他怎么不下车打个招呼呢？应该是避嫌吧。毕竟唐林清取了那么多钱，而且是从老板个人账户。这点明摆着，要是钱出自公账，李默琛应该头一个知道。

那个画面，给伊辉留下了深刻的印象。

接下来，警方试图追踪唐林清的行车轨迹，如能从中发现，他跟杜忠奎接过头，那就再好不过。监控显示，唐林清的车离开银行后，直接回了公司，此后直到那天结束，再未在路面监控中出现。

这很怪。

从已有的调查结果和逻辑看，在6月30日中午之前，这笔钱应该到了杜忠奎手里，可是怎么就查不到唐林清的行车轨迹呢？如果结论没错，那只有一个解释：唐林清给杜忠奎送钱时，根本没开自己的车。

如果是这样，那可能性就太多了。唐林清可以选择网约车、出租、其他社会车辆，甚至公司箱货……不能确定车型或车牌号，要想从路面监控的车流中找到唐林清，几乎不可能。

查不到车，就查通话记录。

杜忠奎6月28日上午买的新手机，但没给唐林清打过电话，也没联系过唐林义。

唐林清通话记录很杂。从6月25日到30日中午，接到的电话有100多个。对那些电话一一核实后，找到一个可疑座机号。那是个小门市部的电话，位置离杜忠奎服刑监狱不远，通话时间，6月25日上午9点半。

谁打的那个电话，门市部的小老板没印象。可是门市部就在监狱附近，杜忠奎又是6月25日早晨出狱的，江志鹏由此认定，打电话的人，很可能就是杜忠奎。

江志鹏很失望。原因不是调查结果不理想，而是调查结果反映出的问题。杜忠奎买了手机，也不直接联系唐林清，说明他们都很谨慎，不希望彼此的联系为外人注意。可以推断的情景是，杜忠奎一出狱，就用座机跟唐林清取得联系。后者告诉杜忠奎一个新的联系方式，那很可能是个黑卡号码。

调查继续深入。

江志鹏打算把滨海大小物流公司全扫一遍，去查证当年唐林义跟杜忠奎，是否早就认识。这时伊辉建议他，不用查大公司，光查十几年以上的小物流公司就行。一是唐林义开半挂是20年前的事，那时大物流公司很少；二是唐林义当时没多少钱，应该是帮别的老板开车，在小物流公司留电话挂单。这么查有针对性，更能省不少时间。江志鹏同意了。

围绕着杜忠奎，有两个调查细节。

一个是杜忠奎的存款。银行方面的结果最先出来，杜忠奎坐牢前一共两个账号，现在两个账号总共剩下7000多块钱。流水显示，他出狱后那几天，从其中一个账号取了1.5万。银行查完，江志鹏又派人找到杜忠奎的母亲。老人手里还有些积蓄，可是她说儿子出来后，并没找她要过钱。这进一步证明了一个基本事实：杜忠奎的确没钱买墓地，那5000定金出自其原有积蓄。后续大额尾款从哪来？只能是当年杀人后的佣金。

另一个是当年的车祸现场处理记录。车祸地点离C市很近，当时截停杜忠奎并处理现场的，是C市高速交警大队二中队。在那之后的事故责任界定，由滨海相关单位接手。也就是说，江志鹏想找的那份原始记录，滨海交警部门根本没有，他只能把希望寄托在C市交警大队。可是这么多年过去了，那边能有记录存下来？可能性很小。江志鹏派王可带人赶往C市找人，目标是当年参与处理车祸现场的相关交警。

把王可派出去后，江志鹏紧盯着题板。

题板上有三个名字被他用红笔圈住：唐林义、白玉城、蓝媚。

他很清楚接下来要做什么，但他没有急于做进一步安排。

他要等。等王可的消息。

下午5:50，王可终于回电。

他没费多大劲，就找到了当年参与处理现场的一位副中队长，并让对方仔细回忆那个现场。

副中队长姓王，这些年处理过无数现场，再惨烈的场面都见过，要说印象最深，还真不是蓝小菲夫妇那一个。王队长印象模糊，又找来另两位交警队员，三人一块儿回忆，这才大致还原了那个现场。

针对王可的问题，他们说，当时杜忠奎被控制在车里，处理现场的都是交警。两具尸体是被120拉走的，剩下的就是死者遗物，其中有两部手机，一个女士包，一个运动背包，后备厢里还有两箱酒，全撞碎了。完整的物品就那几样。后来120的人，又从尸体身上搜出两个钱包。所有东西集中在一起，全被交警塞进了那个运动背包。

王队长想起一个细节，他说运动背包上全是血，他不想弄脏队里的警车，就顺手把背包，扔进了杜忠奎的驾驶室。

"这么说，杜忠奎有机会接触那个背包？"

"什么意思？"王队长不明白。

王可不想解释。他知道蓝小菲和刘人龙的遗物里，一定有U盘之类的东西。杜忠奎要是接触了背包,那一定把U盘拿走了。

"我意思是,你为什么不把背包扔进半挂车厢?偏偏丢进驾驶室?"王可的问话,体现了他应有的素质。

"有区别?我就是随手丢了进去,谁想那么多?"王队长当然不清楚王可的用意,"再说那辆半挂,杜忠奎也没机会开了,弄脏驾驶室有什么关系?"

"半挂是谁开到交警队的?"

"当然是杜忠奎。我是说他从那往后,没机会开了!"

王可谢过王队长,把消息告知江志鹏,同时补充:"杜忠奎接触死者遗物,有运气成分。但是,车祸后他要是不驾车逃逸,那么在交警赶到现场前,其实有足够的自主时间,从车祸现场搜索想要的东西。"

江志鹏听完有数了。看来,杜忠奎还真是有足够机会拿到U盘。只是拿到以后,他会把它藏在哪儿呢?

想了半天,他终于开了窍:U盘一定是被杜忠奎带进了监狱,然后作为私人物品,被监狱方代为保存……

操!江志鹏感叹,对那个U盘来说,还有比监狱更安全的地方?

要验证这个想法不难,只须联系杜忠奎服刑的监狱,查一查狱方代为保管的私人物品即可。只不过,公安跟监狱分属两个系统,要查那个小细节,得花点时间。

天渐渐黑下来,伊辉开着他的五菱神车在市区转圈。

他所走的路线,是杜忠奎那几天开着奥迪Q5的行车路径。他安静地开着车,重复对方的行为,并试图揣摩对方的心态。

市内路线走了几遍,他又去杜忠奎家。

杜忠奎家安静得要命,二楼卧室的杀人现场,还保持着原样。伊辉查看每个房间,把房间里所有东西,都扫视了一遍,但没碰任何东西。

杜忠奎有U盘吗?肯定有!他会把那么重要的物件,藏在家吗?

他摇摇头,出门上车,重复杜忠奎走过的最后一段路线,朝静山公墓开去。

公墓大门常年开着。大门两侧围墙高约1.5米,围墙上方是均匀的流线形状,蜿蜒延伸进暮色,像一条沉睡的苍龙。门内有个很气派的值班室,但是没装摄像头。

这儿不防贼,贼也不惦记这儿。

值班室里有个老头儿拦住伊辉,说管理员下班了。

伊辉亮出证件,说不买墓地,就是进去看看。老头儿放行,只嘱咐了一句,里面禁止拍照。

园区很大,放眼望去全是针叶松。松树排列整齐,横竖都呈直线。每棵树前都有一块墓地。伊辉在墓地中间站了一会儿,身心感到前所未有的放松。

他想起葛春花和顾楠楠。她们就埋在这里。

在短短二十几年的生命历程中,伊辉遇到过很多好人,可是没有一个比得上葛春花。他没见过她,这有点可惜。那是一颗美好的灵魂。美好的灵魂,是不死的。

他长长地叹了一口气,点上烟,沿着笔直的石板路,朝骨灰寄存处走去。

骨灰寄存处在墓园后方,那儿排列着好几个大厅。大厅朝南的一面,镶着巨大的落地玻璃。天气好时,大片阳光透过玻璃泼洒进去,令大厅内阳气十足。

天色已黑。

伊辉随便挑了一个厅,从声控门进入。进去后他很快发现,骨灰盒是按年份有序寄存的。他愣了一下,这才想起还不知道杜忠奎父亲哪年去世的。他给局里打电话查到信息,顺便要了杜忠奎父亲的名字和照片,很快找到相应的寄存区。

声控灯亮了。

大厅内，金黄色的骨灰寄存柜分列在东、西、北三面墙上，远看就像超市的自动储物柜，只是比那精致许多。每个柜门都上着锁，上面有编号。有的柜门上贴有逝者遗照，有的没有。

北墙正中间，立着一尊观音坐像。

伊辉站在坐像前，环顾四周，感觉自己正被千万双眼睛注视着。

为什么要来这里？有那么一个瞬间，他突然觉得自己很好笑。

他鼓起勇气，穿过无形的视线，在寄存柜中间寻找。

大约10分钟后，他在一个柜门前站住。那个柜门上贴着照片，照片上杜忠奎的父亲，正慈祥地望着他。

他什么也没想，就像被亡灵召唤一样，机械地抬起胳膊，抓向门把手。

柜门锁着。

我在干什么？他突然回过神来，想要离开。可是他的潜意识，却一点儿也不配合大脑，命令右手微微用力，往外一拉。

柜门悄然开了。

看来柜上的暗锁早已陈旧，形同虚设。

伊辉愣住，盯着里面的骨灰盒一动不动，直到眼睛酸痛。

他眨了眨眼，再次认真看了几秒。这一次，他的大脑跟潜意识达成一致。他伸出双手，稳稳地把盒子抱到地上。

盒子最上面铺着一层黄色的绸布。绸布里面包着一个黑色小袋子。

他飞快地把小袋子拿到手里，打开。

唉！他轻轻叹了一口气。

袋子里面有一个U盘，崭新的U盘。

伊辉把U盘装入裤袋，然后将骨灰盒归位，复原。

他愉快地吹了个口哨，转身离开。

来到门外踏上石板路，他拿出电话想要打给江志鹏。

电话刚接通，他忽然听到脑后传来一阵劲风。

他本能地抬起胳膊抵挡，同时试图转身。

然而已经晚了。

在那个瞬间，他听到自己后脑勺发出一声巨响，随后整个人失衡摔倒，晕了过去。

## 第二十五章　聊天记录

伊辉被袭击时，江志鹏正在复看最新的问询录像。

录像一：人物，蓝媚，地点，医院病房。

"什么？你说我父母是被人害死的？"

蓝媚盯着江志鹏，眼睛瞪得不能再大。

"没错！"

江志鹏复述了那场车祸，说蓝媚父母手里，有别人的秘密。他必须挑明这件事，否则问询无法进行。当然，说成审讯也许更合适。

蓝媚流了泪，情绪难以平复，哽咽着问："他们都是老实人，手里能有什么秘密？"

"你心里应该很清楚！"江志鹏俯视着她，"我们有足够理由，怀疑你雇凶杀人！"

"啊？"

蓝媚手足无措，惊呆在病床上。她指着自己的鼻子，半张着嘴，实在不知该如何开口。

江志鹏没有耐心。就算有，他也只能这么做。这个案子，跟他办过的所有案子不一样。他没证据，只有依据部分事实还原的逻辑线。

除了跟嫌疑人摊牌，进而寻找漏洞，他想不出好法子。从效果上说，这样做，至少能阻止下一场谋杀的发生。

没错！唐林海、唐林清、褚悦民都死了，唐林义还活着。从逻辑推断，唐林义也是凶手的目标，更是他破案的最佳突破口。他必须保证唐林义活着！

蓝媚努力呼出一口气，像刚从水中浮上来："你说我心里清楚什么？我雇凶杀了谁？"

她一边说，一边打开手机的录音功能，脸上一点儿表情也没有。

"是怀疑！"江志鹏淡淡地强调。

"哦！还有呢？"

蓝媚显示出她性格的另一面，突然变得异常冷静，冷静而又理性。

"你有雇凶杀人嫌疑。我们已经在查你所有账户的流动情况，这是口头通知。"江志鹏斟酌了一下，"还有，唐林海死前，你应该是在演戏吧？"

"请继续说！"蓝媚的话突然变得简短。

"我们伊顾问曾有个想法。依照你的陈述，那天你被打晕在前，可是凶手为何又扎了你一刀？那简直多此一举！而且那一刀，扎得并不深！我想，那一刀是你自己扎的吧？"

蓝媚嘴角动了一下，继续录音。

江志鹏盯着蓝媚的手机笑了笑："其实那天晚上，530的房门不必从里面反锁，轻轻一推，就能触发机关。凶手呢，完全可以从房门离开。因为酒店监控的硬盘没了，留不下他的影像。而且他戴着头盔，并不担心被别人看到。他之所以锁门，又冒险从窗口离开，为的就是保护你这个同伙，或者说雇主。对吗？"

蓝媚胸口剧烈起伏起来。

江志鹏继续分析："再换个角度说，凶手要是从房门离开，就需要你配合，把机关牵连的电线接头断开。等他离开后，你再接上电线，把机关复原。我估计，你不懂电路。所以，凶手，或者说你的同伙，只能冒险从窗户离开！"

听到这话，蓝媚再也忍不住了。

她突然丢掉手机，拿起枕头砸向江志鹏。

"滚！滚出去！"

她咬着一缕头发，不停地挥动枕头。

江志鹏只好躲开。

他走到门口，冷冷地说："从现在起，你的一举一动，将被24小时监视，直到拿到你的犯罪证据！"

录像二：人物，唐林义，地点，分局审讯室。

"什么？你说白涛的死，是一个局？我应该对他的死负责？"

唐林义叼着烟，凝视江志鹏，直到烟丝燃了一大截，呛到眼睛，他才把烟拿开。

旁边的警员走上前，把唐林义的烟夺走，掐灭。

这是江志鹏跟唐林义的第三次交锋。

他点上烟，面色沉稳："褚悦民当年嫖宿女学生，根本就是你对他的性贿赂！"

"这事我说过啊！就是十几年前东厂的用地问题。当时东厂没这么大，前面还有个小厂。那个厂子搬迁后，在褚悦民帮助下，我才得以扩大了厂区。就这么点事。"

"我说的不是这个，是西厂！"江志鹏话锋一转，"你贿赂褚悦民，为的是吞并鼎鑫化工！也许你料不到白涛自杀，但你知道他资金链肯定断裂，企业会被银行拿走拍卖！原因很简单，企业大规模搬迁后，空出来大片地块，可政府当时没有开发西城的打算。是你贿赂褚悦民做局，误导了他！"

"我完全听不懂！"唐林义解释，"我收购鼎鑫化工不假，一切合法合规！怎么突然说起白涛的事，还扯到我身上来？江队，你乱说话，也是要负法律责任的！"

江志鹏一笑："我没指望你这么快就撂，但你别以为，我真拿你没办法！我问你，6月29日，周五上午，你是不是指派唐林清，从你账户取了800万出来？"

"800万？"唐林义揉了揉额头，爽快地承认，"有那么个事。"

"那笔钱去哪儿了？是不是作为封口费，给了杜忠奎？"

"杜忠奎？"

"少给老子装糊涂！别以为没招治你！"江志鹏拿出一份笔录扬了扬，"刚查到的！还记得你的司机朋友，孙洪刚吗？"

"孙洪刚？"唐林义又是一愣。

"二十几年前，你，孙洪刚，还有杜忠奎，经常一起给当时的滨海国有钢厂拉煤，还一起找过小姐。要不要请孙洪刚来，帮你回忆一下？"

唐林义慢慢仰起头，深深嗅了一下鼻子。他在努力回忆，样子看着像吸毒。

片刻后他点点头："对！我认识他们。你不说，我还真忘了。"

"想起来就好！那笔钱，是不是给了杜忠奎？"

"我凭什么给他钱？"唐林义紧皱眉头，"小20年没见的人了！那笔钱是借给唐林清的，说是拿去还赌债。"

"接着编！"江志鹏冷笑。

唐林义一拍大腿："借条我放家里了，你们可以去搜。"

"借条？"江志鹏一笑，"唐林清还赌债为什么用现金？转账不行？"

"债主只收现金。"

"呸！"江志鹏火了，"债主？杜忠奎吧？那小子可是个聪明人，10年前按你的要求，整出来那么一套杀人灭口的把戏，连交警都给骗过了！"

唐林义拿出烟，迟疑一下又放回去。

他的表情不愉快，却也不惊慌。

"你回不去了！"话到嘴边，江志鹏又改了口，"我会拿到证据的！在那之前，你哪儿都不能去！"

"给你面子，你就上瘾？"唐林义站起来，脸色不愠不火，语气却很霸道，"等着收律师信吧！我想去哪儿都行，除非你现在扣下我，否则你还真拦不住！"

江志鹏眼看着唐林义走出门，狠狠地捶了桌子一拳。他叫一中队队长带人，跟上唐林义，24小时盯着。

录像三：人物，白玉城，地点，分局审讯室。

"哦？你说我爸是被人害死的？"白玉城握起拳头，只是语气依然平淡。

"我们有理由怀疑，你跟褚悦民、唐林清，以及唐林海被害案有关！小子，为了报仇，你够拼的！"

"有证据吗？"白玉城盯着江志鹏，"我是说我父亲被害的证据？"

"操心你自己吧！"江志鹏抱起胳膊，"蓝媚是你同伙，对吧？"

白玉城沉默，亦或者懒得开口。

江志鹏继续刺激他："那晚蓝媚被打晕后，已经失去行动力，为什么你又捅了她一刀？"

白玉城继续沉默。

"那一刀是她自己捅的，在你撞晕她之前，对吗？她想把戏做足，可你不同意，或者下不去手。她自己呢，倒下得去手！那叫什么？聪明反被聪明误！"

白玉城还是沉默。

343

江志鹏心中恼火起来。他不怕对方抵赖，就怕什么也不说。每个警察都不喜欢独角戏，除非能动手。动手，就得有把握拿下，可是现在管得严，手里没点真材实料，他还真不敢刑讯逼供。

"装哑巴？"江志鹏拍响桌子，"唐林海死的那天晚上，10点到12点之间，你在哪儿？"

"哪天晚上？"

江志鹏微微一怔。他给对方下了个套子，一心希望对方回答"那天晚上……"面对他的问话，只有凶手，才会很自然地以"那天晚上"作答。可是白玉城根本不上钩。

"前天晚上！"江志鹏没好气地提示对方。

"哦！"白玉城抱起胳膊，"我听蓝媚说了，唐林海死了，死在皇家酒店。你们可以去查路面监控，看看我的车是否在附近。"

紧接着，他又补充："或者是我客户的车。我是修车的，有便利条件。"

江志鹏被对方狠狠噎了一下。说起皇家酒店附近的路面监控，他早就查过，可是屁用没有。唐林海被害那天晚上，路上到处是淹水熄火的车子，而且大部分没车牌。车牌被暴风雨打落，在水里泡着呢。就算查到有可疑车辆，在那个时段开动，他也无法确认车主身份，更无法追踪。原因很简单，一是车子没牌，二是那晚风雨还没停，监控拍不清楚驾驶员面貌。

江志鹏咬了咬牙，扔出一句讥讽的话："是老天爷帮了你！"

"哦！原来警察离开监控，就是一群猪！"白玉城微微一笑，"如果我爸真是被害的，那我得感谢老天爷，感谢它掩护凶手，帮我报仇。"

"你他妈……"江志鹏指着白玉城，手不停地哆嗦。

白玉城审视着江志鹏，他觉得对方发怒的样子很有趣："你们上次问过我了，褚悦民死的那天，即7月11日下午3:31，我跟蓝媚在静山山道，拍了大头照。8月24日，周五晚，我在家睡觉，睡觉前一直跟冯仁兴下棋。唐林海死的那晚，我跟雷家明吃饭，他大概9点半离开。之后我洗刷、睡觉。我没必要证明我的话很充分，但你们可以证明我的话不充分。还是那句话，审我、抓我，都没问题，拿出证据来！"

"好！很好！"江志鹏靠向椅背，样子有些颓。

白玉城站起："我可以走了吗？"

江志鹏也唰地站起来："唐林义还活着！我们会24小时监视他，更会监视你。小心自己的尾巴！"

录像复看完第一遍时，江志鹏接到伊辉电话。

电话里怎么没声音？他很奇怪，立即意识到，伊辉可能出事了，赶紧叫人定位对方电话位置。

他带队赶到静山公墓时，伊辉早已醒来，正坐在车内抽烟。

"怎么回事？一个人跑到这里做什么？"

伊辉苦笑："我找到了杜忠奎的U盘，可惜……"

他简短述说事情经过。

江志鹏举起双手，用力拍在车门上，大声埋怨："你……你怎么能单独行动？太可惜了！你应该跟我说一声，带几个人一起来！"

伊辉揉着后脑勺："我没想那么多，只是凭直觉，碰运气……"

这时，江志鹏才发现伊辉手上沾着血。

20分钟后，伊辉被送到最近的一家郊区医院，做了简单包扎，随后众人返回分局。

"没看到对方样子？"回到办公室，江志鹏急问。

"对方出手太快，我毫无防备，什么也没看到。"

"有怀疑对象吗？"

"白玉城。"

"不是他！那会儿，他刚从这儿离开没多久。"

"哦？不是他？"伊辉少见地皱起眉头。

江志鹏用力吐出一口气："怎么会这样？逻辑链刚理清，你就出了意外！就算一切都是有人雇凶干的，也不可能这么快盯上你啊！是逻辑链有问题，还是凶手另有其人？跟白玉城、蓝媚无关？"

"不！这反而是好事！"

"好事？"

"逻辑链没问题！你想想，最近两天，我们把案子所有相关人都接触过了。这时候我被偷袭，恰恰说明，我们的调查方向是对的！今晚这事，一定跟我们接触过的某个人有关。"

"有道理！可是……"

伊辉闭目平静了一会儿，说："那个U盘是新的。"

"你确定？"

伊辉点头："估计，是杜忠奎买手机时赠送的。"

江志鹏来回踱了几步："也就是说，杜忠奎本来应该有个旧U盘。他把旧的给了雇主，拿到了酬金，但还是耍了花招，重新拷贝了一份？"

"很有可能！"

"哎呀！"江志鹏的思路渐渐顺畅，"既然旧U盘交给了雇主，那凶手在'711'案之前，要想得知当年的秘密，就只能通过杜忠奎了！也就是说，杜忠奎真的凶多吉少！碎尸案，压根儿跟他无关！"

"没错！"伊辉把玩着打火机，提醒江志鹏，"还记得杜忠奎逃逸的视频吗？"

"你说那笔钱就在车上？800万？"

"我是说……"

伊辉受伤，脑壳疼，话说一半，突然卡了壳。

江志鹏趁机，把那三段问询录像，复述了一遍。

听完后，伊辉果断地说："这样的话，钱和凶手都应该在车上！

还记得吗？最初我就感觉，车里还有一个人！"

"阴啊！好一手障眼法！"江志鹏终于相信了伊辉的判断，"看来7月1日那晚，凶手是故意逼杜忠奎驾车逃逸，好把碎尸案推到他身上。"

"对！奥迪Q5最后停在清河县东郊物流市场附近，那之后凶手故意弃车，又设法将杜忠奎带回了滨海！你想，杜忠奎还有机会活着吗？"

"也可能弃车后就地杀人、埋尸。"

江志鹏想到这个可能，立即派出一组人，赶到奥迪Q5最后的停车地点，在附近搜索尸体。

伊辉张了张嘴，又闭上了。

江志鹏懊恼地敲着太阳穴。

至此，他才真正意识到本案的复杂性。

凶手动手能力太强了！

不仅动手能力强，而且思路诡异！这不仅指"711"案的干冰迷局，"827"案的氢气分解设备，唐林海案的电刑装置，也包括碎尸案设置的障眼法。

江志鹏心中燃起一团火焰。

从警多年，他从未如此热切，想抓住凶手，看一看，那到底是个什么样的人！

他取出最后一支烟，把烟盒狠狠捏成一团，一屁股坐在电脑前，重新打开杜忠奎逃逸的视频片段。

伊辉没急着复看那三段问询录像。

他突然想到一件事，赶紧回到白己办公桌前，从抽屉里找到顾楠楠的手机，充电，开机。

雷家明刚把顾楠楠手机交给他时，他草草看过几眼，手机就没电了。现在再打开它，他的心情与上次截然不同。

面对手机上众多APP，他犹豫了很久，最终点开了王者荣耀。

对顾楠楠那个年龄段来说，那是最受欢迎的游戏。他想查看游戏最后一次登录时间，研究了一会儿，发现需要通过游戏好友查询。

他挠挠头，很快想起顾楠楠曾经的初中同学，许丹妮。还好！上次对许丹妮问询，他留下了对方联系方式。现在是晚上，许丹妮应该放学了。他拿出电话拨通号码，电话很快接通。许丹妮果然是顾楠楠游戏里的好友。伊辉说明目的后，许丹妮登录游戏，很快回电，告诉伊辉，顾楠楠最后登录游戏的时间，是7月6日20:35。

7月6日20:35？

他不禁有些疑惑：顾楠楠是7月7日凌晨1点多自杀的。在自杀前几个小时，她怎么还有心情玩游戏？

一时之间，他无法捉摸那个孩子的心理。

那时，游戏早就开通了防沉迷系统，但人脸登录识别还没开始。顾楠楠的登录密码是默认的。伊辉顺利登录游戏，点开游戏好友列表，发现里面的人很多。他随便点开一个名字，没看到有聊天记录，接着又点开数个名字，还是没看到聊天记录。

他觉得奇怪，稍作迟疑，拿出自己手机搜索一番才知道，游戏里不保存聊天记录，除非下载个王者荣耀助手。

他摇摇头，关掉游戏，试图打开微信。可是，顾楠楠的微信已经两个多月没登录，身份验证过期，需要重新输密码。

伊辉盯着屏幕呆了片刻，拿出电话打给雷家明，要到苗力伟的电话。接着，他打给苗力伟，自我介绍后，向苗力伟打听顾楠楠的微信密码。

苗力伟哪知道妹妹的密码？无奈之余，他报出几串数字，包括顾楠楠的生日，学号，以及养母葛春花的生日。

要是打不开，就只能向技术部门求助了。抱着试试看的态度，伊辉尝试了多重组合，居然用葛春花的生日，前面加上"G"，成功登录。

打开微信,他大体浏览一番通信录,很快找到蓝媚的头像(顾楠楠设置了人名备注)。

顾楠楠跟蓝媚聊天很频繁,最后一次聊天时间,是7月5日中午。

他从7月5日往上拉,慢慢浏览。聊天内容除了鸡毛蒜皮,动态斗图,就是蓝媚发的红包,没有实质性内容。

顾楠楠跟沈沛溪的聊天相对少些,也没什么异常内容。

比起两个女人,白玉城跟顾楠楠的聊天更少,可是……

伊辉点开白玉城头像,一眼就注意到了最后一次聊天的时间:7月1日晚,22:25。

他赶紧往上拉,发现两人当晚聊天起始时间,是22:15。

首先打招呼的,是顾楠楠。

起初,两人的聊天断断续续,直到22:19,顾楠楠语气突然变了。

22:19,顾楠楠:哥哥,我好烦。

22:19,白玉城:怎么了?

22:20,顾楠楠:唉,算了,没啥。就是想说,我妈一天到晚,真的好辛苦,而且还查出癌症……

22:20,白玉城:别担心!现在医学发达,一定能治好!葛阿姨是好人,所以等你长大了,要好好孝顺她。

22:20,顾楠楠:是啊!看来,钱真的很重要!

22:20,白玉城:小小年纪谈什么钱。治病花钱,不用你操心。

22:20,顾楠楠:可是……好吧……我们有代沟,嘿嘿。

22:20,白玉城:哈哈。

22:21,顾楠楠:哥哥,我不开心噢!你能唱歌给我听吗?我听蓝姐姐她们说,你唱歌很好听噢!

22:21，白玉城：我哪会唱歌。

22:21，顾楠楠：撒谎！唱一个！不然不理你了！

22:21，白玉城：……

22:22，顾楠楠：赶紧！多大人了，别那么害羞好吗？怎么找女朋友啊？

22:22，白玉城：哈哈，好吧。

22:23，白玉城发了一条将近六十秒的语音。

伊辉把语音点开，白玉城的声音响起，嗓子略带一丝沧桑——

22:23，白玉城：今天我，寒夜里看雪飘过。怀着冷却了的心窝飘远方。风雨里追赶，雾里分不清影踪。天空海阔，你与我，可会变。多少次，迎着冷眼与嘲笑。从没有放弃过心中的理想……

22:24，顾楠楠：哇！老掉牙的歌，比我都老，不过真的好听。

22:24，白玉城：嗯！跟我的牙一样老。

22:24，顾楠楠：哈哈。做人要潇洒一点，小马哥说的。哥哥加油噢！

22:24，白玉城：你还知道小马哥？

22:25，顾楠楠：哈哈！小白哥，你有意见？

22:25，白玉城：……

22:25，顾楠楠：好了，该睡觉了，谢谢哥哥给我唱歌！下了啊！

22:25，白玉城：把语音删掉吧，太难听了。

22:25,顾楠楠:好听的!
22:25,白玉城:随你吧,该睡觉了。
22:25,顾楠楠:嗯,88。

# 第二十六章　最后一杀

7月1日晚这段聊天，跟顾楠楠的遭遇对得上。

从时间线看，她7月2日晚，被唐林清带到静山别墅。从聊天里能看出，她在纠结、挣扎。她跟白玉城说自己很烦，不开心，但终究没把心事讲出来。

案子查到现在，伊辉关注的已经不是这个，而是白玉城那段语音。

他认真地听了好几遍，想确认语音背景。

听到第三遍时，他在43秒处，听到了两声狗叫。

狗叫？难道当时白玉城在室内？

他带着疑问，把音频交到技术部门做声纹数据分析。

一小时后，结果出来了。

1. 比对白玉城的微信音频和笔录音频，确定微信语音出自白玉城本人，而非提前录制的声音。

2. 语音环境为室内或车内封闭环境。如果是车内环境，车子应为静止状态。

3. 语音录入距离，不大于10厘米。

4. 噪声分析，狗叫声非合成，距离音频录制者50米左右。

5. 从声音频率，判断录制者当时的情绪状态……

后面更详细的结果，伊辉没看。

单凭前几条，就能推出准确结论。

7月1日晚，22:23，白玉城发语音时，人在室内或静止的车内。可是那个时间点，杜忠奎在干什么？他正驾车逃逸，而且全程超速。在全程超速的车内录语音，跟在室内或静止车内录语音，呈现的音频数据截然不同。

在这之前，伊辉和江志鹏刚刚分析出，杜忠奎当时，应为被胁迫状态。而凶手就在奥迪Q5车内，躲在杜忠奎背后。驾驶座上那件长袖夹克，明显是凶手故意放置。也就是说，胁迫杜忠奎的凶手，或说碎尸案的凶手，绝不是白玉城。

这个结论，伊辉难以接受。就本案来说，白玉城和蓝媚，有充分的复仇动机。从逻辑链看，凶手要展开一系列报复，首先，要获取当年白涛和蓝小菲夫妇被害的真相。而获取真相的唯一途径，就是刚刚出狱的杜忠奎。可是碎尸案的凶手，偏偏不是白玉城。

难道碎尸案是蓝媚所为？这个想法很快被排除。守在医院的刑警，再次问询蓝媚，得知7月1日晚，杜忠奎驾车逃逸那个时段，蓝媚正在主持一个酒会，至少有几十个人能出来证明。

此外，伊辉被偷袭时，白玉城刚刚结束问询，而蓝媚还躺在医院。

不是白玉城，不是蓝媚，那么真凶会是谁呢？

难道动机和逻辑链，都是错的？

尽管案情在逐渐明朗的关键时刻，突然再次陷入泥潭，然而警方对唐林义、白玉城及蓝媚的监视并未松懈。

一天后，淅淅沥沥的小雨彻底停了，只是天气还有些阴沉。这个城市终于恢复了常态。以奥迪Q5最后停车地点为圆心,向附近搜索杜忠奎尸体的工作仍在进行,只是一无所获。江志鹏又坚持了一个白天,最终放弃。

三天后,久违的太阳终于出来了。也许是暴风雨刚过的缘故,清晨的街头有些凉飕飕,很多行人都穿上了外套。

对唐林义来说,这是个好日子。今天,他要在即将落成的新厂区主持盛大的剪彩仪式。他一早起来洗刷干净,选了一件亮格条纹衬衫,衬衫里面套了一件防弹背心。那件背心,是一年前他委托李默琛从香港搞来的。背心套在里面有点热,可他必须穿。唐林海死了。他分明记得,唐林海身上有把枪,还曾经在他面前展示过。他找人打听过,知道唐林海被电死的细节,可是没听说现场留有枪支。看来,那把枪多半被凶手带走了,所以他必须有所防备。

新厂区位于滨海西北40多公里外的碱滩之上。

今天上午的剪彩,除了企业的合作伙伴会派人参加,市里主管工业的领导,也会亲临现场,还有电视台录像直播。在那之后,滨海西城的企业搬迁工作全部结束。根据市里要求,电视台会做一个有关企业整体搬迁,及本市化工产业未来展望的主题节目。

展望未来?唐林义可没兴趣。

这是他在本市的最后一项工作。明面上,企业以后就是女儿的,这项工作他得做。明天,他将暂别这个是非之地,飞往美国跟女儿团聚。他知道,这一去怕是再也回不来了。

他很清楚,凶手、警方都在盯着他。

他面对一个可笑的矛盾。那个躲在暗处,想要他命的人,一旦被抓,他那段黑暗的往事势必被警方彻底挖掘出来。

凶手已经拿走了几条命,而且还要他的命,可他却只能求老天爷保佑凶手别被抓。他和凶手,现在是命运共同体,这多么可笑。

他算计着,最理想的结果是自己离开,凶手也从此隐匿,不被警方抓到，那样他倒是还有机会回来。别的选项，比如找人寻找、干掉凶手？那是电视剧里的桥段，更是最二的做法。

他有自己的判断，早就对凶手做了猜测，认为准确度八九不离十。他可以不按警方套路，不必百分之百确认就干掉对方。可那么一来，就新添一桩命案。当年的事已尘封，现在只是可能被挖出来，但不管怎样，他还是安全的，还有离开的机会。警方像疯狗一样盯着他，一旦他搞出大动作，那等于找死！用投资的话说，他现在什么也不做，就是止损，就是最好的选择。

不管怎样，明天他必须走。再不走，就真来不及了。

李默琛起了个大早。

他是今天剪裁仪式的员工代表。参加完活动，他还要去银行，把唐林义在公账的最后一笔分红转进香港贸易公司的账户。那样一来，总共1.5亿的注资工作就完成了。他联系的信托顾问也早就跟唐林义见了面，相应工作都在有条不紊地进行。接下来，他还是主要负责贸易公司的工作。三天后他就飞往香港，他要放开手脚大干一番。

蓝媚也起了个大早。

最近接连发生太多事，葛春花母女死了，情同姐妹的沈沛溪跟她彻底翻脸，把所有丑事都抖了出来。酒店法人唐林清被害，情人唐林海被杀，她的心情实在好不起来。她小腹伤口缝了线，伤情不重，实在不想再待在医院。她决定今天就出院，回家休养几天，然后订一张三天后去香港的机票，出去散散心。

崔明虎同样起了个大早。

他集合了五个信得过的朋友，乘一辆面包车赶到静山别墅，跟唐林义会合。他们打扮　致，休闲黑西服外套配牛仔裤。那是唐林义的要求，为的是跟今天的场合相称。这几天，他一直负责唐林义的保安工作，跟唐林义另请的保安公司的人员轮番在别墅值守，尽心尽力。他的人负责夜班，保安公司的人负责白班。他有些看不起保安公司那些青瓜蛋子，一个个看着五大三粗，要是发生什么事，还真不一定中用。

今天是最后一天了，明天一早，老板就要飞往美国。崔明虎已经收到了一笔钱。他得把事干好，才能对得起那份丰厚的酬劳。

他光头，他五个兄弟留着短发。下了车，他一招手，兄弟们跟着都戴上墨镜。

嘿！墨镜，黑西服外套，牛仔裤，够排场！他很满意。

这几天，除了崔明虎和保安公司，警方也派了人一直盯着唐林义。对此，唐林义没提出异议。警察24小时蹲点，起码能进一步保证他安全，而且是免费的，他何乐而不为呢？

雷家明更是起了个大早。

车子在报社停好后，他去附近吃早点，看起来有点垂头丧气。顾楠楠自杀的案子搞清楚后，他专心写报道，跟伊辉没怎么联系。今天，报社派他跟两个年轻同事去新工业区做专题报道。这个工作按理他可以拒绝，毕竟他主要负责教育版块。可是谁让他年轻呢？新工业区离滨海40多公里，报社里的老人都不愿意去，他和年轻同事只能顶上。

早上7点半，江志鹏、伊辉、王可同乘一辆车，会同其他警员一起，赶往新工业区。

昨天，江志鹏就掌握了消息，知道唐林义订了机票，要飞往美国。得知唐林义要走，他很惊讶，同时也进一步相信，对案情的逻辑分析没问题。可是，那几个疑问简直要了他的命。杜忠奎逃逸时，白玉城、蓝媚都有不在场证明，案子再次停滞。怎么会这样？他想不通。再这么拖下去，他这个队长就干不了几天了。但是不管怎样，该盯的人，一刻也不能放松。唐林义、白玉城、蓝媚，他统统安排了人盯梢。明天的事，他还来不及考虑，他得先应付好今天。

在他看来，唐林义要走是不可能的，他一定会设法把人拦住。多年的从警经验,让他觉得今天可能会出事。他不希望出事,又盼着出事。只有出事,才有机会推动案情。他发誓,如果真出了事,他一定会把握机会。

上午8点整,雷家明和两位同事来到距滨海40公里的新工业园区。

林义化工的新厂区在园区最东边,占地面积最大。厂子有东、南两个入口,南门为主,东门为副。两个大门都已建好,上面盖着大红绸布,四周围墙刚刚修了个底座。厂区内路面最先硬化,把整体划分成左中右三部分。

左边是宏伟高大的厂房,从南到北依次排列。

中间一座高达21层的办公楼,也已完工。21,是该厂成立至今的年份。办公楼前有个巨大的广场,其中一半画着亮白的停车位。广场前挖了个人工湖,里面还没放水。办公楼后是活动区,有两个篮球场,还有各种室外活动器械,跟小公园里的布置相似。

厂区右边,有四栋宿舍楼,每栋八层,其中三栋为工人宿舍,一栋是管理人员宿舍。四栋楼的主体建筑均已完工,只剩最后的封顶和防水处理。此刻,四座中型塔吊正全力开动,弥补台风耽误的工期。

这里无遮无拦,雨后空气异常清新。

雷家明打开车窗,贪婪地猛吸几口空气,忽然觉得尿急,就按响喇叭,跟同事打个招呼,然后把车开到东墙(只修了围墙底座)外新修的公路上,躲到一号宿舍楼东墙根小便。

解决完,他伸了个懒腰,从副驾座位上拿起装有采访机的背包,锁好车门,跨过围墙底座进入厂区,把车子扔在原地。

参加活动的人不少,起码有200人。大家都集中在办公楼前的广场上,那里早备好了方凳。广场前面搭有一个简易的主席台,上面摆着桌椅、话筒、姓名牌、矿泉水……主席台两侧摆满花篮,大部分是合作单位送来的。

雷家明来到广场跟同事会合，发现今天的主角唐林义已经到了。

唐总穿了件亮格条纹衬衫，头发梳得一丝不苟，倒背双手站在主席台一侧，不时跟前来贺喜的宾客握手寒暄。

此时，最重要的客人，主管工业的谭副市长还没到，唐林义只能耐心等待。他很清楚，明天离开滨海，还得靠谭副市长从中斡旋。

雷家明视线越过唐林义，发现对方身后站着两个保镖。保镖身材魁梧壮硕，休闲黑西服外套配牛仔裤，戴着墨镜，双脚分开，双手交叉于身前，目光警觉。他赶紧看向其他地方，发现四面八方都有保镖，打扮跟前面那两位一模一样。除此之外，还有个穿黑西服外套的魁梧光头，在外围晃来晃去，神情很是谨慎。

"哟！那不崔明虎嘛！也干上保镖了？唐林义排面真不小啊！"

雷家明点了根烟，转眼在人群后方发现几个熟悉的身影。

"嘿！辉哥！王队长……"

他举着一只手来到伊辉、王可面前，见江志鹏虎着脸站在一旁，赶紧把到嘴边的"队长"二字吞下去。

雷家明乖巧地取出烟分给诸位："这么大阵势，有任务？真热闹啊！又是保镖，又是刑警的！"

"成天胡诌八扯！起开！"

王可把雷家明推到一边。对方刚才差点叫出来"王队长"，他很恼。

"行！王队长，你等着！"

雷家明毫不含糊地说出那三个字，叼着烟走到一边。

王可无奈极了，脚底狠狠撵着一颗小石子，偷眼瞄向江队长。

江志鹏带起墨镜，望向前方，脸上没什么表情。

9:10，谭副市长等官员的车来了，唐林义赶紧上前迎接。

9:20，重要嘉宾由礼仪小姐指引到主席台就座。

9:30，一位着正装的主持人走上主席台，向来宾致欢迎辞，并介绍重要来宾,宣布剪彩仪式正式开始。

紧接着礼炮轰鸣,音乐奏响。

片刻后音乐声变小,主持人请谭副市长讲话。

现场记者早已等待多时,见谭副市长拿起话筒,立即举起相机……

雷家明对这些烦琐程序毫无兴趣,抬头朝天空看去。

半空中先后出现六架无人小飞机。那些小飞机分属于不同的电视台记者操控,有的高,有的低,正在厂区上空盘旋录像。有一架甚至飞到远处,对整个工业区进行航拍。

雷家明对那玩意儿很感兴趣。他忽然想起,白玉城卧室书架上,就有一架小型的大疆牌无人机,心中暗暗琢磨,要找个机会借来玩玩。

谭副市长的主题讲话,在雷家明看来真是又臭又长。

15分钟后,话筒被交到唐林义手中,接下去还有几个官员排号。

雷家明东瞅瞅,西看看,随便拍了几张照片,耐着性子又等了半小时,终于迎来了剪彩时刻。

领导们被礼仪小姐簇拥到南大门前,面对镜头,合力揭起门上的红色幕布,然后依次站到一条鲜艳的彩带后面,逐一从礼仪小姐手中接过彩剪。

唐林义剪下第一刀,谭副市长第二刀……职工代表李默琛最后一刀收尾。

闪光灯咔嚓咔嚓响个不停。

剪彩胜利结束,接下来是参观环节。

李默琛在侧后方招呼记者,唐林义跟谭副市长并排走在最前面,领着一众领导,先后参观了厂房和办公楼,最后来到东侧的甬路上参观宿舍楼。

跟唐林义一样,所有领导都戴着安全头盔。

唐林义面上笑容灿烂，心中感慨万分，他想起唐林清。这些场面上的迎来送往，都是唐林清最拿手的。可现如今，唐林清早已躺进冰冷的墓地，只剩他独力支撑。

一时间，他感到难言的孤独。

好在他看起来并不孤独。他走到哪儿，一众保镖就跟到哪儿，始终和他保持适当距离。

唐林义来到一号宿舍楼最中间，面向正门，在塔吊附近站定。

那台塔吊正在工作。起重臂朝向正西，吊钩上挂起一大捆防水材料，准备上升，起重臂上的小车，也开始朝里缓缓移动。

有个工头来到唐林义跟前，叫他注意安全，离吊钩远点。

唐林义示意没事，往塔基横跨几步，抬起手指着前方，跟身边的谭副市长介绍工程进度："要不是台风，早就完工了。在保障工程质量基础上，我们一定……"

谭副市长听得很认真，不时点头说上两句。

唐林义介绍完毕，刚要转身离开塔吊范围，突然一号宿舍楼顶端传来一片轻响。紧接着，楼顶上方降下来四条大红色彩带。

四条彩带，每条彩带八个大字，最后一条的末端有个烫金署名，那是滨海市一把手领导的名字。彩带内容合起来，刚好是领导在某次重要会议上的讲话精神。

彩带上端，分别攥在四个工人手里。

工人们站在楼顶，一只手拿好彩带，用另一只手向楼下挥手致意，还有人扯着嗓子，喊了两声"大家好"！

人们注意到了楼上的动静，纷纷停在原地，所有的脖子都高高提起，朝向同一方向。人们专注地仰望彩带，脸上洋溢着幸福的神采。

揭幕剪彩仪式来到最高潮。

伊辉站在人群后，警觉地注视前方。

江志鹏看向彩带，整个人已完全放松下来。

谭副市长笑成了一朵花，一手叉腰，一手指着唐林义："小唐啊！真没想到，你还给我来个这么大的惊喜！不错！相当不错！"

唐林义愣在原地，轻轻"啧"了一声，脸上回以谭副市长微笑，心里却纳闷儿得紧：怎么回事？我没安排这个彩带环节啊！

雷家明仰着头笑了笑，注意力很快涣散，无意中看到塔臂下方，唐林义头顶，斜上方十几米高处，正有一架无人小飞机在慢慢盘旋。

"这货飞得有点低啊！"

雷家明后退一步，抬头看向远处，发现加上眼前这一架，空中共有七架小飞机。比他最初看时，多出来一架。

他原地转了一圈，望向四周，试图寻找操控这架小飞机的人，但没找到。

"好玩！"

他抬起头，注意力重新回到唐林义头顶那架小飞机上。

此时，吊钩上那捆防水材料已升至半空。因为彩带的突然出现，塔吊操作员暂停了操作，中断过程大概10秒。之后他重新按下电钮，吊钩再次慢慢上升。

就在这时，雷家明发现，那架小飞机好像突然失控，围着吊钩，上下左右疯狂旋转，就像一个妇人穿针引线，熟练地在空中织毛衣。几秒后，那玩意儿最后一次朝上跃过巨大的吊钩，又掉头往下冲，然后猛地顿住，最后头朝下，停在了吊钩下方的空中，随后开始轻微地摇晃，仿佛在小飞机和吊钩之间，有一条看不见的连线。

"啊？怎么了？"

雷家明刚意识到有意外发生，忽听前方响起一声惨叫。

他急忙从空中收回目光，看向前方，发现唐林义正双手捂住脖子，身子猛地斜向荡出好几米，把一个黑衣保镖撞倒，然后双脚离地，就像被一股无形的狂暴力量钳住，硬生生地向上提起……

"我操！什么情况？"雷家明惊呆了。

两秒钟后，唐林义向上升了半米，头顶正冲着吊钩，脚下是虚无的空气，就像一个神奇的魔术师，不借助任何外力，整个身体就那么悬在虚空。然而魔术师总是微笑的，而唐林义却实在笑不出。他两手紧扣脖子，嘴巴张着发不出声，眼珠瞪得通红，双脚不停地踢踏……

那几秒，时间静止。

所有人都定在原地，仰视着唐林义，谁也不明白究竟发生了什么。

"让开！"伊辉头一个动起来，冲向唐林义，王可紧紧跟上。

随着伊辉的叫声，时间重新启动。四散各处的刑警们，保镖们都动了起来。

雷家明指着唐林义的脖子，突然大喊："线！透明线！无人机！"

这时，有眼尖的人发现，唐林义的脖子上，忽然多出来一条细细的血线。一瞬之间，血线变得越来越明显。紧跟着，有细细的血丝从血线中喷出，就像一条正在浇地的水管，被扎了几个小孔。

血丝犹如缠绵的春雨，扫过人们的脸。

这一刻，终于有人发出凄厉的尖叫。

随着尖叫声响起，有几个记者从惊恐中醒来，举起相机对着唐林义按下快门。

以上过程，也就几秒钟。

"喂！停！说你呢！"

王可冲到唐林义身体下方，掏出枪，抬头，冲着几十米高处的塔吊操作员大喊。

操作员好像并未注意到地面发生的事，仍在熟练地操控塔吊，唐林义的身体仍在慢慢上升。

此时，有三个保镖冲上去，合力抱起唐林义的小腿使劲向上抬，试图把他的脖子，从那根无形的细线中脱离出来。

"还在升！"王可握着枪提醒江志鹏。

"操你妈！"

江志鹏见吊钩还在运行，打开保险，冲着塔顶的工作台就是一枪。

枪响。

人群骚动。

子弹击中工作台金属外壳，吊钩停止上升。

"降下来！"

"都别动！谁也不准走！"

"封锁大门！还有围墙！"

"打120！"

各种短促的命令此起彼伏。

时间倒回到10秒前。

就在雷家明大喊"线！透明线！无人机！"的时候，一直在人群外围巡视的崔明虎，刚好走到一号宿舍楼东墙基附近。此处距一号宿舍楼事发地，大约30米，中间隔着一个砖垛，砖垛上扔着几个安全头盔。

他发现异常情况，赶紧丢掉烟头，冲向人群。他跑出没几步，刚要绕过砖垛，突听身后发出一声脆响，像是砖块拍落地面的声音。

他刹住脚步，扭头，恍惚看到侧后方一楼最东头房间内，有个黑影在窗台附近晃了一下就不见了。而刚才那块砖，应该是黑影从窗台上蹭掉的。

"谁？"

崔明虎后退一步，身体正面还是朝向人群，手臂还保持跑动的姿势。

那个房间跟其他房间一样，门窗都未安装，里面静悄悄的。

没人回答，也没人出来。

363

明明看到了人，怎么不出来？躲着干什么？

崔明虎心中生疑，又后退一步，将身体侧转90度。

说时迟，那时快。

他刚转过身子，一个矫健的黑影突然从门口闪出，直冲到他身侧。

那人也不说话，抡起板砖拍向崔明虎额头。

情急之下，崔明虎抬起胳膊遮在头部，同时隐约看到来人戴着口罩。

"啪！"砖块拍到崔明虎右手背。

崔明虎挡住突袭，后退半步，想收回胳膊反击，可还没等他挪动身子，那人毫不犹豫抬起膝盖，重重地顶在他小腹上。

"啊！"崔明虎弯下腰去，把后脑勺亮给了对方。

那人重新抡起板砖，准确击中光秃秃的后脑勺。

一下，两下……

崔明虎吃痛，身子跌倒之际，猛地挥出右手抓了一把。

这一把，成功扯掉黑影的口罩。崔明虎扭头，努力看了一眼，随后跌倒。

那人寸头，精瘦，跟崔明虎打扮相似，也穿了一件休闲黑西服。把人打晕后，他四处看了看，捡起口罩，迅速把崔明虎拖进最东头房间。接着，他从怀里掏出个操控手柄，塞进崔明虎手中按上指纹，然后把手柄放进崔明虎口袋。

这件事发生得悄无声息，当时附近所有人注意力，都在唐林义身上。

安置好崔明虎，那人跑出房间冲进人群，挤进唐林义身边的保镖堆里……

# 第二十七章　抓捕（一）

这是一场零距离谋杀，当着数百人的面完成，赤裸，血腥，疯狂。

它的观众有保安、工人、老板，更有记者、官员、刑警。它挑战的，不仅是法律，它戳破了人性的底线。唐林海电刑现场跟它比，只是场微不足道的新人秀。

伊辉很自然地想到白涛。白涛死于跳楼，跟唐林义之死一样，一定也有很多人围观。把死亡像商品一样展示给大众，尤其是谋杀造成的死亡，对凶手来说，其意义，一定远大于一场不为人见的普通谋杀。

唐林义直挺挺地躺着，气若游丝，脖颈上皮肉翻花，血液运行通道已经断开，血从伤口肆无忌惮渗出来。

活着的人，体会不到绞杀的痛苦；被绞杀的人和狗，却无以言说。

是的。除了人，狗也常常被绞杀。

刑罚带来的极致痛苦，是一样很奇怪的东西，它存在，却看不见、摸不着。人类惯于将其施加于同类，再从旁观赏，间接体会它的滋味。

　　雷家明最初的反应是对的，人不可能浮在空中而无所依凭。唐林义的脖颈上，有一个细细的环形线圈，材质坚韧，接近透明，线圈撑起来，大概能套住两个人的脑袋，就像绞刑的绕颈绳环一样。只不过，它的另一端不是系在房梁上，而是系在那架遥控小飞机的横梁上。

　　此刻，小飞机仍然头朝下吊在半空。它当然不能把人吊起来，它之前围着吊钩，上下左右绕来绕去，其实是把机身吊着的线，绕到吊钩上。每绕一圈，就等于在吊钩上打一个结，就像绝望的人，把绳子系上房梁一样。

　　真正吊死唐林义的，是吊钩。小飞机只是个打结者。

　　但是在打结之前，要先保证把下端的线圈套在唐林义脖颈上。那对小飞机的操作者有很高的要求，不只是操控要求，更高的是视力要求。可是线圈材质接近透明，操作者要怎样捕捉它的位置，把它精准地套向目标脖颈呢？

　　没有透明的、看不见的线。那个线圈从小飞机上垂下来，荡在空中，任何视力正常的人，只要稍加留意，都能发现。可是，根本没人留意，包括最先看到那架小飞机的雷家明。人们当时的注意力，全集中在楼顶突然垂下来的四条彩带上。

　　彩带下垂的时机恰到好处。当时，唐林义正欲离开塔吊范围，但还没离开。他被突然出现的彩带吸引了注意力。他和所有人一样，对那些彩带倾注了全部热情，其中当然也包括被裹挟的热情。比如雷家明，他对那些就不甚在意，只把它当成活动的主人搞的一个小噱头，为的是讨谭副市长开心。可他同样盯着彩带看。人们都在看，而且热情满满，你偏偏毫不在乎，那成什么样子？

　　四条彩带全打出来后，谭副市长非常满意，还做了表扬，那同样分散了唐林义的注意力。

这就能判断出，致命的线圈，是在第一条彩带打出来后，到谭副市长表扬唐林义之间的时段，无声无息套到目标脖颈中的。

这些还不是全部。

线圈虽大，上面却是活扣，套上脖颈一拽之下，即可收紧。

伊辉松开活扣，从唐林义脖颈上取下带血的线圈，仔细观察才发现，环形线圈的下端，跟脖颈接触的位置，有一小段弧线上染了墨。墨迹不长，最多3厘米。他很快明白过来，那段弧形墨迹，应该是线圈在空中的位置标志。

凶手跟旁观者一样，只要稍加留意就能看到线圈，甚至能看到线圈跟小飞机之间的垂直连线。可是那颇费眼力，更无法保证把线圈精准地套到唐林义脖颈范围。可是，有了那3厘米的墨迹标志，结果就不同了。凶手能轻易定位线圈位置，从而保证套住目标。

从概率上说，唐林义应该能发现那段墨迹，并把它当成一只黑色的飞虫。他很难意识到，那是一个线圈的最下端。

要人命的线圈……

这场谋杀能顺利完成，条件上除了彩带、小飞机、吊钩、线圈、墨迹，还有很重要的一点：上升的塔吊。

彩带出现时，吊钩曾有10秒左右的停顿，紧接着又重新上升。如果那短暂停顿之后，操作员不重新启动按钮，唐林义绝不会死。

120正在赶来，最快也要半小时到达。早已有人脱下衬衫，把唐林义的脖子紧紧裹住。谭副市长不想浪费半小时，认为应该派车往回走，在中间跟120会合。他跟江志鹏商量后，意见达成一致。

救人要紧。几个保镖冲进人群，抬着唐林义上了一辆面包车，接着有两名刑警跳上后座。车子迅速启动，窜出厂区，往市区方向开去。

伤者走了，死活难料，接下来是江志鹏的舞台。

刑警控制了现场所有人，更多警察正在赶来。除了谭副市长等几位官员,大家都蹲在地上。办公楼前的主席台,成了临时办公室。

江志鹏站在台上,满头大汗。

他眼前的桌上,摆着那架肇事小飞机。

桌前,站着数名可疑人员,一个个紧盯着小飞机,眼神既好奇,又恐惧。

那是一架遥控小型无人机,大疆牌,四轴四旋翼,最大轴距450mm(注:遥控无人机轴距是指对角电机旋转轴间距),旋翼可拆卸,大点的背包就能盛放,但是样子有点旧,一看就不是新款。

塔吊师傅姓刘,四十来岁,圆脸,看起来像个老实人。他双手捧着头盔,两条腿不停地突突,站都站不直。

江志鹏把配枪扔到桌上,双手扶着桌面,瞪着刘师傅的样子,像是要吃人。

刘师傅的声音像蚊子哼哼,表达的意思杂乱无章:"领导,说三遍了,就那么回事。我在上面,要是不刻意偷懒,是不知道下面发生什么事的。领导来参观,活还是要干的,我也不差那一会儿。今天赶台风落下的工期,从早上6点到刚才,塔吊基本没停过。领导们到一号楼时,那捆材料刚刚挂上去。本来我是想等等的,等他们过去了再起吊。可是今早上,厂里就有人来,专门嘱咐过我,说上午会有领导来参观,要是领导来一号楼,叫我不管发生什么事,都不能停下塔吊看热闹,该干吗干吗。下面会有人照顾领导,不会有安全问题……"

"为什么?"

"为什么?干活就要干到领导眼里去噢。那人说,大家都要忙起来,才能在大领导面前显出积极性。这不是赶工吗?对了,他还给了我200块钱,还说我要是偷懒,就把钱收回去……"

说着,刘师傅掏出来两张崭新的纸币。

"钱是他亲手给你的?"

"是的。"

江志鹏招手叫来一名刑警,把钱没收,带回去验指纹。

刘师傅攥着钱不想撒手:"这钱,是那人叫我从他口袋里掏的……"

那个刑警来气了:"少放屁!手松开!"

"真的!"刘师傅咽了口唾沫,"那人一手拿个大背包,一手拿着西服,叫我从他口袋掏的钱。"

江志鹏撇了撇嘴,掏出钱夹,拿出两张交给刘师傅,对方这才松手。

"那人什么样?"

"戴个黄头盔,黑口罩,黑T恤,手拿黑西服外套,鞋没注意,眉眼看着很年轻。"

"戴口罩?"

刘师傅点点头:"这儿粉尘大,他们坐办公室的矫情。不过话说回来,工人也有戴口罩的。"

伊辉往前跨一步,问:"刘师傅,彩带垂下来时,你知道吗?"

"一开始真不知道,后来听到有人喊了两嗓子,就往下看了几眼。"说着,他指了指身后四个工人。

"也就是那时候,你停止了操作?大概……10秒?"

"嗯。我就是觉得有意思,看了两眼。紧接着想起来那200块钱,哦,就是那人的嘱咐,这才又启动了吊钩……"

"这么说吧,要是那人没嘱咐你,你会不会那么快重启吊钩?"

"也许吧……"刘师傅双手插进头发,满脸无奈,"咱不纠结那点时间,成吗?其实就是巧合,可那不是我的错啊!我只是正常工作而已……就算没那200块,我一般也不会中途停下来。钩子和货一旦起来,就得尽快收。停在空中,是有安全隐患的!"

伊辉张了张嘴,又把话咽下去。

他感觉有个点过于凑巧。在他的记忆里,唐林义从正南正北的甬道右拐,往一号宿舍楼正面走时,那一大捆防水材料,刚刚挂上吊钩,准备起吊。命案发生时,吊钩刚好升到半空。换句话说,时机很重要。如果吊钩当时是往下放的,凶手就没机会杀人。难道当时往吊钩上挂防水材料的人,是凶手?

伊辉转身看了看远处的记者,心想如果当时有人拍照就好了。

他转回脸看向江志鹏。

江志鹏没有其他疑问,示意继续。

伊辉一招手,把四个工人叫到眼前。

工人们愣了半天,纷纷喊冤以证清白。

"和老刘说的差不多。一个自称李主任的,戴个黑口罩,早上找到我们,一人200,从包里取出那四个彩带,给我们一人一个。"

"对!那人还戴着棉线手套,和我戴的这副一样。只不过给我们的钱,是他自己掏的。"

"没错!他说就是个简单任务,一旦领导们走进塔吊范围,就可以放彩带,给领导们送惊喜!"

"其实是放晚了……按那人说的,领导们一靠近塔吊时就放彩带,只是当时有点着急……等到放下去时,领导们走到楼中间去了。"

"是啊!那人说了,要是领导不来一号宿舍楼,彩带就不用放了。当时几点?大概8点多吧。"

"不是!那人说的是,领导们要是离塔吊很远,或者不来一号楼,彩带就不用放了。"

"对!对!是那么回事!他说领导离得远,放彩带没有震撼意义……"

伊辉听明白了。

彩带显然也是凶手的刻意安排。其目的,就是要把唐林义"钉"

在塔吊范围之内。凶手算准了彩带一亮出来,楼下的人一定会驻足观看、议论。但这次行动,对凶手来说并无十足把握。本质上,这是一次概率性的谋杀事件。

凶手对四名工人反复强调"塔吊",那是释放彩带的信号,距离上无须有严格要求,也不可能做到严格要求。只要唐林义走进塔吊范围,那么不管他在什么位置,都可以实施接下来的计划;反之,如果唐林义离塔吊很远,或者根本不到一号楼去,那么今天的吊杀计划就无须实施,凶手只能另想他法。

在这场概率性谋杀事件里,唐林义的路线不可控。他是否带领导去一号宿舍楼参观,概率各占一半。再考虑客观变量,此次搬迁的象征意义(市内最后一家大型污染型企业搬迁),及参观过程完整性,那么概率将远大于一半。而剩余其他细节则是可控的。比如吊钩处于上升还是下降状态;比如给四个工人塞钱,放彩带,引人驻足,把唐林义钉在原地;比如塞钱给刘师傅,确保彩带垂下时要继续工作,不要停机看热闹。这就是说,当唐林义刚拐到一号楼时,往吊钩挂防水材料的人,即便真的是工人,也跟其他五个人一样,早被凶手塞过钱了。

"唉!"伊辉轻叹一声,什么也没问。再问的全是废话。

江志鹏果然忍不住,把废话问了出来:"你们一个个没脑子?为什么不想想,他为什么一直强调塔吊?"

"……"

"为什么不琢磨一下,他要真是办公室的人,用得着戴口罩?"

"……"

"就他妈知道钱!钱!下次再听到那人声音,还能不能分辨出来?"

"能!应该能!"

工人们纷纷点头,终于不再无言以对。

一个刑警上前，拿出凑的800块钱，把工人们手里的新币换走。

江志鹏经由伊辉提醒，很快找到另两位工人。

那两人一个姓张，一个姓牟，专门负责往吊钩上挂货。

江志鹏沉着脸甩出问题。

牟师傅回答："嗯，是有人给钱了，我俩一人100。那人自称办公室主任，叫我们掌控起钩时间。"

张师傅回答："他要求得很简单，就是把活干到领导眼睛里呗。领导们朝一号楼走来时，我们就把货挂上去。"

伊辉问："参观队伍到一号楼时，钩子刚好落地？"

牟师傅摇摇头："落下来有几分钟了。当时参观队伍刚从办公楼拐上甬路，离这儿还有几百米。趁那个空，我们抽了根烟。"

"你们一直注意参观队伍？"

牟师傅自嘲："用不着！那么一大批人，远远过来谁看不见？咱收了人家100块钱……等领导来到附近，就干活装勤快，小孩子都会的把戏……"

说完，牟师傅意识到了什么，赶紧补充："领导出事跟我们无关，你可别想歪了！"

"如果当时吊钩没下来呢？"

牟师傅摊摊手："吊钩早下来了，我们等领导过来再挂……"

张师傅补充："下钩快，上钩慢！"

下钩快，上钩慢。那么任意一段时间内，钩子上行的总时间，一定远大于下行的时间。换言之，借钩子上行杀人的时机，一定远大于无钩可借的时机。

伊辉心里骂起来：操！还是概率！可是不管怎样，凶手不必另寻他法，他今天成功了！

这时，王可匆匆跑来，大老远就喊："有情况！发现一个家伙躺在宿舍楼里，口袋里有飞机遥控器！"

"谁?"江志鹏跳起来。

"崔明虎!"

为省时间,对崔明虎的审讯,在现场警车里进行。

江志鹏发现那小子后脑勺在流血,叫人给他简单做了包扎,然后拧开一瓶水,一股脑倒在那颗光头上。

崔明虎晃了晃头,哼哼着醒来,发现自己被铐在警车后座上。

"唐总怎么样?"

崔明虎双手反铐在身后,不能擦脸,任凭矿泉水从眼前滴落。但他醒来的第一句话,不是替自己解释,而是关心唐林义的安危。

"你问我?"江志鹏冷冷地盯着他。

"铐老子干什么!我是被凶手打晕的!操!"

"这是什么?"

江志鹏举起一个类似游戏手柄的遥控器。

崔明虎盯着遥控器,不明所以。

"这玩意儿,在你口袋里发现的,操控杀人飞机用的!"江志鹏狠狠瞪着崔明虎,"你被谁打晕?凶手?不是自己打晕自己?"

"我去!我根本不会玩那玩意儿!"崔明虎用力挣扎了一下,急道,"那是凶手塞我身上的!"

江志鹏哼了一声,正要开口,伊辉急敲车门。

江志鹏下车:"怎么了?"

"送唐林义的车,跟120碰头了……人不行了。"

江志鹏一脚踹在车门上。

他很有数,今天这事太大了,大得没边。凶手光天化日,当着数百人的面,把人绞死在半空,手段极度残忍,影响极度恶劣,性质极度严重!

而目睹这场直播的,不光是滨海市所有媒体外派记者,还包括谭副市长在内的一众官员!事情很快会传到市局、市委领导那里。不!

373

怕是已经传过去了！现在，摆在江志鹏面前，摆在西城分局面前的，只有一条路，八个字：挖地三尺，抓住凶手。

"不是崔明虎！"伊辉大声说。

"什么？"江志鹏还没回过神来。

"我说不是崔明虎！"

"为什么？"

"问过了。今天早上，他跟他那几个兄弟一起开车来的，车上没有遥控飞机。而且他从小到大，从没碰过那玩意儿。"

"就这？你信？"

江志鹏狠狠瞪了伊辉一眼。他心里发着狠。就算抓错了，他也有心先把崔明虎交到市局顶一阵子。他知道，如果抓不住凶手，案子很快会移交市局。

"不是他！"伊辉坚持道，"我们犯了个大错！"

"有话快说！"

"保镖！凶手可能混在送唐林义的保镖里，溜了！"

"啊？你是说送唐林义去医院的那几个保镖？"江志鹏略一沉思，"不可能！他们之间应该互相认识。混进去个陌生人，怎么可能认不出？"

"嗐！"伊辉把烟盒甩出老远，"才问清楚，唐林义雇了两拨人。一拨是保安公司的，一拨是崔明虎的人。今天有活动，这才给他们统一了着装要求。他们共事就那么几天，还是白班夜班分开，互相之间很陌生。"

"雇了两拨人？唐林义真他娘有病！"江志鹏再一次埋怨伊辉，"你为什么总是慢半拍？不早说？"

伊辉咬了咬牙，忽略掉对他的责怪，说："送唐林义的面包车上，有咱们两个人。我刚刚联系了他们，叫他们把保安都控制住。问题是，车上好像少了一个人。"

"啥玩意儿？"

江志鹏把烟点反了。他实在太心焦了，一天到晚，就没一个好消息。

"我们的人说，抬唐林义上车的，应该是五个保镖。跟120的车交接完再回到车上，发现少了一个。"

"到底几个？"

"他们不确定。"

"饭桶！"江志鹏扯开车门，打算继续审崔明虎。

伊辉一把拉住他的胳膊，提醒道："白玉城！"

"他？我们两组人，24小时盯着他！我也正纳闷儿，不是他，会是谁干的？"

伊辉摇摇头："我不放心！都这时候了，赶紧打电话再确认一下！"

江志鹏重重地关上车门，走到一边，拿出电话打给监视人员。

他在车外，没注意到，刚刚崔明虎听到白玉城的名字，脸色明显一变。

两分钟后，江志鹏电话响了，是监视白玉城的队员回拨的。

"什么？白玉城没在店里？有一个叫'小猫'的青年，在给他看店？还是个理发的？"

这都什么乱七八糟的，江志鹏脑门直突突。

电话里说："上午8点，我们跟孙组长换的班，当时白玉城的店门关着。孙组长他们说，人就在里面……"

江志鹏大吼："放屁！人在里面？那现在人呢？蒸发了？"

"是孙组长他们说的，我们也就没进去确认……"

"把那个叫小猫的带回去，把白玉城给老子找出来！"

江志鹏挂断，双腿岔开，仰天长叹。

伊辉走到江志鹏面前："不管是谁，这回都跑不了！"

他的意思很明白,任何事的难度,都跟风险挂钩。凶手是成功了,但也玩大了。现场留下了什么?遥控飞机,遥控手柄,人民币,以及最重要的声音。

指纹也许提取不到,但是跟凶手当面交流的工人,不下于七个。回到局里就做嫌疑人比对,这么多人还认不出来?即使凶手戴着头盔、口罩,到时怕也无济于事。

江志鹏蹲下,抱着头默不作声。

现在对他来说,抓人已经不那么重要了,那只是个结果。他觉得,自己已经败无可败了,败在过程。眼见一桩桩凶案发生,不但无力阻止,还曾被凶手利用,间接启动了电刑开关。他沉浸在一连串沉重打击之中,感觉天旋地转。

"是男人吗?"

"你说我?"

江志鹏踉踉跄跄站起来,紧咬后槽牙,怒视伊辉。

伊辉指着脚下,大声说:"这片土地上,摄像头数量,全球第一!居委会大妈政治自觉性,全球第一!我们的父老乡亲,最本分,最勤劳能干!一辈子就求个平安,很少惹是生非!警察这碗饭,它苦吗?啊?你倒是说啊!它有那么苦吗?"

伊辉这番话,把江志鹏吼懵了。

伊辉继续说:"苦得过环卫工吗?苦得过脚手架上的建筑工吗?苦得过……这碗饭,它多数时候,有渲染的那么苦?你!江队长!还有很多人——这碗饭,就是吃得太他娘顺了——天天指靠摄像头?指靠检测手段?指靠群众自觉性?指靠群众老实本分?一指靠不上,就他娘怨天尤人?操!"

江志鹏叼起烟。烟在嘴边抖个不停。

"好几次了!你他妈有脸怨我慢半拍?我只是个没警衔的顾问,你才是队长!"伊辉指着江志鹏,"再顺的饭,它也有硌牙的时候!

这种时候，你挺不住，算个球男人！"

江志鹏沉默半天，然后抬一条胳膊，指着塔吊方向……

片刻后，他打开车门，拖出崔明虎，一把掼上车身，大吼。

"那家伙长什么样？"

江志鹏奋力揪住崔明虎衣领，逼近，两人的鼻尖几乎贴在一起。

"不知道！"崔明虎昂首凝神他。

"屄包！被人揍成这逼样，连模样也看不清？"

"他戴口罩！"

崔明虎反铐着的双手，紧紧握起，宛如两个铁疙瘩。

在江志鹏逼问下，他把遇袭过程讲述一遍。

"滚！"

江志鹏把崔明虎推到一边，叫人给他开了铐子。

崔明虎揉了揉手腕，迈开大步离开。

"喂！"伊辉突然喊停他，"唐林义给了你多少钱？"

"什么？"

"你给唐林义干保镖，拿了多少钱？"

崔明虎单手搓了搓下颌，嘴角撇了一下，什么也没说，扭头走了。

江志鹏看了看崔明虎背影，取出烟分给伊辉："那小子人渣一个！以后别犯我手里！"

伊辉说："我只知道他小时候就坏得冒泡，不过做事还算有分寸。"

"讲义气是吧？我听派出所那帮人说过，那小子当过兵，纠集了几个人，专门给人收高利贷，早晚得讲去！"

"五个！问过了，他今天带了五个人过来。"伊辉深吸一口烟，"不知道他跟唐林义怎么走到一起的。不过我想，唐林义应该就是看准了他讲义气，要不然，何必让他们跟保安公司的人，掺和到

377

一起?"

"哦?你是说……"

"没事!"伊辉摇摇头,"只是觉得太简单了……他当过兵,被偷袭也就罢了,怎么能毫无还手之力?跟他那体格可不太相称。"

"你不也被偷袭过?"

"是啊!可我那是晚上,而且在墓园,根本想不到。"

"你是说,他也伤了凶手?"

江志鹏眼前一亮,要真是那样,排查就更好办了。

"不好说!"伊辉盯着烟头看了半天,才说,"要不,派个人盯他一下?"

江志鹏想了想,说:"盯他就算了,浪费警力!定个位吧,好过什么也不做。就这么放他走,确实有点托大!"

伊辉点头认可。

江志鹏立即安排定位。

半小时后,警方对所有人的排查和笔录终于做完,并对现场所有车辆进行了全面检查,并且在一辆车所在公路旁的盐碱地里发现了一个大背包。背包暗黄色,里面是空的。

那辆车停靠在厂区东侧的南北向公路上,公路东侧有个缓坡,再往下就是盐碱地。大背包就扔在缓坡下的一片草丛中,不注意很难发现。

那辆车西侧,就是厂区东墙基,跟东墙基紧挨的那间房,就是崔明虎描述的凶手藏身之处。痕检正对那间房做全面检查,房间地面尚未硬化,目前已提取到多枚脚印,及大量烟头。

王可拎着背包,带着雷家明来到江志鹏眼前。

"那车是你的?"江志鹏望着雷家明,诧异极了。

雷家明点点头,一脸问号。

江志鹏掏出手套戴上,从王可手里接过背包,里里外外看了几遍,然后从桌上拿起遥控飞机,放进包内。嘿,刚刚好。

江志鹏脸色瞬间变得煞白,用力戳雷家明肩头:"你把车停那儿干什么?"

"我去那儿撒过尿。"

江志鹏哭笑不得:"这么大厂区,你跑那儿撒尿,还把车留在那里!"

雷家明指着背包说:"就算它是凶手的,跟我有屁关系?"

江志鹏没回答,反问:"活动期间,你有没有再回到车上去?"

雷家明摇摇头,手伸向遥控飞机,接着又缩回,俯下身去仔细看了一会儿,然后挠挠头,突然想说什么,接着又把嘴闭上了。

江志鹏捕捉到了他的神情:"有什么赶紧说!"

雷家明抱起胳膊想了一会儿,皱着眉道:"我见过这玩意儿,也是大疆牌。只是不能肯定,就是同一架……"

"什么?"江志鹏双手按住雷家明肩头,使劲摇晃,"在哪儿见过?"

雷家明迟疑片刻,才说:"白玉城卧室的书架上方。"

"什么时候?"

雷家明看向伊辉:"第一次去他店里吃饭那天。"

江志鹏掏出电话走到一边,命令局里的警员去白玉城店内验证。

十几分钟后确认电话打回来,说白玉城书架上的确有一架遥控飞机。

江志鹏把收到的飞机照片,跟现场这架比对,发现它们只是相似,但型号不同。

王可揉了揉鼻子,看向雷家明:"难道你无意中看到了一架,实际他有两架?"

江志鹏摆摆手。现在不是争论的时候。他知道这种特殊商品,大部分能从购买渠道反查买主。除非遥控飞机是私人之间相互转卖,转了很多手,否则一查一个准,只是花点时间。

现在,分局那边还是没有白玉城下落,继续在现场逗留已无意义。江志鹏命令收队回城,全力搜索嫌疑人踪迹。

临上车前,伊辉忽然想到一样东西:安全头盔。

不管凶手是混进那帮保安当中逃离,还是就在现场这群人当中,他都没戴头盔。实际上凶手跟工人们交涉时,却是戴了头盔的。所以,那个头盔就在现场。

这么明显的线索,居然要别人提醒。江志鹏心烦意乱,命人把工地上闲置的头盔统统带回去。

闲置头盔很快收集完毕,总共22个。

中午,滨海市,大街小巷警笛大作。

白玉城依然杳无音信。各分局都出动警力,配合搜索。

白玉城本身就有嫌疑,又无故消失不见,而且无法定位(应该没带手机),此外他极可能会操作遥控飞机,警方将其定为重大嫌疑人的理由,实在太过充分。

客观地说,与前几个案子比较,在吊杀唐林义这件事上,凶手处心积虑,大费周章,留下的蛛丝马迹太多,致使给自己所留退路太少,颇有鱼死网破的决绝之意。

凶手好像在逼迫自己,也在暗示警方:一切,是时候结束了。

中午12点半,江志鹏在审讯室里见到了那个叫"小猫"的男青年。

小猫原名毛文博,是个理发师。今天上午,白玉城那儿大门紧闭,毛文博一直独自待在里面。要不是伊辉叫盯梢的人进去看一下,江志鹏还以为白玉城一直老老实实待在家里。

面对江队长发红的眼神,毛文博麻溜交代了事情经过。

他说他和苗力伟是朋友。他今天休班,苗力伟一大早找到他,请他去别人店里帮半天忙,不用干活,报酬300块。只是有个小要求,苗力伟让他穿休闲黑西装外套，没有黑色，深色也行。毛文博很奇怪，去修车店帮忙，干吗穿西装？苗力伟没解释，说去了就知道。看在300块钱分上，毛文博换好衣服，跟苗力伟连同另一位朋友，一同前往。他说他不认识白玉城。到那儿之后，白玉城给苗力伟的车子做了个保养，然后自己剪了头发，而且出门前，也穿了件休闲黑西服外套，临走时嘱咐他留在店里，但是别开门，就这么回事。

江志鹏心中暗骂：换衣服？明显就是瞒天过海、金蝉脱壳啊！唐林义的保镖，今天全穿着休闲黑西装外套。看来伊辉的判断一点儿都没错，案发后，凶手就是借助送唐林义去医院，混进保镖当中溜走的。没错！今天这案子，十之八九就是白玉城干的。

江志鹏想通了很多事，可惜，他没深入想到一个极其微妙的细节：黑西装的信息，白玉城从何而来？

毛文博下去后，江志鹏来回转圈，试图消解心中满满的挫败感。他早就安排了对白玉城24小时监视。然而工作搞得太失败，监视对象仅仅剪了个头发，换了套衣服，就堂而皇之从监视人员眼皮子底下溜了！这个失败有具体人负责，但最终，还是要算到他这个大队长头上。

半小时后，苗力伟被带进审讯室。

他看起来不像有城府之人，似乎早料到自己会被带到这儿来。

"出事了，对吧？"他比江志鹏先开口。

"谁？"江志鹏反问。

苗力伟摇头："满大街都是警车。"

"你关心的是白玉城吧？"

"他？"苗力伟笑了，"他能有什么事？不过是叫我帮了个小忙而已。"

"小忙？你不觉得那很奇怪？"

"你是指理发，还是换衣服？他干那行，平时的确很少穿西装。"

江志鹏哼了一声："让毛文博给他看店,店门却紧闭,你更该好奇这件事。"

"我只知道,他似乎有一件很重要的事去办。"苗力伟叹了一口气,"可是你们一天到晚盯着,他出不去。"

"所以,你找了个身材跟他相近的人,帮他看店。对吧?"江志鹏一拍桌子,"告诉你,搞不好你就是从犯!"

"从犯?"苗力伟一怔,"他可什么都没跟我讲。跟你说的一样,就让我帮个小忙,找个身材跟他近似的,穿黑西服过去,帮他看半天店,要早点去。我知道他想摆脱你们,却不知道他要干什么。我和他是兄弟,那么个小忙,能不帮?"

"后来呢?"

江志鹏的声音明显软了下去,这很少见。苗力伟的做法,其实没什么错。他江志鹏是警察,但首先是个人,是人就有朋友。他想起了一些往事,想起自己的朋友。

"他上了我的车,你们的人没认出来。我把他送到玉祥路东段,再往后我就不知道了。"

江志鹏脑子里过了过地图,急问:"他随身带了什么东西?"

"一个背包。"

"多大?"

苗力伟用手比画了一下。

"什么颜色?"

"没太上眼。"

"没上眼?"江志鹏轻轻一笑,"我可以去问毛文博,还有你另一位朋友。当时你们是三个人。对吧?"

"好像暗黄色。"

"暗黄?包里什么东西?"

苗力伟摇头。

调查至此，江志鹏渐有拨云见日之感。白玉城让毛文博看店，给警察制造假象，自己却剪短头发，改头换面，从警察眼皮底下溜走，而且随身带着大背包，包的颜色，也跟苗力伟说的一样。这里的每个点，都跟案情吻合。

江志鹏双手叉腰，仰起头闭目沉思。

他很兴奋，嘴唇紧紧抿着，但远未到得意之时。他比谁都清楚，以上所有的点，最多算是合理的逻辑点。严格地说，连旁证也不能算。他不但要尽快抓到人，而且要找到证据，铁一样的证据。

下午2点，在市局技术人员全力配合下，案发现场的痕检工作，有了初步结果。

一、凶手藏身的房间内，提取到大量鞋印，但不管鞋印所体现的行为人行走特点，还是鞋印尺寸，无一例与白玉城鞋印（取自白玉城的鞋子）相符。唯一的疑点，在于离房门最近的窗户下，提取到的四枚鞋印。该组鞋印，横竖向剐蹭痕迹明显，应是人为破坏，极可能是凶手所留，技术还原难度颇大，暂无比对价值。

二、回收的1200元钱皆为新币，上面纹印有新有旧。最新鲜的指纹，皆来自纸币所对应的工人。常理下，任何人，包括凶手，从银行员工手中，或取款机拿到一笔钱时，即使不用手点，也一定会在第一张正面，及最后一张背面留下指纹。但那两张之外的钱，凶手应该都没碰过，这才能保证给工人的12张纸币上，都不留新鲜指纹。谨慎起见，警方查看白玉城账户，发现他近三个月来，从未取过纸币。

三、现场搜到的大背包不是新的，近来应被水洗过，能检测到洗衣粉成分，无指纹及DNA残留物。

四、遥控飞机无指纹，飞机表面尘土颗粒少，案发前应被仔细擦拭过。商品来源有待追溯。

五、遥控器提取到指纹多枚，包括双手拇指、食指、中指，及无

383

名指内侧纹。所有指纹,均与重点人口指纹库中的崔明虎高度匹配。但有包括家属及朋友在内多人做证,崔明虎从小到大,从未接触过遥控飞机。

六、从22个头盔中,提取到毛发多根。分组编号后,逐一跟白玉城的毛发(从其家中提取)比对,比对结果未出。

七、吊杀唐林义的绕颈线圈(单股)、线圈与遥控飞机之间的连接线(单股),均为高强度聚乙烯纤维大力马线,亮白色,线径0.52mm,12编,标准拉力(承重)950N。绕颈线圈直径36cm,线圈与遥控飞机的连接线总长度18m(与谋杀地点宿舍楼高度相仿)。

八、从暗黄色大背包左侧网格内,提取到较新鲜芹菜叶两片。分析其来源,可能有两处。1.凶手家中。2.现场车辆或凶手交通工具后备厢。现场车辆勘查结果显示,记者雷家明所驾车辆后备厢内,发现较新鲜芹菜叶七片。其他车辆后备厢及车内空间,均未提取到芹菜叶。

进一步鉴定试验,取背包网格内芹菜叶一片,标记为叶片A,取雷家明汽车后备厢内芹菜叶一片,标记为叶片B。将AB两片菜叶,各提取少许,分别加入特定溶剂,做脱水度试验及干瘪度试验,发现两片菜叶脱水度曲线、干瘪度曲线高度一致。另经滨海大学植物学教授鉴定,AB两片菜叶,均为佛罗里达683西芹叶片。

推断结论,A、B两枚菜叶,来自同一茬芹菜可能性较大。存在的相反情况是,AB两片菜叶来自不同菜捆、不同摊位,但两批芹菜的收割日期相近或相同。

看到痕检报告第八条,江志鹏大为震惊。

这他妈怎么回事?吊杀现场搜到的大背包,左侧网格里有芹菜叶,雷家明车子后备厢,也有芹菜叶?如果大背包真是凶手盛放遥控飞机所用,且背包上的芹菜叶,跟后备厢芹菜叶同源,那只能说明,背包是经由雷家明的车子,带到现场的,那雷家明不就……

江志鹏费力咽下一口唾沫。

这事他做不了主。谨慎起见，他拿着报告走进雷霆副局长办公室……

五分钟后，江志鹏快步从雷局办公室走出，看起来狼狈极了。

他身后，那几页报告也被丢了出来。

雷霆暴怒的声音刚刚落下："该怎么办，就怎么办！用得着问我？滚蛋！"

雷家明被王可请到西城公安分局审讯室。

"喝多了你？那个背包上有芹菜叶子，关我屁事！"

雷家明靠在椅背上，双腿伸直，胳膊抱起，样子十分悠闲。

"那个背包，极可能是凶手所有！为什么？太干净！最近水洗过！连个指纹都没有！"王可清了清嗓子，"现场那么多车，只有你车里有芹菜叶。明白什么意思吧？"

闻言，雷家明差点摔到椅子下面。

他赶紧调整坐姿，望着斜上方想了一会儿才说："昨晚下班我买过菜，好几样，有芹菜。我经常买菜，不信你问我爸！"

王可点点头，拿出烟分给雷家明："做过实验了，包上的菜叶子，跟车里那些，极大概率同源。"

雷家明指着自己鼻子："你们怀疑我？"

"也不是！"

王可回头看了看墙上的玻璃，一脸为难。他知道，江志鹏就在隔壁盯着。

雷家明坦然地说："我的确对遥控飞机有兴趣，可我也没玩过啊！"

王可单手犁着头皮："最大的可能是，凶手借助你的后备厢，把背包运到现场。"

雷家明扑哧乐了："何止是包啊！你咋不直说，凶手就是我拉到现场去的呢？"

王可认真地点了点头："有那个可能！早上开车前，你检查过后备厢吗？"

"别扯淡了！"雷家明揉了揉脖子，站起来，"这么大城市，同一茬芹菜，不知道有多少！凭什么肯定那两片菜叶子，就是我车上的？"

"我也没说肯定！"王可跟着站起，转身冲着玻璃摇摇头，"还是先查监控吧！"

江志鹏在隔壁点点头，立即派人赶往交警队，去查雷家明上午的行车影像。

工作刚安排完，伊辉匆匆赶来。

他带来一个新情况，是关于崔明虎的。

崔明虎上午离开现场后，就被上了手段。技术人员发现，两小时前，崔明虎曾打出去一个电话。接电话的叫侯子成，是崔明虎的战友，也是案发时现场的保镖之一。40分钟前，侯子成又给崔明虎回了个电话。接完那个电话后，崔明虎关机，随后一直处于移动状态，应该是在车里。现在，崔明虎的位置静止不动了。

伊辉看了崔明虎现在所处的位置，他觉得有点怪——那儿是五一路中段，应该就在白涛留下的那片烂尾楼附近。

## 第二十八章　抓捕（二）

八小时前。

白玉城维修店斜对面，有一组警员在车里盯梢。这个工作乏味极了。他们已经盯了一夜，换班的人还没来。这几天白玉城除了修车，只去了一趟城南的孙家庄，去看望一位姓孙的老人。

早上6点10分，领头的孙组长正吃着包子，抬头望见一辆面包车开到维修店门前。车门打开，下来三个短头发的年轻人，其中一人穿着牛仔外套，另两人穿着休闲黑西服。

孙组长盯着"牛仔外套"看了几眼，从口袋里拿出一张照片比对。

接着他放下照片，转身跟同事说："那小子是苗力伟，他怎么又来了？昨天不是刚来过吗？"

"要不要过去看看？"

孙组长合计了一下："暂时不用，盯着就是！"

马路对面，白玉城走出来，手里拎着一桶机油。他还是那副休闲打扮，牛仔裤配黑色长袖T恤，头上戴着棒球帽，长长的鬓角从帽子两侧伸出，把他刚硬的脸型衬托得更为瘦削。

苗力伟跟白玉城说了句什么，然后上车，把车子开到店内的升降机上。

一个侦察员说："来保养车的。"

孙组长点点头，眼睛一直盯着路对面。

面包车好处理。大约10分钟后，白玉城忙完。他认真地把手洗干净，然后进了卧室。一个穿黑西服的青年，跟着他进去。苗力伟和另一个青年，在外屋喝茶。

回到屋里，白玉城取出一套崭新的理发工具，然后摘下帽子，来到镜子前。

黑西服青年站在原地。

白玉城问青年："怎么称呼？"

"叫我小猫就行。"

白玉城点头："等我剪个头发。"

"我就是理发师啊！"

"不用！"

"小猫"点点头，走到床边坐下。

白玉城在脖子上围起一条衬布，随手撩起额前的头发，审视了几秒，然后插上电，打开理发工具。

很快，一缕缕长发在他脚下聚集，青色的头皮露出来。

五分钟后，工作结束。

记不清多久没理过短发了，镜子里的影像，连他自己都觉得陌生。他伸手摸了摸头皮，用力呼出一口气，从衣柜里取出一件休闲黑西服外套穿好，然后掏出300块钱，递给"小猫"。

"就是看个店？"对方犹豫地接过钱。

"对！我离开后，你直接关门！"

说完，白玉城叫"小猫"脱掉西服外套，把他的棒球帽戴上。

"小猫"不明白对方想干吗，但他看出来了，自己跟白玉城身高体形相似。

"谢谢!"白玉城拍了拍他肩膀。

"我什么也不知道!""小猫"一笑,重复道,"伟哥叫我来帮你看店而已。"

"是。他和你一样,什么也不知道!"

白玉城冲他点点头,从床下拿出一个大背包,开门出去,把包轻轻放进车厢,然后冲着苗力伟点点头。

苗力伟起身,把车开到店外。

白玉城跟另一个青年走出店外,上车离开。

店里的青年来到维修车间门口,往下紧了紧帽檐,哗啦一声,把店门关了。

"咦?怎么关门了?"一个侦察员推开车门,一条腿迈出去。

孙组长伸了个懒腰:"不管他!再盯一会儿,该换班了……"

20分钟后,苗力伟把车停在路边。

白玉城拎起背包下车,一个字没说。

苗力伟盯着他看了一会儿,用力踩下油门。

白玉城站在原地,警觉地望了望四周。

突然,他电话响了,拿出来一看,是雷家明打来的。

"哥们儿,今中午不能一起吃饭了!待会儿要去新工业区,估计下午才能回来。"

"忙你的,没事。"

"晚上吧!你好不容易主动请我一次,我还能不赏脸?"

"好!"

他挂断电话,关机,把手机扔进垃圾桶,往不远处的滨海日报社走去。

报社在一个十字路口东南角,门口朝东,门前有摄像头,里面有个院子可以停车。报社大楼朝北的外墙下,有片空地,也画着停车

389

位。报社外勤记者和一些外来办事车辆图方便,常常把车停在此处。

白玉城沿着人行道,来到报社朝北的外墙根下,一眼就找到了雷家明的车。

雷家明有个好习惯,停车时总是车头朝外,那反倒方便了白玉城。他紧贴墙根走到雷家明车尾,等一辆电动车从车头驶过后,掏出一个遥控器按下按钮,打开车子后备厢。他再次看向四周。最近的行人,尚在百米之外。他脱下外套,放进一个塑料袋,把塑料袋和背包一起扔进后备厢,随后他也钻进去,然后从里面拉下后盖,按下锁车键。

15分钟后,雷家明吃完早饭来到车前。他站在车门外抽完一根烟,其他两名同事才来取车。他打开车门,把装有采访机的背包,丢到副驾驶,然后发动了车子……

下午2:15,烂尾楼一号楼楼顶天台。

天台东南角围墙上,摆着一瓶白酒,一包烟,两只易拉罐,一把香蕉。

此刻,白酒只剩半瓶,烟盒也空了一半。围墙边摆着的三支烟早就燃到尽头,被风吹走了。

离东南角不远处,有个生锈的铁架子,铁架子上搭着一件黑外套。

白玉城靠着铁架边缘,一动不动,凝神望向远处。

他已站了很久。

这栋楼荒了10年有余,很少有人踏足,18楼的天台上,更是人迹罕至。楼在人间,但这儿又仿佛远离人间,至少远离了人群。

他不喜欢人群。在他看来,人是最危险的动物。在这儿,他感受到前所未有的放松。他甚至有些后悔,没有早一天来这个地方。

不!不是后悔,是无法面对。这儿是他父亲跳楼的地方。

10年前早春的一天,白涛就站在东南角围墙上,面对楼下的人群,只是略一踌躇,便一跃而下。现在那个位置上,摆放着祭品,他终于能面对父亲的亡魂。

他常常设想,如果人生能重来,如果父亲不死,如果那些不幸没有发生,他也许还是会长成现在的模样,但内心,一定会与今日不同。那会是怎样的生活呢?至少会跟雷家明一样吧?至少,不会在学校里承受异样的眼光,以至于厌恶人群吧?

这些年,他常常跟另一个自己争吵——

你就是个边缘人,不配拥有快乐。

不!谁都有喜怒哀乐,我跟其他人,跟雷家明没什么分别。

可是你无法改变。你的来路,饱尝冷漠和欺骗。你身上有厚厚的壳,那就是冷漠和欺骗长出的果实,你永远甩不脱。

不!做人要潇洒一点儿。过去是因,现在是果。冷漠和欺骗也好,厚厚的龟壳也罢,该种的种下了,该长的长成了,一个轮回结束了。剩下的明天,海阔天空,去路由我!

可是,你心里有仇恨。

不……

白玉城正发呆,忽听身后传来一阵响动。

他急忙回头,见天台入口的铁板开启,探上来一颗光秃秃的脑袋。

光头爬上天台,扣上铁板锁,慢慢走向白玉城。

他右手握着一根伸缩警棍,一边走,一边用警棍轻拍着自己的大腿。

"崔明虎?"

白玉城盯着光头看了一会儿,轻轻皱起眉头。

"老同学记性不错,还能认出我来!"崔明虎停住脚步,指着自己后脑勺,"好在我记性也不错,虽然你拍了我几板砖。"

白玉城沉默,眼神看向别处。

"戴口罩可以，别被我撕下来啊！"崔明虎看向手中的警棍。

白玉城深吸一口气："很好！可惜当时我有点紧张，没认出你！"

"呵呵！"崔明虎揉了揉鼻子，"那一眼，我也没认出你！可我有个毛病，看过的脸就能记住，尤其是揍过我的人。醒来后我反复回忆，加上那个刑警队长，提起你的名字，我脑袋里才确认，那张脸是你小子！"

"哦！"

崔明虎从头到脚，审视白玉城："你小子有种！吊杀唐林义的手段，我做梦都想不出来！多年不见，变化很大！"

白玉城不说话，用余光往楼下扫了一眼。

"放心，我没报警。"崔明虎笑了笑，"我知道，你把那个遥控器塞我口袋，只是临时变通，没有害我的意思，所以警察也没怎么为难我。我不会玩那玩意儿，很多人能给我证明。"

"哦？"白玉城使劲挺了一下腰板，慢慢放松下来，"这么说，你要给唐林义报仇？"

"我给他报仇？太扯了！我只是他雇的保镖。"

白玉城静静地听着，身体站得笔直。

崔明虎叹了一口气："在此之前，我不知道你和他有什么恩怨，你是不是还有其他秘密，我也不关心。可是，哥们儿，他是我老板，付了一大笔钱，我却眼睁睁看着他惨死，什么也做不了。换作你，是什么心情？"

白玉城点点头："懂了！你想找我算账。要不然，你会觉得对不起那笔钱！"

"没错！我想求个心安！"

"就跟当年你勒索我，后来因为有人泄密，又给我退钱一样？"

崔明虎搓着下颌，笑了："老黄历了，难为你还记着。当时退给你一半，对吧？"

白玉城哼了一声。

崔明虎收敛笑容："可惜唐老板的钱，老子没法退！"

"行！"白玉城叹了一口气，"我有点好奇，你怎么会想到我在这儿？"

崔明虎摸了摸脑壳："我呢，是个直肠子，没那么多弯弯绕。我不知道你杀人的动机，可我知道你爸的事。你身上能有什么事，值得去要唐林义的命？我琢磨着，你杀人，很可能跟你爸有关！知道我怎么想吗？要是今天，我干出来这么惊天动地的事，那接下来是死是活，是逃是留，全看天命。但是结果出来之前，我会先给老人家上个坟！"

白玉城点点头："你跟我想到一起了。"

"就当我瞎蒙！"崔明虎笑了笑，"两小时前，我给我朋友打了个电话，叫他找几个人，分别去了你爸妈、你爷爷奶奶坟上，都找不到你人，我就找来这儿，试试运气。"

"唉！"白玉城忽然觉得很累。

崔明虎弯下腰去，双手扶着膝盖："一共八栋，每栋18层，只有这座楼的天台齐活了，别的都他娘没封顶。我一栋接一栋地找⋯⋯这顿楼爬的，可把我累够呛！"

"那现在⋯⋯"

"老子休息够了！"

说完，崔明虎突然直起腰，抡起警棍向对方横扫过去。

白玉城赶紧闪身躲开。

崔明虎扫了个空，向前一步，又反手扫回。对方再躲。

崔明虎扫了两个来回，举起警棍变成直劈。

白玉城匆忙闪开第一下，伸出手去，想要架住对方手腕。然而警棍来势更快，结结实实敲到他的小臂上。

白玉城吃痛，换手阻挡，很快也被击中。

崔明虎两次得手，见对方双臂抵在眼前，突然又变劈为扫，一棍狠狠击中白玉城右耳朵上面。

一击得手，他哼了一声："以为老子跟你开玩笑？"

"操！"白玉城眼前一黑，可是身体没闲着。他左腿支撑，右腿回旋270度，一脚踢中崔明虎脑袋。

崔明虎晃了晃身子找回重心，举起棍子再打。

白玉城举起左手承受一击，右拳狠狠击中对方鼻骨。

接下来，两个人都发了狠，不管谁先击中对方，都会同时承受对方的打击。这种打法不要命，直到一方倒下为止。

真正的打架，就是快、准、狠。

这一次，崔明虎瞅准空子，双手举起警棍，用尽全力砸向对方头顶。

白玉城本能地举起胳膊，护住头，可是身体却不移动，右脚攒足力气直踢对方胸部。他不能闪躲，否则无法踢中对方。

下一秒，警棍打中白玉城护头的胳膊，崔明虎被踢了个倒栽葱。

白玉城满脸是血，神情呆滞。

崔明虎吐出一口血，呻吟着爬起来，警棍并未脱手。

白玉城回过神来，不等他站直，加速助跑，跳起来一记膝顶，正中对方下颌。

这一下太狠了。

崔明虎晃了晃，连续后退十几步，靠在了背后的铁架子上，手中警棍随之脱落。

白玉城捡起警棍慢慢走上去，揪着崔明虎的衣领，把人拎到旁边空地上。

崔明虎垂着头，紧闭双眼，双腿叉开，右拳悄悄握紧。

"跪下！"

白玉城侧开一步，踢中崔明虎的小腿弯。

崔明虎应声单膝跪倒，头突然抬起，作势反扑。

"躺下！"

白玉城抡起棍子，打中对方头部。随后两人双双倒下，仰躺在地上。

过了一会儿，崔明虎断断续续吐出一句话："值了……老子不欠唐林义了！"

白玉城紧闭双眼，悠悠发出一声叹息。

五分钟后，天台铁板被人从下面撬开，紧接着冲上来大批警察……

晚20:30，交警指挥中心。

伊辉和王可刚刚复查完监控。

今天上午，雷家明的行车轨迹没有问题。唯一有疑点的时段，是今天一早他上路之前，当时车子停在日报社北外墙下面的停车位。从位置上看，日报社刚好位于玉祥路十字路口东南角，其北外墙停车位，完全在十字路口监控之下。然而不幸的是，因前几天台风过境，致使市内摄像头多处损坏，而日报社所处十字路口的摄像头，恰恰就包括其中，这就给调查取证造成了阻碍。

交警队说，对该处摄像头相应的检修、恢复，最快也得明天一早。这是没办法的事。这几天交通部门很头大，既要四处检修摄像头，又要处理暴风雨期间，多起严重车祸的问责事项，实在忙不过来。

伊辉心里有数了。在苗力伟的证词中，白玉城是从玉祥路东段下车的。从位置上看，那儿离日报社不远。这就是说，白玉城下车后，极可能步行，走到日报社北外墙停车位，找到雷家明的车，而后借助自制遥控器或其他手段，打开并钻进了雷家明汽车后备厢。

这件事的焦点，不是那个路口的摄像头损坏了，而是白玉城掌握并利用这一关键信息。可是，那几天他一直待在店内，而且处于被监视状态，他又是如何掌握到摄像头的损坏信息呢？难道有人暗中帮忙？

如果有人帮忙，会是谁呢？

伊辉第一个想到了雷家明，紧接着他又否定。

雷家明跟白玉城关系不错，可是有必要那么做吗？如果信息真是雷家明提供的，那他至少会问个为什么，除非那是他无意中透露出去的。

白玉城朋友很少，除了雷家明，还可能是谁？

难道是冯仁兴？

冯仁兴跟白涛是过命的交情，直到现在，还指靠白涛送的那块地吃饭。白玉城要是找他帮忙，还真不需要什么理由。

难道真是他？伊辉狠狠捶了右腿一拳。他见过冯仁兴多次，却从来没对那个人展开过跟案情有关的联想。直到此刻，他才第一次关注到冯仁兴的存在。就好像抽烟，怎么也找不到打火机，忽然发现打火机就握在手里。那种感觉，令人很不舒服。

他揉着太阳穴，把疑问暂时放下，又把监控调到7月1日晚。

按之前的逻辑推断，杜忠奎逃逸时，凶手就藏在车内，而且顾楠楠的微信聊天记录能证实，那人一定不是白玉城。那晚奥迪Q5被弃后，杜忠奎要么被杀害埋尸，要么被凶手设法带回滨海。可是杜忠奎的尸体一直没找到，他只能寄希望于监控，查看7月1日晚后半夜——7月2日白天，从弃车所在物流园区返回滨海的车辆。

他想找出那个神秘的家伙，除白玉城之外的另一名凶手。

这是一次漫无目的的寻找，对方身份不明，回城方式不明，有租车、半路拦车等多种可能，甚至还可能藏有备用车辆。

监控里车流涌动，他坚持看了半小时，就失望地摇了摇头，果断放弃。

要想找出那个神秘的家伙,还得从白玉城身上下手。

现在,白玉城和崔明虎就躺在滨海人民医院病床上。只要崔明虎醒来,并做出指认,那么白玉城的杀人罪名就坐实了。

可是除了崔明虎这个关键证人,还有其他证据吗?

还真没有。

抛开之前的"711"案、"827"案、唐林海案,单单拿眼前的唐林义吊杀案来说,白玉城也没给警方留下任何切实证据,除了背包上那两片芹菜叶……

当然,工人们会对嫌疑人进行辨认。那得等白玉城醒来,给他戴上口罩、头盔,再把他跟多名无关人员放到一起,让工人们从中认人。那会是什么结果?谁也说不准。

滨海人民医院。

崔明虎在五楼病房,白玉城在四楼,他俩都伤得不轻。崔明虎的伤主要在头部,尤其下颌,已经严重变形,另外还断了一根肋骨。白玉城的伤就很分散,双臂和背部外伤最多,最严重的是右耳朵,差点被打聋,但不致命。

警方赶到18楼天台时,那根警棍还被白玉城紧握在手里。从当时的情形看,白玉城完全有机会要崔明虎的命,可他没有那么做。警方认为,那是白玉城力竭放弃。在警方看来,他显然不可能预知警方会赶到现场,那么他完全有理由干掉崔明虎。毕竟,崔明虎是本案唯一的目击证人。证人活着,就等于要了白玉城的命。

晚21:40,崔明虎醒来。

江志鹏不顾医生反对,带人冲进病房。

崔明虎半躺着,头上缠满绷带,只露出双眼和嘴唇。

见到警察,他眼角皱了皱,试图在绷带下面做出一个像样的微笑。

江志鹏跟他四目相对,缓缓地开口:"说说吧,为什么找他拼命？"

"你们定位我……"崔明虎的声音沙哑。

"我们救了你的命！"江志鹏倒背着手，冷哼一声，"你他娘就没一句实话！"

崔明虎闭上眼，过了一会儿，睁开，点头："我挨板砖时，扯了他口罩。"

"你看准了？"江志鹏急切地问。

"废话！要不然能打成这样？"崔明虎斜了斜眼角，"他怎么样？死没？"

"他命比你硬多了！"江志鹏摸了摸口袋里的烟，又把手拿出来。

"那我就放心了！"崔明虎努力抬起胳膊，伸出两根指头。

王可出去关上房门，守在外面。

江志鹏打开窗，然后拿出烟分给伊辉和崔明虎，自己也点上。剩下一个姓李的警察不抽烟，在一旁负责记录。

崔明虎努力往上靠了靠身子，说："我干这事不为私仇。我收了唐林义钱，得找个心理平衡。"

"操！"江志鹏没想到案情突破，是这个原因。

他猛吸一口烟，问："你们打起来之前，他有没有亲口承认杀人？"

崔明虎想了想，说："我没那么问……但是他说了，说偷袭我时有点紧张，没认出我来，还问过我，是不是给唐林义报仇。"

江志鹏满意地点头："记着你自己的话，将来上法庭做证，用得上。"

崔明虎努力笑了笑："多余！我还指着做证立功呢！不然今天这事，也得蹲几年。"

"你倒是算得很清楚！"

江志鹏脸上终于露出笑容。他没想到崔明虎这么配合。这也难怪，最近大案连发，困难重重，一旦顺利起来，他反倒不适应了。但是，拿到崔明虎的证词，还不是最后一步。最关键的，是白玉城本人的口供。

半小时后，白玉城醒了。

江志鹏再次赶走医生，强行进入位于四楼最东头的病房。

一进房间，他怔了一下。

白玉城靠坐在床背上，跟他四目相对，就仿佛早已做足准备，专程等着他来。

望着床上的年轻人，伊辉觉得很陌生。

白玉城右手铐在床头铁管上，额头上横缠绷带，竖向又缠一圈绕过下颌，面部整个外露。新剪的头发，根根直立，以前忧郁的气质不见了，取而代之的是倔强，也许还有决绝。

"你……"

江志鹏只说了一个字，白玉城开口了："全是我干的！"

"嗯？"江志鹏跟伊辉对望一眼，以为自己听错了。

"人是我杀的！"

"行！"

江志鹏连连点头，手举起又放下，惊喜中带着慌乱。

这可以理解。进病房之前，他做好了充分准备，把掌握的所有旁证，以及崔明虎的证词，默念了好几遍，就像一个战士为进攻最后的堡垒，全面检查装备。然而他还一弹未发，对手竟自己投降了……

## 第二十九章　招供

"你再说一遍？"江志鹏原地转了两圈，从手下手里拿过笔录本。

白玉城脸上没有表情："我说，他们都是我杀的！褚悦民、唐林义、唐林海，还有唐林清！"

江志鹏深吸一口气："杜忠奎和田恬呢？"

"哦，也是我杀的！"

"他俩也是你杀的？"

江志鹏盯着他，慢慢冷静下来，把笔录本交给手下。

"你还想知道什么？"

白玉城的眼角抽了一下，估计是伤口阵痛导致。

"动机！"江志鹏一步跨到床前。

"给我爸报仇！"

"只给你爸报仇？"江志鹏略一沉吟，"不只吧？还有蓝媚父母，以及葛春花和顾楠楠！"

"随你怎么理解！"

"行！配合就行！"江志鹏问，"你爸被害的隐情，你是怎么知道的？"

"通过杜忠奎。"

"他？碎尸案也是你干的？"

"废话。"

"怎么可能？7月1日晚，杜忠奎驾车逃逸时，你在哪儿？"

"我就在车里，在他背后。"

"不可能！"江志鹏凝视对方，"那晚10:15—10:25，你跟顾楠楠微信聊天，还给她发语音，唱了首歌。"

"那又怎样？"

白玉城缩在被子下的左手，突然握紧。

"我们做了声纹数据分析。你那段语音，是在室内环境录制的，不是移动空间。"

"没错！发语音时，我叫杜忠奎停了车。"

"停车？为什么？"江志鹏紧紧皱起眉头。

"因为我不想事情败露——你看，就连你现在，也认为不是我干的！"

"哦？"江志鹏右手握拳靠在嘴边，做沉思状。

白玉城突然说："音频里有狗叫声。对吧？"

江志鹏点头。

"那就对了。当时车子拐下主路，停在小路边，发完语音又回到正路。"

"发语音时，杜忠奎就那么老老实实待着？"

白玉城一笑："他脖子上缠着一条鱼线，线头在我手里。"

"你们弃车后，怎么返回的滨海？"

"天亮后花钱拦了辆过路车。"

"回滨海路上，你当着过路车司机的面，怎么控制杜忠奎？"

"我把他打晕了。跟司机说他醉酒，宿醉！"

"敢作敢当,很好!"

江志鹏愉快地笑了……

可是,伊辉的脸却突然变得煞白。

他走到窗边打开窗户,点了根烟深吸一口。他的视线穿过烟雾,从白玉城脸上扫过。

他的感受,跟江志鹏截然不同。白玉城杀了人,这是板上钉钉的事实。基于这一点,白玉城已无隐瞒其他事实的必要。可他还是觉得,这个审问过程太顺了。另外,他觉得江志鹏的话术也有问题,不该上来就告诉对方,有声纹数据分析那回事。当然,他能理解江队急于求成的心态。虽然无法断定白玉城撒谎,但他分明察觉到,对方话里有漏洞,逻辑上的漏洞。他紧紧抓住那个点,陷入沉思。

江志鹏的声音亢奋起来:"杜忠奎人呢?"

"埋了。"

"在哪儿?"

"我的卧室跟停车大院之间有道门,门外有棵白杨。人埋在那棵树下。"

江志鹏回到走廊,打电话叫人去现场挖尸体。

他说话的声音有些抖,点烟的手更抖。这是他从警以来最大的案子,给了他山大的压力,更给了他海量的羞辱。再拖下去,用不了两天,他就会被撤职,案子将交由市局接手。然而就是现在,唐林义吊杀案后不到12小时,案子却突然破了,以一种谁也想象不到的方式。客观地说,这事既靠崔明虎,也靠伊辉。仔细想想,他突然很后怕。要不是伊辉坚持,他早把崔明虎扔进局里了。崔明虎要是出不去,哪有这个结果?

重新回到病房,面对白玉城,他心里升出一种满足感。

是的!对警察来说,还有什么,比将杀人凶手握在手心,更让人满足?

"讲讲碎尸案过程！"江志鹏抱起胳膊，神情终于从容起来，"你跟杜忠奎素不相识！你对白涛之死，以及蓝媚父母遇害的隐情，一无所知，凭什么对杜忠奎下手？"

白玉城淡淡一笑："你说的没错，我对真相一无所知。一切的起因，只是一场意外……"

"意外？"

白玉城点头："6月30日傍晚，杜忠奎去我那儿修车。还记得吧？"

杜忠奎去修车的一些细节，是冯仁兴提供的，江志鹏当然记得。

"跟杜忠奎一起的那个女孩，叫田恬，是个楼凤。也没错吧？"

白玉城要了一根烟点上，淡淡地吸了两口，然后还原了事实过程。

那晚，田恬把手机落下了，后来她独自返回拿手机。白玉城看出来她不是良家女孩，就动了心思，提出跟她性交易。

有钱赚为什么不赚？也用不了多大工夫，完事后再去伺候杜忠奎也不晚。田恬的小算盘打得透亮，同意了白玉城的要求。

江志鹏插了一嘴："你为什么跟她性交易？"

白玉城瞥了江志鹏一眼："她很漂亮。不是吗？"

"就因为这个？"

"也不全是！"白玉城叹了一口气，无奈地指了指自己的下体，"我这儿有点毛病，那种事只能做一半……我吃过中药，也看过心理医生，可是到底有没有好转，我只能不定期，通过找小姐去验证……"

原来如此。作为男人，江志鹏理解对方的做法。

"那次还是没能完成……"白玉城脸色转暗，"那种情况已有多次，但从来没有一个女人说过什么。可是那个田恬，却狠狠地嘲笑我……"

他停止述说，眼前浮现出田恬的嘴脸："裤裆里软不啦唧的，还学人找小姐？瞎耽误工夫！买块豆腐撞死算啦！"

江志鹏沉默。他知道这个年轻人，正在逐步袒露其真实的内心。

"嘲笑我也就罢了！"白玉城的眼神突然冷漠，"她居然趁我去洗手间，偷看了我的日记……"

白玉城去洗手间洗刷。

田恬坐在床边，点上烟，等他回来付钱。

这时杜忠奎给她打来电话："怎么还不回来？哥哥等急了！"

"才拿到手机，这就回去。"话音刚落，她手机没电了。

"喂！你快点！"

她等得不耐烦，随手从床尾书架上，取下一个厚厚的日记本。

日记本封面上，用铅笔画着樱木花道。

"还写日记呢，真是个闷骚！"

她打开首页看了两眼，然后翻到最近的内容（写于两年前）。

这时，有一张照片从里面掉出来。

那是10年前的照片，已经泛黄。

照片中的蓝媚甜甜地微笑着，眼神中射出青春的光彩。

田恬把照片夹回去，然后浏览那几页日记。很快，她咯咯地笑出声来……

过了一会儿，白玉城回来了。

"谁让你动的！"

他冲上去夺过日记，丢回书架，眼神跟着变得异常冰冷。

然而田恬毫无察觉，捂着嘴笑道："照片上的女孩，就是你当年的暗恋对象？被她设局诱惑上床，你还自愿背了个强奸的罪名？"

白玉城突然垂下头，连脖子带脸，一下子变得通红。

"你个二逼！不光下面有病，脑子也病得不轻啊！"

白玉城一巴掌扇过去，额上的青筋，一条条暴凸出来……

"就因为那么几句话,你就杀了她?"江志鹏盯着白玉城,惊骇得无以复加。

"那几句话足够了!"伊辉走到床边,拍了拍江志鹏肩头。

没人比他更清楚,那几句话的分量。

正如雷家明所说,那些隐私是白玉城尊严的底线。前些天,仅仅因为偷看了几眼,雷家明就尝到了白玉城锁喉的滋味……

当年的白玉城,尽管饱尝冷漠和种种打击,可还是对这个世界抱有希望,至少他从不曾设想,有一天蓝媚也会害他。直到他被蓝媚引诱上床,心甘情愿背下强奸罪名,而后经受了社会磨砺,才明白过来,那只不过是一个局。此后,那段经历,便成为他不敢凝视的深渊……

相应地,谁若是偷看了那座深渊,必将点燃他的愤怒。可是田恬不但偷看,而且还进一步奚落他,践踏他的尊严。那么,结果,自然难以想象。

从心理学上说,阳痿产生无力感,无力感爆发愤怒。

而白玉城的爆发,绝不仅是阳痿导致的愤怒……

江志鹏沉默良久,问:"她怎么死的?"

白玉城摇着头,说:"我当时掐着她的脖子,大脑一片空白。"

"激情杀人!"江志鹏皱起眉头,"原来第一现场在你家!"

白玉城点头:"直到她没了呼吸,我才意识到闯了大祸。怎么办?已经没有退路!我只能去干掉杜忠奎,毕竟他知道田恬去我店里取手机,而且他们还通过电话。"

"激情杀人,演变成谋杀!"江志鹏总结得很到位,"可是,你如何得知杜忠奎住处?"

"很简单!我给田恬手机充上电,发现手机是指纹解锁。用她手指解开手机后,我以她的口气发微信,让杜忠奎发位置共享……"

得到杜忠奎的位置,白玉城很快想到一个李代桃僵的法子:把田恬弄到杜忠奎家,把那里做成杀人第一现场,然后再逼迫杜忠奎,演一出杀人后逃亡的戏码,完事再干掉杜忠奎。那是不得已的手段,只有把杜忠奎包装成凶手,他才能安全。

打定主意,他把田恬抱上电动车后座,用绳子把她跟自己绑缚在一起。他选择电动车,为的是直接横穿五一路,朝西走巷子避开监控。

接下去的事情很简单。到达目的地后,他把田恬抱进杜忠奎家的院子,然后循着灯光上楼。

讲到这里,白玉城停下来喝水。

江志鹏早已按捺不住:"李代桃僵是个好主意。可是杜忠奎对你来说,根本就是个陌生人,你不可能知道他身上藏有秘密!"

白玉城微微一笑:"没错!他对我来说,是陌生人。可我对他来说,却不是!"

"哦?"江志鹏愣住。

白玉城继续讲述。

他突然出现在二楼卧室,把床上的杜忠奎吓了一大跳。

杜忠奎没穿衣服,来不及反抗。

他迅速把杜忠奎控制住,绑起来,然后下楼,把田恬抱进卧室放到床上,紧接着掏出刀,往田恬尸体上猛刺。

寒光闪闪的刀刃下,血花飞溅。

看着眼前疯狂的修车师傅,杜忠奎瞳孔收缩,吓得魂飞魄散,可是却不明白为什么。在深入骨髓的恐惧中,他脑袋里灵光一闪,突然想起修车问价时,白玉城递给他的名片。

他拼命挣扎,示意自己有话说。

白玉城取下封嘴的毛巾,把刀刃抵上杜忠奎脖颈。

杜忠奎吸了一口气,小声问:"你姓白,叫白玉城?"

白玉城默认。

杜忠奎咽下一口唾沫，小心探问："我认识一个姓白的，叫白涛。你认识吗？"

说完这话，他的心紧紧悬起。希望还是绝望，就在下一秒。

他生怕对方说"不认识"，怕得要命。他也自知人海茫茫，哪能那么凑巧，眼前这位姓白的，刚好就认识白涛？可是万一认识呢？生死当前，他不得不那么做。

白玉城顷刻怔住："你认识白涛？"

"啊？"对方的语气，令杜忠奎心中登时燃起希望："对！认识！"

"你和我爸是……"说到父亲名字，白玉城本能地以"爸"相称。

"啊？白涛是你爸？"杜忠奎的心脏提到嗓子眼，"这个女人怎么了？为什么这么做？不管怎样，你不能杀我！"

白玉城瞅了瞅田恬的尸体，转回脸来："她自找的！你知道她去我那儿取手机，所以你也活不成！"

"别！你不能杀我！"

杜忠奎舔了舔嘴唇，心中犹豫要不要大声呼救。他感知到脖子上凉飕飕的刀尖，决定放弃。

"为什么？"

"10年前你父亲跳楼了。对吧？"

白涛跳楼不是秘密，知道的人多的是。

白玉城紧盯杜忠奎，没言语。他知道对方还有话要说。

"其实我不认识你父亲……别急，听我说！我才从牢里出来几天，你父亲的事，我是从网上知道的。"

"你上网搜他干什么？"

"哎！因为我注意到那片烂尾楼……"杜忠奎的呼吸渐渐沉稳下来，"实话告诉你，你父亲死得很冤，那牵扯一个秘密！"

"秘密？"

"对！有人在背后设计他！"

"什么？我父亲跳楼，是被人算计了？"白玉城全身汗毛瞬间竖起。

"确切地说，他那个投资，被人算计了，也就是那片烂尾楼！"

"你到底是谁？"

"我叫杜忠奎，坐牢前，是个货车司机。"

白玉城猛地伸出左手，死死掐住杜忠奎脖子，另一只手的刀尖急速抖动。

"说！谁干的？"

"别冲动！"杜忠奎努力往后挪动身体，避开刀尖，"我可以告诉你，但你得保证我安全，别杀我！"

"少废话！"刀尖再次逼近皮肤。

杜忠奎用下颌指了指田恬："做个交易，你放了我。你怎么对她都成，我从来没见过她，也没见过你……"

白玉城沉默片刻，突然转身，一刀捅进田恬的脖子。

他扭脸看向杜忠奎："你说了不算！"

望着对方冷飕飕的眼神，杜忠奎汗毛倒竖，脖子上的肌肉紧了又紧，仿佛那把刀，正插在他身上。

他咬了咬舌尖，想冷静下来再说点什么，可是舌头早已僵在嘴里，根本不听使唤。

"给你三秒！"白玉城拔出刀，指向杜忠奎眼睛，"说，我也许会考虑放了你；不说，你死定了！"

杜忠奎在里面蹲了那些年，怎么说也是见过世面的人。然而此刻面对一把刀，一具浑身是血的女尸，却再也硬不起来。

"我说！"他抖若筛糠，语速很快，"我坐牢，是因为10年前的交通肇事，死了两个人，那不是意外……"

杜忠奎讲述了车祸发生时的操作过程。

"为什么那么做？"

"为钱……"杜忠奎叹了一口气，"那件事，跟你父亲有关，你听我说完。2007年腊月二十三（2008年小年）那天下午，我去超市买年货，碰到个多年前一起玩车的老伙计——唐林清。他堂哥叫唐林义，以前都是一起玩车的。自从他们办厂子发达了，我们来往就少了。那天，唐林清叫我去喝两杯。结果一出超市，电话里来了个活，叫我去趟北京。因为要跑空车，当时我就不想去，后来对方加运费，我就答应了。"

"简短点！"

杜忠奎点点头："我上路后一个小时，唐林清突然打来电话，让我帮他做件事。我问什么事，他说让我制造一场交通意外，目标是辆轿车，里面有两个人，酬金300万。我一听就把电话挂了……什么意外？那不是杀人吗？"

"快点！"

"唐林清又打来电话，加价到400万，我又给挂了。可当时那个心情……谁见钱不眼开？我犹豫了十几分钟，决定干！我给唐林清回电话，他报给我车型、车牌号，车体颜色。我当时留了个心眼，怕他事后不给钱，出卖我，就跟他说我录了音。毕竟车祸出来，轿车里的人是死是活，谁也不知道，我风险太大。唐林清说死活看天意，嘱咐我，到时候千万别逃逸！他要我留意车祸现场，说车上应该有个U盘，或者存储卡之类的，叫我一定找到，交给他！他这一说，我才放下心。到时候，我手里有他想要的东西，不怕他坑我。"

"那辆车呢？"

"那车当时才从滨海上高速，比我晚一个多小时，时间上我还是很充分，就有一个担心，怕到时候认不出来它，错过了。后来我就降低车速，等它赶上来。那是辆红色轿车，颜色还是好认的。大概过了一个小时,我从后视镜里发现了一辆红色轿车,但当时是晚上,看不清车牌号。我让它超到我前面,从车灯下一瞅车牌号,是它。"

白玉城哼道:"你倒是很有耐心!"

"难得很!降低车速,盯了一小时的轿车,眼都酸了!"杜忠奎苦笑,"然而后面的更难。那车跑得不慢,我得先撵它……追上它后,我有很多选择:从后面撞它,或者别它,或者冲到前面,让它追尾我的车……我想了很多可能,发现都不是什么好办法。知道吗?刻意制造交通事故祸害人,还得合情合理,最大限度降低自己的责任,太他妈难了!"

"你他妈真不是东西!"

"我……哎!要不是那个大弯道,我就放弃了……"

杜忠奎说不下去了,跟白玉城要烟抽。

白玉城从杜忠奎外套里拿出烟点上,塞进他嘴里。

杜忠奎吧嗒了两口,把烟吐掉,渐渐来了精神:"在那个大弯道之前,我一直在寻找机会。那段时间,我基本跟红色轿车保持适当距离,那他妈已经超速了。直到远远看到大弯道一号车道的维修警示牌时,我才突然意识到,机会来了……然后果断超车。"

"超车时,你就发现了三号车道那辆故障车?"

"是的!机会出现,把握机会,没多少考虑时间。当时那车刚停下,我视线高,能看到。不过,事后面对交警,我死活不能承认一早就发现了它。剩下的就简单了。我假装,想继续超越二号车道的前车,把车转入三号车道,然后再突然转回二号车道。那样一来,我后面的轿车,基本也就没反应时间了……"

"狠!"白玉城评价了一个字,"这事跟我爸有什么关系?"

"死的那俩人,是两口子,一个叫蓝小菲,一个叫刘人龙。女的,是西城城市银行信贷部主任,男的是个司机,死前给西城城建局副局长褚悦民开车。"

"原来蓝媚的父母,是你弄死的!"

白玉城大惊。蓝媚以前的家境,以及父母情况,他早在读书时就听蓝媚说过。

杜忠奎不认识蓝媚。他感觉这太巧了,眼前这位白涛的儿子,竟然认识那两位受害者的女儿。

"我就是财迷心窍!"杜忠奎说,"受害者的身份,是我上法庭时知道的。车祸发生时,我吓得不轻,本能反应,一脚油门窜了,把唐林清嘱咐我千万别逃逸的事,忘得一干二净。后来被交警截住,带回现场,但是,我已经没机会上车里找什么U盘。"

"U盘里到底有什么?"

"视频。"杜忠奎闭眼歇了片刻,才说,"当时我以为自己玩砸了,没承想,交警整理完现场,把死者背包,丢进了我的驾驶室……那个包上全是血,交警嫌脏。"

"你趁机拿到了U盘?"

"对!后来它被我带进监狱,作为私人物品交由狱方保管……然而,我一直不知道它里面有什么,直到五天前放出来。"

"盘呢?"

"今天中午,唐林清拿800万换走了!"

"800万?不是400万吗?"

"我在里头蹲了10年,翻倍补偿。"

白玉城冷笑。

杜忠奎见对方脸色变了,急道:"但我有备份。"

说完,他用下颌指了指桌子,那上面放着台老旧的台式电脑。

"D盘有个隐藏文件。"

白玉城开机,找到文件,打开。

视频背景是酒店套房。

摄像头位置很讲究,主视野对着卧室,同时兼顾小客厅一半的视野。小客厅里有四个人打麻将，三个人的全身都在摄像范围内，第四个人只露个脑袋。

对白玉城来说，那四个都是陌生人。

杜忠奎告诉他，露脑袋、头发少的胖子，叫褚悦民，车祸中死亡的刘人龙是他司机；四方脸的是唐林义；瘦子是唐林清；剩下的胖子，是唐林义大哥，唐林海。

视频画面很无趣，重点是对话。

褚悦民说："市里文件下来好几天了，调子定了，没有开发西城的打算。"

唐林海说："定得好！"

褚悦民苦笑："问题是这么一来，白涛真完了。"

唐林清说："要的就是这个效果。这一回，他非破产不可。"

唐林海说："破产好！怪就怪他太狂！想吞并我们？也不怕撑死？"

褚悦民说："现在你们得意了，我怕白涛找我拼命！"

唐林清说："买地盖楼，是他自愿的。国土局拍那块地，程序合法，也做了公示，他能怨谁？"

褚悦民和牌，一边收钱一边叹气："不是我私底下操作，那块地能拍？白涛能上钩？为你们，我真是费尽心思，还要唱双簧，跟白涛拍胸脯、做承诺……"

唐林义掏出一张银行卡，推到褚悦民面前："哥哥受累了。"

"你啊！"褚悦民点了点唐林义，轻声叹气。

"再安排个小姑娘，跟褚局交流一下人生。"唐林海用胳膊肘碰了碰唐林清。

"没问题。"唐林清笑着点头。

"累啊！"褚悦民摇了摇头，问唐林义，"下一步，你们什么打算？"

412

"那得看白涛。等他把鼎鑫化工抵给城市银行,我们就把厂子盘下来。"

"哟!那样规模可够大!大了一倍不止!"

"嗯。到时候五一路两边,就全是我们的。"

"都是白涛逼的!"唐林清插话,"要不是他想吞并我们,我们也不对付他。"

"吞你们,人家的确有那个实力。"

"他是比我们有钱!可我们要是答应合并,就等于今后给他打工了!那能行?"

"没错!"唐林海说,"市里这次搬迁,是来真的。相关政策很灵活,也很拿人。缓迁企业,要求占地1000亩以上。咱们西关这些企业,哪个有1000亩?"

"废话!要不然,白涛能动收购我们的脑筋?鼎鑫和我们加起来,可不就远超1000亩!"唐林清哼道。

"结果都一样!"褚悦民感慨道,"缓迁的大型企业,将来时机成熟,还是要动迁的。大型企业缓迁的目的,是为带动周边就业率,以及第三产业。"

"可是政策很明白,达到规模要求的缓迁企业,将来的动迁补助,是按亩计算的。那笔钱,比起基本的搬迁成本补助,误工补助,厂房补贴等加起来,不知要高出多少倍!"唐林海摘下眼镜擦了擦,身子前倾向褚悦民,"可实际上呢,现在西关这片,达到1000亩以上规模的企业,一个也没有!也就是说,政府那条规定——将来按亩数给予动迁补助的承诺,等于零!老褚啊,咱们政府,怎么能这么办事呢?空头支票嘛!"

"话不能这么说!企业搬迁政策,当然要全面划分等级。不能说没有那么大规模的企业,就不做出相应的政策安排!"褚悦民用烟点了点唐林海,"你看,等你们盘下白涛的厂子,不就能达到那条政策要求吗？"

唐林清点头笑道："所以说，白涛那小子够聪明。他当时找我们谈合并，明摆着也是为那笔补助！"

"唉！人为财死！"褚悦民摇了摇头。

看到这儿，白玉城已大致明白了事情经过。他的手剧烈抖动，费半天劲才把电脑关掉，同时心里打定主意，还要再来一趟，把视频拷回去。

通过那翻对话，他厘清了几个基本事实。

当年西关企业有序动迁，市里给出相应政策，其中补助最高的一条，针对规模1000亩以上企业。实际上，当时西关，没有一家企业达到那个补助要求。

为达到政府补助标准，以及缓迁目的，他父亲白涛，曾找唐林义谈过合并。从实力上看，白涛当时远大于唐林义，合并后自然还是老大，因此遭到拒绝。

褚悦民应该跟白涛很熟。他依仗其官方背景，一再鼓励白涛在西关开发房地产，并恶意给出错误的政策预判。

烂尾楼那块地的拍卖，也是褚悦民暗中操作的结果。

褚悦民所做一切，都是唐林义等人授意。

唐林义的目的，是让白涛做一次错误的投资，断掉鼎鑫化工的流动资金，其结果，只能是企业被抵给城市银行还贷。而后唐林义吃掉白涛，接盘鼎鑫化工，同时企业规模扩大到千亩以上，达到缓迁，及动迁补助最高级别。

算计来算计去，还是为了钱！人心，怎能恶到这个地步！

白玉城震惊，愤怒，最后陷入无尽的悲伤。

他想到父母，想到爷爷奶奶，而后想到自己。他知道，唐林义等人设计白涛时，当然料不到白涛自杀。但是，那跟唐林义等人亲自动手，没什么分别！有果必有因。唐林义、唐林清、唐林海及褚悦民的恶行，是白家家破人亡的源头。

然而，那件事跟蓝媚的父母有什么关系？

杜忠奎明白他的疑惑，赶紧说："刚才讲了，刘人龙是褚悦民司机，视频应该就是他拍的。蓝小菲是城市银行信贷部主任，也是白涛贷款的对接人。他们两口子拿着视频去北京，指定就为这件事，所以……"

"谢谢……"

向江志鹏供述完这些，白玉城长长地叹了口气："后面的事，你们都知道了——我没放过杜忠奎——第二天晚上取了车，我逼他开车出城，造成他杀人逃逸的假象。明白了吧？他当年车祸后逃逸，是真的杀了人。而这次逃逸，是替杀人者背黑锅。"

房间里安静下来。

江志鹏沉默良久，反复回味供述内容。

几分钟后，他突然问："钱呢？那800万，当时在奥迪车里？"

白玉城说："没有！他说埋了！"

"埋了？埋在什么地方？"

白玉城摇头："杜忠奎说，那钱不能存银行，放家里也不放心，因为他当时有个外出旅行计划。他想把钱给我，换他的命，可我没兴趣。"

遗憾！江志鹏心说，看来得把杜忠奎家院子彻底挖一遍。不管怎样，一定要找到那笔钱，完善证据链。

仅此一点遗憾而已，江志鹏用力挺了挺腰椎。

真痛快！这是他的感觉。大部分疑问就此解开，全身毛孔倍觉舒畅，就像跑完长途，刚刚洗过一个热水澡。唯一美中不足的，是这个审讯环境主次不分，犯人躺着，审讯者站着，而且不能随意抽烟。

他原地走了两圈，想起最后一个细节："田恬的尸体，在哪分的尸？"

415

"在我家厨房。但分尸时间,不是那天晚上!"

"哦?"江志鹏愣住。

"当时田恬满身是血,我只有电瓶车,不好弄,怕引起路人注意。"白玉城垂下头,"第二天一早,我把杜忠奎带回店里锁进卧室,然后等到晚上,开车去把田恬尸体运回来,同时拷了视频。然后,逼杜忠奎驾车逃逸——奥迪Q5前门车漆,早就喷好了。"

"你行!"

江志鹏拿出电话,通知去挖杜忠奎尸体的手下,到厨房提取血迹,固定证据。

白玉城昂首道:"厨房里没有血。"

"什么?"

"分尸前,我在厨房地面以及四壁,铺了好几层塑料布。"

"塑料布呢?"

"烧了!"

"分尸工具呢?"

"工具跟杜忠奎的尸体埋在一起。对了,田恬的头骨,也埋在白杨树下。"

"操!"江志鹏收起电话。

迷雾已散,结案可期。

江志鹏绷着脸,神经却前所未有的放松。

同样,白玉城似乎也很放松。

江志鹏明白,那是坦白案情后,带来的解脱所致。

他暂停审讯,出去喊来护士换药,顺便让白玉城休息一会儿。

王可和一个叫许聪的刑警在外面值守。谨慎起见,他们都带了枪。

10分钟后,江志鹏带人回到病房。

白玉城平躺着,看起来很疲惫。

江志鹏犹豫了一下，问："行不行？要是累了，明天继续。"

"继续，完事我想睡个好觉。"白玉城挣扎着坐起。

"爽快！谈谈'711'案吧，褚悦民。"

"很简单。我往他驾驶座下面放了干冰，干冰放在泡沫盒里，融化以后，留不下痕迹。"

果然是干冰。

江志鹏跟伊辉对望一眼，转而问："7月11日下午3:31，你跟蓝媚明明在静山上，而且还合拍了大头照。在那之前一分钟，也就是下午3:30，褚悦民的车门第二次关闭。那次车门开合过程，共计4分30秒！"

"哦！这是帮我做不在场证明吗？"白玉城微微一笑，"如果我没记错，褚悦民是下午2:30到那儿的。对吗？"

江志鹏点头。对方说的每个字，他都仔细咀嚼。

"代驾离开两分钟后，也就是下午2:32，我从别墅之间的小树林出来，往他车座下放入干冰，同时取走了窃听器。"白玉城缓缓道，"当时我还带了弹弓。"

"弹弓？"

"还有面筋，封别墅摄像头用的，可惜都没用上。那辆车停在松树阴影下，摄像头照不到。"

"那窃听器呢？什么时候装的？"

江志鹏想起，伊辉在分析报告里早就说过，那辆车内应该有窃听器，否则，凶手不可能预判褚悦民行踪。

"7月10日。"

"7月10日？"

江志鹏抒了一下，顾楠楠7月7日凌晨跳楼，葛春花7月9日晚喝农药。嗯，时间线没问题。

"安装地点？"江志鹏需要每个细节。

417

"褚悦民天天开车外出，四处放风……跟踪他，往他车里装窃听器，不要太简单。我是修车的，开别人的车门，对我来说很容易。"

江志鹏抱起胳膊，示意他说下去。

白玉城板起脸："没什么可说的了，干冰放进去，我就离开了。他睡着了，指定活不成。"

"那第二次开合车门……"

"那是我让沈沛溪做的，为的是把车里的气体散出去。"

"沈沛溪？她替你做的？"

江志鹏挠了挠头，心中暗骂，我操，居然是她？就这么简单？

他懊恼极了，怎么就没想到呢？沈沛溪竟然也参与了"711"案，间接给白玉城制造不在场证明。关于"711"案，就因为那么一张大头照，他一度排除了白玉城的嫌疑，而且伊辉也被误导，还因此判断，这一系列案子，不止一个凶手。现在看来，伊辉的判断是错的。

"人是我杀的！那天下午，沈沛溪和苗力伟，去静山公墓给葛春花买墓地，她只是照我吩咐，去给车里排气而已。她那算什么？顶多是个知情不报！"

"知情不报？她是从犯！"江志鹏逼视白玉城，"因为顾楠楠自杀，她恨褚悦民，所以才会配合你。"

"算是吧。"

"当时车子一直在启动状态，门窗却是封闭的，是你教给她的法子吧？先打开车窗，再关好车门，然后从外面伸手进去，按下门内的手动锁车键，和电动升窗键，同时抽回胳膊。"

"你想得太麻烦。你又忘了我是修车的。我那儿有各种遥控器，可以控制大部分车型。"

"嘻！"江志鹏被噎了一下，转而又问，"这一系列案件当中，蓝媚是什么角色？"

"她？跟她没有丝毫关系。"

江志鹏轻蔑地笑了。他根本不信。

白玉城平静地说："我只为我爸复仇，你可以理解成，顺带替她父母报了仇。"

"哦！继续！"江志鹏仍然持怀疑态度。

"放干冰之前，我和她就在山门外，当时我只是借故离开了一下。至于后面那张大头照，那的确是我故意让她拍的。哦，皇家酒店她身上那一刀，也是我捅的。"

"为什么？"

"女人最擅长尖叫！"白玉城翻了个白眼，"你以为，女人就那么容易撞晕？"

江志鹏摇摇头。

白玉城无奈道："所以说你没杀过人……当时我刚抓到她脖子，她奋力挣扎，并试图喊叫，我只好捂住她嘴巴控制局面。慌乱中我摸到一把水果刀，就先给了她一下。"

随着对方陈述，一幅幅画面，在江志鹏脑海中闪现，那些画面令他不安。他想到了唐林海被电的惨状，那是他启动电源开关导致的结果。

"不，不是我，是眼前这小子干的！"

江志鹏深吸一口气，心里跟着好受了一些："那晚酒店两次停电，都是你搞的鬼？说说整个过程。"

"对。第一次断电，是为拿走监控硬盘，为下一步行动提供方便；第二次断电，是创造潜入酒店的环境。"

"你有监控室钥匙？"

"监控室的门锁很平常，不用钥匙，随便一张卡片就能开，跟唐林义办公室的门锁差不多。"

江志鹏心说，这小子动手能力果然很强。

"可我不会开这玩意儿！"白玉城晃了晃右手的铐子，颇有挑衅的意味。

"会开你也跑不了!"江志鹏双手扶着床栏杆,逼近对方,"你布置完通电机关那一刻,唐林海就完了!为什么不自己启动机关?喜欢玩是吧?"

他突然伸出手去,一把抓住白玉城受伤的小臂,指间慢慢加劲。

疼痛袭来,但白玉城没有挣扎,只是狠狠回瞪着对方。

"江队!"伊辉上前,拉开江志鹏的手,把他按坐到椅子上。

江志鹏马上站起来:"'827'案,唐林清。"

白玉城抬起受伤的小臂:"来!有种再捏我一下,我就告诉你!"

"操!"江志鹏抬起手又放下,突然笑了,"没必要跟你较劲。"

"唉!"白玉城觉得这样的审问索然无味,"还有必要问吗?"

"你不想睡个好觉?"

白玉城点点头:"8月24日,即周五晚,我借助运货小火车进东厂,从109室窗户爬进去,上五楼,进入目标办公室,把海缸改造成电解设备,再原路返回。"

"周六晚,为什么去封印摄像头?"

"因为周五晚离开时,我不小心碰到了窗台的仙人掌,手被刺破,留下了微量血液。"

"所以你去销毁痕迹,而封印摄像头只是临时起意,想迷惑我们?"

"对。"

"两颗钢珠怎么回事?"

"哦?你们居然知道了?"白玉城稍稍调整了坐姿,"就是为了开窗户方便。但是周五晚离开时,不小心把第一颗钢珠搞丢了。周六晚再回去,当然要提前往滑槽内再装一颗。"

"但是,第二颗你还是没带走!"

"呵呵!当时时间来不及了,火车头可不等我!"

江志鹏刚要发问，伊辉插言道："你怎么知道唐林义新买了海缸？"

"哦？"白玉城一愣神，随即笑道，"周五海缸送货上门时，我刚好从东厂门口路过。"

"纯属巧合？你确定？"

"我的店本就离东厂不远！"白玉城咬着牙说，"所以唐林清死定了！"

这次轮到伊辉怔住，他忽然又觉得不对劲。

"唐林清死定了？为什么不能是唐林义？你能预判8月27日晨，谁先到办公室？"

"嗯？"白玉城突然卡壳。

他努力抬起左手，挠了挠头，去掩饰慌乱的表情，开口时没看伊辉："他俩谁先出事，对我来说没分别！可是，结果不就是唐林清死了吗？"

"也就是说，你没法预判。"

"我哪有那么大本事！"这次他看向伊辉，目光显得很真诚。

伊辉迟疑片刻，说："其实那天早上，你有机会炸死唐林义。只不过他出门比唐林清晚一点，而且出门前，接到李默琛的电话，耽误了15分钟。"

"是概率问题。我只能肯定一定会爆炸，炸死谁，对我来说无所谓！"

"吊杀唐林义，你也考虑到了概率问题？"

"是！要是不成功，大不了再找机会。"

"可是他定了明天去美国的机票。"

"哦？"白玉城一愣，随即释然，"可是我成功了！再说，你们能放他走？"

伊辉没回答。

他沉默片刻，又问："前几天，我在静山公墓杜忠奎父亲骨灰盒里，找到个U盘备份，然后被偷袭……"

"还有备份？你还被偷袭？"

"我知道不是你干的，当时你刚接受完问询离开警局，没作案时间。我意思是，你有没有同伙？"

"同伙？"白玉城笑了，"大哥！我这儿交代一晚上了，全是杀头的罪名，你当是逗闷子呢？"

"那会是谁呢？"

"反正跟我无关，你应该早点对唐林义追问、调查。"

伊辉自语："难道真是唐林义找人干的？"

"唐林义死了，还在乎那点狗屁细节？问重点！"江志鹏早不耐烦了，把伊辉拽到旁边，然后问白玉城，"你从苗力伟车里下去后，怎么去到现场的？"

"躲在雷家明车子后备厢里。"白玉城突然挺直腰身，"那跟雷家明一点儿关系也没有！"

"那个不用你证明！实话告诉你，你的背包网格里，夹带了两片芹菜叶，它们就来自雷家明车子后备厢。如果雷家明事先知情，他一定会把后备厢清理干净。"

"芹菜叶？"

白玉城皱起眉头。他对自己犯下如此低级的错误，很不满意。

江志鹏眉头舒展，背起手走到窗前。所有疑问都已解决，他没什么可问的了。

这时他电话响了，是雷霆打来的。

雷霆告诉他，杜忠奎尸体和田恬的头骨，以及作案工具，已运回分局，叫他回去汇报案情，市局领导都在分局等着。

看来今晚又是不眠夜，胜利的不眠夜。

江志鹏大步走出病房，对王可仔细叮嘱一番，带人离开。

伊辉跟着江志鹏走出一段,突然返回,跟王可要警车钥匙。

"大半夜的,你开警车干啥去?"

"去验证一件事。"

伊辉拿到钥匙坐上警车,打电话回分局,叫人把杜忠奎的逃逸视频,发到他手机上,然后开车上路,朝城西疾驰而去。

## 第三十章　真相的三个版本

　　西城公安分局小会议室。
　　在座的，除市局和分局十几位领导，还有谭副市长。
　　谭副市长目睹唐林义被吊杀后，直接跟市里做了汇报。各级领导听到他对杀人过程的描述，既震惊，又愤怒。今晚他来开这个会，代表市委、市政府的态度：三天内破案。否则，西城分局刑警大队长及以下干部，全部撤职换人。好在江志鹏带回的，是结案的利好消息。
　　做汇报前，江志鹏把谭副市长请到外面，向他求证10年前，关于西城企业搬迁政策中，对规模1000亩以上企业的补助问题。
　　"怎么突然问起这个？"
　　谭副市长很疑惑。不过江志鹏还真问对人了，10年前，老谭是前任副市长办公室主任，对各项涉及工业的政策很熟悉。
　　江志鹏说跟案情有关。
　　"它怎么会跟案情有关？"谭副市长将信将疑。
　　江志鹏拿出笔录，在老谭面前翻了翻。那意思几十页内容，一时半会儿说不清。
　　谭副市长点点头："那个补助标准的制定，是考虑了企业建厂初期的征地费用。企业征地有关规定你清楚吗？"

江志鹏摇头。

"简单说吧，企业建厂时，所征农用地的费用，不得超过土地被征前三年平均年产值的30倍。也就是说，征一亩地费用，不超过6万，换算成平方，每平方米不足100块。市委领导，充分考虑本市实际情况，对规模1000亩以上企业，按亩数计算，给予适当搬迁补助，就是考虑到企业当初的征地成本，从财政上给企业一定的找补，提高生产积极性，让企业没有后顾之忧。"

"找补多少钱？"

"4万一亩。"

"1000亩就是4000万！"

"对！就当时来说，西关的企业，没有一家达到那个补助标准。"

"那不就成了空头政策？"

"怎么能说是空头政策？"谭副市长叉着腰说，"出那个政策，目的是希望在几年的搬迁期内，促成有实力的企业之间合并。市里希望，有那样的大企业出来，缓迁。那对西城民生、就业、第三产业、社会稳定等，诸多利好。林义化工，不就是那时候起来的吗？在那之前，它也只有个东厂嘛，规模还不及现在一半嘛！"

江志鹏忍不住打了个响指。

谭副市长所言，进一步佐证了U盘内容的真实性。白涛当年响应政策，为4000万补助，主动找唐林义谈合并，被拒。唐林义从中感受到了市场的残酷，以及被吞并的风险，那促使他绝地反击，利诱发小褚悦民暗中运作，误导白涛在西城投资房地产，最终搞垮白涛，吞并了鼎鑫化工。

这时，一中队长快步走到江志鹏面前，交给他一个U盘。他们刚刚搜完白玉城卧室，找到了关键证据。

好！杜忠奎尸体和田恬的头骨，都挖到了，U盘也拿到了，笔录细节丰富，还等什么呢？

江志鹏昂首走进会议室……

一个半小时后，伊辉回到医院，冲进病房，路过王可时连招呼都没打。他的脸色异常苍白，仿佛重病初愈。

白玉城皱起眉头："你又回来做什么？"

伊辉静静地望着白玉城。良久，他长长地叹了一口气。

白玉城慢慢坐起，眼神中闪烁出一丝不安。他感觉到了，眼前这跛脚的家伙，很奇怪。

"值得吗？"伊辉抱起胳膊目视前方，他知道对方明白他的意思。

"不是值不值的问题。杀人偿命，欠债还钱，这才是生活。"白玉城挺起胸膛，语气生硬。

"知道了唐林义等人的秘密，你为什么不报警？"

"报警？"白玉城看向窗外，"我失手杀了田恬在先，还有别的路？"

伊辉对他的话充耳不闻："你应该选择报警的！法律并非完全公平，也不会改变人性，但至少应该有所作为。"

"切！"白玉城身处死路，对这种说教毫无兴趣。

伊辉慢慢坐下，右腿伸到床前，说了句更奇怪的话："知道我这条腿，为什么瘸吗？"

白玉城摇摇头，身体努力往后靠。只是一种感觉，他想离伊辉远一点儿。

伊辉笑了，眼睛里闪烁着真诚的光彩："很多人问过我那个问题，我的答案只有一个——小时候骑摩托摔的，有块骨头没长好，腿伸不直。"

"我小时候也喜欢摩托车。"

"我不是那个意思。"伊辉用力拍了一下右腿,"我意思是,从来没人去怀疑我的说法。为什么?因为那跟别人毫不相干,还因为我的话没有漏洞。可我现在告诉你,它是个谎言。"

"哦!"白玉城实在无话可说。

"唉!"伊辉收敛了笑容,"其实我想说,一个半小时前,你也撒谎了,弥天大谎。"

"我?弥天大谎?"白玉城笑了,冷笑。

伊辉竖起食指:"我们不妨称之为,真相的第一个版本。"

"真相的第一个版本?"白玉城努力控制呼吸节奏,"好!你说,我听!"

伊辉点头:"碎尸案,不是你干的!"

"啊?"白玉城觉得那话实在太可笑,"不是我?难道是你?"

"你反应非常快,但不擅长说谎。不只是你,在刚才的情形下,任何人都无法掩饰漏洞!"

"什么意思?"

"7月1日晚,杜忠奎驾车逃逸时,你根本没在车上!"

"哦?你也给我做不在场证明?"

白玉城死盯着眼前的瘸子,眼神里透出决死一战的力量。

伊辉迎着对方目光:"江志鹏所说的声纹分析没有错,那段语音,的确是在室内环境录制的,不是移动空间。"

"我说了,当时停了车。"

"好!唱歌的语音里有狗叫声,你怎么解释?"

"当时车子拐下主路,停在小路边,发完语音,又回到了正路。"

"记住自己的话!"伊辉掏出手机,打开视频递给白玉城,"杜忠奎那晚的逃逸视频,警方已经分析了无数遍。具体到瞬时速度,每个时间点,车子所在的具体位置,都基本清晰!"

"那又怎样?"白玉城归还手机。

"照你的意思,你给顾楠楠发语音之前,让杜忠奎把车子拐下主路对吧?"

"是。"

"好!"伊辉掏出一张纸看了看,"顾楠楠要求你唱歌的时间点,22:21,你发出语音的时间点,22:23,语音长约60秒。也就是说,车子拐离主路的时间,大致在22:21—22:22之间。当你发完语音,车子重新发动,回到主路。对吗?"

"对。"

"但是我开着警车亲自上路,做了一个实验。在上述时段内,根本不存在所谓驶离主路的小路!"

"啊?"白玉城语塞,紧接着反击,"你的实验不准确!"

"非常准确!"伊辉挺起胸膛,"逃逸视频中,奥迪Q5每经过一个路面监控,其位置和速度都是确定的。那么,你和顾楠楠聊天的时段,甚至你发语音的时段,奥迪Q5当时处在哪两个路面监控之间,也是能确定的!"

白玉城快速眨了眨眼睛,眼神随之黯淡。

伊辉不在乎对方表情的变化:"我找到了那两个路面监控,也查看了它们之间的路段,那段路程总共4公里左右,中间一个岔路口也没有!"

白玉城紧咬着牙。

伊辉步步紧逼:"试问,那段路程没有岔路口,车子该怎么驶离主路?"

白玉城双唇紧闭,消瘦的两腮,倔强地鼓起来。

"所以,你撒谎了!杜忠奎不是你杀的,碎尸案更不是你干的。换言之,你的杀人动机,即唐林义等人背后的秘密,根本不是你自己查出来的!"

白玉城右手铐在床头,左手放在被子下,双手都紧紧握起,拳心炽热潮湿。

伊辉一把抓住白玉城右手腕:"刚才你演了一出戏!田恬把手机忘在你店里,你嫖娼,田恬偷看你日记,你冲动杀人,你把尸体运到杜忠奎家搞嫁祸,杜忠奎告诉你当年的秘密……一切,都是你的想象!"

"你……"

"或许那些细节都是真的,但操作者绝不是你!"

"……"

"唯有一点是真的。"

"哪一点?"

"杜忠奎逃逸时,真凶的确在车里,可惜不是你。你揽下所有罪名,目的只有一个!"

"我……"

"你在保护凶手!就像当年,你承担强奸蓝媚的罪名一样!"

"不!"

"虽然我不确定碎尸案真凶是谁,但我想,你跟凶手的关系,一定非同一般!"

"异想天开!"

伊辉摇摇头:"就算你跟凶手关系很普通,你也不想出卖他!毕竟,是他通过杜忠奎,获取了唐林义等人的秘密,而后又告诉了你!"

"笑话!"

"你心里有数!我说的这些,才是真相的第二个版本!"

白玉城长长地呼出一口气,眼神转向墙角。

伊辉继续进攻,语气间没有丝毫停顿:"如上所述,还能推断出很多有趣的结论。"

"推断?"

伊辉点点头:"结论一,我怀疑你的阳痿是假的。或者说你心理上,早就恢复了健康!你那本日记的相关内容,是两年前所写。你之所以把它留在书架上,而且放在很显眼的位置,本身就是有意为之!因此,那天雷家明手贱,翻看了它,一点儿也不奇怪!如果那真是你心理承载的底线,你怎会让它留在书架里?"

白玉城紧咬牙关,额头青筋凸起。

然而,伊辉丝毫没有让他放松的打算:"换言之,那是你提前预制的一步棋!你就是要通过雷家明的嘴,散布消息,说你现在依然阳痿,从而让所有人误以为那的确是你的心理承受底线!甚至,你还利用了沈沛溪。她还是太单纯了,通过软件匿名跟你约炮,想通过你把艾滋病传染给蓝媚……她说你太寂寞,说你一点儿也不高尚,只是想不到你连衣服都脱了,却突然来了一句,'对不起,我阳痿'!那也是你的一出戏!还是你在借助她,扩散消息!"

白玉城仰起头望着墙面:"哎!很佩服你的想象力!"

"因果很明显!"伊辉自顾自说下去,"你之所以那么做,为的就是今天!你早有心理准备,一旦被抓,就会把碎尸案承担下来。你早就编好了田恬的故事,把她的死因设置成偷看日记,触碰到你的底线。要让别人相信这个故事,就得先让别人相信你有心理疾病。所以,雷家明和沈沛溪,都是你计划的一部分。你利用他们,向外传播那个所谓的心理底线,但那还不保险!你甚至不惜去与你厌恶的女人——蓝媚约会,好让你的朋友产生误解,比如热心的雷家明。当他后来偷看你的日记,反而从误解变成理解,明白你接近蓝媚,为的只是做情景还原,至少让她真诚道歉,从而解开你心理上的顽疾!然而一切都是假象!都是戏!为的,都是今天,对吗?"

"有趣的故事!"白玉城的声音轻飘飘。

"的确很有趣!"

伊辉拿出烟示意，白玉城点头。

两人分别点上烟，默默抽起来，就像即将离别的朋友。

片刻后，病房外传来尖锐的责骂声。那是一个护士从门口路过，闻到烟味，想进门阻止，被王可拦住了。

病房里头，一个是冷酷无情的杀人犯，一个是没编制的瘸腿顾问，谁也不在乎医院的规定。

"有酒就好了！"白玉城续上第二根烟，笑了笑。

"没见你喝过酒！"伊辉把玩着打火机，展开话题，"刚才是结论一。接下来还有结论二。杜忠奎那800万（实际上要减去买公墓的尾款），根本不是埋在什么地方，那也是你信口胡说。杜忠奎逃逸时，钱只能在车上，跟真凶一起！"

"唉！"白玉城用力吐出一口烟，把自己隐在烟雾中。

"那些钱，现在在哪儿？"伊辉一笑，"当然在真凶手里。凶手把唐林义等人的秘密告诉你，你对钱没兴趣，让他把钱留下。这个'他'，我们不妨称之为'800万先生'。"

听到这个称号，白玉城岔了气，连连咳嗽起来。

伊辉打开窗户，在窗前驻足："结论三，当你初闻那个秘密，其实你是想报警的，至少有过那个想法！"

"为什么？"

白玉城终于反问了。也许是伊辉站在窗边，让他少了距离上的压迫感。

"人之常情啊！你父亲当年被人设计，破产自杀，蓝媚父母被人害死，任何人知道了背后的隐情，第一反应都是报警！杀人复仇？绝路！不是每个人都有勇气！"

"那我为什么没报警？"

"结论四，因为当时出来一桩突发事件。"

"突发事件？"

"顾楠楠母女之死！两条人命加起来，把你逼入绝境，再无退路！也就是说，当时，你已经知道顾楠楠自杀的真正原因，你想为她和葛春花报仇！因为逼死顾楠楠的，跟害死你父亲的，是同一拨人！"

"我怎么会知道顾楠楠自杀的真正原因？"

"我猜，应该是沈沛溪愧疚万分，告诉了你所有的事！"

白玉城又点上一支烟，示意伊辉说下去。

伊辉转身背对白玉城，凝视深沉的夜空："不知你有没有想过，顾楠楠事件，实在太巧合了？"

"巧合？什么意思？"

"反过来想——如果顾楠楠没自杀，或者她拒绝沈沛溪的要求，不去陪宿，你还会孤注一掷，踏上绝路吗？"

这突如其来的反问，令白玉城浑身一抖。

"可惜……也许你真没想过！"

白玉城叨着烟，久久未吸，任凭烟灰飘落："你这话，到底什么意思？"

伊辉转回身，眼神像深邃的夜空："我想帮你破案！"

"啥玩意？帮我破案？"

"吧嗒"！白玉城嘴上的烟头掉落。

"对！也是为我自己！"

伊辉大步走回床前，双手紧握栏杆："你是杀了人不假，但我想，你很可能被别人利用了。怎么说？你只是一颗棋子，深陷他人的棋局！"

"我是棋子？"白玉城满眼惊惧，犹如面对狮虎的驯鹿。

"推断！"伊辉拍着对方肩头，"哥们儿，现在，你，我，咱们一起破局。你想吗？"

"我操！"白玉城痛苦地拍打着额头。

伊辉再次抓住他手腕:"难道你还没意识到,真相还有第三个版本?"

"不!不可能!"

这一刻,恐怕只有白玉城明白伊辉话里的含义,可他却在本能地抗拒。

"不是不可能,是一定!你就是别人的棋子!"

白玉城奋力挣扎,手腕带动床头的铐子,引起床铺激烈地晃动。

伊辉稳稳扶住床头:"你必须正视那个巧合——顾楠楠自杀事件。是它,把你推往绝路!"

"证据!"白玉城怒吼一声。

"没有!"伊辉抱起胳膊,"可我相信人性。面对意外,它能指引人的行为。就比如,江志鹏明明是破门救人,却触发你设置的电刑机关。那种情形下,他的身份、性格,以及案情带来的压力,导致他想让我替他背锅,这个因果关系,非常自然。所以我坚信另一个因果,跟绝大多数人一样,当你突然得知当年的秘密,你的本能反应,一定是报警,而不是舍身复仇!法律能解决的事,为何要搭上自己的命?"

"不!你根本不了解我!"

"那不重要!"

伊辉后退半步,果断闭嘴。该说的他都说了,对方怎么选择,他无法左右。

房间里安静下来,白玉城心里,却翻起惊涛骇浪。

大概一支烟的工夫,他突然开口了:"照你的意思,顾楠楠是遭人设计了。可她去静山别墅,明明是自己的选择。"

"对,是她自己的选择,但你不能忽略她当时内心的挣扎。"伊辉再次掏出那份微信聊天记录,"7月2日晚,顾楠楠去了静山别墅。7月1日晚,她为什么找你聊天?其实,她想跟你说一说她的困惑。她挣扎，不安，但最终还是无法启齿……"

白玉城点头："我知道！事后我已经想明白了！"

"那就好！"伊辉的眼神越来越明亮，"表面看，的确是她自己的选择，实际上呢？为什么不可以是有人在背后暗示她？"

"哦？"

"再明显不过啊！顾楠楠找你聊天时，如果把实情说出来，你会不会阻止她？"

"废话！"白玉城突然反应过来，"你是说，还有别人在做她的心理工作，影响了她的选择？"

"你终于想通了！"伊辉指着白玉城，"正因为顾楠楠跟你太熟，才不肯讲出心事。可她总要做出选择……她是个开朗的孩子，不喜欢把事情压在心里。可是跟熟人又不能讲，那怎么办？换我是她，只能跟陌生人倾诉。"

"你是说……网络？"

伊辉欣然点头："可我仔细查看过她的手机，里面没有异常聊天内容。"

"所以，一切还是你的臆想！"

"不！跟陌生人聊天，不一定非要通过聊天软件。"伊辉盯着自己的手机，"顾楠楠非常喜欢王者荣耀，生前登录次数，相当频繁！"

"在游戏里跟陌生人交流？"

"是推断！"伊辉随手滑动手机页面，"那款游戏，是不保留聊天记录的，除非下载游戏助手。"

"说了半天，还是没有证据！"

伊辉微微一笑："可是我在另外一个人的手机里，看到过王者荣耀的安装包。而且据我了解，那个人从不玩手游！"

"谁？"

"蓝媚！"

"她？"白玉城拔高声音，"不可能！她跟顾楠楠情同姐妹，怎么会把人推进火坑？"

"情同姐妹？讲情分？难道你忘了当年，她怎么设计你？"

"不足为凭！"白玉城深深吐出一股怨气。

"重要的是，她有动机！"伊辉丢给白玉城一根烟，"你父亲虽然遭人设计，但毕竟是自杀。她父母却不一样……"

白玉城终于平静下来，他开始认同伊辉的逻辑。

"你是说，她处心积虑，控制顾楠楠事件的走向，为的是逼我放弃报警，把我逼上绝路，借我的手，替她父母报仇？"

"对！"

"她是学心理学的！如果真是她，我能想象她说服顾楠楠，去静山别墅挣钱的话术，可她左右不了顾楠楠的生死！换言之，如果楠楠选择好好活下去，她又怎么利用我？"

"哎！道理是一样的！她既然能说服顾楠楠下火坑，为何不能进一步说服她，去自杀？"

"这……"

"顾楠楠7月7日凌晨自杀的，对吧？可7月6日晚20:35，她还登录过那款游戏！"

"就是说她选择自杀前，很可能在游戏里跟陌生人聊天？"

"是的！我怀疑她自杀，是被人用话术不断怂恿的结果！"

"她死前一直在网吧，那时候有没有登录过游戏？"

伊辉敲着脑壳，抱歉道："我没查过，也不清楚电脑登录那款游戏后，手机的登录时间，会不会同步更新。我这些推断，都是因为你的漏洞，以及我的实验而起……"

白玉城无语，他什么都没承认过。

伊辉说："如果推断没错，那么蓝媚一定先你一步，知道了当年的真相。她消息的来源跟你一样,同样是那位'800万先生'!"

白玉城闭起眼,心里飞速思考着什么。

伊辉继续旁敲侧击:"我能肯定的是,在你的视角里,蓝媚是经由你获知真相的,你们有共同的仇人。所以在你复仇过程中,她曾充当你的帮手——她肚子上那多余的一刀,只能是她自己捅的。你向江志鹏所做的描述,毫无说服力!你能轻易控制住唐林海,何况是她?蓝媚那晚在酒店,为的就是配合你!配合你什么?第二次断电!"

白玉城紧盯伊辉,瞳孔慢慢收缩。

"唐林海被杀当晚,第一次停电,的确是你所为,但第二次应该是蓝媚!这有迹可循——第一次断电的原因,是空气开关布线处,有一根线头脱落,这里头有一定技术含量。而第二次断电,仅仅是总闸开关跳闸!我猜,那是蓝媚扳下去的!断电目的,当然是配合你趁黑潜入酒店。在此之前,你承认那是你所为。而我们也曾认为,那是你在第一次断电时预留的手脚。"

"继续!"

"你不配合,我说什么都没用!"伊辉摇摇头,"你经历了什么,自己最清楚。希望你把我的分析,嵌入你的经历,仔细琢磨,看看它到底是不是一个局!看看自己,到底是不是一颗棋子!"

"还有吗?"

"当然!"伊辉拿起白玉城的手,在他手心里,比画了一个"冯"字:"我能想到的'800万先生',只能是他!"

白玉城当然知道,"冯"字,指的是冯仁兴。

可他立刻紧紧握起拳头,什么也没说。

"唉!"伊辉指着自己的胸口,"你认为'800万先生'在报恩对不对?他和白涛是战友,是生死之交。他那块停车场用地,也是白涛赠送的。他的生活,他儿子冯云龙的留学费用,全靠那块地!"

白玉城眼角猛然抽动了一下。

伊辉紧盯着他。

"关于蓝媚——想想你的经历,想想时间线!如果推断正确,是她害死顾楠楠,把你逼上绝路,那么,她父母被害真相的信息源,来自谁?她和她的信息源之间,有没有达成什么共同的意愿?如果有,会是什么意愿?"

"关于冯仁兴——想想他凭什么去怀疑杜忠奎,进而做出碎尸的大案?要知道,杜忠奎可是刚出狱没几天,跟冯仁兴八竿子打不着!任谁也想不到,一个那样的人,身上会藏有惊天秘密!哦,谨慎起见,还是说回'800万先生'吧!但是除了冯仁兴,我实在想不出还有谁,能使你铁了心,去背碎尸案的锅!"

"不可能!怎么会这样!"

白玉城轻轻念叨。很显然,伊辉的提醒,已经让他渐渐意识到,逻辑层面的悖论。

"好好想想!"

伊辉离开房间,十几分钟后,提着一个塑料袋回来。

他去买烟,顺带给白玉城带了些食物:水饺、牛奶、香肠,外带两听啤酒。

白玉城看看东西,又看看伊辉,默默地吃起来。他真饿了,那些东西,比点滴更能让人恢复体能。

伊辉安静地站在窗边,等待。

10分钟后,白玉城吃喝完毕,脸色慢慢有了红润。

伊辉把啤酒罐拿出去扔掉,那东西不能留下。

"考虑得怎样?"

他热切地盯看白玉城,真希望对方点点头,主动把真相说出来。

可惜,白玉城依旧沉默。

"好吧!"伊辉快速转了两圈,像是做出什么决定,"我刚才的推断,自有其逻辑。可是接下来要说的话,却有些不着边际。但我希

437

望你听完后，能仔细想一想。不论你在坚持怎样的道义，你都没必要替人背锅——那不值得！"

"你说！"

伊辉点点头："不管'800万先生'是谁，他都不能凭空去怀疑杜忠奎，对吧！那么，他一定是基于必要的理由！理由在哪儿？钱！"

"钱？"

"对！只能是钱！也就是那800万！"伊辉眼前浮现出一个场景，"银行那边，给我们提供了6月29日上午，唐林清取钱的监控影像，我从中注意到一个有趣的镜头。"

"什么？"

"唐林清把钱箱放上车时，监控边缘处有一个人。"

"谁？"

"林义化工财务总监，李默琛。"

"李默琛？我中学时的班主任？他现在是林义化工财务总监，去银行有什么奇怪？"

"我也这么想过。可是，在那种情形下，就算他不便下车帮忙，最起码也应该跟唐林清打个招呼吧。"

"你想说……"

"我不知道！"伊辉看了看时间，急道，"唐林清很谨慎，跟杜忠奎的交易，进行得极为隐秘。我只是设想，倘若有那么一个局外人，无意中注意到唐林清提取那样一大笔钱，会不会非常好奇？"

"你是说李默琛？"

"对！假如李默琛起了好奇心，而后跟踪唐林清，继而发现了唐林清和杜忠奎的交易，那会引发什么事？"

"不可能！李默琛跟冯仁兴八竿子打不着！"心急之下，白玉城终于提起冯仁兴。

伊辉反应极快："听你意思，冯仁兴就是'800万先生'？"

白玉城把头扭向一边，闷声说："就算李默琛跟踪、发现了唐林清和杜忠奎的交易，他也不可能接近交易者，更无从得知当年的秘密！"

"不一定！杜忠奎去过两次静山公墓，还把备份U盘，藏进他父亲的骨灰盒。如果李默琛跟踪过他，就有机会发现秘密！"

听到这话，白玉城大吃一惊，心里马上冒出一个巨大问号：如果一切的起点，真是李默琛，那他的目的又是什么？他能从中得到什么好处？

"我知道你在想什么！等我回来！"

伊辉再次看了看表，转身就走。他要去查监控，验证刚才的想法。

凌晨2:10，交警指挥中心。

这次的调阅有明确参数：时间，6月29日上午；对象，李默琛车牌号。

设定完毕，李默琛的行车路线一览无余。

他很快找到相关内容，只看了两眼，脸色瞬间变了。

李默琛那天的确先唐林清一步，从银行离开。可是在后续监控路面，他的车却不知不觉，跟到了唐林清车后，并且一直尾随，最后一前一后，去了林义化工方向。

"我操！这家伙干了什么！"

下午，李默琛的车没有外出。

晚上7:30，变化出现了。

李默琛的车开出厂区，一路向西，最后驶入西郊杜家庄。

杜家庄？杜忠奎家？伊辉把所有路口的监控画面切到显示器上，排成九宫格，仔细观察，很快有了新发现。所有画面当中，李默琛的车子前方，都有同一辆宝马车。他调整角度再看，发现唐林清就坐在宝马车内，而车子的驾驶位，坐的则是唐林海。

439

这家伙，果然跟踪了唐林清！

他暗暗感叹，宝马是唐林海的！怪不得此前，找不到唐林清去交易的行车轨迹，原来真相如此简单。唐林清只是叫来了唐林海，两人同行。

他断定那两箱钱，就在宝马的后备厢内。

从时间上看，宝马车到了杜家庄后，直到晚上9:30，才重返路面监控。所以在那段时间内，唐林清和唐林海，一定跟杜忠奎完成了交易，甚至很可能在一起吃了一顿饭。

伊辉相信，李默琛把一切都看在眼里。

那么李默琛会怎么想？他一定非常奇怪，唐林清为何要把那么多钱，交给那么一个人？他一定怀疑那是一笔交易！

监控画面来到6月30日中午，杜忠奎去静山公墓交尾款。

伊辉先找到杜忠奎奥迪Q5的画面，然后观察其后方。

"轰！"

他脑子里炸了：李默琛的车，就跟在奥迪后面。

原来，真相一直在监控里……

可是原先调阅监控时，所有人都盯着杜忠奎，谁曾想到往他车后看一看呢？

那不是对手故弄玄虚，那是警方本身的思维盲区……

伊辉截下相关视频存入手机，冲上车向分局飞奔。

他来不及去医院跟白玉城探讨真相了。

他一边开车，一边还原事情的逻辑——

李默琛无意中看到唐林清取了800万现金，好奇心大起，于是跟踪，并于6月29日晚，成功观察到唐林清和唐林海跟杜忠奎的交易。交易目的，是用钱封口。赎回U盘，对唐林清来说只是象征意义。杜忠奎用车祸的方式杀人，唐林清一方是雇主，双方皆握有对方把柄，因此，唐林清一定不会纠结杜忠奎是否还留有U盘备份。但是随着钱的流向，李默琛的注意力也跟着转移到了杜忠奎身上。

6月30日是周六，李默琛有大把时间研究、跟踪杜忠奎。那天中午，杜忠奎去公墓交尾款不假，只是没交上，但他一定还办了其他事。什么事？他把U盘备份藏进了父亲骨灰盒里。他那么做还是有意义的，即使唐林清信任他，他也得预留个后手。同为一条绳上的蚂蚱，他不会泄露秘密，但谁也不能保证，唐林清哪天突然生出干掉他的念头……

可惜，杜忠奎做梦也想不到，他的一举一动，都被一个局外人看在眼里。杜忠奎藏好U盘后，李默琛一定偷拿了U盘，并且带走拷取了内容，之后又把U盘放回原处，而且还抹去了U盘上的指纹。U盘里的秘密，足以置唐林义等人于死地。可是李默琛掌握的信息还是有限。至少，他尚不清楚杜忠奎制造车祸的杀人事件。

要了解杜忠奎的过往，实在太简单，到杜家庄找邻居打听便知。当李默琛得知杜忠奎入狱原因，再上网查证车祸中死者的身份，再结合U盘内容，那么一出阴谋的轮廓，也就基本完整了。

至少，他能掌握几条关键结论：一、唐林义、唐林海、唐林清伙同褚悦民，设计陷害了当年鼎鑫化工的老板白涛；二、U盘最先一定在蓝小菲和刘人龙手里，具体到为何在他们手里，他无从知晓，也不必知道；三、作为大车司机，杜忠奎所谓的车祸肇事逃逸，根本就是杀人灭口，800万是杀人佣金。

有了这三条结论，李默琛又干了什么呢？

结合在医院的四条推断，伊辉判断李默琛去找了冯仁兴。冯仁兴现在怎么说，也是个小老板。他和白涛当年的关系，西关那片很多人都知道。

李默琛跟冯仁兴谈什么？转述秘密。

继续假定。

从结果看，冯仁兴做出碎尸案，"合理"地从杜忠奎身上获取到当年的秘密,然后把秘密转告白玉城。那只是一场戏,演给白玉城的戏。

冯仁兴做出碎尸案之前,就已经从李默琛嘴里得知了所有真相。他的消息源是李默琛。可是在白玉城面前,他必须隐藏起李默琛这个人,把消息源推到杜忠奎身上。只有如此,才能做出一个假象:他冯仁兴有情有义,正在替白涛报仇!

视角再回到白玉城身上。他一定既震惊,又难过。震惊的是,白涛自杀背后的真相;难过的是,冯仁兴已经杀了人。此时他有两个选择,要么报警,要么把碎尸案揽到自己身上,展开复仇去杀人。他一定既犹豫,又痛苦,不知该怎么决断。这时候,顾楠楠突然自杀了。那迫使他下定决心,走上绝路……

这就是说,李默琛一定也跟蓝媚谈过。

那个李默琛,究竟是个什么样的人?

这是个庞大的局。李默琛、冯仁兴、蓝媚,他们共同布了一个局。

李默琛才是这个局的主角。

白玉城是可怜的棋子。

受益者,最明确的是蓝媚,她能借助白玉城之手复仇。

其次是冯仁兴,他能得到杜忠奎那800万,那一定是李默琛说服他的理由。至于他们会不会分摊那笔钱,尚无法确定。另外冯仁兴虽然杀了人,实际上却很安全,只要白玉城被逼上绝路,展开报复,一定会自愿背负一切罪名。

可是,最后,布局者李默琛的利益,是什么呢?

凌晨3:30。

五菱宏光一路疾驰,回到分局。

伊辉下车,抬头望了望五楼小会议室,那儿还亮着灯。他冲上楼去。

会议室内。

江志鹏整理、汇报了案情全过程,陈述了犯罪起因、动机,还把掌握的证据一一罗列出来，其中包括白玉城自陈笔录、证人崔明虎的供述、从白玉城卧室搜到的U盘、杜忠奎尸体照片、田恬头骨照片、"827案"的两颗钢珠、唐林义被害现场的背包，以及芹菜叶，等等。

市委市政府的代表谭副市长，市局、西城分局各位领导，总共十几人，认真听取了案情汇报。这个案子动静很大，前期拖得久，没有头绪，好在后期进展神速，尤其是唐林义被害当天，就抓到凶手。

结案在即，所有人长舒一口气。大家心里都有数，唐林义被吊杀事件，社会影响实在太坏！今晚这个案情汇报会议，值！很值！案子要是还没个着落，接下去谁也别想睡好觉……

跑到会议室门前，伊辉急刹车，敲门，没等里面回应，径直冲进去。

此时，江志鹏正在台前，做最后陈述。

"你……"他停止汇报，看着伊辉。

台下十几双眼睛，也看向伊辉。

伊辉尴尬地望着台下一片高级警衔，暗骂自己，应该先给江志鹏打个电话。实际上他打也是白打，会议室内所有人都关机了。

"先出去！有事待会儿说！"江志鹏跨到伊辉跟前，他又气又急，想骂人，"这么多领导正听汇报，你小子来干吗？胡闹！"

伊辉也压低音量："搞错了，碎尸案另有其人！"

"啥玩意儿？"江志鹏完全听不懂，也不可能听懂。

"白玉城杀了四个人，可碎尸案不是他干的，他只是颗棋子。"

"什么意思？"

"换句话说，如果没有旁人搞出的碎尸案，以及顾楠楠自杀事件，白玉城不会杀人！他上了别人的套！"

江志鹏无语，试图把年轻人推出去。

伊辉急眼了，对所有人大声说："我说，搞错了！凶手至少两

443

个！碎尸案另有其人！白玉城只是颗棋子！有人在设局！操盘者，另有其人！"

就在这时，会议室的门再次被撞开，一个刑警冲进来，大喊："白玉城逃了！"

# 第三十一章 逃

10分钟前,医院病房。

"上厕所!"白玉城冲着门外大叫。

外门值夜班的,是王可和许聪,天亮后有人来换班。

两人都带了武器。

王可进去,许聪站在门口警戒,房门敞开着。

卫生间就在门边。

王可打开床头的铐环,手铐另一头仍铐着白玉城手腕。

白玉城磨磨蹭蹭爬起来,揉了揉手腕,穿上鞋走向门口。

王可紧跟白玉城,右手按在腰间配枪上。

眼见白玉城走到厕所门口,王可突然反应过来:白玉城穿的,居然不是病号服,而是牛仔裤。

"喂!上厕所你换裤子干吗?"

王可这么一问,站在门口的许聪也看见了。

"什么?"白玉城佯装没听清。

"我说,你换裤子……"

王可还没说完,白玉城突然出手,把许聪拽进来,然后一把掐住对方脖子，朝门边的墙上狠狠撞去。

这一拽，一掐，一撞，动作既突然又迅速，许聪根本没反应过来。

伴随着一声沉闷的撞击声，许聪后脑勺结结实实撞到墙上，身子一软，倒地。

与此同时，白玉城抬起脚尖把门关上。

"我操！别动！"

王可赶紧掏枪，打开保险。

没等他抬起枪口，白玉城胳膊肘扫过去，把王可撞倒，手枪跟着脱手。

趁着机会，白玉城冲向门口。

王可爬起来，扑向白玉城后背，左手挂上对方脖子，另一只手去抓对方右手的铐子。

白玉城左手扣住王可左手，脖子和腰同时用力一拧，硬生生把身体翻转了180度，两人从胸贴背，变成了正面头顶头。

头顶头，顶牛？王可毫不客气，抬腿就给了对方小腹一个膝顶。

白玉城疼得弯下腰去。

王可松开左手，双手同时抓住对方右手腕的铐子，想把它扣到自己手腕上。

白玉城不答应。他左手死死掐住对方脖子，右手用力挣扎。

王可被掐得满脸通红，却突然嘿嘿一笑："劲儿大是吧！老子两只手！"

白玉城单手挣脱不过，眼看铐子就要挂上王可手腕，他突然抬腿，踹向对方下阴。

这下正中目标。

王可闷哼一声，松开手，蹲下去。

白玉城转身就走。

446

王可顾不上疼，扑上去把白玉城绊倒，他也紧跟着摔在地上。

下一秒，白玉城率先爬起。他发了狠，用脚踹王可头部。王可无所顾忌，侧躺着一把抓到铐环，赶紧把手腕伸进去，紧接着用力一甩。

"咔嗒"，两人连一块了。

白玉城抓住王可的头，朝地上狠撞了几下。

王可手底下忙着，来不及反抗，最终一翻白眼，晕了。于此同时，空中闪过一道亮光，紧接着墙角传来一声脆响。

"操！"白玉城这才发现，那小子竟然把手铐钥匙，远远地丢到了墙角。

紧接着他又倒吸一口凉气，发现王可的另一只手上，也戴着铐子，而铐子的另一头，被扣到了床腿上。

两副手铐，一副连着白玉城和王可，另一副连着王可和床腿。

白玉城长叹一声，看向门边的许聪。许聪身上肯定也有钥匙。可惜，他使劲朝外走了几步，就再也挪不动了，王可和床腿之间的手铐，已经紧紧绷直。

距离不够，怎么办？

门口那位，随时会醒。门外，也许下一秒就有护士经过，难道就此前功尽弃？

他弯下腰去，看到了王可丢掉的枪。枪在床底下，能够到。

他用脚尖把枪够出来，拿在手里。

然后呢？冲手铐开枪？还是打断手骨？

时间紧迫，决断要快。

他一把扯下被子，在地上铺平，然后把自己的右手和王可软绵绵的左手，放到被面上。

那两只手，被一副铐子连在一起。

他左手紧握枪筒，钢质枪把朝下。

447

他只能砸断一只手的手骨,才能解脱。

砸谁?王可还是自己?

砸王可,他会不会醒来?醒来也没关系,再给他脑袋来几下。

砸自己,能不能顶得住?

没什么可想的。

他把右手铐子往胳膊上撸紧,咬紧牙,举起枪把,朝自己虎口外的关节砸去。

此时,门外走廊上,突然有人打了个响亮的喷嚏。

那是女人的声音,应该是个护士,正朝门口走来。

没时间了。

他把枪反转过来,枪口瞄准手铐中间的链条。

即将开枪时,他突然打了个冷战,猛然想起以前了解到的一个军事常识:电视上手枪打断手铐的镜头,全是骗人的!手枪,尤其是威力不算大的警枪,几乎不可能打断手铐的链条。不但打不断,还容易造成跳弹,击中自己,而且子弹击中手铐的力量很大,不把手臂震骨折才怪!

这怎么办?

他浑身冒着冷汗,眼珠一转,冲着门口大喊了一声:救命!

门外打喷嚏的,果然是个护士。护士听到动静,推开门。

正要说话时,她被眼前的情景惊呆了:两个警察,一个躺在门口墙边,一个躺在病床边,而本应在床上的罪犯,此刻正半蹲在地上,用黑洞洞的枪口指着她!

护士汗毛倒竖,浑身发抖。

"别动!"白玉城晃动枪口,"他们都死了!出声我就打死你!"

护士捂住嘴,不敢稍动。

"进来!关门!别想跑,你快不过子弹!"

护士一寸一寸挪进房间，反手关门，眼泪瞬间流出来。

"你旁边那个警察，身上有手铐钥匙，找到丢给我！快！"

护士慢慢蹲下，战战兢兢，从许聪口袋里找到钥匙，闭着眼丢给白玉城。

白玉城拿到钥匙，解开手铐，迅速跨到门边。

此时许聪醒来、坐起，见白玉城过来，本能地伸手抱住对方小腿。

白玉城用枪托，猛砸许聪脑壳。

许聪又倒了，白玉城开门就跑。

接着，那个护士发出凄厉的尖叫。

白玉城来到走廊，用枪逼退多名护士，迅速冲上步梯，扔掉手枪，下楼，同时扯下头上的绷带……

医院外的大街上，空气里，满满都是自由的味道。

他飞奔起来，在街道和暗巷里穿行，没有目的地，没有方向。

他脑子里只有一个字：跑。

十几分钟后，他在一个巷口停下，双手扶着膝盖大喘气。

片刻后，远处来了一辆出租车。

他朝出租车招手，然后借着路灯，观察附近的建筑物，心里快速琢磨。

刚才横穿了几条街道和暗巷，只要警方确定不了他现在的位置，那么打车还是安全的。就算警方用最笨的办法，不惜人力，把本市所有路口监控过滤一遍，要查到他现在所处路段的监控，也需要时间。再说，这个笨办法要想有效，也得靠肉眼分辨，寻找他到底在哪辆车里。现在车少，笨办法理论上可行，但是，警方凭什么认定，他打了出租车？

实际上，他低估了警方的决心。他现在打车的确是安全的，那是因为天还没亮，警方动员速度再快，也需要时间，他赚了时间差的便

449

宜。最多一小时后,市区内就会出现大量巡警,在每个路口前,对每辆车进行检查。武警反应是最快的,或许现在,就已在行动的路上。汽车站、火车站、机场、港口,都要封锁,通往市外的路线,更要设置路障检查站,那需要大量人力。可惜,白玉城根本没有外逃的打算……

出租车在他身边停下。

他打开车门,直接坐进副驾。

司机是个矮胖中年人,嘴里叼着烟,正要说话,白玉城先开口了。

"大哥,用一下你电话!"

"嗯?"司机狐疑地盯着这个年轻人。

"我住院才出来,手机不在身边。放心,我不是劫道的!"

他把裤袋里的钱全掏出来,放到司机面前。

看到钱,司机放心了,把钱还回去:"我不是那意思……"

说着,他拿起手机划开屏幕。

这时白玉城突然出手,按住司机后脑勺,往方向盘上狠狠撞去。

一下、两下、三下……司机头破血流,失去知觉。

白玉城赶紧点击手机屏幕,把它设置成不息屏状态,然后下车把司机拖上后座,接着取出从头上撕下的绷带,把司机的头扎好,随后返回车内,一脚油门蹿了出去。

主路上不时有警车驶过。

他一边开车一边拨通号码:"冯叔,我逃出来了!"

"啊!逃出来了?"冯仁兴从床上弹起来,他不敢相信。

"我弄了辆出租车,这是司机电话,人被我打晕了!"

"你在哪儿?"冯仁兴语气很是焦急。

"你不会出卖我吧?"

"扯淡!再说你毕竟替我背了……"

"我信你！你带上那把枪，去烂尾楼附近等我，再给我准备点现金！"白玉城给对方释放了要跑路的信息。

"枪？哦，唐林海那把！好的！"

"别带手机！"

"明白！"

电话挂断，他又拨通蓝媚号码。

"喂！我是白玉城。"

"啊？你怎么……"蓝媚睡意顿时无踪。

"我从医院逃出来了，需要你帮助。"

"你说！"

"我需要现金。"

"我马上去取，你在哪儿？"

"你去五一路烂尾楼旁等我。立刻、马上，警方很快就会封城。"

"明白！"

"记住，如果你出卖我，我不会出现！"

"你傻吗？"蓝媚很激动，"你帮我报了仇，出卖你？我有什么好处？我还有良心吗？"

"还是那句话，不管我是死是活，事都是我干的，和你不相干！"

"谢谢……"

白玉城挂断。他必须重申自己的承诺，只有那样，蓝媚才不会多想，才会真的到烂尾楼给他送现金。

他被很多人骗过，却从未骗过人，除了被审讯时的迫不得已。

这回，他要主导一切，不管用什么方法。

很快，出租车来到五一路南段，在烂尾楼旁停下。

过了一会儿，冯仁兴从黑影里走出来。

白玉城下车。他逃出来最多二十几分钟,这时候,这儿不可能有警察。时间差还在,但也所剩无几。

冯仁兴跟着白玉城走到一号楼前,从怀里掏出两个黑色塑料袋,一个袋里装着现金,一个袋里装着杀唐林海时,得来的那把改装手枪,上面带着消音器。

白玉城把袋子丢掉,把现金塞进裤袋,捧着枪端详。

"你没事吧?"路灯昏暗,冯仁兴凑到他跟前上下打量,眼里满是心疼。

"没事!"白玉城举起枪,逆着星光瞄了瞄。

"有什么打算?"

白玉城没问答,反问:"你怎么来的?"

冯仁兴指了指远处:"电动车。"

"你保重!"

"唉!"冯仁兴慢慢转过身去,"我没见过你!"

"冯叔!"

"嗯?"冯仁兴转回身,惊讶地看到那把枪,正顶着他脑门。

"这……"冯仁兴突然笑了,"这可不好玩!拿开……"

"你出卖我!"白玉城打开保险。

"啊?"

冯仁兴全身起来一层鸡皮疙瘩。在争辩前,他脑海里浮现出一连串画面:他迅速摆头,躲开枪,施展擒拿术,把白玉城打趴下,然后捡起枪开火,随后报警……

可惜白玉城那种人,天生不是做演员的料,做起事来,比电视剧里的人简洁太多,绝不给对手一丝一毫机会。

"啪!"枪响了,毫无征兆。

枪的主人,连争辩的机会都不给。

冯仁兴左腿跪倒,脑子瞬间空白。

"不用解释！"白玉城一手持枪，一手拿着出租司机的手机，"给你三秒钟，打给李默琛，把他叫到这儿来！"

"谁？李默琛？"

"三。"

"我根本不认识……"

"二。"

"你小子疯了？"

"一。"

"听我说……"

"啪！"冯仁兴左腿又中一枪。

"我打……"他疼得几欲昏厥，颤着手拨通号码。

"语气平静些！"白玉城举枪顶上对方脑壳，"就说我逃出来了，突然袭击了你，反被你制住！叫他赶紧过来处理！"

电话接通。

冯仁兴咬牙忍痛："我是冯仁兴，那小子从医院逃出去了！"

"什么？警察这么不中用？"扩音器传来李默琛的声音。

"他来找我要现金……"太疼，冯仁兴只能说断句。

"他要跑路吧！给他！跑不跑，都是死路一条！"

"他突然袭击了我……"

"啊？"

"被我制住了！"冯仁兴忍不住呻吟起来。

"你没事吧？"

"我还行！你看这事怎么办？"

"他怎么会袭击你？事情暴露了？不可能的！"

"不知道！"

李默琛很果断："如果暴露了，那……只能除掉他。可是，怎么可能呢？"

"你过来吧,我应付不了!"冯仁兴艰难地说出位置。

"好,马上。"

冯仁兴失去了行动力。

白玉城叫他爬上出租车后座,把自己胳膊上的纱布解下,扔到他腿上。

等了一会儿,蓝媚开车赶到。

白玉城从阴影里走出来。

蓝媚穿了件薄风衣,干练中带着妩媚。

她从包里掏出个纸袋塞给白玉城:"ATM机最多取两万,你先拿着。"

白玉城把钱扔进出租车,突然掏出枪:"上车。"

蓝媚花容失色:"怎么了?"

白玉城毫不怜香惜玉,上去给了蓝媚一枪托。

蓝媚头上本就有伤,这一击引发旧创,身子一歪,向白玉城倒去。

白玉城单手扶住,把她推进车里。

10分钟后,李默琛来了。他下车后四处逡巡,找不见冯仁兴,便拨通了刚才的电话。

电话在白玉城手里响起。他直接挂断,持枪走到李默琛身后。

"别动!"

李默琛慢慢转头。

"你是……白玉城?"他头次看到对方剪短发的样子。

"李老师,好久不见!"

李默琛想微笑,可是笑不出:"你冯叔呢?是他叫我来的……其实我跟他也算老相识。当年你转去班里之前,我给他儿子做过家教……"

他紧皱眉头,飞快盘算眼前的局面,扯起淡来仍滴水不漏。

"别演了！你们以前根本不认识！"白玉城用枪紧顶对方后脑勺，一脚踹过去，"出租车后座，叫醒蓝媚，你们扶着冯仁兴上楼！快！"

"蓝媚……"

李默琛心里咯噔一下，差点摔倒！他知道中计了，却不得不依言照做。

他打开车门把蓝媚叫醒，然后两人扶着冯仁兴出来，慢慢走进一号楼。

白玉城持枪，跟在五步之外。

此时，出租车司机晃了晃脑袋，醒来。

他摸了摸额头上的绷带，呆了几秒，赶紧从副驾爬回驾驶位，点火，飞一般离开。等他再停车时，才会想起自己手机不见了，然后会发现后座上有个纸袋，里面有两万块钱……

# 第三十二章　再见

王可尽了自己最大的努力，枪也在楼梯口找到了，不过事后的问责程序难免。对他个人来说，最庆幸的，是白玉城没把枪带走。枪一旦丢失，万一再因为它闹出人命，他的责任就大了。

伊辉摊上事了。

江志鹏和领导们收到嫌犯逃走的消息，方寸大乱。

抓住又跑了，比没抓住还坏。

这事的性质，恶劣到头了。会议室内所有人加起来，都承担不起那份责任。

伊辉还是太年轻，不在其位，不熟悉其中的利害关系。

领导们有的急吼吼打电话，有的跌跌撞撞往外跑……在这个炸了锅的时刻，他紧追江志鹏，一再解释自己的想法。

"我跟他谈了很多，碎尸案不是他干的。案子的起因，比我们想的还要复杂很多。它背后，至少牵扯到另外三个人。我去查了监控，有新发现……"

头绪太多，伊辉尝试用最简练的话，把结论引出来。

可是，江志鹏哪有心情细听："还他妈牵扯谁？谁让你跟他谈的！我看是你刺激了他！不然他能跑？"

"我非那么做不可！"

"放屁！他跑了，我们全完蛋！"

"你听我说……"伊辉跑起来，他跟不上对方步子。

"滚！你到底跟他谈了什么？怎么刺激到他？去给老子一字一句，写清楚！"江志鹏一边说，一边跳上车。

"我知道他在哪儿！"伊辉吼了一嗓子，"定位李默琛和蓝媚的手机，还有冯仁兴！"

警车呼啸着离开，他不知道江志鹏有没有听到。

"我操！怎么会这样！"

他抱头蹲下，心里电闪雷鸣。他知道自己没做错，也能理解江志鹏的反应，可他千算万算，没想到白玉城会跑。

为什么呢？他很快明白过来：最好的警察，不但能洞察事实真相，还能预判人的行为逻辑。他做到前者，却忽视了后者，这是成长的代价。

更多的警车呼啸离开，办公楼里很快空无一人。

多么漫长的一夜啊！

刚才江志鹏说得很清楚，叫他把事发经过，一字不漏写下来。

他踱回办公室，闷头写了几行字，忽然把笔狠狠甩掉，跑向雷霆办公室。

办公室锁着门，雷霆去了市局，协调抓捕工作。

他打电话把雷家明吵醒，问到雷霆手机号，拨过去。

电话响了一通，无人接听。

再打，还是不接。

他匆匆发了条短信过去，料想对方也不会看。

10分钟后，雷霆回拨回来。

"伊辉啊！我刚到市局，有事快说！"

457

伊辉直说重点:"逃犯的目标是冯仁兴、李默琛,还有蓝媚!"
"你确定?"老雷没问为什么,也来不及问。
"确定!"
"好的,我知道了!"
伊辉挂掉电话,开着五菱宏光驶出分局……
此时距白玉城逃离,已过去25分钟。事实会证明,伊辉提供的信息是对的。事后回溯这段经过,不知道会不会有人认为,伊辉是故意拖延之后,才道出真相。芸芸众生,别人心里怎么想,还真是说不清……
还是那句话,能力越大,责任越大,这是千古不变的定律。
烂尾楼一号楼,顶楼天台。
冯仁兴流了很多血,靠在护墙上脸色苍白。
蓝媚和李默琛的位置很奇怪。他们背靠背,坐在天台入口的金属挡板上,那是白玉城有意安排。上次他和崔明虎玩命时,入口挡板的钳扣,被警方破坏掉了。这回,他干脆让两个大活人坐在上面。如此一来,下面的人不管用焊枪,还是直接用枪,都要考虑人质的安全,无法再强行破坏金属挡板。
白玉城提枪,站在天台中央:"冯叔,聊聊吧,你和李默琛的勾当!"
冯仁兴瘫坐于地,不停呻吟,中间夹杂着叹气声。
"是你自己不要机会!"白玉城抬起黑洞洞的枪口。
"我说!"冯仁兴抬起头,脸上带着奇怪的笑,"你都知道了!碎尸案,是李默琛让我干的。我们算准了,一旦你决心复仇,就会替我背锅……"
"顾楠楠自杀事件,是策划好的?"
"对!为了逼你……因为你那时候很犹豫,想报警。"
"为什么?钱?"

"是！"冯仁兴痛苦地闭上眼，"事情得从6月30日说起——那天中午，一个陌生人，哦，李默琛把我约到咖啡馆，说要告诉我三件事。一、白涛当年被人设局。二、设局者是唐林义兄弟，外加唐林清，以及当时的西城城建副局长褚悦民。三、当年西城城市银行信贷部主任蓝小菲夫妇，手里有证据，但被杀灭口。杀人者叫杜忠奎，坐了10年牢，6月25日刚出狱，6月29日晚，从唐林清手里拿到800万酬金。"

白玉城把出租车司机的手机，放到冯仁兴对面，录像。

冯仁兴视线模糊，咬牙说下去："他给我看了一段视频，也就是蓝小菲夫妇所掌握的证据。那能证明他说的前两件事，还不能证明第三件。"

白玉城蹲下："杜忠奎杀人灭口，是李默琛从800万佣金上推断而来。"

"但是可以找杜忠奎逼供、验证……"冯仁兴颤抖着伸出两根指头。

白玉城走到李默琛身边，从对方口袋里摸出烟和打火机，丢给老冯。

冯仁兴颤抖着点上烟，深吸几口："我当时很生气，更多的是奇怪……我问李默琛秘密从何而来？为何告诉我？"

"因为你和我爸，曾是兄弟！"

"呵呵！"冯仁兴点头，"他问我缺不缺钱——你知道的，我儿子冯云龙，在美国念书，花销太大，我实在捉襟见肘。他今年想拿美国身份，还得花一大笔钱……"

"他说服了你。"

冯仁兴看向李默琛，摇摇头："他是个很奇怪的人，根本没劝我什么。他只是说了一个计划，赤裸裸地说——我同意与否，他似乎无所谓。他知道我不能拿他怎么样，那只是他的一个想法而已。我自己说服了自己……"

"就为800万!"

"是的!我是计划的第一环,事成之后,那800万全算我的……"

他描述得极其简单,但他说服自己的过程,一定经历了极其复杂的博弈和挣扎。

白玉城眼前,浮现6月30日晚的一幕——

夜半时分,他听到卧室南边窗下,有重物落地的声音。他打开门出去一看,吓了一大跳。当时,冯仁兴正奋力抱起一件东西,旁边停着电动车。那件东西不是东西,是田恬的尸体。现在他明白了,尸体从电动车上跌落,是冯仁兴有意为之,就是为了让他听到,看到,而后质问……

尸体是从杜忠奎家运回去的。

冯仁兴做出"被逼无奈"的样子,向白玉城"坦诚"事实:"今晚来修车的人,叫杜忠奎,10年前是个货车司机,因交通肇事,致两人死亡逃逸,入狱10年。这点事,杜家庄所有人都一清二楚。"

当时的白玉城纳闷儿极了,质问冯仁兴为何杀人。

冯仁兴按李默琛的交代,早已准备好了托词:"我在林义化工有一位朋友,他去银行时,无意看到,林义化工办公室主任唐林清,取出一大笔钱,交给了杜忠奎。出于好奇,他今天中午跟踪杜忠奎到静山公墓,发现对方,往父亲的骨灰盒里放了一件东西。那是个U盘,朋友拷贝了一份……"

冯仁兴这段陈述接近事实,只是隐去了李默琛的名字。他用片面的事实,去掩饰整体的谎言,使事情的起因,变得合理。

白玉城通过拷贝视频,终于得知白涛自杀的隐情,这时,他已几乎失去理智。

冯仁兴继续演戏:"巧得很,今晚那小子居然来修车……两小时前,我到杜家庄找到杜忠奎,用田恬的生死威胁他,这才逼问到事实真相——那个U盘最初的版本,在蓝媚父母手里。他们死于车祸,那不是意外,是杜忠奎有意为之!其雇主,就是给白涛下套的唐林义等人。那800万,是杀人佣金!"

白玉城由此得知全部真相,但他当时尚无心杀人。

冯仁兴继续冒险,以"为朋友复仇"的"决绝"之勇气,于7月1日晚,导演了杜忠奎逃逸的戏码,最终抛弃奥迪Q5,搭乘过路车把杜忠奎带回、杀掉。杀人现场,就是停车场大院,白玉城被迫旁观……

杀人当晚,两人合力掩埋了杜忠奎尸体,而田恬的尸体还没处理掉,被冯仁兴暂时存在冰柜里。

得知父亲自杀背后的真相,白玉城第一时间要报警。然而,冯仁兴用杀掉两个人的戏码,把他逼得进退两难。

然而,这还不够!

7月7日凌晨,顾楠楠自杀。

7月9日晚,葛春花喝了农药。

逼迫的砝码更重了。那两件事发生后,本来还很矛盾的白玉城,突然对冯仁兴说:"一切都跟你无关。剩下的,交给我吧!"

做出决定当夜,他分解了田恬的尸体,将头骨以外的部分,带往小王庄露天坟场埋掉。那事他想得很周全,杜、田二人的尸体,决不能埋到一起,分开埋才能降低风险。退一步,田恬的尸块万一被发现,警方怀疑的人也是杜忠奎,而杜忠奎在警方视野中,是逃逸状态……

上述过程中,白玉城犯了一个错误,他没有执意追问冯仁兴口中"那位朋友",到底是谁。他被冯仁兴的"仁义"感染了。在他看来,冯仁兴杀掉无辜的田恬,为的是逼迫杜忠奎交代秘密,再杀掉杜忠奎,为的就是白涛。他没生出半点怀疑。800万在冯仁兴手里,是理所当然,钱对他已失去意义。他还嘱咐冯仁兴,别忘记拿一点儿钱出来，感谢"那位朋友"……

世上最有效的谎言，就是基于事实的谎言。

一个表面为"复仇"，实则为钱的局，就这样形成。作为被利用的棋子，白玉城从此走上绝路。

对他来说，唯一值得安慰的，是那绝路之上，他还有最后反击的机会。

他想感谢伊辉。

要不是伊辉识破他谎言中的漏洞，进一步推理、分析、求证，他只能蒙在鼓里，一心求死。那太悲哀……

天蒙蒙亮，大地还在沉睡。

楼下终于响起尖厉的警笛声，警车蜂拥而来。

大批警察荷枪实弹，冲进一号烂尾楼。

狙击手登上旁边二号楼。上到顶层他们才发现，二号楼天台没封顶，比一号楼矮，根本没有狙击视野。很快，他们得知余下的楼也是一样，都没封顶。他们只好退出大楼，另寻制高点。

白玉城问冯仁兴最后一个问题："那么，伊辉在静山公墓被偷袭，是谁干的？"

冯仁兴叹了一口气："是我！"

"为什么？"

"因为当时，你被警方带走了！虽说你出事，会承担所有罪名，但我还是希望，你不要那么快露馅。毕竟当时，唐林义还活着。我很着急，守在分局外，盼着你能出来。之后，我见到伊辉开车出门，就跟踪了他……"

白玉城掉转手机屏幕，持枪来到李默琛面前。

李默琛听到警笛声，眼中燃起希望的光，可是看到枪口，很快又熄了。

"你呢？李老师！你设这个局，为了什么？"

"事到如今，无话可说！"李默琛两手一摊，竭力保持镇定。

镇定？好吧！你不说话，我不多问，我用枪跟你对话，这是很少见的风格——白玉城扣动扳机，枪响。

李默琛大腿中弹，嗷嗷惨叫起来，风度瞬间全无。

蓝媚感受到了来自背后的恐惧，双肩跟着抽动起来。

"别打了！"李默琛强忍疼痛，想翻身跪倒。

白玉城又开一枪，打中李默琛另一条腿。

李默琛疼痛难忍，干脆假装晕倒。

"坐起来！"

白玉城拉起李默琛，让他靠在蓝媚后背上。那样一来，金属挡板才能安全。

李默琛满头大汗，咬着牙，努力扭动身体，想避开枪口："别打了！钱！我也为钱！"

"你也为钱？"白玉城蹲下。

"是！我算准了，只要你展开复仇，唐林义除了跑路，再没别的选择，他不敢报警。"李默琛用力吸着凉气，"他女儿在美国，他只能去那里。他一旦决定跑路，势必要往境外转移财产。"

"转移财产？那跟你有什么关系？"

李默琛侧耳倾听楼下的动静，嘴巴不停："公司公账上，有他1.5亿的分红。只有在他跑路之时，我才能说服他，把那笔钱，转入他香港贸易公司账户，以注资或转移资产的名义……"

"为什么？"

李默琛苦笑："只要公司正常运转，换言之，若不是唐林义面临绝境，跑路，我都不可能说服他动用那笔钱……"

"你想打那1.5亿的主意？转过去又能怎样？"

"哎！我负责那边业务，有两年了，在国外积累了不少客户。如果那笔钱打过去，我会以贸易采购的名义，分批打入国外几个合作伙伴的账户。"

"合作伙伴？"

"几个国外的皮包公司而已……钱打过去，就会被卷走，皮包公司随之注销……"

"骗钱？"

"是……表面上，是骗钱。实际上我跟他们早商量好了……卷走钱七三分账，我七成……那时候，唐林义已经被你杀死在国内，作为法人，他香港的贸易公司也会注销。表面上被骗的那笔钱，自然没人会去追究……"

居然是这样！

李默琛惨笑："那笔钱，已经转到香港了……我订了机票，只差一天而已……如果今天不是这样……"

"卑鄙！"白玉城吐了一口痰。

李默琛的操作思路，远在他的想象之外。

他没时间感慨，继续逼问："这么做，你就不担心那几位皮包公司的老板，事后不跟你分账？"

"不会的！他们都是华裔，有其他合法生意，我跟他们打了两年交道，掌握着他们的所有资料。如果他们出卖我，我会把转账记录，交给当地法院……"

"可是……"白玉城心里又冒出个巨大疑问，"你怎么肯定，我头一个杀的不是唐林义？你的计划要成功，必须确保他不会那么快死掉……至少，要在你说服他转移红利之前，他必须活着！"

"唉！"李默琛瞥了白玉城一眼，"你杀人的计划，全在冯仁兴眼里，而且你还要他配合你，冒雨观察哪些路口的监控，在台风期间毁坏了……保镖穿黑西装外套的信息，也是他以我这位'林义化工朋友'的名义，透露给你的……对吗？警方有没有告诉你——爆炸案那天早晨，唐林义出发去公司前，我给他打过电话？"

"我知道！"

"那个电话，是我故意打的。以汇报工作为由，目的就是拖延时间，确保他更晚到公司，不会被炸死！那个电话，我打了15分钟！"

白玉城深吸一口气。"827"爆炸案对他来说，存在概率性。不管炸死的是唐林义，还是唐林清，他都能接受。可惜，事实并非如此！李默琛仅用一个电话拖延，就消除了全部概率，使之成为指向性犯罪。也就是说，"827"案，死的人，只能是唐林清……

金属挡板下，传来嘈杂的声音。

天台下的18楼，聚集了大批警察。在市局统一指挥下，武警开始往天台上挂突袭吊绳。鉴于现场情况不明，总指挥还没下达进攻命令。

何时进攻？很难决断。

白玉城聚拢精神，赶紧问："后来呢？"

"后来？后来就简单了。唐林义严重受惊，天天躲在别墅内，你暂时没有杀他的机会。跟我预料的一样，先易后难，你选择先干掉唐林海……那时我就完全放心了……"

金属挡板下，"大声公"开始工作。

"白玉城！立即放下武器！别再伤人！别做无谓抵抗！"

"白玉城！把挡板上的人挪开！这是你最后的机会！"

"该你了！"白玉城移动枪口，指向蓝媚。

蓝媚眼里尽是委屈，不停流泪："我……我都是被逼的……我们有共同的仇人……我从来没有害过你……"

"放屁！"李默琛闷哼一声，对白玉城说，"把你逼上绝路的，就是她！知道真相后，你犹豫不决，不知该报警，还是报仇。我和冯仁兴呢，都想不出进一步的法子。是她想出办法，逼死顾楠楠，在你摇摆不定的天平上，加了个重重的砝码！她了解你，知道你重情重义！"

465

"我……没有！别听他胡说！"

"是她！"坐在远端的冯仁兴，颤手指着蓝媚。

"不！我一切都是为了你！只想让你报仇！"蓝媚拼命解释。

"哦！"白玉城伸手托起蓝媚下颌，"你怎样跟顾楠楠沟通的？通过那款游戏，对吧？"

蓝媚默默地望着白玉城，眼神中藏着深不见底的怨恨。

"是王者荣耀！"李默琛可不想蓝媚全身上岸，"她是唐林海的情人，对唐林清的举动一清二楚。褚悦民出狱，想玩学生妹，唐林清让沈沛溪帮忙找人。这些事，蓝媚全知道。那时，她曾故意找到沈沛溪，警告对方，不要因姐妹间的仇怨，打顾楠楠的主意！沈沛溪呢，没心机，意识不到那是蓝媚在变相提醒她而已！结果沈沛溪就中招了，真把顾楠楠推进火坑！清楚了吧？这个女人的心理学，可不是白学的！"

"闭嘴！"蓝媚恨不得咬死李默琛。

李默琛冷笑："她加了顾楠楠的游戏账号。以游戏好友的身份有心试探，很容易套出来顾楠楠当时的困惑。葛春花查出癌症，那孩子想挣钱，但是挣钱的方式令她痛苦。蓝媚用种种话术，强调挣钱没错，还搬出所谓孝道，给顾楠楠洗脑……当顾楠楠被褚悦民玩弄，且被拍了视频后回到家，心情极度压抑，再找她交流。她又套话，让孩子自己说出被嫖宿的秘密，而后不断鼓励孩子，自杀解脱……只有解脱，才能掩盖一切！她告诉孩子，一旦嫖宿视频泄露，传到母亲眼里，就等于亲手杀了自己的母亲……"

"无耻！我要杀了你！"蓝媚突然转身，掐住李默琛脖子。

李默琛挥舞着手，向白玉城求助："我刚才那番话……是她亲口对我说的……要不是她太过歹毒，那孩子，还有葛春花，都不会死，你也不至于走上绝路……可是她呢？却因为想出那么个法子，就逼我事成之后，给她5000万报酬！"

白玉城眼里闪着寒光，伸手去拽蓝媚。

蓝媚突然松开李默琛脖子，一口咬住白玉城的胳膊。

"帮忙！"她嘴里呜呜地发出一串声响，向李默琛表达那个意思。

李默琛瞬间反应过来，出手去夺白玉城手里的枪。

白玉城踢开李默琛，胳膊用尽全力，往外挣脱。

下一秒，胳膊从蓝媚嘴里脱离，紧跟着带下来一块肉。

"作死！"

白玉城咬牙忍痛，把枪狠狠戳进蓝媚嘴里，开枪。

蓝媚倒下去。

他命令李默琛，把蓝媚尸体拖到金属隔板上。

消音器的声音虽小，隔板下的人还是能听到。

18层上，武警队员接到命令，攀着突袭绳索发动了进攻。

白玉城走到天台围墙边，对着下方开了两枪。子弹并未击中人，突袭却被迫暂停。

他拿起手机，停止录像，拨通一个号码。

"喂！雷家明吗？"

"是我！我在楼下！你停手吧！"

"请问伊辉电话多少？我跟他有话要说！"

"稍等！"

雷家明举着电话冲上18层，把电话交给伊辉。

"我是伊辉，你说。"

"谢谢你帮我破案！我也帮你拿到了口供！"

"停手吧！"

"我有个请求。"

"你说。"

"杀了唐林海后，我把城南孙家庄的孙婆婆，送去了西城老人院，跟杜忠奎母亲做邻居。请你和雷家明帮忙照看一下，一周去一次就成。"

"行！"

"她要是问起我，就说我出远门。"

"行！"

"如果我不杀人，有没有机会跟你做朋友？"

"有！"

"就这样吧，谢谢！"

电话挂断。

白玉城把瘫坐的冯仁兴扶正，让其改成跪姿。

"跪直了！"

冯仁兴抬了抬眼皮，努力睁开眼。

白玉城站到后面，枪口顶上冯仁兴后脑勺："当年我爸不敢处决犯人，谢谢你为他代劳！今天，我来替他处决你！"

话音一落，开枪。

冯仁兴栽倒。

看到冯仁兴的下场，李默琛瘫软倒地，再也没了力气。

白玉城冲着他把枪一挥："起开！"

李默琛怔住，不明白他的意思。

"从挡板上滚开！"

李默琛努力翻转身体，滚到旁边，接着，又把蓝媚尸体拖走。

金属挡板下，警察忽然看到缝隙里露出亮光，赶紧冲开挡板……

白玉城坐上围墙，叼起一支烟点燃，深吸了一口，抬头仰望东方的光芒。

"不许动！"

一群警察冲上天台，长枪短枪，指向目标。

白玉城忽然笑了。

那是他十几年来，首次主动微笑，不经旁人笑容的引导。

那一刻，他举起枪，对准自己太阳穴，毫不犹豫扣动扳机。

"再见！"

枪声响过，他往后倾倒，向楼下坠去，像极了白涛当年坠楼的样子。

围墙下方，那位出租司机的手机立在那里，录下了发生的一切。

此时，手机的彩铃突然响了——

  今天我，寒夜里看雪飘过。怀着冷却了的心窝飘远方。风雨里追赶，雾里分不清影踪。天空海阔，你与我，可会变。多少次，迎着冷眼与嘲笑。从没有放弃过心中的理想……

# 尾声

## （一）

2018年7月9日，葛春花喝农药自杀当夜，葛家堂屋。

白玉城跪在那里。

他面前摆着两张黑白照片，一张是顾楠楠的，一张是葛春花的。

苗力伟、蓝媚、沈沛溪，暂时离开房间，那是他的要求。他想单独跟亡者待一会儿。

他望着顾楠楠。那孩子面带微笑，那令他心碎。

他望着葛春花。那女人温暖沉静，那令他绝望。

"我该怎么办？"他轻轻自语，"前些天，冯叔杀了个女人，胁迫那个叫杜忠奎的，挖出我爸被害的真相，接着又把杜忠奎杀了……冯叔为了我爸，背上两条人命。葛阿姨，你说我该怎么办？报警？把害我爸的那帮人，交给警察？那就等于把冯叔卖了！他可是为了我爸啊！不报警？那害我爸的那帮人，怎么办？眼看他们继续逍遥法外吗？葛阿姨，这些天，我一直睡不着。我在公安局门外转来转去，可是怎么也狠不下心……我真的不知道该怎么办……现在，楠楠走了，你也走了……葛阿姨，你知道楠楠为什么跳楼吗？她是个懂事的孩子！她被糟蹋了！还被拍了视频！那都是沈沛溪的错！她跪着告诉我，说她错了！不该以给你治病的名义，劝楠楠出去赚钱，不该把楠楠送进那帮人的别墅里！她哭着坦白了，说她那么做，为的是让楠楠走她和蓝媚的老路,去报复蓝媚……她说她心疼得要命,想不到,楠楠会自杀!我恨!我想杀掉沈沛溪,可是下不去手……"

他站起来,对着照片三鞠躬,心里说:"葛阿姨,你知道吗?糟蹋楠楠那帮人,就是害我父亲那帮人!现在,你们都走了。好吧!我绝不会让冯叔背负杀人罪的!我知道接下去,该怎么做了……"

## (二)

2018年7月1日晚,顾楠楠的聊天记录。

片段一:

游戏好友X:你很烦?

顾楠楠:哦!上次你说,你会算命?

游戏好友X:哈哈!乱说的。我只是学过心理学,能帮朋友做一些开解罢了!

顾楠楠:你怎么知道我很烦?我简直烦得要命!

游戏好友X:有些事情,熟人之间很难开口,适合跟陌生人聊,我理解这种感觉。你可以把我当成情绪垃圾桶,我一定替你保密。

顾楠楠:唉!你说得对。我心里,藏不住事,可是跟别人,真的说不出口!我有个姐姐,哦,不是亲姐姐,她姓沈。今天中午,她跟我聊了很久。她想让我去陪老男人吃饭、喝酒……

游戏好友X:她太过分了!当姐姐的,怎么能这样呢?

顾楠楠:听我说。我妈妈身上长了肿瘤……需要很多钱。姐姐说,我们做儿女的,应该帮妈妈。她说,如果她是我,一定愿意去陪老男人吃饭、喝酒,能挣很多钱。她说她也想去，可惜人家嫌她老，看不上她……否则，她才不会再去卖什么熟食，挣那么一点儿可怜钱……

游戏好友X：明白了！你姐姐虽然很过分，可是心情能理解。她愿意为了你妈妈那样做，其实很难得。

顾楠楠：是的！她是我妈妈收养的。可是我……

游戏好友X：你还是学生，本来不该告诉你太多。其实，现在社会上，有很多像你这个年纪的女孩子，在努力赚钱。她们吃很多苦，承受很多委屈，特别让人心疼……

顾楠楠：是啊！你别以为我还小，其实我什么都懂的。她们那样做，一定有什么不得已的苦衷吧……

游戏好友X：是的！因为每个人都想快乐，可是，生活从来都不是只有一种滋味。它酸甜苦辣，什么都有，总该要面对，逃避是没有用的！今天逃避的，将来还是要面对，而且要加倍面对！人生就是这样子的！每个人都会遇到不愿意做的事，可是我们要坚强啊！

顾楠楠：唉！我只害怕一件事。我害怕，万一哪一天，我妈妈因为那个病……

游戏好友X：别那么说。你要珍惜现在，珍惜跟你妈妈一起的每分每秒！每天醒来，都去问候她，给她拥抱，告诉妈妈，你爱她！不能失去她！你要去做力所能及的事！那样才对得起她！她一定会好起来的！

顾楠楠：谢谢！我先下游戏了。我还有个特别好的哥哥，是个修车的，也不是亲生的，我想跟他聊会儿天。过会儿再找你，你还在吗？

游戏好友X：在的！

顾楠楠：好的，那过会儿再聊。

片段二：省略。

7月7日晚，片段三：

  顾楠楠：昨天不是说好了吗？你怎么不理我了？

  游戏好友X：我对你很失望！

  顾楠楠：唉！我错了！真的错了！我根本没想到，他们那样对我……我想死的心都有……

  游戏好友X：他们给了你多少钱回报？

  顾楠楠：昨天说过了，一万五。

  游戏好友X：性爱视频呢？你为什么答应他们拍那个？你怎么不知道好好保护自己？

  顾楠楠：我没有……都是偷拍的。他们用它威胁我，叫我回来不要乱说。

  游戏好友X：可是你已经告诉我了！

  顾楠楠：除了你，我谁也不敢告诉。你总不会乱说吧？

  游戏好友X：你放心，我绝不会说出去。我们就是陌生人。

  顾楠楠：事情从头到尾，你是知道的。你说，我现在怎么办？我非常难过……我还没交过男朋友……可我已经被……

  游戏好友X：忘了它，如果你愿意。

  顾楠楠：那还不是最重要的……我最害怕的，是那些视频。

  游戏好友X：理解！如果视频散播出去，那真的要命。

  顾楠楠：我该怎么办？

  游戏好友X：我只提醒你两件事。

  顾楠楠：什么？

游戏好友X：一、那种视频，最终的归宿，一定是网上的非法黄色网站。他们将来一定会上传，供无数人欣赏。

顾楠楠：……

游戏好友X：二、你要小心那些老男人继续威胁你！他们这次付给你一万五，下次可就不一定了，而且很可能一分钱也不给你。因为他们有你的视频。

顾楠楠：不可能了！没有下次了！

游戏好友X：幼稚啊！他们一定还会找你的。要是你不答应，他们一定会让你妈妈，亲眼看到那些视频的。到时候，你还会不答应吗？

顾楠楠：……

游戏好友X：所以，我才提醒你。

顾楠楠：不！视频绝不能让妈妈看到！绝不能！

游戏好友X：那是我最担心的！除非你愿意随叫随到，随时让那些老男人，继续玩弄你！在他们眼里，你就是一只小母狗啊！不能拒绝，也不敢拒绝，让你叫，你就叫！否则，他们就把视频交给你妈妈……

顾楠楠：……

数分钟后：

游戏好友X：你还在吗？

顾楠楠：我不想说了。

游戏好友X：对不起！我不该刺激你。可我说的，都是逻辑事实啊！

顾楠楠：我知道……我没办法了……

游戏好友X：你想怎么样？

顾楠楠：我不知道！真的不知道！

游戏好友X：其实，你可以报警啊。

顾楠楠：那有用吗？

游戏好友X：那样能抓住坏人，可是，你妈妈还是会通过警察，知道你做的龌龊事。因为你才15岁，你妈妈是你的监护人！

顾楠楠：事情，绝不能让妈妈知道！

游戏好友X：那样的话，好像只剩下唯一的法子！

顾楠楠：什么法子？

游戏好友X：去死！

顾楠楠：死？

游戏好友X：我只是客观说一下，你不要当真。

顾楠楠：也许……

游戏好友X：是的！人总有一死的！也许，你真的不配再活着。或者说，死亡是最好的解脱。只有死，才能掩盖那些肮脏，才能叫那些老男人彻底闭嘴，确保视频，不会传到你妈妈那里去！

顾楠楠：其实我知道……

片段四：略。

## （三）

这是个跨度10年，席卷14条人命的重案。

白涛迎合企业缓迁政策，为拿到4000万补助，意图收购当时的林义化工，遭后者反噬、设局，破产绝望自杀，企业被后者收购。

蓝小菲、刘人龙，从偷拍视频里得知设局的秘密，遭遇杜忠奎设计车祸，双双殒命高速。

　　冯仁兴面对李默琛的计划，抵不住800万诱惑，以"兄弟+复仇"的名义，演了一出戏。李默琛把秘密告诉了冯仁兴，可是，在白玉城面前，冯仁兴却不能暴露李默琛这个消息源。他只能让白玉城以为，他获取秘密的消息源，是杜忠奎。他必须让白玉城觉得，他无私地以身犯险，都是为了白涛。

　　于是冯仁兴先干掉田恬，逼迫杜忠奎吐露所谓的秘密，再干掉杜忠奎，从而掩护真正的秘密来源李默琛，使白玉城在情理和法理之间，无从决断。

　　白玉城犹豫不决，设局者的计划，便无法推进。这时，蓝媚把握机会，在游戏聊天中，通过心理话术，诱使顾楠楠答应被嫖宿，而后又以同样手段，让孩子在极度羞愤中自杀。随后，葛春花自杀。这是两条命，更是沉重的砝码，迫使白玉城孤注一掷，替冯仁兴承担杀人罪责，走上复仇之路。跟多年前自愿承担强奸罪责一样，他的这次承担，早在蓝媚意料之中。

　　接下来顺理成章，白玉城干掉褚悦民、唐林清、唐林海、唐林义四人，却因崔明虎的执着而被抓。于是按照计划，他承担下来所有责任，却被伊辉识破漏洞，发现幕后真相。

　　最后，白玉城给自己"破案"，亲自干掉冯仁兴和蓝媚，饮弹自杀。

　　天网恢恢，所有人都付出了代价。

## （四）

　　深夜。

　　伊辉独自外出，喝了一顿闷酒。

　　白玉城逃跑事件，领导没让他背负任何责任，可也没给他记什么功劳。接下去,他还得老老实实,干所谓的西城分局刑警队顾问,那令他很丧气。本来,他以为凭借本案,能破格转正,从此逃离宣传科,当上刑警的。

秋风已起,天渐渐凉了。

他点上烟,随手从空中捏取一片落叶,随后摇摇头,丢掉。

突然,他身子一颤,肩头搭上来一只手。

一只苍老的手。

那只手布满皱纹,骨节间却分外有力。

手的主人,是一位六十来岁的老人。

老人比他矮半头,面貌被头上的灰色鸭舌帽遮挡,样子看不清。

他转身,面对老人。

老人用力拍着他肩头,声音低沉而清晰:"孩子,别灰心,一点儿委屈而已,坚持住!一定不要忘记我们的目标!"

伊辉沉默,点头,转身向前走去……

第一部完